古典文獻研究輯刊

初　編

曾永義 主編

第 10 冊

古典短篇小說中之韻文運用及其相關意義

許麗芳 著

國家圖書館出版品預行編目資料

古典短篇小說中之韻文運用及其相關意義／許麗芳 著－初版
－ 台北縣永和市：花木蘭文化出版社，2010〔民 99〕
目 4+282 面；19×26 公分
（古典文學研究輯刊　初編：第 10 冊）
ISBN：978-986-254-378-8（精裝）
1. 古典小說　2. 短篇小說　3. 韻文　4. 文學評論
827.2　　　　　　　　　　　　　　　　　　99018486

ISBN - 978-986-2543-78-8

9 789862 543788

古典文學研究輯刊
初　編　第　十　冊　　　　　ISBN：978-986-254-378-8

古典短篇小說中之韻文運用及其相關意義

作　　　者　許麗芳
主　　　編　曾永義
總 編 輯　杜潔祥
出　　　版　花木蘭文化出版社
發 行 所　花木蘭文化出版社
發 行 人　高小娟
聯絡地址　台北縣永和市中正路五九五號七樓之三
　　　　　電話：02-2923-1455／傳眞：02-2923-1452
網　　　址　http://www.huamulan.tw 信箱 sut81518@ms59.hinet.net
印　　　刷　普羅文化出版廣告事業
初　　　版　2010 年 9 月
定　　　價　初編 28 冊（精裝）新台幣 45,000 元

古典短篇小說中之韻文運用及其相關意義

許麗芳　著

作者簡介

許麗芳，1968 年生，台灣基隆人。中山大學中文系博士（1997），台灣大學中文所碩士（1993）。日本長崎大學環境科學部（文化環境）客員研究員（2005--2006）、日本東北大學中國文學研究室客員研究員（2009.1 － 2009.2），現任彰化師範大學國文系教授，主要研究領域為中國古典小說。著有《歷史的書寫與想像：以三國演義與水滸傳的敘事為例》（2007）、《古典短篇小說之韻文》（2001）與《傳統書寫之特質與認知：以明清小說撰者自序為考察中心》（2000），並發表多篇相關單篇論文。

提　要

　　本書研究唐傳奇與話本小說中的韻文運用，分析作品中各類韻文形式所具有的敘事功能，如描繪山川景物、刻劃人物、塑造場面或暗示情節發展、賦予寓意、展現作者綜述評價等，以期理解古典小說寫作形式之特殊性，並與敘述主體之散文相互對照，以見其中修辭意識之差異、敘述層次之多元，以及文類彼此之融合與互動等，凸顯作品不同層次之意義。

　　事實上，唐傳奇與話本小說韻散相雜的書寫現象有其通俗文學之淵源，也具有傳統史傳與詩賦等正統著述之價值意識，並深受實用觀點的影響，因此形成古典小說特有之表現形式與修辭風格，亦影響古典小說之寫作意圖與相關期許。

　　本書以韻文為考察角度，對古典短篇小說之敘事模式、敘述功能、修辭技巧及文類綜合等現象加以分析，析論古典小說此邊緣文類對於其他正統文類特性之模擬與轉化，以期對文學史之相關流變或脈絡有所檢視理解。

目次

第一章 緒 論

　　本章共分四節，首先說明本論文之研究動機與研究方法；並提出本文研究之方向與基點，進而針對相關研究成果作一簡單整理，同時對於研究範圍與使用名詞加以界定，而篇章安排與論文結構亦一併說明。

第一節　基本概念與研究方法

　　歷代針對古典小說作一系統研究之著作並不多見，明清之前，研究或創作小說仍難以獲得一般士人之認同，是以相關研究專著亦付之闕如，僅見於零星記載或論述。《漢書・藝文志》以降，對於古典小說之批評往往不離通俗淺顯或「謬悠荒唐」之特質，與傳統之高文典冊難以相較。近代由於受西方文學觀點之影響，對中國文學之關注焦點亦因而有所轉移〔註1〕，此一文類方受到研究者之注意與研究，並反省古典小說於中國文學史上之意義。一般文學史著作對於各文類發展之過程，往往以爲必歷經產生盛行與消歇之階段，而某一文類之衰歇往往亦促成另一新文類之新生。古典小說之發展亦不出此

〔註 1〕如陳平原於《小說史──理論與實踐》（北京：北京大學出版社，1993 年）第二篇〈雅俗對峙〉云：「五四學者受西方學術思潮影響，頗爲注意民間文學。魯迅、胡適、鄭振鐸等人，都曾將文學發展動力歸之於外來文學的刺激與民間文學的啓迪。因此，將過去受鄙視的民間文學視爲眞正的文學精華，突出文人文學與民間文學的對立，成爲五四以後文學史研究的新趨向。……強調民間文學的價值，小說理所當然得到學者們的重視，……只要是古典小說，不管是否眞正出於民間，也不管是否眞有藝術價值，一律受到學者們的關注。」（頁 115～116）

一原則〔註2〕，此一觀念固強調其中之發展與進步，聯繫與規律，然極力凸顯進化與衰歇之必然性，往往忽略作者之創造性與相關貢獻。

　　歷來對於古典小說之批評亦多集中於小說角色與地位之思辯。中國文學傳統往往認爲「小說」僅爲一「架空」之談；而既有之文化卻注重實際實用；重視可資借鑑之「前言往行」，看重事實記錄之史學〔註3〕。既有之思考如是，對古典小說之評價亦由此基準出發。於講求經驗，重視實用目的之固有標準下，古典小說被視爲難登大雅之堂之小道，僅供娛樂遣興，即使若干批評者強調小說之別有風教用途，其基點亦不免出自於小道猶可觀之理念。

　　古典小說亦與史傳概念及形式密切相關，於文字表現或書寫技巧上之差異並非涇渭分明，如唐傳奇等敘事模式多模擬於史傳，而話本小說則源於說話活動，又因所謂說話往往亦於某一程度上與史傳之敘事相關涉，是以可謂中國古典小說多以史傳形式作爲書寫憑介而形成〔註4〕。此一觀點不僅影響其於文學位階，甚亦影響書寫習慣與修辭形式，因而形成中國古典小說之獨有特徵。研究古典小說，既有之觀點固爲一參考基準，然卻未必爲主要研究方法或方向，實亦可多所反省，藉以探求古典小說於此類地位中所作之相關修辭等種種創造。

　　大致而言，古典小說或遭輕視，或因而被賦予所謂風教功能；如唐傳奇與話本小說多於其中強調所記所錄皆爲眞實之人生體驗，並冀藉此發揮移風易俗之作用。古典小說實不免受限於史傳之強大影響，而有所謂「架空」之相對認識；如先秦小說多存於子史著作，未有獨立表現形式，志怪小說則多爲簡略記載書寫，亦多無情節之渲染或鋪陳，其中強調亦不出事實或以資證驗之目的。既以爲小說所述並非事實，然實際之小說著作卻往往以事實陳述之形式爲考量，形成作品表現之衝突與一致。〔註5〕

〔註2〕如鄭振鐸於〈中國小說的分類及其演化的趨勢〉，《鄭振鐸古典文學論文集》（上海：上海古籍出版社，1984 年）中分小說之發展階段爲胚胎期、發育期、成長期、全盛期及衰落期（頁 330～346）。五四後之中國小說則另開發展新頁，而劉大杰《中國文學發達史》（臺北：漢京出版社，1992 年）及孟瑤《中國小說史》（台北：傳記文學出版社，1991 年）亦論及各文類由形成至全盛，乃至衰落被淘汰之必然趨勢，各文類均無法脫離盛衰榮枯之發展規律。

〔註3〕吉川幸次郎著，鄭清茂譯，〈中國小說論〉，《大陸雜誌》十五卷第十二期，頁391，396。

〔註4〕劉上生，《中國古代小說藝術史》（長沙：湖南師大出版社，1990 年），頁5。

〔註5〕吉川幸次郎著，鄭清茂譯，〈中國小說論〉，《大陸雜誌》十五卷十二期，頁

　　值得注意的是，小說畢竟爲小說，不免具有娛樂消閒之目的，是以無法僅關注現實，其間尚有好奇賞心等娛樂需求，而小說亦因具有此類前提而得以與其他正統文類相別，文字組織及情節安排不免符合大眾之遣興要求，諸多爲娛樂而形成之技巧因而形成，往往將異事奇事瑣事故作莊重之處理，甚而以嚴肅態度寫作道聽塗說或無根之言，所求者無非大眾能認同其中所言爲眞實有據，對眞實之追求，無非亦爲傳統經史思維之延續〔註6〕，而此一現象正反映古典小說受限於既有之角色定位下所作之承繼與發展，呈現古典小說對傳統之承襲或變化之修辭特性，而此特性正是古典小說與史實記載之主要差別所在〔註7〕。是以有關古典小說之既有角色及因而形成之相關特徵將爲本論文之思考與分析基礎。

　　事實上，文學之發展未必皆爲單一直線式之前進軌跡，其中亦有回溯等複雜作用，除縱向之承襲外，橫向之相互影響亦爲發展之重要因素。文學進展過程中作者之表現意識或文學背景之發展規律往往有一定演進範圍且有跡可尋，然人心之思考卻屬靈活變動，是以可將既有之規律或準則加以轉化或修正，而此一現象則提供古典小說等文類於寫作風格發展上呈現多變豐富之成果〔註8〕。歷代文學作品之差異若落實於文學發展系統加以研究，往往須藉

396。

〔註6〕 史傳記載固力求內容之眞實無誤，受傳統重實際經驗之影響下，經書之解讀注釋方面亦不免有類似論證以求言而有據，如吉川幸次郎所著，鄭清茂譯，〈中國小說論〉中所引孔穎達注釋《尚書・虞書》之文字，亦有類似追求實據之論證現象。

〔註7〕 中國小說所描寫者多爲偶然或異常事件，未必皆能於現實經驗中存在，而史實之記載則強調事件之眞實，而小說之所以爲小說，與史傳自有區別，不免有所謬悠荒唐之意味，是以小說之修辭趨勢即往往將現實中偶發事件敷演成現實社會得以成立之形式，而具論證意味，此亦爲小說之特殊性。如《醒世恆言・薛錄事魚服證仙》及《續玄怪錄・薛偉》比較，〈薛偉〉之記事多爲直接敘述，對於事件之發生並未作解釋或論證，然同樣題材至明代，則故事中增加大量爲求合情理之情節或說明，此亦透露傳統之固有寫實之風格。薛偉變魚一事固爲異事，然話本小說卻予以現實且合理化，甚而是道德化，變魚一事被視爲受制於整個循環規律，有其因果及意義，而薛偉成爲一歷煉之道德代理角色，至此，關注點不限於薛偉之故事，而是闡述整個道德教訓之例證，此正爲現實觀點之強調。

〔註8〕 如胡萬川〈從馮夢龍編輯舊作的態度談所謂宋代話本〉，《話本與才子佳人小說之研究》（台北：大安出版社，1994年）一文中曾提及，馮夢龍之所以於編輯〈羊角哀鬼戰荊軻〉及〈死生交范張雞黍〉話本中要增入插詞，大概是爲求全書體例之一致。因爲《三言》爲話本專集，書中各篇插詞雖已不如早期

助某一理論模式，以期對錯綜複雜之文學現象作整體之結構分析。任何一種文類特徵系統之構成，語言往往爲基本因素。詩歌、散文，乃至小說，皆可視爲某一特殊之語言符號系統，各爲爲一客觀且獨立之審美客體，自我構成自足完整之審美世界。詮釋某一文類之結構特徵，主要針對構成文類之各種特定因素加以探討，本文以承繼與新變之觀點爲基礎，探討古典小說中韻文成分之相關問題，並以文學發展之認知角度探討古典短篇小說內部之構造及營構系統，解析並綜合小說中各項組合要素，及其中之內在邏輯；包括如何藉由特定形式得以呈現故事；小說作品之內容與形式如何互動；各因素間彼此如何組成有機整體等，藉以理解作品內在深層特性及於文學發展上之可能意義。

　　所謂文學傳統，往往依循一系列由不同層級之文類與其相關規則所維持之文學秩序所構成，於此一并然有序之文學結構中，所謂邊緣或中心之文類各有不同發展，其間尊隆或卑微之差距甚大〔註9〕。本論文即以此原則針對古典短篇小說之韻文使用現象加以探討；其中具有鮮明之小說史意識，即對小說發展之模式作整體觀照，對照於當時之文學背景，以確立作者屬性、創作自覺及闡發古典小說之藝術現象。如唐傳奇所記述者多爲奇事異聞，雖可謂具有好奇心理之因素，然其中書寫方式與動機往往不離對史傳之認同與學習；話本小說則更明顯，其中說話人之陳述語氣基本上即具有說明與教育之特性，且修辭多強調事出有據，藉以彰顯教化意味，亦不出史鑑之意識。至擬話本則將唐傳奇、宋元話本及各類野史雜記加以整理改編，將簡略及概括之材料敷演成情節完整曲折之作品，其中作者必須充分表現技巧，使情節之進展安排得以合理酣暢。

　　至此，合理之虛構成爲必要〔註10〕。如馮夢龍於《警世通言・序》云：「野史盡眞乎？曰：『不必也。』盡贗乎？曰：『不必也。』然則，去其贗而存其眞乎？曰：『不必也。』」此一理念已脫離唐傳奇史傳之實錄表現，事件不必眞實，然合情合理之虛構修辭成爲必要條件，作品中論證成分鮮明，修辭意識增加，更傾向純文學之創作趨勢。文人對話本之擬作或編纂過程中不免透

話本之多，但仍保留這一形式。故此二篇若全無插詞，則與體例有所不合，故於適當之處增入，以求格式之統一（頁155）。以此可見，文人編纂之際對於話本小說之模式實有某一特定印象，而此正爲話本小說之書寫特徵。
〔註9〕陳平原，《小說史：理論與實踐》（北京：北京大學出版社，1993年），頁75。
〔註10〕陳大康，《通俗小說的歷史軌跡》（長沙：湖南出版社，1993年），頁121。

露特有意識〔註11〕，擬話本非僅文人之整理改編，亦包含作者之匠心表現，並因題材之不同而有編寫技巧上之差異，顯見相同相類之題材間於不同時代之承襲與變換，及作者本身對故事敘述之安排，古典小說藝術形式特徵亦因而得以發展。

就敘述角度而言，古典小說之陳述實具有修辭傾向，絕非僅為讀者傳達信息，其中之形式表現必有若干特殊意義，是以本論文主要以古典短篇小說為研究範圍，以唐傳奇及話本小說韻散相雜之書寫特徵為研究重心，而此一書寫體例實與變文等講唱文學之體製有所相關。對於變文之名稱與內容意義，眾說紛紜〔註12〕。其生成與俗講經文有所相關，唐代僧侶為求一般大眾易於認識佛理，故有俗講之出現，並強調其中之趣味及故事性，以適應聽眾需要，而俗講之經文即屬變文一類。其間多擴大故事之性質或內容，並予以反覆吟誦敘述，辭藻亦求華麗〔註13〕。而變文與後世古典小說體製最為相關

〔註11〕 如馮夢龍於《醒世恆言‧序》中云，「六經國史而外，凡著述皆小說也。而尚理或病於艱深，修詞或傷於藻繪，則不足以觸里耳而振恆心，此《醒世恆言》四十種所以繼《明言》、《通言》而刻也。」又如如凌濛初於《拍案驚奇‧序》中云，「取古今來雜碎事，可新聽睹，佐談諧者，演而暢之。」其中馮氏對於小說之觀念未必正確，然二者均亦提及以通俗語言文字重新敷演故事，可見改編整理之過程中已雜有創作成分。

〔註12〕 如潘重規，〈敦煌變文新論〉，《敦煌變文論輯》（臺北：石門圖書公司，1981年），頁159～160。其中以為變文之名，可分新舊二說。舊說以為變文與變相頗相似，主因僧徒為宣傳教義，運用講唱方式而發展之文體。最早之變文，引經據文，穿插故事，使之通俗化，既說且唱，用以吸引聽眾。變文本為說唱兼施，散韻間用，敷演故事，闡揚佛教之講經文，進而蛻變為講史傳俗事之作品。

〔註13〕 王重民，〈敦煌變文研究〉，《敦煌變文論輯》（臺北：石門圖書公司，1981年），頁199。其中引孫楷第之言，以為，變乃神通變化之變，以文字言則謂之變文，省稱曰變，以圖相言則謂之變相，省稱亦曰變，其義一也。王氏則以為，變即變化，凡由正常轉為非常者則稱為變，無論是變相之圖或變文之文，基本上皆與「故事」一義相關。此一「變」已由動詞轉為名詞，而有故事之意（頁202）。變相之含意轉為故事之後，一般佛教故事或佛經中某一故事亦可稱為變相。而變文當初僅稱講經文或唱經文，而非變文，所謂變文之名，乃隨講唱佛教故事而來。畫在壁上為變相，用講唱形式寫出者為變文（頁203）。有說無唱之變文，實際上已轉化為話本，然於較早作品中仍沿用變文一詞，至西元九七三年後，有《廬山公遠話》，其時變文已趨衰微，而轉化為話本，重說不重唱。又程毅中，〈關於變文的幾點探索〉，《敦煌變文論輯》（臺北：石門圖書公司，1981年），頁140。及潘重規，〈敦煌變文新論〉（頁164～165），以為俗講經文本即可稱為變文，如《大唐大慈恩寺三藏法師傳》卷九云：「（顯慶元年十二月五日）其日，法師又重慶佛光王滿月，并進法服靴等，奏曰：『輒

者則爲其韻散相雜之寫作特徵。

有關唐代俗講最早之記載，爲憲宗元和時至敬宗、文宗、武宗及宣宗，變文於此時自亦發達。俗講承襲佛教藝術之某些特點，並吸收若干民間藝術之長處，致其形式更加活潑，其中韻散結合，既有佛教唱導之傳統，亦具有講唱文學之特徵。內容上則爲吸引聽眾，故力求故事之新奇動聽，藉由形式與內容之改良，俗講於某一程度上由宗教宣轉轉變爲說話之藝術〔註14〕。又，究之唐傳奇之作者年代與寫作時期，作者多出於大曆年間，卒於元和之後，作品多出於中晚唐之間。是以其間變文敘事之新體裁，應對當時唐傳奇之寫作有所影響。對此，唐代文人亦樂於模仿，運用於唐傳奇之寫作上。至於宋元以降之評話、詞話、寶卷、彈詞、鼓詞及白話小說等，亦皆與變文韻散相雜之形式有所相關。

變文韻散相雜之寫作特徵固受自於佛經之寫作方式，然此類書寫現象於中國傳統文學中亦可見，如傳統文類之「賦」即分別以韻文散文加以詠物抒情，亦爲韻文散文之混合體。秦漢時代說話藝術之豐富與活躍，亦衍生此一創新文學，即韻散結合之辭賦，辭賦於民間說話藝術之基礎上發展成說唱兼具之形式，於敘事中更加細緻刻劃或吸引觀眾〔註15〕。爲求表現效果，韻

敢進金字般若心經一卷并函，報恩經變一部。』」則此之「報恩經變」應即報恩經之俗講變文，可見講經文可稱爲變文。講佛經故事且有變文標題的變文乃源自俗講，中有講經文之遺跡（頁167）。而講佛經故事卻無變文標題者亦源於俗講，亦存講經文之痕跡（頁170）。非演唱佛經故事之一般變文仍具俗講變文演變之跡（頁173）。至於無標題之變文，亦可見其由俗講演變之跡（頁174）。

〔註14〕轉讀與讚唄爲講經過程中唱之部分，慧皎《高僧傳》卷十三〈總論〉云：「天竺方俗，凡是歌詠法音，皆稱爲唄，至於此土，詠經則稱爲轉讀，歌讚則號爲梵唄。」可見轉讀與梵唄於印度本爲一門，至中原而分爲二類。轉讀乃指以正確音調節奏誦唸佛教經文，藉音聲之變化而感化人心。而唱導制度之興，則代表佛教之日趨通俗化，以往講經必行之於殿堂佛前，且有一定之軌範儀式，唱導則求佈教之方便與普及，故不限寺廟道場，而於一般齋會場合即可，由於唱導之功，致俗講逐漸興起，俗講是繼唱導以後更趨通俗化及文藝化之宣教方式，取佛經中具文學意味之故事，加以通俗演繹及具體描述，具有文學意味，而非單調說教，亦因而形成對中國俗文學之明顯影響，至於轉變，亦爲說解與歌讚相間，內容或爲佛經故事，或爲民間傳說，形式則爲講唱相雜，亦與俗文學之表現特徵有所相關。

〔註15〕胡士瑩，《話本小說概論》（臺北：木鐸出版社，1977年），頁9。由文學發展而言，賦是由口頭文學向書面文學轉變之主要途徑之一。辭賦善用華麗文字，及鏗鏘聲調，運用想像，細膩描寫各式各樣事物，唐傳奇婉麗作風即由賦而

散自然加以結合，此一文類實爲民間賦，同時影響後世說話與小說之藝術〔註16〕。古代辭賦如荀子〈成相賦〉即爲當時之曲藝形式，〈賦篇〉則爲隱書之類，劉向班固所謂雜賦，則應爲接近民間文學之詼諧文類，如〈大言賦〉及〈小言賦〉，〈僮約〉等雜文〔註17〕。現存唐五代民間文學中之俗賦，應爲漢魏以來俗賦之傳統。至於相關民間文學作品如樂府民歌等，對於變文體制，亦有所影響。由此亦可見，韻散相雜之敘述或書寫形式與既有傳統亦有所相關。〔註18〕

至於變文中對於韻散文類之使用及安排，則各有異同，亦皆影響古典小說作品之形式特徵〔註19〕。以變文韻散相雜之藝術特徵言，具有（一）韻散相間：韻文散文均負擔相類之敘述功能；以散文爲敘述主體，而韻文則加以重複；以散文敘事，韻文主渲染描繪。後世古典小說多以後二者之表現方式爲主。（二）以散文爲主，偶以小段韻文或僅以韻文收尾；後世話本亦可見類似表現。（三）純爲散體，主受傳記寫作之影響。（四）全爲韻文形式，此一型式多由既有文類如敘事詩所發展，後世話本或相關通俗表演亦有類似之作品〔註20〕。如以故事中人物之對話代替唱詞，如〈破魔變文〉中之對話，至

來，宋代話本小說與元明以來之章回小說中亦往往借用其語言及風格於描寫人物及場景中。

〔註16〕 胡士瑩，《話本小說概論》，頁7～8。

〔註17〕 如〈僮約〉云：「晨起早掃，食了洗滌；居當穿臼縛帚。……織履作麤，黏雀張烏，結網補魚，繳雁彈鳬。登山射鹿，入水捕龜。……舍中有客，提壺行酤，汲水作餔，滌杯整按；園中拔蒜，斷蘇切脯。……已而蓋藏關門塞竇；餧豬縱犬，勿與鄰里爭鬥。」

〔註18〕 胡士瑩，《話本小說概論》，頁2，引劉向《列女傳》云：「古者婦人妊子，寢不側，坐不邊，立不蹕，不食邪味，割不正不食，席不正不坐，……夜則令瞽誦詩，道正事。」胡氏以爲，瞽者道正事之前，先誦詩，誦詩與道正事皆爲婦德之說教，此一現象已帶有「轉變」及「說話」韻散結合之特徵。

〔註19〕 變文之表現形式形成後世通俗小說之特殊風格，如話本小說中之「入話」同於變文「押座文」之作用，爲主要故事之襯托：而變文於徵引五七言韻文之前往往以「若爲」、「若爲陳說」、「詩云」及「於爾之時，有何言語」等詞語作爲引起，一如話本小說中之「有詩爲證」或「但見」及「正是」之類，至於韻散交錯之書寫形式，則爲本文之討論重點。

〔註20〕 王重民，〈敦煌變文研究〉，頁195。如以對話體爲表現方式，如〈晏子賦〉爲一人講述，其中採用對話，至於〈燕子賦〉、〈茶酒論〉，則爲兩人對話體，後轉變爲古代小說之「合生」：王重民，〈敦煌變文研究〉，《敦煌變文論輯》（臺北：石門圖書公司，1981年），頁194。以爲《盧山公遠話》以偈代詩，《葉淨能詩》則直接以詩爲題，此類作品於應該加重之處插入詩句，代替七言唱

於〈快嘴李翠蓮〉一文，亦為相似體制，其他如〈張子房慕道記〉及〈張子房歸山詩選〉或若干故事中人物言志抒懷之現象皆受有變文之影響〔註21〕。變文之特徵重在唱詞，其內容旨在講故事，而聽眾之要求亦以故事是否細膩新奇及生動為主，變文因而擴大說白部份，增加描寫力量，唱詞部份縮短，因而朝小說或話本轉化。〔註22〕

　於既有研究中，針對古典小說中韻文作系統整理分析者尚屬少見〔註23〕。

詞，為體裁上一大變革，實際上已進入初期話本之結構。敦煌寫本中以此類對話體為多，且多為五代及北宋寫本。變文之特點即有說有唱，詩文相間，主要為韻散相雜之表現特徵，韻文於其間展現多重功能，又胡士瑩，《話本小說概論》，以為韻文及散文之結合有三種不同方法，一為先用散文敘述故事，而後以韻文重複，鼓子詞、諸宮調、寶卷及一部分鼓詞彈詞皆為相類方法。二為韻文與前後散文相銜接應用，相互配合。其三為增加歌唱部分或游詞餘韻之穿插，此並非故事之主要部分，主要用以抒情寫景，藉以增加興趣，如《京本通俗小說・碾玉觀音》之入話用詩詞十一首；〈西山一窟鬼〉入話用詠春詞十五首，至於明清兩代一般以散文為主之小說，前後穿插詩詞等，則受講唱文學或詞話影響（頁629～630）。

〔註21〕王重民，〈敦煌變文研究〉，七言詩與五言詩本皆為古代民間歌謠發展而成。然五言成為正統後，七言仍流傳於民間，而不受文人重視。如晉傅玄〈擬張衡四愁詩〉之序云：「體小而俗，七言類也。」顏延之以為七言詩「委巷中歌謠耳」。多僅以七言詩作遊戲或解嘲之用（頁208）。

〔註22〕如王重民〈敦煌變文研究〉以為現存最早最完備之話本，應為《廬山遠公話》，其中對於惠遠之精舍作一描述：「修竹蕭蕭四序春，交橫流水淨無塵。緣牆荔枝枝綠，鋪地莓苔點點新。疏竹免交城市鬧，清虛不共俗為鄰。山神此地修精舍，要請僧人轉化輪。」其中已有話本「有詩為證」之格調（頁221）。胡士瑩，就現存通俗文學言，於形式、體裁及說唱方式對話本之影響較大。變文之韻散結合：講經文之有押座文、解座文，皆與話本相似，且其中之通俗與大眾性亦為話本所繼承（頁25）。

〔註23〕1993年以前，臺灣地區無論是專門著作、學位論文或單篇論文，針對古典短篇小說中韻文之運用現象作整理者並不多見，即使提及，亦多為主要論點之附屬，如李本曜《宋元明平話研究》（臺灣師範大學國文研究所碩士論文，1973年）中曾提出韻文有：作者賣弄增飾、講述之技巧、暗示情節變化、渲染關鍵人物事件或場合及評論前段情節等五項特徵或功能；未能獨立以韻文本身之研究中心。又如葉師慶炳〈中國早期小說中的詩歌〉（《中華文化復興月刊》十卷三期，1976年），主要對於若干六朝志怪小說中之詩歌成分加以分析；張敬〈詩詞在中國古典小說戲曲中的應用〉（《中外文學》三卷十一期），一文主要以小說戲曲中運用詩詞現作一廣泛說明，至於徵引之相關論題則未提及。陳炳良〈話本套語的藝術〉，清大中語系編，《小說戲曲研究》（台北：聯經出版事業公司，1988年）第一集，則主要針對話本中常見之插詞本身作一整理分析。至1993年方出現針對古典小說中韻文作系統研究者，如許麗芳《西遊記中韻文的運用》（臺灣大學中文所碩士論文，1993年）及駱吉萍《金瓶梅詞

一般研究多為題材或主題之析論或溯源，且多視此韻文散文相雜之現象為說唱文學之痕跡或延續，至於此一現象是否顯現文學史或文體風格等相關論題則多未能作深入分析。本文之研究擬以韻文為中心，補足上述研究之不足；而既有研究成果，包括古典小說之定位、價值、主題、作用及藝術特徵亦可作本論文研究之主要參考資料。藉由作品中韻文成分之考察，期多方理解古典小說寫作形式之特殊性，並與敘述主體之散文相互對照，於二者修辭之差異表現中，凸顯作品不同層次之意義。如其中所具之敘述層次；於陳述事件上之功用；修辭技巧之進展；文類彼此之融合與互動等。而現象所呈之意義則亦與文學傳統相關，由於史傳與詩賦之悠久且正統性，加之實用觀點之傳統，除形成古典小說特有之表現形式與修辭風格，亦影響古典小說之寫作意圖與相關作用之期許。本文即嘗試以韻文為一考察角度，以期對小說之敘事模式、敘述功能、修辭技巧及文類綜合等現象加以理解，同時，亦析論古典小說此一文學史上之邊緣文類針對其他文類特性之模擬與轉化，以期對文學史之諸項流變與影響有所檢視理解。

第二節　研究範圍與專有名詞

　　本論文之研究範圍限定於唐代傳奇及宋元明清話本與擬話本等短篇作品。唐傳奇之主要成就在於其「有意為小說」，促進小說文類之演進，魯迅以為雖尚不離於搜奇記逸，然「敘述宛轉，文辭華豔」，與六朝之粗陳梗概者相較，顯有進展。然此類文字於宋時並未獲論者重視，而貶之曰「傳奇」，以別於韓柳輩之高文。唐傳奇固源於志怪，之所以特出，在於為文意識與藝術表現顯有進步〔註24〕。是以本論文於探討唐傳奇形式之際，亦略提志怪作品加以比較，以見其中新變與異同〔註25〕。有關唐傳奇所取材之範圍，主要以唐

話中韻文之研究》（中山大學中文所碩士論文，1995年），二者之研究範圍皆為古典長篇小說。又大陸地區，林辰《古代小說與詩詞》（瀋陽：遼寧教育出版社，1992年）一書曾針對古典小說中之詩詞作一介紹，並提及其中詩詞於敘述之輔助功能及修辭表現。然主要範圍集中於《水滸傳》、《紅樓夢》等長篇作品，且其中介紹性質過於析論。

〔註24〕魯迅，《中國小說史略》第八篇〈唐之傳奇文〉（上）以為，唐傳奇之異於志怪，乃在於胡應麟所謂「作意」與「幻設」，即意識之創造，是以其施之藻繪，擴其波瀾，故其成就乃特異，其間雖亦託諷喻以抒牢愁，談禍福以寓懲勸，而大歸則究在文采與臆想，與昔之傳鬼神明因果而外無他意者，甚異其趣矣。

〔註25〕唐傳奇之題材可分為傳奇、志怪及志軼等三部分。藉由此一分別，可見志怪、

代作品爲主，其他如宋代傳奇或後世文言小說則或因文采未能更加演進，或因書寫方式再度回歸志怪之筆記條列等系統，故皆不列入考察範圍。

所謂「傳奇」一詞，歷來用法複雜及混亂，而作品內在意義亦未一致。本文暫以唐代文士所寫作或編輯之短篇作品爲主要研究材料，宋代傳奇則因其間文字修辭未有突破，故略而不論，唐代文人對於此類作品並未以「小說」名之，然爲求敘述方便，本文則稱此類作品爲唐傳奇〔註26〕。就唐傳奇之題材內容而言，可分爲傳奇、志軼、志怪三類〔註27〕。傳奇指其中之傳記體，其寫人事而能「施之藻繪，擴其波瀾」者；然記人事之筆記體作品則歸爲志軼；而記怪異之筆記體作品則爲志怪。以內容言，傳奇、志軼同爲記人事，然傳奇重在奇人奇事與採用傳記筆法，志軼則側重軼聞趣事且爲筆記形式，篇幅較短小，然此一分別僅爲基本之原則與傾向；而非一成不變。

本文所據以研究之話本小說範圍，主要爲宋元話本及明清擬話本，擬話本中亦包含對早期話本加以修改之作品，凡此皆以話本小說括而稱之，有關話本之定義，本文以話本爲故事之意，且此類故事亦多具有說唱口頭表現之藝術特徵〔註28〕。一般以爲說話人用以「說話」之底本即爲話本；且多爲研

志軼於文言小說發展史上一脈相通，且傳奇小說亦不限於唐、宋，而得以上接秦漢下啓明清類似作品。此三類題材相互融合影響下而有傳奇與志怪合流現象，並於唐代獲致重大成就。

〔註26〕如王夢鷗於《唐人小說校釋》（台北：正中書局，1983年）前言中指出，唐世文士，衍六朝志怪之餘緒而益以詩才史筆，其間名篇迭出，垂範後昆。然作者未嘗以「小說」自名其文；有之，則稱爲「傳」爲「記」爲「錄」；要其體裁，不外乎記言記事；縱或結集成冊，其題名亦僅有「怪」「異」「奇」「聞」數端。迨及五季，說者回顧前代此類著述，始以「小說」二字概括之。至元陶宗儀區別藝文，乃有「唐世傳奇」之名。此一名稱雖頗盛行於近日；顧名思義，此名既未切唐人小說之實，亦非向來言唐稗者習用之詞，茲故無取。

〔註27〕有關唐傳奇之題材內容，本文主要根據杜貴晨，〈「傳奇」名義及文言小說分類〉，《明清小說研究》1994年二期，頁132～133，之說明。其中志軼一詞，乃「志人」與「軼事」之合稱，強調「志」與「軼」，以與「傳奇」之述人述事不同，說明上或較方便。

〔註28〕孫楷第，〈說話考〉，《敦煌變文論輯》（台北：石門圖書公司，1981年），說話乃隋唐以來習語，不始於宋，如習引《太平廣記》卷二四八引譬隋侯白啓顏錄，所謂「說一個好話」，唐郭湜《高力士外傳》云：「或講經論議轉變說話」，及元稹《元氏長慶集》卷十〈酬白學士〉云：「光陰聽話移」，至宋蘇軾《志林》卷一〈涂巷中小兒聽三國話〉，及洪邁《夷堅三志》已集序云：「一話一首，入耳輒錄」，所謂「話」，即指故事。故事之騰於口說者，謂之話。取此

究者引用，然亦有許多研究者以爲，話本應爲故事或書本之意〔註 29〕。各時代之含意不同，所以話本有時亦可兼指藝人所講之故事。如〈簡貼和尙〉、〈合同文字記〉等末尾均有「話本說徹，權作散場」之語，即指故事。至於話本小說，耐得翁《都城紀勝》中所謂「說話四家」，衆說紛紜，迄今仍無定論〔註 30〕。而其中之小說，或即話本中之小說，不少宋元短篇小說於引述、刊行、編纂之同時，亦往往題爲小說。然「小說」之含義廣泛，爲免混淆，故以話本小說稱之。而話本發展至話本小說，其間已有加工，而非口頭表演之原貌。〔註 31〕

流傳之故事並敷演說唱者，謂之說話。小說中所謂話說，實指此本或這本之意（頁 263）。

〔註 29〕 胡士瑩，《話本小說概論》，話本本爲口頭文學記錄，爲民間說唱之記錄。以人物情節而言，大抵傳述一人一事，擬話本則由文人模擬話本形式之書面文學，實際上即爲白話短篇小說。隨作者立場觀點及藝術修養之不同，其中之藝術成就亦有不同（頁 381）。而胡萬川〈從馮夢龍編輯舊做作的態度談所謂宋代話本〉，《話本與才子佳人小說之研究》一文中亦指出，宋人所謂話本，原不限於短篇，後來約定俗成，爲別於講史或其他長篇體製，便用來專指「小說」，即短篇的故事。（頁 139）

〔註 30〕 「話本」究爲小說或說書底本，向爲爭論所在，本文於此亦無法作一確切解釋，僅作簡單之陳述與說明。如《古今小說‧序》中曾云：「以太上享天下之養，仁壽清暇，喜閱話本，命內璫日進一帙，當意則以金錢厚酬。」此之話本，或應爲書本之意。又《警世通言》卷二十八〈白娘子永鎮雷峰塔〉開頭云：「有分教：才人把筆，編成一本風流話本。」似亦指話本爲書本之意。又《清平山堂話本‧簡帖和尙》中云：「變出一本蹺蹊作怪底小說來。」一本即一個單篇，是以「話本」一詞於此往往爲具體之書本，而非抽象之故事之意。據蕭欣橋，〈關於「話本」定義的思考──評增田涉〈論「話本」的定義〉〉（《明清小說研究》1990 年第三、四期合定本，頁 113），話本或可與變文合而觀之，所謂變文，「變」爲故事之意，所謂故事圖像即「變相」，而故事文即爲「變文」（見周紹良，《敦煌文學作品選》代序），則「說話」之「話」，「話本」、「話」之「話」，亦爲故事之意，而「說話」即講說故事，「話本」則成爲故事文或故事本之意。事實上，話本或有此一書本之基本定義，然於某些場合此意往往被引伸，「說話」與「話」混用，而有故事之含意。

〔註 31〕 胡士瑩《話本小說概論》（台北：木鐸出版社，1977 年），說話的內容被記錄、編寫爲話本，致使說話藝術與話本於某一意義上有所分別。記錄或編寫者多爲文人，其立場、思想與感情、修養等與說話人有所聯繫共通，然亦有所區別，而文人彼此間之思想理念亦有所不同，是以經由其人寫定之話本於內容語言上均有不同。而說話之內容則由傳說階段發展至與文學並存之階段，出現以說話爲基礎之白話文學作品，即話本與擬話本小說。其後，說話技藝漸告衰落，話本小說卻繼續發展，至明末擬話本之時期，話本小說就超過說話而成爲主要形式。（頁 129）

　　至於擬話本，則爲出現於明末清初通俗小說流派之一〔註32〕，乃明清時期模擬宋元話本獨特體例而創作之白話短篇小說，因其刻意模擬話本小說之體制，故或統稱爲話本小說〔註33〕。魯迅《中國小說史略》最先提出擬話本之概念，其間雖未對擬話本作定義，然由其論述可知，其乃視模擬話本而寫就之作品爲擬話本〔註34〕，如其書第十二篇之篇末曾提及擬話本出現之原因與特徵：「南宋亡，雜劇稍歇，說話遂不復行，然話本蓋頗有存在，後人目染，仿以爲書，雖已非口談，而猶存囊體。」所謂「囊體」，主要指宋時話本形式之寫作特徵〔註35〕。而擬話本即遵循此一形式特徵加以創作。經學者之搜尋、考訂，現存已知之明代擬話本集共有十九種。〔註36〕

　　本論文所據以研究之材料，唐傳奇部分爲《太平廣記》、新興書局《歷代筆記小說大觀》、汪辟疆編《唐人傳奇小說》、王夢鷗校釋《唐人小說校釋》等；除唐代之傳奇作品外，對於一般類書如《雲溪友議》、《北里志》、《本事詩》等，

〔註32〕胡士瑩《話本小說概論》（台北：木鐸出版社，1977年）言，據《寶文堂書目》著錄之明代擬話本，明代文人之擬作早已存在。其中如〈羊角哀鬼戰荊軻〉、〈范張雞黍死生交〉、〈馮唐直諫漢文帝〉、〈李廣世號飛將軍〉、〈夔關姚卞吊諸葛〉等，多具明顯之文人擬作風格。民間藝人多關注於現實生活之題材；而文人則多借鑒於歷史故事。然此類文人擬作直至馮夢龍方得以受到重視。（頁378）

〔註33〕歐陽代發，《話本小說史》（湖北：武漢出版社，1994年），頁10。

〔註34〕陳大康，《通俗小說的歷史軌跡》，頁105。

〔註35〕魯迅後又將此歸納爲三條件：（一）須講近世事；（二）什九須有「得勝頭回」；（三）須引證詩詞。事實上，究之擬話本之實際表現，未必皆符合上述條件，其中之異同比較與統計可見陳大康之《通俗小說的歷史軌跡》第四章第一節〈擬話本的形式特徵及其蛻變〉。

〔註36〕據陳大康，《通俗小說的歷史軌跡》第四章第一節〈擬話本的形式特徵及其蛻變〉，中曾加以列舉，分別爲：天啓元年至七年間，馮夢龍之《古今小說》、《警世通言》及《醒世恆言》；崇禎年間凌濛初之《初刻拍案驚奇》與《二刻拍案驚奇》；金木散人之《鼓掌絕塵》；醉竹居士之《龍陽逸史》；西湖漁隱主人之《歡喜冤家》；陸雲龍之《型世奇觀》；夢覺道人西湖浪子之《幻影》；周清源之《西湖二集》；不著撰人之《十二笑》；獨醒道人之《筆獬豸》；不著撰人之《壺中天》、《一片情》；天然癡叟之《石點頭》；醉西湖心月主人《弁而釵》及《宜春香質》及弘光年間陸雲龍之《清夜鐘》等（頁105～106）。又據鄭振鐸，〈明清二代的平話集〉（上、下），《小說月報》卷二十二第七、八期，其中除上述所列之外，另有《京本通俗小說》、《清平山堂話本》、《覺世雅言》、《燕居筆記》、《石點頭》、《醉醒石》、《覺世名言》（十二樓）、《豆棚閒話》、《歡喜奇觀》、《照世杯》、《西湖佳話》、《娛目醒心篇》、《西湖拾遺》、《二奇合傳》、《今古奇聞》及其他話本等，本論文以短篇作品爲主。

雖旨在收錄中晚唐間詩人之佚聞逸事，然其中記載亦頗見明顯之傳奇性質，故
亦以傳奇視之，並對其中之詩歌穿插之現象與傳奇作品合而言之。至於話本，
從唐代「說話」開始專業化至宋代說話興盛，其間之發展軌跡明顯，是以話本
小說亦獲致相當發展〔註37〕。然因未受當時文人重視，故僅多爲明代中葉洪楩、
馮夢龍等人整理所得，而所彙集之作品亦有不同時代相混淆之現象，於研究上
不免有所困難。主要依據爲《清平山堂話本》、《熊龍峰刊行四家小說》、馮夢龍
《喻世明言》、《警世通言》及《醒世恆言》；凌濛初《初刻拍案驚奇》及《二刻
拍案驚奇》；艾衲居士《豆棚閒話》；筆煉閣主人《五色石》；天然癡叟《石點頭》；
西湖漁隱主人《歡喜冤家》；東魯古狂生《醉醒石》；酌玄亭主人《照世盃》；古
墨浪子《西湖佳話》；省三子《躋春臺》、五色石主人《八洞天》；陸雲龍《清夜
鐘》；梅庵道人《四巧說》、石成金《雨花香》及《通天樂》；李漁《無聲戲》及
《連城璧》；赤心子《繡谷春容》、吳敬《國色天香》及陸人龍《型世言》等，
其中《躋春臺》與《十二樓》中之作品雖非一回敷演一個完整故事，然其中亦
保有若干話本之寫作形式，是以亦列入參考範圍，其他亦及若干單篇話本小說
〔註38〕及皇都風月主人《綠窗新話》、羅燁《醉翁談錄》等類書。

　　唐傳奇與話本小說於古典小說發展中分屬雅俗系統，之所以一併探討，自
有其考量。較之經史著述，小說固爲通俗文學，然其中亦有雅俗之別。所謂雅
俗，實爲相對觀念，唐傳奇因其作者理念與語言文字諸項因素之故，是以有相
對雅正之表現，而話本小說由於其產生背景與所運用之文字，則不免具有通俗
特性，之所以同時將二者列入研究範圍，主要依據爲，所謂小說，無論雅俗，
不免皆具娛樂遣興之特性，是以所謂正統通俗之分往往僅爲一假定性判斷與概
念，藝術形式多有其複雜之來源與特性，而非單一之性質內容，此爲雅俗小說
之共同處；另一方面，雅俗之別須於彼此之對照中方有意義，方得顯現其中異
同〔註39〕。中國文學由於獨特之歷史影響，抒情文學向爲主流，並形成傳統，
敘事文學相較之下則無明顯地位，敘事文學中之小說出現較晚，其形成之藝術

〔註37〕如《醉翁談錄》、《也是園書目》、《寶文堂書目》等記載，其中約有一百四十
　　　篇小說話本名目，而《四庫全書總目》卷五十三《雜史類存目》三《平播始
　　　末》提要云：「《永樂大典》有平話一門，所收至夥，皆優人以前代軼事敷衍
　　　成文而口說之。」其中應保留多數宋人話本小說。
〔註38〕如〈項橐小兒論〉、〈解學士詩〉及〈張子房歸山詩選〉等不著撰人之篇章亦
　　　列爲研究範圍。
〔註39〕陳平原，《小說史：理論與實踐》（北京：北京大學出版社，1993年），頁121。

特徵亦因而有其獨特表現，對於既有傳統之吸收往往較其他文類深厚且豐富〔註40〕。古典小説之形成既受制於歷史之強大傳統，卻亦吸取民間説唱文學之影響。唐傳奇雖已顯現小説文類獨立之特徵〔註41〕，然其間之史傳特徵仍屬明顯，無論作品之內容或體裁，均可視爲史筆之延續與承襲。話本小説則主要由説唱藝術發展而成，藉由説唱之形式形成藝術結構與修辭特徵，然此類藝術特徵卻仍受限於史傳之制約，話本小説之發展過程從初期民間説唱進至文人創作編纂，雖仍具有説唱或早期話本之體制與特徵，然文人加工創造之作用與影響仍屬明顯。故明清擬話本亦一併列入探討範圍。二者於獨立發展中固有其差異，比較彼此之互動與影響，整體之小説發展方得以全面與多元，而藉由探討小説與其他文類之比較、小説內部雅俗之差異，將有助於對古典小説整體現象與各層面差異之認知與掌握，故將唐傳奇與話本小説合而言之。

至於所研究之材料限定於古典短篇小説，長篇作品略而不論，乃鑒於篇幅及時間所限，故未列入研究範圍〔註42〕。短篇小説之層次雖單一，情節之容納亦有限，然無論唐傳奇或話本小説，其間之寫作體式與藝術特徵仍有其特殊成就。且短篇作品之藝術形式與技巧實爲後世長篇章回小説藝術成就之重要基礎，故藉由短篇作品修辭形式之整理與分析，亦可作爲研究與分析長篇章回小説形式特徵之基礎。

本論文所使用之若干名詞亦有待説明，所謂唐傳奇與話本小説，一如前述，乃以唐傳奇及宋元明清等話本與擬話本等短篇小説爲中心。所謂短篇故事，主要指一篇或一回陳述一個故事之形式。且本文所謂古典小説，主要指短篇小説。韻文部分，本文之界定除詩詞歌賦等一般韻文文類外，因話本小説中對句之比例頗高，且其中多具對仗或平仄等因素，是以雖無押韻，亦列入韻文之列；有關辭賦一辭之認定，大致而言，於古典短篇小説之韻文中，既非清晰可辨之詩歌或詞曲等文學形式一概以辭賦稱之，其中文字或散或駢，亦未必皆押韻，然因其間文字不同於敘述主體之散文，是以統稱爲辭賦，又唐傳奇中屢見之駢偶

〔註40〕張碧波，《中國文學史論》（黑龍江：黑龍江教育出版社，1993年），頁346。

〔註41〕董乃斌，《中國古典小説文體的獨立》（北京：中國社科院出版社，1994年）一書即專門闡述唐傳奇對於小説文體獨立之代表性。

〔註42〕事實上，許多古典短篇小説所呈現之表現特徵亦爲長篇章回小説所具有，如許麗芳《西遊記中韻文的運用》（臺灣大學中文所碩士論文，1993年）及駱吉萍《金瓶梅詞話中韻文之研究》（中山大學中文所碩士論文，1995年）皆對古典長篇小説中之韻文運用予以整理分析。

文字亦以韻文稱之。

　　所謂韻文現象，主要指古典短篇小說中韻文之敘述功能、修辭技巧及特徵等，而相關意義則指藉由古典小說韻文散文相雜之特殊寫作現象而呈現其中意涵，包括寫作前提或期許、作品之參差層次、文體特徵及通俗風格等。又本論文所使用之文類一詞，主要指文學類型，如詩、詞、歌、賦；小說、戲曲等。就此一角度言，文類之探討主要在於文類生成與構成之規律與特質，並詮釋文類所具有之多層信息系統，而各文類間彼此亦有相互融合作用之可能。至於文體一詞，乃指某一文類所具有之某種形式或內容特徵，且有其恆定性。某一文類之建立，則風格亦因而形成，本文所謂風格，主要偏重於某一文類作品之寫作形式及特徵，即西洋文學 style 一詞，往往指某一文類所呈現之相對穩定之藝術特徵〔註43〕。所謂修辭，本文之理解爲作者對於某類作品如詩歌散文等對文字之組織方式或自覺，其間包含對當時文學文化等意識之吸收與認同，乃至反省。

第三節　既有研究成果之檢討

　　根據相關之研究目錄〔註44〕，歷來研究唐傳奇者多屬下列之研究層面：外緣或概略介紹，主要爲唐傳奇之形成原因或整體形式之研究；唐傳奇之概略介紹，或單篇作品之析論〔註45〕相關問題考證或校釋，如某一單篇作品之人物或

〔註43〕　中國傳統文學批評中，文體泛指文學形式、類型、風格等，如《文心雕龍》中，體作爲文類概念，頗爲普遍，於此文體並不限於風格，亦與文字語言表現方式及特色相關。見張漢良，〈何謂文類〉，《比較文學理論與實踐》（台北：東大圖書公司，1986 年），頁 115～116。

〔註44〕　有關唐傳奇或話本小說之研究概況，本文主要以臺灣地區學位論文或專書爲主，一般單篇論文則見中央圖書館編，《中華民國論文期刊分類索引》，另參考王國良編，〈近十年（1971～1980）臺灣地區唐代小說研究論著簡目〉，《中國古典小說研究專集》（臺北：聯經出版事業公司，1979 年）第三集：王國良編，〈近十年（1981～1990）臺灣地區唐代小說研究論著簡目〉（《中國唐代學會會刊》第二期，1991 年 11 月）及王國良編，〈中國古典小說研究書目——話本小說〉，《中國古典小說研究專集》（臺北：聯經出版事業公司，1982 年）第五集，又柳之青，《三言人物研究》第一章〈緒論〉第一節〈三言研究概況〉（臺灣師大國文所碩士論文，1991 年）亦述及話本研究概況。其書附錄部分列有 1980～1989 年間大陸有關三言研究之期刊篇目，及各大學圖書館藏目錄所歸納，亦多不出上述歸納之範圍。

〔註45〕　此類研究除各類文學史或小說史專書有所提及外，其他如王夢鷗，〈唐人小說概述〉，《中國古典小說研究專集》第三集（臺北：聯經出版事業公司，1981 年）：樂衡軍，〈唐傳奇的意志世界〉，《臺靜農先生八十壽慶論文集》（臺北：

本事之考證〔註46〕；唐傳奇之主題與思想，包括單篇或相關作品之整理；藝術成就之研究，包括作品人物刻劃或情節安排〔註47〕；與後世或外國小說作品作題材或思想等方面之相較〔註48〕；另外探討作品形成之相關政治與社會因素等〔註49〕。主要仍不出考據本事或探討藝術技巧等層面，其中對於藝術成就之分析多僅就現象之異同加以陳述，至於其中所透露之涵意與文學史上之發展則未見深入探討。

聯經出版事業公司，1981年）；劉瑛，《唐代傳奇研究》（臺北：正中書局，1982年）；祝秀俠，《唐人傳奇研究》（臺北：文化大學出版社，1982年）；學位論文如鄭惠璟，《唐代志怪小說研究》，臺大中文所碩士論文，1989年；薛秀慧，《唐人小說盧肇逸史研究》，東海大學中文所碩士論文，1988年；林志遠，《唐人俠義小說研究》，輔大中文所，碩士論文1986年；吳秀鳳，《廣異記研究》，輔大中文所碩士論文，1986年；洪文珍，《唐傳奇研究》，東海大學碩士論文，1973年。

〔註46〕如劉瑛，〈古鏡記著者考〉，《中華文化復興月刊》十四卷十二期，1981年；王夢鷗，《唐人小說校釋》（上、下）（臺北：正中書局，1983年、1985年）；鄺慶歡，〈敦煌抄本周秦行紀殘卷——集校及版本系統〉，《中國古典小說研究專集》（臺北：聯經，1982年）第五集；廖玉蕙，《唐代傳奇探源》（臺北：圓神出版社，1989年）等。

〔註47〕如龔鵬程，〈唐傳奇的性情與結構〉，《古典文學》（臺北：學生書局，1981年）第三集；黃景進，〈枕中記的結構分析〉，《中國古典小說研究專集》（臺北：聯經出版事業公司，1982年）第四集；徐志平，《從比較觀點看李復言小說之寫作技巧》，《中外文學》十四卷五期，1985年；鄧仕樑，〈唐人傳奇的駢文成分〉，《古典文學》（臺北：學生書局，1986年）第八集，潘銘燊，〈從比較角度看唐代小說特色——太平廣記與三言〉，《唐代文學研討會論文集》（臺北：文史哲出版社，1987年）；梅家玲，《論杜子春與枕中記的人生態度：從幻設技巧的運用談起》，《中外文學》十五卷十二期，1987年；葉師慶炳，〈六朝至唐代的他界結構小說〉，《臺大中文學報》第三期，1989年；學位論文如金鐘聲，《唐傳奇作品主題》，臺大中文所碩士論文，1988年；丁肇琴，《唐傳奇的寫作技巧》，臺大中文所碩士論文，1987年；張曼娟，《唐傳奇之人物刻劃》，東吳大學中文所碩士論文，1986年；俞炳甲，《唐人小說的寫作技巧研究》，輔大中文所碩士論文，1985年；崔俊夏，《枕中記、南柯太守傳與九雲夢之比較研究》，臺灣師大國文所碩士論文，1984年；朱文艾，《唐人小說中的夢》，臺大中文所碩士論文，1983年。

〔註48〕如成淵淑，《唐傳奇與朝鮮短篇小說之比較研究》，文化大學中文所博士論文，1990年；李相圭，《唐代傳奇小說與李朝短篇小說之比較研究》，文化大學中文所碩士論文，1982年。

〔註49〕如許文惠，《唐代傳奇所反映的唐代社會》，東吳大學社會研究所碩士論文，1989年；柯錦彥，《唐人劍俠傳奇及其政治社會之關係》，高雄師院國文所碩士論文，1982年；陳梅蘭，《從唐代傳奇小說看當時的社會問題》，臺大中文所碩士論文，1970年。

　　至於話本小說部分，大致而言，主要仍集中於《三言》、《二拍》等擬話本之研究，而宋元話本小說則多於析論中一併討論。其研究方向亦多集中於題材來源或形式技巧等層面。至於清代短篇擬話本，則研究著述則不如明代作品普遍〔註50〕。首先爲從時代背景、語言風格及藝術特徵等觀點加以整體考察之專書著作及學位論文〔註51〕。目前所知有關話本小說爲研究對象之學位論文，其研究現象有以下諸項：考訂各篇作品撰述之時代及篇目，此爲外緣因素之研究；體制之考訂，主要集中於話本小說與變文等民間文學形式之對照；另有溯及故事內容之流傳與吸收，如與唐傳奇或戲曲故事之比較等；另研究話本小說之整體現象或外圍因素者，如作品與作者編者之關係；或當時相關之社會經濟〔註52〕，亦有研究作品本身組成要素，主要爲藝術技巧之關注〔註53〕；或整體研究話本某類主題；或探討刻劃人物之手法，或研究單篇作品之人物形象、心理、思想與結構藝術，主要爲作品意象之衍釋〔註54〕。探索形成作品之相關歷史及

〔註50〕　臺灣地區有關研究清代話本集之學位論文一般較少，目前可知有吳芬燕，《李漁話本小說研究》，高雄師大國文所碩士論文，1986年；費臻懿，《古吳墨浪子西湖佳話研究》，東海大學中文所碩士論文，1991年。

〔註51〕　如孫楷第《俗講、説話與白話小說》（臺北：河洛圖書公司，1978年）、容肇祖《中國文學史大綱》（臺北：文海出版社，1971年）、胡士瑩《話本小說概論》（臺北：木鐸，1977年）及譚正璧《中國小說發達史》（臺北：啓業書局，1978年）及潘壽康《話本與小說》（臺北：黎明出版社，1973年）等著述爲然，其後多人承其流行。學位論文樂蘅軍，《宋代話本研究》（臺北：臺大文學院，1969年）；李漢祚，《三言研究》，臺灣大學中文所碩士論文，1968年；李本曜，《宋元明平話研究》，師範大學國文所碩士論文，1973年，何志平，《宋話本的研究》，東海大學中文所碩士論文，1973年；權寧愛，《型世言研究》，東吳大學中文所博士論文，1993年。

〔註52〕　如繆禾，《馮夢龍和三言》（臺北：萬卷樓出版社，1993年）；容肇祖，《馮夢龍與三言》（臺北：木鐸出版社，1983年）。學位論文如胡萬川，《馮夢龍生平及其對小說之貢獻》，政治大學中文所碩士論文，1973年；鄭東蒲，《凌濛初二拍的藝術技巧》，輔仁大學中文所碩士論文，1987年；黃明芳，《馮夢龍編作三言的社會經濟基礎》，中山大學中文所碩士論文，1994年。

〔註53〕　如劉恆興，《話本小說敘事技巧析論》，中山大學中文所碩士論文，1994年。

〔註54〕　如葉慶炳，〈短篇話本常用佈局〉，《古典小說論評》（臺北：幼獅出版社，1985年）；莊因，《話本楔子彙説》（臺北：聯經出版事業公司，1978年），學位論文如霍建國，《三言公案小說的罪與罰》，政治大學中文所碩士論文，1995年；蔡蕙如，《三言中的婚姻與戀愛》高師大國文所碩士論文，1995年；林麗美，《三言二拍中的女性研究》，中央大學中文所碩士論文，1995年；魏旭妍，《明代短篇話本小說中負心婚變之研究》，淡江大學中文所碩士論文，1995年；王靖芬，《明代白話短篇話本小說中「反禮教」的思潮》，臺大中文所碩士論文，

社經文化等因素，或作者之寫作動機與理念，此多不出教化勸戒之範圍。另有研究話本小說之於其他作品之影響與互動〔註 55〕，或與外國文學作類比研究者，或概略介紹海外相關作品之收藏與研究現況，或翻譯成果等〔註 56〕。大致而言，能針對其中大量詩詞歌賦加以系統研究者仍屬少見。

就以上研究概況可知，相關研究或討論多僅限於某一單篇作品或專書，而研究範圍亦多不出形式或內容之考察，並未能超越時代或作品予以系統析論，至於相關延續論題如文學史流變或深層研究，亦多未關注。事實上，古典小說無疑為一使用語言藝術，以語言文字之觀點視之，古典小說之特殊文類風格實包含文學史上之豐富意義與理念，其間往往呈現不同時代之思考或判斷，以及各種不同層級之文類間相互之影響與運作，其中自亦顯現歷代作者之思考與修正等意識。古典小說由於固有之文學定位，較詩賦等正統文類更顯自由與活潑，是以其間文字安排與運用往往亦透露既有之文學背景與思維，及其與正統文類間藝術特性之差異與混同，呈現古典小說對於既有傳統之概念與對應方式，是以藉由探討古典小說此一向被輕視之文類，正可檢視文學史上其他正統文類之演變與融合，並及古典小說於吸收眾多因素後所形成之特有風貌。

第四節　本文寫作方式與結構

本論文之撰寫方式可分為三層次，首為現象之呈現及整理，次為歸納現象本身之特性及如何展現，末為相關意義之詮釋或說明。共分九章，主要分為兩大結構，即（一）唐傳奇與話本小說韻文現象之整理；（二）韻文現象所具有之相關意義詮釋。前者為現象之歸納，包括韻文於唐傳奇及話本小說中

1994 年；柳之青，《三言人物研究》，臺灣師大國文所碩士論文，1991 年；郭靜薇，《三言獄訟故事研究》，輔大中文所碩士論文，1990 年，咸恩仙，《話本小說果報觀研究》，文化大學中文所博士論文，1989 年，崔桓，《三言題材研究》，臺大中文所碩士論文，1985 年；咸恩仙，《三言愛情故事研究》，文化大學中文所碩士論文，1983 年；王淑均，《三言主題研究》，輔大中文所碩士論文，1979 年。至於林珊妏，《宋元話本小說的時間觀研究》，文化大學中文所碩士論文，1994 年；李騰淵，《話本小說之世界觀研究》，輔大中文所碩士論文，1985 年，則為有關哲學論題之研究。

〔註 55〕如任明玉，《啖蔗、三言二拍與今古奇觀比較研究》，文化大學中文所碩士論文，1994 年。

〔註 56〕如趙英規，《明代小說對李朝小說之影響——以剪燈新話、三言、三國演義為中心》，政治大學中文所碩士論文，1967 年。

之敘述功能；修辭特徵及相關意義等；後者則針對現象作一相關意涵之探討，以期於不同之考察角度而得以對相關現象有所周延認知及理解，於問題之深度及廣度等層面皆能有所認識及釐清。

第一章〈緒論〉，說明研究動機與方法，相關材料來源，研究概況及檢討，並及論文寫作方式之介紹。

第二章〈唐傳奇中韻文現象之析論〉，本章以唐傳奇中之韻文爲中心加以整理，除敘述功能外，並配合相關涵意與既有思維前提加以討論。

第三章〈話本小說中韻文現象之析論〉，其中之研究方式一如第二章，力求於相關文學背景中整理其中之現象及運用特徵，另有擬話本與早期話本於形式技巧上之差異分析，以呈現話本小說於發展上之趨勢。

第四章〈唐傳奇與話本小說運用韻文現象比較〉，由認識作品不同之背景爲思考基礎，分別歸納唐傳奇與話本小說對韻文運用之差異與相關意義，由於各有著重點，是以雖皆以韻文作爲敘述輔助，然其間之風格表現與作品屬性仍有明顯差距，並另作此類修辭現象之意義詮釋。

第五章〈由韻文現象探討敘述層次〉，主要藉由韻文之成分，而認識敘事作品中之敘事因素，及因韻文而形成錯落之敘述層次，故事之鋪陳因而更趨曲折多變。

第六章〈由韻文現象探討論證特徵〉，說明整理歷代對古典小說之批評與觀點，及後世小說因此一影響而形成寫作之期許與修辭特徵。

第七章〈由韻文現象探討文類混合〉，古典小說由於詩賦韻文之介入，形成古典小說之文體風格具有特殊風貌，由於各文類各有修辭特徵，彼此融合將形成敘事或抒情等意境之差異，作品之整體風格因而有不同之深度表現。

第八章〈由韻文現象探討詼諧屬性〉，古典小說鑑於既有之傳統與期許，藉由韻文之運用，而得以增進敘述作用與風格之豐富，古典小說自有模擬學習傳統之處，然由於其特有之通俗詼諧本質，是以模擬過程中亦往往顯現對正統文類之因革，而有刻意諧擬或轉換之表現。

第九章〈結論〉，整合前述之分章討論，分別就古典小說之文體風格、敘述特徵等因素配合固有意識與觀點加以整理，由現象整理進至意義詮釋，以期對古典小說之韻散現象有一系統之認識與理解；並提供其他相關文學發展之研究基礎，而特殊之文類風格所呈現之損益與反省意識亦可爲文學流變作另一詮釋。

第二章　唐傳奇中韻文現象之析論

　　學者多視唐傳奇爲中國文學史上古典小說形式之正式成立，其關注點即在於唐傳奇作者有意爲小說，有明確之修辭意識，而非單純記史之目的〔註1〕。唐傳奇之形成自有其政治、社會乃至文學等多方因素，而作品之內容、題材與寫作風格亦因種種外在影響所致。一般研究亦往往針對此類現象加以探討，包括其形成因素、風貌展現或表現之主題思想等。其中形式之探討亦爲主要論點之一，本章則以唐傳奇中韻文散文相雜之寫作形式及內容爲探討方向。

　　事實上，韻散相雜形式之形成亦與其他層面因素互有相關，如對前此之正統或民間作品之承襲；對既有史筆模式之堅持等皆爲基本成因，而唐傳奇之所以被視爲古典小說特定文類之成立，關鍵即在於其中特具修辭意識。唐傳奇之虛構表現乃植基於作者對唐傳奇表現性質與功能已有自覺，對於作品之創作，雖仍受限於史筆觀念，然至少已意識到故事之鋪陳，所謂「文備眾體，可見史才、詩筆、議論」，亦認爲寫作可「揉變化之理，察神人之際，著

〔註1〕 學者往往以宋代洪邁之語「唐人小說，小小情事，淒婉欲絕，洵有神遇而不自知者，與詩律可稱一代之奇」或明胡應麟「小說，唐人以前，紀述多虛，而藻繪可觀」、「凡變異之談盛於六朝，然多是傳錄舛訛，未必盡幻設語，至唐人乃作意好奇，假小說以寄筆端」等說明以證傳奇之小說文體獨立且成熟。近代迄今亦則以魯迅之說爲中心，以爲敘述宛轉，文采華豔爲傳奇演進之明顯特質，主要強調唐傳奇之異於六朝志怪小說，已有虛構模擬等寫作意識與表現。此類說法均有其依據，然究之唐傳奇作品之內容而言，作者於華美文字之中實仍明確指出其爲文態度與自期，故是否果爲小說之獨立文體成立，實可再予檢證，或可由所謂幻設之文采辭章等方面加以證實唐傳奇優於前期作品，至於寫作意識與動機，實未與六朝志怪作品有所明顯差距，甚而唐傳奇固有之高度修辭藝術，亦往往不出爲文記事益世之寫作目的。

文章之美，傳要眇之情」，至此寫作已非單純之實事實錄耳，亦成爲作者自我實現或抒發之媒介。亦因想像組織成分之加強，故能突破事件原型之限制，形成作品豐富之形式或內容。藉由作者對文字運用之自覺與用心，對照前後時期之相關作品，往往更能發現唐傳奇不同於以往小說作品之特質，而以韻文爲探討依據，實更能發揮唐傳奇有意爲小說之意識與成就，亦更可說明所謂「文備眾體」之特徵。又藉由對唐傳奇中韻文之敘述功能與運用特徵作一整理，亦得見其於文字組織上之明顯藝術成就。

第一節　傳統之承襲與新變

　　唐傳奇之藝術成就多端，較之六朝志怪，無論題材或形式皆具有擴充與發展之特質。之所以呈現此一華美豐富之修辭表現，對傳統之吸收與改造實爲必然條件，影響因素亦多元複雜。以文學史角度而言，六朝志怪之藝術成就自爲唐傳奇學習與轉化之重要基礎，然值得注意的是，唐傳奇於行文之改造創新中，對於寫作態度與期許亦有所堅持，即作品之若干修辭關注亦不免附屬於史筆寫作之思維下。縱雖如此，因當時文風與其他文學作品直接間接之影響〔註2〕，唐傳奇之修辭技巧與創作自覺明顯增進，而促成古典小說體制之正式成立，得以獨立於經史子等正統典籍之著述形式之外。

一、志怪之形式及格調

　　唐以前之小說主要爲魏晉南北朝小說〔註3〕，具有與唐傳奇不同層次之內在意義，除內容題材多以固有神話傳說加以繼承與再創造外，又因當時方術巫風乃至佛教等影響，亦形成作品之特殊內容與面貌。當時作者寫作此一「叢殘小語」之意識亦爲重要特質，往往僅信筆記述，不事修飾；作者未必不具修

〔註 2〕一般以爲，唐傳奇之發展往往與當時之古文運動相關，藉由散文之寫作，唐傳奇得以靈活運用文字加以敘述，而其中古文家如韓愈、柳宗元等亦有若干如〈毛穎傳〉、〈捕蛇者說〉或〈種樹郭橐駝〉等記錄或傳記類之作品，此亦間接形成相關之寫作習慣或風氣，固然，唐傳奇另承襲既有之駢儷文風與史筆標準，是以對傳統有所承襲，亦有所轉化。

〔註 3〕由於《漢書藝文志》所載之小說十五家亡佚殆盡，是以現存題漢人所作之小說如《漢武故事》、《漢武帝內傳》、《漢武洞冥記》、《西京雜記》、《神異經》及《十洲記》等，實均出魏晉南北朝人之手，故所謂唐以前之小說實指六朝之小說。可參閱葉師慶炳所著〈中國早期小說中的詩歌〉，《中華文化復興月刊》十卷三期，頁57。

辭能力，主要在於其寫作態度爲記錄以資見聞考證，爲一實錄意識〔註4〕，故強調其中之奇異與眞實，以冀補史闕，其寫作目的爲補遺或資證，取捨基準爲所記載之事本身所具有之特殊性，對於文字修飾自未關注或強調。而論及寫作意識，則志怪小說之作者背景亦應加以考量，一般而言，多爲文人與方士之流〔註5〕。其人爲志怪之文，多視人鬼之事同一，敘述異事之態度基本上與記錄人間常事並無二致，皆視以眞實人事。然由於題材之特殊與行文之技巧，志怪之作者固具記史補缺之寫作態度，然形諸若干篇章，除題材有新奇引人之處外，亦呈現寫作上之修辭匠心或藝術成就，其中亦有若干遣興或娛樂特質。本文主要即著眼於唐傳奇就志怪此一寫作特徵加以發揮，於題材之擇

〔註4〕 六朝小説如《宣驗記》或《幽明錄》等有宣揚因果輪迴等宗教理念之寫作目的，其爲文動機自不待言。至於一般著作，無論作者或批評者本身，亦多以實用教化理念爲中心，如唐劉知幾《史通・採撰》（台北：藝文印書館，1978年）對晉世之若干志怪作品如《語林》、《世説》、《幽明錄》及《搜神記》等有所批評，其言云：「其所載或詼諧小辯，或神鬼怪物。其事非聖，揚雄所不觀；其言亂神，宣尼所不語；皇朝新撰《晉史》，多採以爲書。夫以干、鄭之所冀除，王、虞之所糠粃，持爲逸史，用補前傳，此何異魏朝之撰《皇覽》，梁世之修《遍略》，務多爲美，聚博爲功，雖取説於小人，終見嗤於君子矣。」（頁107）頗不以《晉書》之錄上述諸書爲然。而就另一方面言，此段批評中無論批評本身或記錄《晉書》之擇取標準，實皆以史傳記實爲衡量準則。又據部分著作之序以觀，亦可見作者或評論者以史傳爲既有寫最高原則之意見，如王嘉《拾遺記》卷九提及張華《博物志》時曾言：「張華字茂先，挺生聰慧之德，好觀秘異圖緯之部，捃採天下遺逸，自書契之始，考驗神怪，及世間閭里所説，造《博物志》四百卷，奏於武帝。帝詔詰問：『卿才縱萬代，博識無倫，遠冠羲皇，近次夫子，然記事采言，亦多浮妄，宜更刪剪，無以冗長爲文！昔仲尼刪《詩》、《書》，不及鬼神幽昧之事，以言怪力亂神；今卿《博物志》，驚所未聞，異所未見，將恐惑亂於後生，繁蕪於耳目，可更截浮疑，分爲十卷！』」由此一記載亦可見立論之基礎；而梁代蕭綺序王嘉《拾遺記》云：「王子年乃搜撰異聞，而殊怪必舉，紀事存補，愛廣尚奇，憲章稽古之文，綺綜編雜之部，《山海經》所不載，夏鼎未之或存，乃集而記矣。辭趣過誕，意旨迂闊，推理陳跡，恨爲繁冗；多涉禎祥之書，博彩神仙之事，妙萬物而爲言，蓋絕世而弘博矣！世德陵夷，文頗缺略。綺更刪其繁紊，紀其實美，搜刊幽秘，捃採殘落，言匪浮詭，事弗空誣，推詳往跡，則影徹經史，考驗眞怪，則協附圖籍。若其道業遠者，則辭省補素，世德近者，則文存靡麗；編言貫物，使宛然成章。數運則與世推移，風政則因時回改。」亦顯見所關注之重點在於文爲世用，至於辭章文采，則不予重視，甚至對此有浮泛不實之質疑。至於干寶《搜神記・序》中自言其著述乃「發明神道之不誣」，則更顯見其寫作態度與自期。

〔註5〕 侯忠義，《漢魏六朝小説史》（瀋陽：春風文藝出版社，1989年），頁41。

取及修辭之運用上擴而充之，終蔚爲另一藝術巔峰。

志怪之於唐傳奇，自有其多層面之影響與奠基。本節僅以韻散相雜之形式爲考察重點，以見志怪與唐傳奇間之傳承與異同。事實上，傳奇韻散相雜之修辭現象並非首見，前此之六朝志怪作品亦偶有類似表現，其中作品亦偶有故事中人物賦詩之表現，雖非普遍現象，然賦詩情形與唐傳奇如出一轍，而其間所具之敘述功能則較傳奇單一。如戴祚《甄異傳》中水獺所變之美人之題詠：

> 我在西湖側，日莫陽光頹。託蔭遇良主，不覺寬中懷。

即暗示其爲異類。劉義慶《幽明錄》中亦有狐狸所變之女子賦詩，分別爲：

> 精氣感冥昧，所降若有緣。嗟我遘良契，寄忻宵夢間。

> 成公從義起，蘭香降張碩。苟云冥分結，纏綿在今夕。

> 佇我風雲會，正俟今夕游。神交雖未久，中心已綢繆。

三首詩即占故事之三分之一，可見其重要性。又吳均《續齊諧記》中亦有清溪廟神賦歌之現象：

> 月暮風吹，葉落依枝。丹心寸意，愁君未知。歌繁霜，侵曉幕，何意
> 空相守，坐待繁霜落。

其中兼具人物身分暗示與氣氛渲染之效果。而干寶《搜神記》雖亦多爲「叢殘小語」之記載，且寫作目的並非遣興逞才，然其中仍有藝術成就。其間或經歷代文人之累積加工，得致精緻豐富之技巧，如（二十卷本）女仙杜香蘭嫁女與張溥之事，杜女云：

> 阿母處靈嶽，時遊雲霄際。眾女侍羽儀，不出墉宮外。飄輪送我來，
> 豈復恥塵穢。從我與福俱，嫌我與禍會。

又云：

> 逍遙雲漢間，呼吸發九嶷。流汝不稽路，弱水何不之。

除表明其仙女身分外，其中言「從我與福俱，嫌我與禍會」，中亦透露張溥不得拒婚之威脅，然藉詩歌形式加以發揮，則具婉約傾向而不尖銳。又《搜神記》卷十六〈紫玉〉，又題爲〈吳王小女〉、〈吳女紫玉〉、〈韓重〉等。此一篇章亦運用韻散相雜之形式，紫玉之吟詠抒發其對婚姻受阻之憤慨，及忠於愛情之堅決：

> 南山有鳥，北山張羅。鳥既高飛，羅將奈何。意欲從君，讒言孔多。
> 悲結生疾，沒命黃壚。命之不造，冤如之何。羽族之長，名爲鳳凰。
> 一日失雄，三年感傷。雖有眾鳥，不爲匹雙。故見鄙姿，逢君輝光。
> 身遠心近，何當暫忘。

此屬於古典小說中少見徵引四言詩歌之例，形成作品古樸典重之特有格調。由上引故事中引詩之例，可見六朝小說之賦詩作用多僅限於表明身分或增加若干情節氛圍。至唐傳奇，則將詩賦之作用擴大，往往藉以展現個人才情或將詩歌作為其他輔助情節之用，對詩賦之運用主要著眼於對史筆模式之學習與模擬，至話本小說則更擴大至說教勸戒等範疇。故可見唐傳奇對於詩歌之徵引應用實較志怪小說之表現廣泛且較具自覺。

二、史傳之繼承與模擬

　　唐傳奇對志怪題材之繼承與改造，主要在於將粗具梗概之故事進行藝術虛構及描繪，正如魯迅「敘述宛轉，文辭華豔」之論斷，其間反映出作者對創作之自覺。而所謂有意創作，亦僅侷限於對文字辭藻之運用上。其中史筆之特徵仍明顯可辨；即保有「備史官之闕」之意識，對於唐傳奇之寫作，不僅須行文宛轉，更應「有裨於世」。無論古史記事如何簡略，皆包含時間、空間及人物活動等因素。唐傳奇固藻繪增飾，然寫作之題材與形式亦不出史傳之書寫原則，往往於文末說明寫作動機、素材來源，以及評論感嘆等，全然為史傳書寫意識之表現。由於敘述文辭之藻飾，加之刻意對題材之求實，是以唐傳奇所呈現之風貌往往難分其中虛實，然由此一現象亦可見唐傳奇於既有基礎上再創作之跡，同時，由其寫作形式之模擬亦可見史傳對唐傳奇之影響，至於作者寫作意識，往往可由作者之說明得知一二，如〈馮燕傳〉，則以既有之史傳特徵為文，其言云：

> 贊曰：「余尚太史言，而又好敘誼事。其賓黨耳目之所聞見，而謂余道元和中外郎劉元鼎語余以馮燕事，得傳焉。嗚呼！淫惑之心，有甚水火，可不畏哉！然而燕殺不誼，白不辜，真古豪矣！」

作者對史筆推崇與學習之跡明顯，並以「贊」字開展議論，模仿之意更顯。且其中亦強調所記之事乃由朋黨口耳相傳而得知，亦強調其真實性，又如〈陶尹二君〉：

> 陶尹二公，今巢居蓮花峰上，顏臉微紅，毛髮盡綠，言語而芳馨滿口，履步而塵埃去身。雲臺觀道士，往往過之；亦時細話得道之來由爾。

說明事實之來源根據，以證所言不虛。此為志怪書寫之習慣，旨在補闕拾遺，記錄怪奇特殊之事，而非單純之創作。

　　小說作者既具有增補史闕之期許，其相關論點自為對所謂「真實」之講求。

歷來學者多以「事信而不誕」作為衡量評斷史學、文學之重要標準，甚而認為小說當應「皆有所據」，「言非無根」，講究「實錄」，「尚真」；唐傳奇中交代事件出處或來源之模式實為此一理念之表現。而強調真實之同時，則是注重作品之教化與道德之實用功能，此與前引唐傳奇作品中之寫作動機或作者評論中亦可得知。

唐傳奇作者以史傳形式為寫作標準，是以多方模擬，作品格式大致類似，除交代人物、時空外，亦強調其中所具道德教化之功；而說明事件取材均為事實，以強調所記所云不虛，並藉以證實所言所述具有補闕或警戒之功能，亦可見為對史傳形式之推崇。即作者以記史者自居，以為寫作為記錄活動，而非無中生有之創作，記錄事件本身不僅為「好奇」，更期藉記錄事件以寄寓思想或教訓，是以與所謂「有意為小說」單純之文學創作實有出入。另外，如《玄怪錄》、《續玄怪錄》及《紀聞》中有若干作品之末雖未具說明寫作動機與目的，其中除對人物背景之介紹外，純粹就事物之奇而加以記述，似未凸顯其他史筆特色；此實為六朝志怪題材之沿續，未見小說之創作意圖，其著眼點在於「奇」或「異」，而此種訴求實亦涵蓋於史傳寫作之原則下。就實際作品以觀，唐傳奇作者無疑承繼發揚史傳之寫作形式及精神，客觀且具體表現出人物之遭遇或生命情境，即使篇幅甚短，亦構成一個有機且完整之敘述作品，同時亦於故事之外強調其中旨意與教訓，更為承繼史傳之顯證。

唐傳奇由於其作者背景之故，皆不免具有文人小說之色彩，為文旨在寄託，並非單純娛樂目的，即使作品形成有其娛樂性質，然究之寫作意識，則實亦不出記史之嚴肅態度。其寫作既以史傳為範本，於敘述情節、刻劃人物之外，亦凸顯作者個性或思想，而當時讀者受限於當時文學風氣或寫作習慣，對於所謂傳奇或小說，往往即以史傳之形式或期許加以批評及考慮，於故事之外亦求旨意或寓意，此為當時創作與閱讀之背景。文人作品雖須有其創作個性，亦須藉題材之鋪陳以完成作品，然不能因題材而忽略其中之創作旨趣或目的〔註6〕。是以唐傳奇往往同時具有史筆與藻飾兩相對立之寫作特徵，且其中之修辭特性與著重點往往亦以史筆模式為考量。而作者由於對寫作態度嚴肅且慎重之堅持，致作品中之修辭表現亦多以史筆為關注點。

〔註6〕 見陳炳熙，《古典短篇小說藝術新探》（上海：華東師範大學出版社，1991年），頁6～7。

三、修辭之自覺與表現

　　魏晉南北朝小說由於作者據以爲實之寫作認知，以搜奇記異之雜記體式爲其基本表現形式，多爲粗陳梗概之記述特徵，而題材之講求眞實亦形成寫作虛構意識之延遲，古典小說因而至此尚未有其獨立體制。然六朝志怪作者亦於記錄眞實之前提下而逐漸有修飾描述等敘事技巧之意識，於完整之敘事過程中予以細節加工，故情節大致完整；而一般之簡單敘述外，亦偶見細節刻劃與場景描繪，甚而顯現對於故事氛圍之講究而使用詩歌輔助敘述等。於古典小說發展歷程上，六朝志怪此類寫作表現與進展實累積既有之藝術經驗，後世唐傳奇等作品之修辭成就亦不離此一基礎。是以，其中之敘述現象雖如前述有其明顯之史傳成分，然藉由修辭意識之呈現，正亦顯示古典小說之體制有別於正統史筆與議論散文之形式，而有敘事技巧上之進展與自覺。

　　唐傳奇之所以表現小說發展上之興盛，主要即源自於作品之虛構意識，對於文字行文有超越單純記事之要求，而尋求藝術層面之擴展。由六朝志之「傳錄舛訛」進至唐傳奇之「有意幻設」，即所謂「增飾」與「涉筆成趣」〔註7〕，於既有之故事題材或形式技巧上另益以新意與創造自覺，而有更新之發展。作者之想像與虛構能力因而擴展其發揮空間，於題材之擇取，文字語言之運用皆得獲致一定程度之自由靈活，未必僅侷限於記史補闕有益世俗人心之狹隘範疇中。然而，唐傳奇縱有其修辭之藝術成就，而當時作者卻未必有此意識，往往仍有模仿史筆之寫作意識，而當時或後世批評者亦多以史筆標準以衡量作品優劣，如唐李肇《國史補》即以爲〈枕中記〉及〈毛穎傳〉爲良史才也，仍視此類作品爲史筆範圍。而至宋歐陽修於《新唐書・藝文志》中將《玄怪錄》、《傳奇》等納入「小說家類」，而其他作品則未見收錄，亦可見其對唐傳奇之態度與認知。然唐傳奇之所以具有藝術成就，主要特點應在於其爲文之安排用心與敘述意識層面上，而此亦爲其促使小說體制獨立之最大關鍵。元代虞集《道園學古錄・寫韻軒記》之記載中實可見唐傳奇於寫作上之「想像幽怪遇合，才情恍惚」特點〔註8〕，此一表現即與正統史傳之書寫原則不同。其言雖不免以史筆

〔註7〕錢鍾書《管錐篇》對於《史記》及《漢書》、《論衡》曾加以比較，其言云：「班、王所記，積於《史記》稍有增飾，蓋行文時涉筆成趣。若遽謂其別有文獻據依，足補《史記》之所未詳，則刻舟求劍矣。」其中所云之「增飾」與「涉筆成趣」，主要指班王之書於《史記》記事之既有基礎上另以個人行文能力或理解加以敘述，而基本素材未有出入，亦未有詳略之別。

〔註8〕其言云：「蓋唐之才人，於經藝道學有見者少，徒知好爲文辭，閒暇無所用心，

爲判斷標準，然其批評無疑亦正說明唐傳奇之藝術特色。另外，一般學者論及唐傳奇爲具有創作意識之作品時，亦多以魯迅之說爲依據，並強調其中所云之「有意爲小說」，魯迅於《中國小說史略》中云：

> 小說亦如詩，至唐代而一變，雖尚不離搜奇記逸，然敘述宛轉，文辭華豔，與六朝之粗陳梗概者較，演進之跡甚明，而尤顯者乃是時則始有意爲小說。〔註9〕

所謂「敘述宛轉，文辭華豔」，主要爲文章技巧演進之現象，至於若干作品中所寓有之寫作動機反未見強調，故學者多就此以闡揚唐傳奇之創作意識，並以爲其「有意爲文」之證。然魯迅對於唐傳奇之批評主要以六朝志怪作品爲相較前提，唐傳奇於文采表現上自較六朝志怪進步且豐富，敘事能力亦有所提升又云：

> 傳奇者流，源蓋出於志怪，然施之藻繪，擴其波瀾，故所成就乃特異，其間雖亦或托諷諭以抒牢愁，談禍福以寓懲勸，而大歸則究在文采與意想，與昔之傳鬼神明因果而外無他意者，則異其趣矣。〔註10〕

唐人有意爲小說，所謂「有意」，即指自覺，由寫作上之自覺而促成敘事形式之演進與新變，使古典小說與史傳之敘述形態得以區隔，亦正因事件敷演有其順序之刻意安排，讀者於閱讀過程之理解與反應亦因此而受影響。此固爲唐傳奇之主要成就，亦爲其較志怪更具創作意識，然卻未必爲唐傳奇作者獨具之寫作自覺。究之唐傳奇，其間固具駢儷辭采之文字表現，卻仍保留類似史傳之寫作模式，當時作者是否果具所謂小說之創作意識或僅爲創作目的之掩飾，實待檢視。縱雖如此，唐傳奇敘事技巧之精進則爲事實，而之所以被視爲古典小說體制獨立之表徵，無非亦以「巧於敘事」爲主要著眼點，即不僅形見於摛詞造語求其工整，同時亦須配合其記述之相關題材與內容，同一事體，拙者言之，往往令人白日欲眠，而經由巧者演述，則能搖蕩性靈〔註11〕。而巧拙之判，實在於如何針對故事本身作一安排鋪敍，以求最大之藝術效果，唐傳奇之修辭意識無疑亦爲作品具有藝術成就之一因。

輒想像幽怪遇合，才情恍惚之事，作爲詩章答問之意，傅會以爲說，盡簪之次，各出行卷，以相娛玩，非必眞有是事，謂之傳奇。」
〔註9〕 魯迅，《魯迅小說史論文集——中國小說史略及其他》（台北：里仁書局，1992年）第八篇〈唐之傳奇文〉（上），頁59。
〔註10〕 魯迅，頁59〜60。
〔註11〕 王夢鷗，《唐人小說校釋·前言》（台北：正中書局，1983年），頁2。

　　唐傳奇作者虛構為文之自覺亦植基於六朝志怪小說之技巧累積上，就題材內容言，六朝志怪作品可分為雜記及雜傳兩大層面，前者以事件本身為記錄中心，質樸簡略，多不出叢殘小語之範圍；而後者則以人物言行動態為主，故較多細節描繪或想像成分，影響藝術技巧與虛構意識之形成，並進而促進敘事想像之發展〔註12〕。唐傳奇多方呈現其有意為文與想像虛構之特質，除繼承轉化六朝志怪原有之特質外；亦對題材本身進行想像創造，所表現者為「徵奇話異」等對現實虛幻之關注，同時亦影響若干寓言作品之產生〔註13〕。唐傳奇對文字篇章之有意創作亦影響其中修辭意識之鮮明與注重，除內容主題之「有意幻設」外，文字形式亦多見刻意著墨之功，二者相互融合，出入現實與虛境，敘事技巧由質樸至文飾，因而達成作品細膩曲折且真幻莫辨之風格，且藝術效果與形象特徵更為明顯。除敘事技巧多所吸收前有之成就外，對於文字語言之運用，唐傳奇亦往往運用向為文學主流之詩文辭賦，其中敘述語言之華美駢儷為其固有文風，而其中更藉詩賦等韻文體制融入情節之敘述中，令作品之風格或情節之感染力更加具體鮮明。

第二節　韻文於唐傳奇中之敘述功能

　　前人所謂「傳奇體」，姑不論其中褒貶，實已意識到作品之講究辭章、文采華麗，以廣義角度而觀，唐傳奇之敘述文字自多所藻繪增飾，所謂「用對語說時景」實可視為唐傳奇文字詩化之特徵，其間之敘述散文與穿插之詩歌往往表現出一致之詩韻風貌〔註14〕。此一說明主針對唐傳奇文字之特殊而言，而就韻文表現以觀，實更為明顯。唐傳奇作者往往將散文與詩歌等不同藝術形式相互結合，互相輔助，互為表裏。亦因此，唐傳奇分別反映出詩歌與小說等不同文類之優點及侷限。其間所使用之駢儷文字即可視為「詩化的

〔註12〕劉上生，《中國古代小說藝術史》（長沙：湖南師範大學出版社，1993年），頁44～45。

〔註13〕唐傳奇往往於篇章之末說明其故事來源，以徵事實，其中文人晝宴夜話，各徵異說即為重要來源。如沈既濟〈任氏傳〉、李公佐〈廬江馮媼傳〉及陳鴻〈長恨歌傳〉等皆有類似之故事來源，而當時寓言作品亦因文學創作自覺而有更新及發展，如〈南柯太守〉、〈杜子春〉等即是，而古文家如韓愈、柳宗元等亦有類似作品，如〈毛穎傳〉及〈三戒〉等作品均亦顯現有意為文以寄筆端之自覺。

〔註14〕程毅中，〈文備眾體的唐傳奇〉，收於程毅中編，《中國古代小說流派漫話》（北京：中共中央黨校出版社，1993年），頁75～76。

語言」，因此加強作品之詩化色彩及情調，以及若干詩意或哲理，形成唐傳奇之特色。駢儷文風實為唐傳奇之普遍特性，於行文中亦往往可見駢儷句式，如〈孫恪〉中述袁氏之美「光容鑒物，豔麗驚人，珠初濯其月華，柳乍含其煙媚；蘭芬靈濯，玉瑩塵清。」又如〈鄭德麟〉中對韋氏之描述：「美而豔，瓊英膩雲，蓮萼瑩波，露濯蕣姿，月鮮珠彩」；又如〈岑順〉中岑順所閱之檄文，皆為四言句式：「地連獯虜，戎馬不息，向數十年。將老兵窮，姿霜臥甲。天設勍敵，勢不可止。明公養素畜德，進業及時，屢承嘉音，願託神契，然明公陽官，固當享大祿於聖世，今小國安敢望之。緣天那國北山賊合從，剋日會戰。事圖子夜，否滅未期。良用惶駭。」藉由四言形式表現出典重文風，以顯其中情節之慎重有據，甚至其後軍師向王奏請之言，更以七言絕句：「天馬斜飛度三止，上將橫行係四方。輜車直入無迴翔，六甲次第不乖行。」以言兵馬陣列各就其位以待命，可見作者於文字組織上之匠心與安排。

　　唐傳奇文字之華美風貌一般以為乃承襲六朝駢體文風而來，俗講與變文之演述方式是否亦有直接影響，迄今未有定論。然較之變文形式，二者實亦有類似表現，皆對人物或情景之描繪極盡刻劃之能事，對於詩歌之運用於故事演述中，則尤為明顯。其中所呈現之敘事豐富化之特性，實亦為敘事技巧演進與敘事意識鮮明之例證〔註15〕。尤其變文多運用駢偶文字與韻文散文相雜之敘述體例，此雖未必直接影響唐傳奇，然二者對於敘述之刻意敷演與力求精美，則實無二致。又因唐代詩風特盛，唐傳奇更不免有詩歌之滲透，影響作品之敘事氛圍或情節安排，而此一修辭表現無疑為其之藝術成就，唐傳奇中之韻文形式多為詩歌，篇幅不一，於故事之敘述上各有作用。本文雖暫

〔註15〕如〈破魔變文〉中對魔王三女妝扮情況之描述：「側抽蟬鬢，斜插鳳釵，身掛綺羅，臂纏瓔珞。東鄰美女，實是不如；南國娉人，灼然不及。玉貌似雪，徒誇洛浦之客；朱臉如花，漫說巫山之貌。行雲行雨，傾國傾城。人飄五色之衣，日照三珠之服。仙娥從後，持寶蓋以後隨；織女引前，扇香風而塞路。召六宮彩女，發在左邊；命一國夫人，分居右面。」此一鋪敘風格實與傳奇中對情景之描寫無異，至於以詩言志以呈現觀點，若干講經變文之佛偈自不待言，而其他性質變文中則亦多見詩歌有敘述表現，如《伍子胥變文》中即見韻散相融，難分功能界限之敘述表現，如其中云：「兒家本住南陽縣，二八容光如皎練。泊沙潭下照紅妝，水上荷花不如面。客行由同海泛舟，薄暮皈巢畏日晚。儻若不棄是卑微，願君努力當餐飯。」此為女子對伍子胥之對答，雖為詩歌形式，然其中顯然敘事成分多於抒情關注。

以運用上之功能區分爲六部分，然其中或互有關涉，未必即有明顯區隔，然對於考察韻文於唐傳奇之寫作敘述上自有其作用。

一、表明人物身分

　　由於詩歌本身之傳統文學言志或緣情特性，是以特具抒情之特性，故藉詩之吟詠以抒懷或說明自身背景，其中既有文字精簡之特徵，亦由於詩歌之含蓄風格，亦往往得以呈現神秘或不可知之效果，實有其形式與內容之合理與一致性，而此一現象則無非爲詩歌盛行之世之另一展現。如《太平廣記》卷四一五之〈薛弘機〉，其文云薛弘機獨處，有一柳藏經常與其論詩書，且甚具神祕感，不與人親近。至次年柳藏經送薛弘機一五絕：

　　　　誰謂三才貴，余觀萬化同。心虛嫌蠹食，年老怯狂風。

柳於此詩言訖即消失無蹤。當晚即大風發屋拔樹，次日薛方發現魏王池畔之大枯樹亦遭風吹倒，而其中所藏之百餘卷經書皆已腐爛，而柳藏經即爲大枯柳，其間亦透露其樹身藏經之特質。其所吟之詩無疑爲其自述與暗示。頗類唐傳奇〈元無有〉中木杵等物之自我陳述。又《太平廣記》卷四三四〈甯茵〉故事言甯茵與班特處士與班寅將軍相互賦詩，亦語帶玄機，如甯茵云：

　　　　曉讀雲水靜，夜吟山月高。焉能履虎尾，豈用學牛刀？

班寅云：

　　　　但得居林嘯，焉能當路蹲。渡河何所適，終是怯劉琨。

班特云：

　　　　無非悲甯戚，終是怯庖丁。若遇龔爲守，蹄涔向北溟。

亦各言本身之身分與性情。又如〈陶尹二君〉中古丈夫與毛女之吟詠以表明身世遭遇，其詩分別爲：

　　　　餌柏身輕疊嶂間，是非無意到塵寰。

　　　　冠裳暫備論浮世，一餉雲遊碧落間。

　　　　誰知古是與今非，閒躡青霞遠翠微。

　　　　簫管秦樓應寂寂，綵雲空惹薜蘿衣。

古丈夫與毛女之唱和可互爲補充，顯現二人已修煉成仙，超脫世俗，凸顯其人特質。藉由詩歌之運用，人物之來歷或特質因而較具體鮮明，故事之情節亦得以補充，而於補述同時，詩情之神秘莫測亦形成故事之特殊風貌，而異物吟詩尤增情節之奇異與特殊。

二、強調事出有據

　　如前所述，唐傳奇對於修辭及行文之安排固有其關注與成就，然由於寫作目標之堅持，是以修辭表現亦往往關涉史筆之形式，韻文之運用則多有以證事實之作用與期許。如韓偓〈海山記〉中敘述隋煬帝荒逸無度，加之征戰不休，致民不聊生，流離失所，於某次乘龍舟東下遊幸揚州途中，岸上縴夫之悲歌，實呈現大眾對在上者之不滿，其歌云：

> 我兄征遼東，餓死青山下。今我挽龍舟，又因隋堤道。方今天下饑，
> 路糧無些小。前去三千程，此身安可保！寒骨枕荒沙，幽魂泣煙草。
> 悲損門內妻，望斷吾家老。安得義男兒，焚此無主屍。引其孤魂回，
> 負其白骨歸。

此為史筆對詩文之處理方式，所強調者為詩歌中之敘事而非意境之開展，詩文中實亦透露煬帝荒逸無道之事實，故可見對於敘述功能亦有一定程度之參與。而〈迷樓記〉中宮女所云之詩歌，則無疑具有民間預言謠諺之特性：

> 河南楊花謝，河北李花榮。楊花飛去落何處？李花結果自然成。

此一徵引頗類史書徵引童謠加以預示事件未來時代改易之現象，亦可視為讖緯思維之延長。而〈鶯鶯傳〉中對於詩歌之徵引，則更顯事實之真實性。由於「張生發其書於所知，由是時人多聞之」，藉由作品之呈現，而令作品與讀者間取得連繫，故又有他人之詠歎或續擬之詩作，如楊巨源之〈賦崔娘詩〉絕句，元稹之續張生〈會真詩〉三十韻等，尤其元稹之續〈會真詩〉除重述張崔二人相識與幽會始末外，更敘及崔氏有意重續前緣之期望，是以「張之友聞之者，莫不聳異之，然而張志亦絕矣」，詩歌之表現固不免有炫才之可能，然亦與故事情節相連，使故事人物與真實文人相互出入，虛實相雜，並涉及旁人之詠嘆，亦因呈現相互贈答往來之詩篇，使故事似絕未絕，自有其特殊之處。全篇文字雖華麗淒清，然整體格式卻可視為一記實作品，而非創作，詩歌之引用主要亦為強調事出有據。而袁郊〈陶峴〉中云陶峴因見摩訶壯烈犧牲而賦詩自敘，不復議遊江湖，其詩云：

> 匡盧舊業是誰主？吳越新居安此生。白髮數莖歸未得，青山一望計
> 還成。鴉翻楓葉夕陽動，鷺立蘆根秋水鳴。從此捨舟何所詣？酒旆
> 歌扇正相迎。

文中於引詩之前另加「詩曰」一詞，明顯展現作者記錄而非創作之意識，而引詩後又說明其他人之遭遇，孟彥深與孟雲卿各自任官，而焦遂則為長安飲

徒，並記云「另有好事者爲〈飮中八仙歌〉：『焦遂五斗方卓然，高談雄辨驚四筵。』」而後文章即告終止，爲單純之記事表現，其中之詩歌固表現書中人物之心志，亦有證明所記者爲眞實之目的，此一表現與前述作者徵引聽聞等之說明文字有類似作用。

三、逞才言志抒懷

　　由於唐傳奇作者多具鮮明之文人性，加之所述故事往往亦具有奇異迷離之傾向，是以於行文中亦常有文字拆合之隱語表現，此自有文人對字形之自覺，亦不免有賣弄或故弄玄虛之意，且尋求作品之特殊氣氛亦顯然可見。由文字或詩歌之運用方式，文人詩情與興致因而得以呈現，即使文字拆合之遊戲，亦包含文人之特有取向。文字之隱語表現如〈謝小娥〉中言申蘭之「車中猴，門東草」及申春之「禾中走，一日夫」即爲一例，文中殺小娥父婿者爲故事講述之重點，其人身份姓名等皆未可知，藉由父婿之託夢而有所暗示。由行文安排可見此一文字離合有其多重意義，既爲情節敘述之解答關鍵，亦由解答之模糊而令情節得以延宕，增添故事之離奇性。而藉由父婿之託夢與暗示，亦凸顯故事中他界人物認知上較凡人超前，因而形成其告知或指導者之角色，藉由上述之修辭特質，故事亦因而有其神秘及某一程度之命定觀。

　　又如〈張佐〉中卜者對申觀所解之字謎，所謂「呂走天年，人向主，壽不千」釋爲「呂走，迴字也。人向主，住字也。豈子住乃壽也。」其中卜者實爲出申觀前世薛宗冑耳中之童子。其與申觀二人實已於前世有所遭遇，亦顯見二人並非凡人，尤其卜者，更可視爲一釋疑或指導者之角色，文字隱謎之呈現增加其人之神秘特徵，亦增添故事之特殊氣氛。卜者說明申觀前世種種且預言其將有千年之壽，申觀因吞卜者所吐之尺餘朱絹，自此不復有疾。此一故事中之申觀與卜者皆非凡人，且申觀向張佐陳述一己之奇事後又神秘消失，終尋不得，形成整篇作品奇特難解之迷離氛圍。將文字加以離合向爲傳統之文字遊戲，此一現象往往植基於作者與讀者對文字本身之尊崇與對結構之認知，尤其於非正統之著作或表演上，此一修辭方式往往得獲大眾之認可與接受﹝註16﹞。是以，將文字作一離合，往往可顯示作者之高才，增加作

────────────

﹝註16﹞類似文字拆合表現，如演述陳季卿故事亦有將此三字離爲「耳東、禾子、即夕」之例，又慮及此意未明，說書者特再說明一次二者之相關性，不類唐傳奇中之隱語說明往往與情節相關，而由某一人物加以發言。此或因閱讀與聽講效果之差異所致，故表現方式亦有所不同。

品之吸引力，而讀者亦因而有閱讀之興致或期許。

唐傳奇中亦有若干作品之主要情節即為相互吟詠唱和，是以其中詩作雖亦多為言志詠嘆，然終歸諸主要之敘述結構，而藉詩之流通吟詠形成人物活動，作者亦往往達成表現才情之目的。一如〈楊恭政〉中之群仙賦詩，如信眞曰：「幾劫澄凡思，今身僅小成。誓將雲外隱，不向世間行。」湛眞曰：「綽約離塵界，從容上太清。雲衣無綻日，鶴駕沒遙程。」修身則曰：「華嶽無三尺，東瀛僅一杯。入雲騎彩鳳，歌舞上蓬萊。」而守眞則曰：「共作雲山侶，俱辭世界塵。靜思前日事，拋卻幾年身。」至恭政亦和曰：「人生徒紛擾，其生似蕣華。誰言今夕裏，俛首視雲霞。」五人實皆對成仙一事加以唱和，然所吟詠雖同為一事，卻各有其抒情關注點，故彼此之唱和亦具多項觀點呈現與相互補充之特徵。

又如韋瓘〈周秦行紀〉中牛秀才與薄后、王嬙、戚夫人及綠珠等人之「賦詩言志」，薄后云：「月寢花宮得奉君，至今猶媿管夫人。漢家舊是笙歌處，煙草幾經秋復春。」王嬙云：「雪裏穹廬不見春，漢衣雖舊淚垂新。如今最恨毛延壽，愛把丹青錯畫人。」戚夫人云：「自別和宮休楚舞，不能妝粉恨君王。無今豈得迎商叟，呂氏何曾畏木牆。」太眞云：「金釵墜地別君王，紅淚流珠滿御床。雲雨馬嵬分散後，驪宮不復舞霓裳。」其間所賦之詩均對個人歷史或經歷有所提及，甚而為某一程度之自述表現，而非全然抒懷。而眾人賦詩言志，無疑呼應五仙所言「同生濁界，並是凡身。一旦脩然，遂與塵隔。今夕何夕，歡會於斯，宜各賦詩，以導其意」及太后所謂「牛秀才邂逅逆旅到此，諸娘子又偶相訪。今無以盡平生歡，牛秀才固才士，盍各賦詩言志，不亦善乎？」為文人遊戲性質之呈現，亦表現當時文人賦詩吟詠之積習與熱情。

唐傳奇中之詩歌亦往往用於烘托或暗示故事情感之氛圍，以詩歌或景致傳情，於敘事內容中意表現出詩歌情境，融事、情、景及詩本身於一體，亦使所敘之故事情節更具感染力量。詩歌另一項敘述功能為傳達人物個人或彼此之唱和，如〈孫恪〉中之袁氏亦吟詩抒懷：「彼見是忘憂，此看同腐草。青山與白雲，方展我懷抱。」同時藉由詩歌之展現，令故事之各層次情境有所參差錯落，形成意義上之深刻與多元。且吟詠間未必皆莊重嚴肅，而多有詼諧活潑之風格，甚而以詩歌為遊戲，如〈遊仙窟〉大量採用詩歌及對句，除相互吟詠抒懷外，尚包含詠物及引詩經篇章等現象，使敘事文與抒情文相互

結合，即使人物之對話亦雜有駢儷風格〔註17〕，使作品具有華美傾向，此亦屬唐傳奇寫作特徵之一，其中詩歌多用諧音雙關等頗類子夜歌之技巧，如五嫂所云：「但問意如何，相知不在棗（早）」及十娘所說「兒今正意密，不忍即分梨（離）」等，描繪出淺白直接之情境，文人筆調與通俗風格兼而有之，由此可見傳奇作品與民間或俗文學之形式有某一程度之關涉，〈遊仙窟〉之行文充滿耽情享樂之氣息，由彼此之唱和調笑中可見一斑，雖名為遇仙之事，然就「余」之自稱「前被賓貢，已入甲科，後屬搜揚，又蒙高第」，及十娘雖自稱望族遺孀，卻又言「此間疏簡，未免風塵」，可見此乃進士與娼妓故事之仙化，亦由於仙化，致情欲之抒寫描繪恣肆直接，由其中之詩歌表現可見，如「余」見五嫂十娘起舞所作之豔詞：

　　從來巡繞四邊，忽逢兩個神仙。眉上冬天出柳，頰中旱地生蓮。千

　　看千處嫵媚，萬看萬處嬌妍，今宵若其不得，剩命過與黃泉。

文中詩歌淺白直接者如是，另有彼此詠物而語帶雙關者，如十娘詠破銅熨斗云：

　　舊來心肚熱，無端強熨他。即今形勢冷，誰肯重相磨。

而文中之「余」則答曰：

　　若冷頭面在，生平不熨空。即今雖冷惡，人自覓殘銅。

雖名為詠物，實為語帶雙關，相互調情，全篇皆呈類似風貌，而文中大量之詩歌亦有敘述作用，或交流思想，或顯示才華以言志等，成為文章整體之有機部分與主要結構。尤其文章最末未以議論或說明文字作結，而以抒情之賦

〔註17〕如女子對「余」之回答：「博陵王之苗裔，清河公之舊族。容貌似舅，潘安仁之外甥；氣調如兄，崔季珪之小妹。華容婀娜，天上無儔；玉體逶迤，人間少匹。輝輝面子，荏苒畏彈穿，細細腰支，參差疑勒斷。韓娥宋玉，見則愁生，絳樹青琴，對之羞死。千嬌百媚，造次無可比方。弱體輕身，談之不能備盡。」而「余」亦對十娘言：「薰香四面合，光色兩邊披。錦障劃然卷，羅帷垂半敧。紅顏雜綠黛，無處不相宜。豔色浮粧粉，含香亂口脂。鬢欺蟬鬢非成鬢，眉笑哦眉不是眉。見許實娉婷，何處不輕盈！可憐嬌裏面，可愛語中聲。婀娜腰支細細許，嵊昉眼子長長馨。巧兒舊來鐫未得，畫匠迎生摸不成。相看未相識，傾城復傾國。迎風披子鬱金香，照日裙裾石榴色。口上珊瑚耐拾取，頰裏芙蓉堪摘得。聞名腹肚已猖狂，見面精神更迷惑。心肝恰欲摧，踊躍不能裁。徐行步步香風散，欲語時時媚子開。壓疑織女留星去，眉似兜媛娥送月來。含嬌窈窕迎前出，忍笑婆娑返卻迴。」人物對白甚具駢文詩賦之華麗風貌。除〈遊仙窟〉中有類似詩賦之人物對白外，其他唐傳奇亦有類似之修辭現象，基本上華豔文風為唐傳奇之普遍特質。

體文字爲結束〔註18〕，爲其特殊處，由此實見唐傳奇所謂「有意爲文」之處。

以詩歌與故事之結合現象言，詩歌與敘述散文之結合方式各有不同，如〈鶯鶯傳〉中張生與崔氏之唱和，崔氏之〈明月三五夜〉：

> 待月西廂下，迎風戶半開。拂牆花影動，疑是玉人來。

既表明其熱切心情，亦令張生有所意會，致有後續發展，亦令故事情節有明顯且關鍵之轉折。如男女之贈答詩即爲明顯炫才之表現，如前引〈鶯鶯傳〉中張崔二人之問答及〈步飛煙〉武象與飛煙之傳情言志，如象獲飛煙之回音後，又賦詩以謝〔註19〕；又〈李章武傳〉李章武與子婦之相互贈詩唱和，王婦贈白玉指環時云：

> 捻指環相思，見環重相憶。願君永持翫，循環無終極。

雖以環爲吟詠對象，然藉語言之雙關模糊特性，致詩歌之意味更顯悠遠深長，又章武於離別時遺王婦白玉寶簪詩：

> 分從幽顯隔，豈謂有佳期。寧辭重重別，所嘆去何之。

爲一無奈失望之嘆，對於未來無有掌握。其後王婦魂魄亦云：

> 昔辭懷後會，今別便終天。新悲與舊恨，千古閉窮泉。

明顯透露故事情節之變化，二人實已死生異路，而對於殊途永訣之慨嘆自亦顯現於詩歌中。

四、形成情節關鍵

唐傳奇中夾雜詩歌自爲其修辭特徵，而其中之詩歌亦實有敘述上之輔助功能，而非獨立於故事本身架構外之因素，尤其居於關鍵情節地位之詩歌，其效用更爲明顯，可見唐傳奇之修辭意識實非偶然，而有其寫作敘述之自覺。如《太平廣記》卷七十四云陳季卿於青龍寺遇一終南山翁，老者以法術助其回家省親，而當季卿重回青龍寺時卻以爲回家一事乃夢境，而其妻卻證實季卿的確曾回鄉，並曾題詩贈別：

> 月斜寒露白，此夕去留心。酒至添愁飲，詩成和淚吟。離歌棲鳳管，

〔註18〕 其文最末以「余」之賦「望神仙兮不可見，普天地兮知余心。思神仙兮不可得，覓十娘兮斷知聞。欲聞此兮腸亦亂，更見此兮惱余心」作結，與一般之議論或說明有別，可視爲唐傳奇中所謂具創作意識者。

〔註19〕 其言云：「珍重佳人贈好音，綵箋芳翰兩情深。薄於蟬翼難供恨，密似繩頭未寫心。疑是落花迷碧洞，只思輕雨洒幽襟。百回消息千回夢，裁作長謠寄綠琴。」

別鶴怨瑤琴。明月相思處，秋風吹半衾。

及贈別兄弟者：

謀身非不早，其奈命來遲。舊友皆霄漢，此身猶路岐。北風微雪後，

晚景有雲時。惆悵清江上，區區趁試時。

題詩贈別為故事之關鍵，且由此以證陳季卿確曾歸鄉，而山翁實有法術，亦令全篇故事有其迷離神祕之氛圍。其中共穿插五首詩，分別具有描繪及抒情功能，至於與情節之關連上，具有貫穿前後故事之作用。類似現象如范攄《雲溪友議》卷下〈江客仁〉中云李涉有文名，於江上遭遇大盜，豪首以李涉詩名早播，故求詩一篇，而不取金帛。李涉贈其絕句一首：

春雨蕭蕭江上村，五陵豪客夜知聞。

他時不用相迴避，世上如今半是君。

並訂淮陽佛寺之期，然其後豪首並未履約。而李之本家李彙征則反於循州巧遇一老翁，二人對飲，相互吟詠，其間並提及李涉且吟詠多首李涉作品，翁對其大加歡賞，至〈贈豪客詩〉時，翁愀然變色，蓋其即為當初之豪首也。此文由於為對飲題詠之作，故穿插頗多詩歌，計七絕七首，另有五言二句三章，七言二句一章。而其中之〈贈豪客詩〉則直至韋翁道出事情始末時方加以表現，而非於當年豪首向李涉乞詩即予以呈現，此一安排甚具懸殊效果，且配合老翁於暮年時再次吟詠，各有其深沉意味。而〈三夢記〉之一亦有以詩作為徵驗奇事之證者，如元微之〈紀夢詩〉：

夢君兄弟曲江頭，也入慈恩院裏遊。

屬吏喚人排馬去，覺來身在古梁州。

即徵驗當日樂天兄弟共遊慈恩寺而憶及微之一事，因微之作詩之時日與白氏兄弟遊寺日月皆同，故此詩實為玄奧情節之最佳說明。

至於沈亞之〈異夢錄〉一文則明顯呈現詩歌於敘事中之關鍵地位及情節轉折之關連，即凸顯美人對邢鳳所授之詩歌〈春陽曲〉，與稍後他人所言於異夢中所賦之詩，〈春陽曲〉云：

長安少女踏春陽，何處春陽不斷腸。

舞袖弓彎渾忘卻，羅衣空換九秋霜。

此詩作除引出美人為邢鳳舞弓彎外，邢鳳於夢覺後亦「於袖中得其詞」，詩歌成為全篇故事之重點，故事敘述之後，作者亦交代記錄之原由，因眾人「皆嘆息曰：『可記』」而寫就，並因出示所記而有另一見聞，即唐炎夢為西施所作之挽

歌：

　　　西望吳王國，雲書鳳字牌。連江起珠帳，擇水葬金釵。滿地紅心草，

　　　三層碧玉階。春風無處所，悽恨不勝懷。

詩歌於此爲主要情節焦點，主要爲炫才，然卻又強調怪奇，爲志怪題材之另一
演化，之所以記錄主要著眼於事件之怪異特殊，其間亦展現作品之詩情，又顧
及情節進行之合理與關鍵處，實亦爲作者本身之才情。又如〈張佐〉中云張佐
偶遇之老翁申觀，其前世爲薛宗冑且有一奇遇，即由二童子引至兜玄國，備受
其人禮遇，一日忽有歸思，即賦詩云：

　　　風軟景和煦，異香馥林塘。登高一長望，信美非吾鄉。

宗冑以此詩示分別持白拂與如意之童子，而引起二童之怒意，以爲「吾以君質
性沖寂，引至吾國。鄙俗餘態，果乃未去！鄉有何意耶？」因此而逐君冑。可
見詩歌於其中實具敘述之關鍵。

　　又〈鄭德璘〉中德璘因詩「物觸輕舟心自知，風恬浪靜月光微。夜深江上
解愁思，拾得紅蕖香惹衣」而引起韋氏女與鄰女之注意，後又見韋氏之美而題
詩「纖手垂鉤對水窗，紅蕖秋色豔長江。既能解珮投交甫，更有明珠乞一雙」
於紅綃，並得韋氏女之答贈紅牋。德璘與韋氏以詩而得相識且互生愛慕，及韋
氏沒於洞庭，則又因德璘二首〈悼江姝詩〉：「湖面狂風且莫吹，浪花初綻月光
微。沉潛暗想橫波淚，得共鮫人相對垂」及「洞庭風軟荻花秋，新沒青蛾細浪
愁。淚滴白蘋君不見，月明江上有輕鷗。」詩成酹江，致感動水神，而持謁府
君，終而令韋氏女魂魄再現，其中四首詩各有其出現意義及對情節轉折之作用。
而韋氏魂魄與其父母相別時，領其前來之老叟亦題詩云：「昔日江頭菱芡人，蒙
君數飲松醪春。活君家室以爲報，珍重長沙鄭德璘。」由叟之言而得知其實爲
當年屢受德璘邀飲之菱芡鬻者，實即府君，爲答德璘盛情，而使其與韋氏再得
一見，此詩實有表明身分之作用，亦包含對既往經歷之陳述，且情節進行至此
而得與前述神祕老者之身分作一聯繫，而文末交代秀才崔希所賦之詩〈江上夜
拾得芙蓉詩〉與韋氏贈德璘者相同，則旨在表現此一事件之奇異與玄奧，並以
時命觀點解釋。又如裴鉶〈韋自東〉中道士與自東之唱和，其詩云：

　　　三秋稽顙叩眞靈，龍虎交時金液成。

　　　絳雪既凝身可度，蓬壺頂上彩雲生。

詩歌爲情節轉折之關鍵，自東因忽略道士僞裝之可能，而相與唱和，釋劍而禮
之，導致煉丹失敗。此文之韻散結合較前引之作品自然，與情節發展相互配合，

可見詠嘆言志除表現故事人物之年情外，亦顯現人物特性與背景。除不免有證明所言眞實之可能外，此一運用技巧其實正表現作者之高才，已具強烈之自我表現意識，超越單純之記錄者角色，唐傳奇作者有別於其他時代之寫作意識與表現實可由此發現。

五、渲染重述事件

　　唐傳奇故事之所以有其藝術成就，而與詩律同爲一代之奇，自有其因素。所謂「悽婉欲絕」，往往即在於事件鋪陳之安排與技巧，其中詩賦之運用固爲修辭重點，尤其藉重詩歌之抒情特徵，更易令所陳述之事件具有深刻之情境，事件之氛圍因而得以渲染。如許堯佐〈柳氏傳〉中韓翃遣問柳氏，以練囊盛麩金，並題云：

　　　　章臺柳，章臺柳！昔日青青今在否？

　　　　縱使長條似舊垂，亦應攀折他人手。

韓翃藉詞以試驗柳氏之心志，此舉可視爲對柳氏感情忠貞度之不信任，致其「捧金嗚咽」，「左右悽憫」，並亦以詞答之：

　　　　楊柳枝，芳菲節，所恨年年贈離別。

　　　　一葉隨風忽報秋，縱使君來豈堪折！

〈章臺柳〉之詞綜合人、柳之相關意象，並以詩歌凸顯書中人物或猜疑或灰心之心理，同時文章之悲悽氣氛亦得以烘托，增加說服力與感染力。於散文中增添詩歌等韻文，實爲作者才情文采之直接表現，若僅單純爲敘述記錄故事之目的，往往以散文寫作即可呈現，然就若干傳奇作品而言，其中之詩歌與敘述主體往往有密切相關，是以更見作者之有意展才。又如袁郊〈紅線傳〉中送別紅線之詩歌，亦增添悲壯氛圍，其詩云：

　　　　採菱歌怨木蘭舟，送別魂消百尺樓。

　　　　還似洛妃乘霧去，碧天無際水長流。

冷朝陽所作之詞令場面哀悽動人，增添感染力量，致令「紅線拜且泣，因僞醉離席」，不同於先前「事關來世，安可預謀」之堅決果斷，情緒轉變明顯可見，亦使故事結尾頗具張力，此實爲運用詩歌之功。由上述尤其可知，烘托氣氛尤其不同於一般史傳記人記事之寫作習慣，記錄乃爲求眞實與簡潔，無需多言廢文，而唐傳奇因有意於文采與美文，是以利用詩歌加強氛圍與情調，此正爲其敘述意識之演進。同時，藉由渲染氣氛之同時，情節進行之疏密快緩亦有所影

響，如《博異志》中之〈許漢陽〉及〈崔玄微〉等分別以詩歌烘托飲宴之氣氛，加又如李朝威〈柳毅〉傳雖因作者嘉許龍女等人之節行而爲文記錄，然其行文間亦可見以詩歌鋪陳場面與氣氛，即洞庭君等於宴飲場面之唱和，洞庭君云：

> 大天蒼蒼兮，大地茫茫。人各有志兮，何可思量。狐神鼠聖兮，薄社依牆。雷霆一發兮，其孰敢當。荷眞人兮信義長，令骨肉兮還故鄉。齊言慚愧兮何時忘！

錢塘君亦云：

> 上天配合兮，生死有途。此不當婦兮，彼不當夫。腹心辛苦兮，涇水之隅。風霜滿鬢兮，雨雪羅襦。賴明公兮引素書，令骨肉兮家如初。永言珍重兮無時無。

柳毅又云：

> 碧雲悠悠兮，涇水東流。傷美人兮，雨泣花愁。尺書遠達兮，以解君憂。哀冤果雪兮，還處其休。荷和雅兮感甘羞。山家寂莫兮難久留。欲將辭去兮悲綢繆。

三人之吟詠除配合飲宴情境外，亦藉由詩歌再次重述故事之主要情節，並描繪出三人不同立場與心境。而就整個事件發展過程以觀，飲宴場面中三人相互吟詠贈答，形成情節之停頓，主要著力於場面之刻劃上，此與故事陳述中對時間之延長或壓縮有關。〔註20〕

〔註20〕敘事作品有故事時間與文本時間，後者又稱爲敘事時間，所謂故事時間，即指故事發生之自然時間狀態，敘事時間則指敘事文本中具體呈現之時間狀態。前者可藉由日常生活之邏輯予以重建事情始末，而後者則爲作者對故事之加工後所提出之文本秩序，爲作者敘述策略之一。若故事複雜，自然時間狀態之變動也愈大，而爲交代紛繁之事件始末，作者亦不得不於一般順敘模式之外亦交互使用回憶、預示等技巧，其敘述時序往往變化不定。一般而言，小說中比較重要的事件往往由近處敘述起，而其他事件則從遠距離敘述，如〈柳毅〉傳中先由柳毅得遇龍女敘述起，而早於此一情節之諸項事件則陸續藉由人物之倒敘等加以交代，是以其中之遠近距離有別。此類時間距離之變化對整個作品結構有一特殊構成意義。讀者閱讀由小說作者之有意鋪陳安排之故事，因作者曲折多變之敘述方式而了解故事，由於敘事時間不等同於故事發生之自然狀態，讀者因而於閱讀過程中藉由人物之倒敘預敘而對事件加以填補組織，作品本身自有其時間層次，而讀者於閱讀中卻更注意其他焦點，未必有時間意識，然不可置疑，讀者於閱讀中之種種活動多少與時間相關，隨著時間層次之交錯變動而得以重組填補出事件面貌，亦由於敘事策略之多樣與變化，閱讀過程因此顯得活潑生動，得主動參與作品之開展與演述。故事之敘述模式上，敘事時間之長短亦常令讀者有不同之閱讀感受，最明顯當屬停頓與省略之敘述方式。〈柳毅〉傳中分別有上述兩種敘事策略，如前舉錢

　　與省略策略相對者爲對事件加以細部描繪，如洞庭君、錢塘君與柳毅之宴飲，即爲場面之呈現，而非事件之省略敘述，在此一宴飲情節中，歌舞並陳，其中並分別描述所謂「錢塘破陣樂」及「貴主還宮樂」等樂曲，以及洞庭君、錢塘君及柳毅之相互吟詩酬答。於此一場合中，讀者常不注意時間之存在，而爲生活或活動本身所吸引，所關注者爲行動本身，而忽略時間之流變。任何空間幻象都只能藉由時間之逐點前進來呈現〔註 21〕。敘事作品中所強調者乃敘事之時間性和戲劇性，而若將描寫停留在同時存在之人或物上，而且行動過程本身亦被視爲場景，此似乎打斷時間之進程，有助敘事於空間之展現。敘述通過細節之省略壓縮而對事件加以概括，描寫則藉放大和凸顯以加深讀者印象。〔註 22〕

六、遊戲酬答筆墨

　　相較於純粹表現玄異氣氛之作品，〈元無有〉除述異外則另具遊戲色彩，如其標題〈元無有〉本身即顯現子虛烏有之幻想，明顯表現出文人遊戲筆墨

　　塘重述其復仇行動之例，即爲一敘述上之省略，整個事件過程經歷數個時辰，並由水底上達天庭等空間，其間風起雲湧，驚動天地，卻僅以數句簡述之，敘事時間忽略之部分常因而令情節產生輕重之別，並使讀者將焦點置於可能之人物或事件上，讀者閱讀至錢塘君倒敘處時，僅意識到錢塘君敘涇川之子一事，其間未必意識到時間之存在，往往僅注意到事件之變遷與人物命運之變化。讀者閱讀過程中之所以有時間感多因文中指出時間副詞而有意識，如〈柳毅〉傳中所言之「儀鳳中，有儒生柳毅者」、「月餘，到鄉還家，乃訪於洞庭」、「明日，又宴於毅於凝碧宮」及「翌日，又宴毅於清光閣」等，雖明確指出時間，然讀者卻未必加以刻意關注，於閱讀過程中，此類時間副詞常被視爲敘述上之形式，爲故事敷演策略之一，是以讀者所關注者，乃事件之主要發展過程，而非時間演變。另一種敘述上之省略爲簡短文字交代一長遠時間下之事件發展，如「後居南海，僅四十年，其邸第與馬，珍鮮服玩，雖侯伯之室，無以加也」及「毅不得安，遂相與歸洞庭，凡十餘歲，莫知其跡」等，有意將敘事時間壓縮或省略，此類敘述中故事時間大於敘事時間，而整個敘述時間仍不斷前進中，其中有時間之省略，敘述時間爲零，然故事時間卻已延伸十餘或數十年，卻僅以數語簡單交代，讀者對此類敘述往往只是消極接受類似陳述，未必積極與其他情節相聯繫，反而更注意此類敘述後之情節焦點或預示。由此可知，讀者所關注者，乃事件或記憶中之鮮明部分，無論事件發生時間之遠近，其鮮明部分往往皆能共時而存在，且不同時空之大小事件亦得以重疊交錯，提供讀者之填補情節空白。

〔註 21〕徐岱，《小說形態學》（浙江：杭州大學出版社）第二章第二節〈時間與空間〉，頁 70。

〔註 22〕徐岱，頁 73。

之意味，而與傳統之史筆觀點有所差異〔註23〕。然其所強調之奇特性質固不出搜奇記異等記錄爲文之思維範疇。其中分別藉詩歌以描繪雜物，如衣冠長人云：「齊紈魯縞如霜雪，寥亮高聲予所發。」實即故杵，又黑衣冠短陋人云：「嘉賓良會清夜時，煌煌燈燭我能持。」則爲燈臺，故弊黃衣冠人云：「清冷之泉候朝汲，桑綆相率常出入。」所指乃水桶，而故黑衣冠人云：「爨薪貯泉相煎熬，充他口腹我爲勞。」則爲破鐺。對於物類之形容以詩句多所暗喻，類似題材曾出現於漢魏六朝志怪小說中，如《列異傳》之〈細腰〉故事，其中所謂高冠黃衣、高冠青衣、高冠白衣三者實分別爲金、銅和銀錢，此一修辭現象頗類前述志怪小說中異類以詩表明身份之表現，即以謎語吟詠而非直接陳述個人來歷或特徵，以凸顯人物本身之特異，而〈元無有〉則另具一娛樂遊戲之特質，主要爲一記異表現，一如字謎詩之呈現，爲一文才賣弄，純粹遊戲之筆，未有其他實際功能。又如《雲谿友議》之〈雜嘲戲〉中之萬形雲詠螃蟹以呈皮日休云：「未遊滄海早知名，有骨還從肉上生。莫道無心畏雷電，海龍王處也橫行。」雖名爲詠物，實亦詠人；又如〈南黔南〉中呂衡州之嘲柳柳州與南公等人之詩歌，此類嘲戲多爲文人間之來往酬答，其中之詩情與才華之表現大於故事本身之發展，此類作品以記言爲主。至如〈元無有〉此類作品，則不免受言志思維之影響。

　　基本上，無論是異物題詠或文人之酬答，皆於作品中透露純粹之娛玩性質，反映唐傳奇風格結構之另一層面。元和以降，志怪述異反成爲唐傳奇大宗，如《玄怪錄》及《續玄怪錄》，承襲六朝志怪緒餘，篇章多充滿恍惚迷離之神秘玄奇，其間並含文人涉筆成趣及別具機巧之跡，於志怪風貌中尚保留若干傳奇神韻。此類篇章除承續志怪之好奇述異特質外，亦呈現出唐傳奇眞正刻意爲文之寫作意識，實已超越道德教化等實用功能之限制，而此類專以詩歌爲主要敘述結構之作品實與一般史傳之敘述方式有所差異。除文字之表現外，亦有藉由諧音特點加以發揮戲弄者，如孫棨《北里志‧張住住》中則有通俗俚諺，如其中之七言歌曲：「張公喫酒李公顚，盛六生兒鄭九憐。舍下雄雞傷一德，南頭小鳳納三千。」文字淺俚，極盡諷刺之能事。陳小鳳雖對此詩有所懷疑，而張住住卻言此歌謠乃云：「舍下雄雞失一足，街頭小福拉三

〔註23〕此一標題可與〈東陽夜怪錄〉中之名爲「成自虛」等而視之，尤其其所述亦
　　　　爲異物賦詩之事，二者對於文學之認知實有相類之處，無有與自虛，實已具
　　　　純粹爲文之修辭意識。

拳。」所運用者爲諧音之特性。

　　唐傳奇另一個與傳統寫作現象不同之例爲薛用弱的《集異記·王之渙》，實以文人間詩歌之相互吟詠爲主要情節結構，詩歌於其間成爲作者主要之展現形式，其唱和內容則爲文章之主要結構，亦爲主要敘述重點，其中分別記錄王昌齡、高適與王之渙等人之詩作，且藉由徵引詩歌之先後與多寡構成情節起伏，當王昌齡詩「寒雨連江夜入吳，平明送客楚山孤。洛陽親友如相問，一片冰心在玉壺」及「奉帚平明金殿開，強將團扇共徘徊。玉顏不及寒鴉色，猶帶昭陽日影來」及高適詩「開篋淚霑臆，見君前日書。夜臺何寂寞，猶是子雲居」分別由樂妓吟唱後，情節之進行至一關鍵，即詩名高下之集爭，而有王之渙「待此子所唱，如非我詩，吾即終身不敢與子爭衡矣。脫是吾詩，子等當須拜床下。奉吾爲師。」之語，而後歌伶終謳渙之詩「黃河遠上白雲間，一片孤城萬仞山。羌笛何須怨楊柳，春風不度玉門觀」後，競爭之緊張獲得舒緩，「因大諧笑」，其中文人間彼此之詩藝競爭全然爲娛樂之意識，對於詩歌優劣，其判斷標準亦超越一般文學傳統之言志理想，純粹就修辭本身與流傳程度加以比較，所謂「我輩各擅詩名，每不自定其甲乙，今者可以密觀諸伶所謳，若詩入歌詞之多者，則爲優矣。」及「此輩皆潦倒樂官，所唱皆下里巴人之詞耳，豈陽春白雪之曲，俗物敢近哉？」等語，實透露文人對詩歌等藝術技巧及普遍程度之認知，而非關注是否得以言志諷諭，此與一般唐傳奇之嚴肅寫作態度明顯不同，整篇作品之風貌與形式自亦有所差異。

　　由唐傳奇此類對藝術或審美效果表現關注意識之作品可見，詩歌與散文各有其文體典式與風貌，各有其關注點，二者加以結合後，自有敘述之特殊效果，有別於一般單純記事之散文，唐傳奇之所以超越以往之相關著作，即在於記史記事目標之追求外，於敘事上亦能意識到行文之氛圍，使所記之事件有其審美上之藝術技巧，而非以單純記事爲滿足，此乃志怪等作品所不及，亦爲唐傳奇有意爲文之明顯例證。

第三節　韻文於唐傳奇中之運用特徵

　　唐傳奇之所以被視爲小說文類成熟之代表，主要乃與前此之志怪等作品相較而致〔註24〕。二者間自有題材與形式等之相關，對於六朝志怪，唐傳奇

〔註24〕大致而言，六朝志怪與唐傳奇於題材及形式上未必有明顯區別，魯迅〈六朝

自有所承襲，然亦於接受學習之同時，亦逐漸增進轉化，故得以超越既有侷限與不足，終得以進至文類獨立之境，形成小說發展進程中之一成就。所謂「史官末事」之六朝志概本身所具之小說特徵未必完整，往往尚屬發展之初期階段，直至唐傳奇，則無疑將此類特徵作一整理與發揚，終而有其明顯效果與影響。此類轉變主要來自寫作之修辭特徵，此往往關涉到對事件人物之陳述鋪排，而修辭特徵，亦往往與寫作意識相關。六朝志怪主要為史傳之寫作理念，旨在陳述事件本身，僅求陳述目的，至於如何描述，則未必為關注重點，至唐傳奇，雖承襲一定程度之史筆思維，甚而亦於作品中明顯表現此一認知，然或由文學進展使然，對於其中情節安排文字刻劃氣氛渲染等，往往著力修飾，其中除作者之想像虛構能力大加發揮外，且一如前述，往往以當時盛行之詩歌等韻文形式加以呈現，形成作品特有之豐富及深沉面貌，而此正為唐傳奇與既往之小說作品之審美效果有所差距之因素。又就唐傳奇本身對韻文之運用特徵以觀，其中亦顯現作品本身及作者之特有屬性，此亦為唐代傳奇寫作之基本特徵。

一、真實切近之講求

　　傳統對小說之觀念基本上均不離小道或小技之概念，與正統典籍之嚴肅性質完全不同。即使與史傳相關，亦僅為「史官之末事」，是以小說往往因而更強調其所具之史筆意識，即拾遺補闕之作用。除題材之虛實相半外，寫作模式上亦往往模擬史傳模式。其中之修辭表現亦往往以史筆為思考前提，此於唐傳奇中尤為顯見。所謂「有意為小說」，或可釋為藉小說形式加以託寓個人理想觀念之意識，未必即為單純文學創作之自覺。而所謂唐傳奇之描寫趨向生活及細節化，此固為與志怪相較之結果，然較之史傳，卻非唐傳奇之創新處，其亦有類似史筆之模式，於篇末綴以議論文字，成為其模仿史傳之明顯標幟，如〈南柯太守〉即為一例〔註25〕。另外，亦可於敘事中表現是非褒

小說和唐代傳奇有怎樣的區別？〉中曾言志怪「文筆是簡潔的，材料是笑柄談資，但好像排斥虛構」而傳奇則「文筆是精細的，曲折的，至於被崇尚簡古者所詬病，所敘之事，也大抵具有首尾和波瀾，不止一點斷片的談柄，而且作者往往故意顯示著這事跡之虛構，以見他想像的才能了。」此二項界說主要以虛構想像之創作意識及「敘述宛轉，文辭華艷」之審美修辭等將志怪傳奇二者加以區別，實亦二者之主要差異處。

〔註25〕其文末為「前華州參軍李肇贊曰：『貴極祿位，權傾國都。達人視此，蟻聚何殊。』」雖僅十六字之論贊，然其間實說明唐傳奇對史傳及詩騷傳統之學習與

貶，即所謂「據事直書，善惡自見，《春秋》之意也」，凡此，皆爲唐傳奇於寫作中對史傳痕跡之存留。然就另一角度言，唐傳奇由於承繼史筆之敘述特性並加以發揮，較講求敘事之具體及眞實性，以及完整與清晰性，亦由於其終非正統嚴肅著作卻仍具可觀之處，亦因而獲致普遍且久遠之認同〔註26〕。又因對於作者未有任何約束及限制，致使作者得不拘泥於史實之限制，而得於題材擇取及敘述技巧上多所發揮，形成情節及形式等多方之豐富與演進。

　　史傳之敘事一般是縱向順敘，即敘述者依照事件發生之順序發展加以敘述，偶有插敘，則多以「先是」、「至是」等固定格式表現之，且由全知視角出發〔註27〕。如〈柳毅〉傳顯然具有史傳之寫作色彩，其敘述人稱爲第三人稱，而寫作動機亦出於一種旌美或風教之考量，其中亦包含個人愛憎傾向與價值判斷，如文章最末「愚義之，爲斯文」之文字即爲史傳筆法。而其中敘述方式則插敘、倒敘乃至預敘等相互交錯，其中有二處以「初」字做爲倒敘方式之安排，且多以書中人物之言語交代，與一般史傳有別，其敘述模式與史傳相較，互有異同。唐傳奇以第三人稱爲敘事框架，然其間卻未必遵照史傳筆法，反以多元複雜之敘事策略交互應用，與史傳之單線縱向發展不同，後者多以曲折、迴複及多向之敘述傾向因而形成複雜之敘述層次結構。〈柳毅〉傳打破時空阻隔、將不同時代或居住不同地點，原本無接觸可能之人予以聚合，從而虛構出一連串未必合於世俗人情事理之情節，以實現其敘事及審美之目的。又就其中詩歌之文字表現而言，「兮」字之運用亦表現出特殊之辭賦風貌，有如〈九歌〉般迷茫開闊之筆調，正與所謂洞庭、錢塘二君之身份與故事場景相映襯，作者用心可見一斑。

　　唐傳奇中詩歌之作用包羅甚廣，議論、抒懷乃至其中之書信章奏等，於情節進行間各有不同程度之相關及參與度，因而形成與讀者遠近不一之閱讀參與度，以證事件眞實度之塑造。唐傳奇之藝術成就自表現於多方，然其中對於境象畫面之刻劃與氣氛烘托顯爲其明顯特徵。由於具有修辭自覺與積極意識，其中情節進行情景往往爲動態呈現，而非靜態描述。藉由相關事物之刻意呈現，故事因而具有眞實及臨近特質，並藉此令書中人物之性格或情感

　　模擬。

〔註26〕如歐陽修《歸田錄》卷二云：「錢思公，……嘗與僚屬言：『平生惟好讀書，坐則讀經史，臥則讀小說，上廁則閱小辭。』蓋未嘗頃刻釋卷也。」其中對小說與對正統典籍之閱讀態度顯然有別。

〔註27〕董乃斌，《中國古典小說文體的獨立》，頁199。

得以具體鮮明。另一方面，對於所陳述之事件本身言，真實感之講求無疑在證明所言不虛，且嚴肅為文之態度，基本上為史筆意識之延續。

如〈長恨歌〉與〈長恨歌傳〉之韻散文類配合，則為另一現象，文中於備述玄宗貴妃事之後，亦有寫作說明，其言云：「元和元年冬十二月，太原白樂天自校書郎尉于盩厔。鴻與瑯琊王質夫家於是邑，暇日相攜遊仙遊寺，話及此事，相與感嘆。質夫舉酒於樂天前曰：『夫希代之事，非遇出世之才潤色之，則與時消沒，不聞於世。樂天深於詩，多於情者也。試為歌之，如何？』樂天因為〈長恨歌〉，意者不但感其事，亦欲懲尤物，窒亂階，垂於將來者也。歌既成，使鴻傳焉。」可見此文之寫就亦具勸懲目的，而傳錄本事與詩歌則為流傳於後世，不使淹沒也，其中亦顯現出記史之使命感，詩歌於茲，旨在詠嘆敘述，而非純文學之表現。亦由此可見詩、文體裁分別於敘述及抒情之長處與限制，並藉以相互補足，各顯文類特質。小說作品意境之創新與開拓，主要在於主觀情愫之凝聚和提煉，以及思想哲理之發掘與深化，若無前者，則作品缺乏詩意之美，若無後者，則作品缺乏思想深度，二者缺一不可〔註28〕。唐傳奇於史筆寫作及修辭自覺兩大期許之下而成，二者之協調與兼具，因而獲致其藝術及審美成就。其中詩歌與傳記之結合，其中詩文之運用，乃各以形式抒發情感或敘述事物，而非於敘事主體中輔以詩詞。由對記實之強調則更見其史傳風格，然其中修辭上之鋪陳演進，自為其新變處。

唐傳奇承襲史傳之寫作方式，另因文學演進與作者自覺，令其具有獨特處，若以其中之韻文運用特徵為考察對象，正可發現其辭采之美，所呈現之創作與刻劃意識，與特重真實與勸懲之史傳有明顯差別，所謂有意為小說，似應由此一方向加以考量。如牛肅《紀聞·牛應貞》全篇以問答體〈魑魅問影賦〉表現，既藉此表現人物之情懷與理念，其以書中人物作品為表現中心之寫作方式實亦史傳寫法，然若就作品辭章運用之角度言，則作者之修辭與審美態度明顯與單純記錄事實不同〔註29〕，如《續玄怪錄·薛偉》中所宣示之河伯詔書實為辭賦；

〔註28〕 吳士余，《中國小說思維的文化機制》（上海：華東師範大學出版社，1990 年），頁 174。

〔註29〕 〈牛應貞〉一文載錄主角之〈魑魅問答賦〉，就載錄之形式言，實為史筆之承襲，如《史記·司馬相如列傳》引其之〈天子游獵賦〉，藉引體察司馬相如作賦以諷之用心，其間亦有太史公對其人之評價，而〈牛應貞〉一文，則以類似方法烘托人物之生命情懷與人格，此固模仿史筆，然文中之運用辭賦，且比問答形式加以展現，實為對以往賦體之吸收與承接，唐傳奇對其他文類之包容與審美意識明顯可辨，而此正是其有意為文之表現。

又如《集異記・蔡少霞》之載入銘文，爲四言韻語〔註30〕；《纂異記・徐玄之》中虛擬狀、疏、表各一，爲駢體形式，而其他作品亦不乏有詩文論合一之現象。由此例可見，若就形式結構，乃至寫作動機以觀，唐傳奇實不出史傳之限制，且藉由書信或詔書等呈現，作品與讀者間之切近感因此而生〔註31〕。而其中眞實度表現實爲此類修辭技巧之主要目的，即視作品爲一寄寓情志之載體，唐傳奇之開創與進步，正在於其對文辭之藻飾與情節之鋪排，其固有史傳之影響，然於既有限制中仍能創造華美辭采，此實爲特殊成就。

二、文人屬性之彰顯

唐傳奇作者無論其寫作目的爲何，或遣情抒懷，或明道諷世，乃至遊戲娛玩，皆可見其逞才意識，藉由作品而表現其人之辭章文思，具有明顯之自我表現意識，並往往以詩歌之加入敘述主體而獲致個人才情之展現。詩歌抒情傳統基本上存有主觀與客觀之一致與和諧性，亦強調詩人個人性情，即心與物之相互感應，以意象引發聯想，所呈現者爲詩人之自我意識與感情之表達。另一系統以呈現現實之人事爲表現焦點，其時之詩人僅爲一組織陳述之角色，所表現者未必爲個人之情思，即分別爲自我抒情與客觀敘事兩大範疇〔註32〕。與六朝志怪相較，唐傳奇中無疑具有相對較多之抒情詩歌，而詩歌於其中則發揮其抒情特徵，除偶有諷諭之詩作外，一般多發揮抒情特性。且一如前述，唐傳奇中之諸多修辭意識往往附屬於其寫作期許之中，此適與詩歌抒情傳統中言志常概括抒情系統之現象類同。

〔註30〕如河伯詔書云：「城居水游，浮沉異道。苟非其好，則昧通波。薛主簿意尚浮深，跡思閑曠。樂好汙之域，放懷清江；厭崿之情，投簪幻世。暫從鱗化，非遽成身。可權充東潭赤鯉。嗚呼！恃長波而傾舟，得罪於晦，昧纖鉤而貪耳，見傷於明。無或失身，以羞其黨，爾其勉之。」此事固有其神祕及幻想特質，然作者固強調其中之眞實性，而觀其寫作方式及對韻文之徵引，實爲史筆模式之呈現。而〈蔡少霞〉一文呈現四言體之碑銘「良常西麓，源澤東滋。新宮宏宏，崇軒。雕玟盤礎，鏤檀疏榮。璧瓦麟差，瑤階肪截。……天籟虛徐，風簫泠澈。鳳歌諧律，鶴舞會節。三變玄雲，九成絳闕。易遷虛語，童初浪說。如毀乾坤，自有日月。」亦爲爲對眞實度之強調及事件發生之證。

〔註31〕如〈步飛煙〉中飛煙予趙象之書信，亦藉由呈現而令故事之進行眞實且具體。

〔註32〕中國傳統詩歌向有「言志」與「緣情」兩大系統，前者強調諷諭教化之作用，後者則關注因客觀事物所引發之情思，然就思想而言，二者分別與儒家及道家之托意與直觀理念有所相關，亦因此而形兩大發展系統，言志系統向爲主流，而抒情傳統則爲品類眾多之支流，各有其價值，並因而形成中國詩歌之豐富多元。

　　所謂「文備眾體」，不僅體現於唐傳奇之外在形式如以「傳」為題，中雜詩句，以及文末議論，並且體現於唐人詩情對敘事細節之滲透與敘事意境之昇華。唐傳奇中之詩賦多為對敘事情境之內在滲透，其以志怪為體，並融合傳記、辭賦、詩歌及民歌謠諺等成分，因而形成新穎之書寫體裁。作者於作品中直接顯示其詩文才情或藉由書中人物加以表現，往往為其寫作意識與自覺，未必是賣弄，是以其中之章法、文字等均顯示作者之才情，其他如謎語、諧語等亦為作者才情之表現。作品中具有遊戲諧謔等成分之韻文，往往影響其間之敘事語調，風貌顯得多元與豐富。亦因謎語雙關語等之運用亦使文章脫離實用功能或教化等侷限，呈現出活潑多元之風格，對於文章之詼諧戲謔，《文心‧諧讔》有所說明，其言云：

> 雖有小巧，用乖遠大，夫觀古之為隱，理周要務，豈為童稚之戲謔，
> 博髀而抃笑哉！然文辭之有諧讔，譬九流之有小說，蓋稗官所采，
> 以廣視聽。若效而不已，則髡袒而入室，旃孟之石交乎？〔註33〕

其說法亦為實用功能之呈現，以為文章之諧擬雖屬小巧，然仍聊備一格，且有其功用之講求，否則即失之輕率戲謔，本末倒置，違反為文之大原則，其之為用亦難達大道之用，恰與小說特質類同。然視之唐傳奇，正由於此一現象之呈現，益顯唐傳奇於史傳傳統影響下之新變，亦顯現其於文學創作上之刻意與自覺。若干唐傳奇由於特具作者之想像虛構能力，因而形成奇幻恢詭之色彩，固有箴規於此已非寫作之主要關注點，其基本格調在於對各項人事具有廣泛興趣與關切熱情，包括對奇趣、諧趣及文趣等層面之追求，不僅有異於既往之寫作實用觀點，亦不同於單純記奇述異或發明鬼神之實有等簡樸表現，除上述若干唐傳奇作品藉由韻文而表現此類特徵外，又如沈亞之〈秦夢記〉中言其特殊夢境，其間應教而作詩賦及碑銘等，尤為明顯之例〔註34〕。

〔註33〕見劉勰著，周振甫注之《文心雕龍》（台北：里仁書局，1994年），〈諧讔〉第十五，頁282。

〔註34〕如其悼公主詩曰：「泣葬一枝紅，生同死不同。金鈿墜芳草，香繡滿春風。舊日聞簫處，高樓當月中。梨花寒食夜，深閉翠微宮。」又作墓誌銘：「白楊風哭兮石甃髯莎。雜英滿地兮春色煙和。珠愁粉瘦兮不生綺羅。深深埋玉兮其恨如何！」而又題贈別詩辭：「擊體舞，恨滿煙光無處所，淚如雨，欲擬著辭不成語。金鳳銜紅舊繡衣，幾度宮中同看舞。人間春日正歡樂，日暮東歸何處去！」甚而於離別之際有題宮門詩云：「君王東感放東歸，從此秦宮不復期。春景自傷秦喪主，落花如雨淚燕脂。」雖以夢境為題，然顯見其中文人才情之展現實為敘述重點，亦為文人才情之明顯表現。

是以唐傳奇於作品中雖往往強調其相關故事來源以徵驗事件之真實度，然對於怪奇玄異之關注實為其明顯傾向，加之作者所具有之對創作之積極與自覺，此類作品已深具文學之修辭美感，自有唐人風采與情致。

　　唐傳奇或可分為史傳及詞章兩派〔註35〕，實則作者於寫作或敘述過程中二者往往兼而有之，所謂「文備眾體」，正可見其承襲與創新之處。唐傳奇之模仿史傳，一為對既有文學背景之吸收借鑒，出於不自覺之意識，另為對史傳推崇之寫作反應，然唐傳奇之寫作成就實不僅限於此，畢竟小說未必等同於史筆，彼此仍各有題材虛實與敘事技巧之差別，小說作者之史才雖來自其史家氣息及史傳修養，卻另於文學系統中融鑄轉換。亦正因二者有其差異，更可見小說之模仿史傳處。小說作品於敘事思維及能力之進步與發展，主要表現於「由簡趨繁」之變化上，唐傳奇與若干志怪小說題材及形式之傳承上，尤可發現此一變化趨勢。題材有所承者，可見其文飾，而題材創新者，則更易見其中史傳性質，因作者若果為創作而創作，實無特別說明其動機或教化期許之必要。至於未有明顯史傳色彩者，則可視為志怪形式之延續，基本上仍未脫離史傳之寫作習慣，仍非獨立之寫作體制。唐傳奇至少表現出作者審美情感與寫作意旨，分別於其寫作意識及修辭技巧加以表現。寫作意識一如前述，仍不出史筆褒美旌善之層面，而其修辭表現，則實為其獨特成就，所謂唐傳奇之藻繪可觀，亦往往於此傳承體例中與志怪相較下而得以彰顯呈現。

三、區域風情之融合

　　唐傳奇將不同層次之文學風格加以融合，對於特定區域情調之塑造，及人物特性或故事情境之配合等，亦是作品氛圍形成上之重要因素，往往顯現作者多重之詩才風貌，如沈亞之〈湘中怨解〉中氾人之詞作，即表現出獨特之楚辭情調，其〈風光詞〉云：

> 隆佳秀兮昭盛時，播薰綠兮淑華歸。顧室蔑與處莘兮，潛重房以飾姿。
> 見稚態之韶羞兮，蒙長霤以為帷。醉融光兮渺瀰。迷千里兮涵烟湄。
> 晨陶陶兮暮熙熙。舞婀娜之穠條兮，騁盈盈以披遲。酡遊顏兮倡蔓卉，
> 縠流舊電兮石髮﨣旎。

此詞輔助說明氾人之文才，所謂「能誦楚人〈九歌〉、〈招魂〉、〈九辯〉之書，常擬其調，賦為怨句，其詞麗絕，世莫有屬者。」〈風光詞〉之出，有實際說明

〔註35〕程毅中，〈文備眾體的唐代傳奇〉，頁82。

氾人才情之作用，說明形容氾人之特質，當亦證明文中所言不虛。而由詩歌之表現亦可明顯發現其中之楚地情調，與一般穿插於唐傳奇中之韻文不同，正與標題之「湘」呼應可見作者匠心，即使有炫才目的，亦能與事件本身儘量配合。唐傳奇之運用詩歌現象，除一般詩律既有詩作及民間俗語俗賦外，亦有類似楚騷風格之表現。此不同於一般詩韻，類乎〈九歌〉、〈湘君〉、〈湘夫人〉之夢幻情境與淒清幽怨，可見唐傳奇使用韻文類型之多元，並非僅限於詩律。〔註36〕

同時，此類作品亦呈現作者對傳聞或詩題進形加工創作之特質。此篇作品乃針對韋敖之〈湘中怨歌〉作一發揮，即「牽而廣之，以應其詠」，將原詩之淒清迷離及抒情特質融化於對事件之細膩陳述中，形成唐傳奇獨特之濃鬱氣質與意境，而有明顯之詩化傾向。藉由敘事作品以演述抒情作品之本事、內涵，並於敘述過程中極力虛構人事及其中想像情節，並配合詩歌本身之情境與特性，其間之渲染鋪陳因此呈現與敘事結構相互一致之有機成分。唐傳奇對意境之構築一如詩學意境之思維，均有情景交融等虛實相間筆法，從而達至意象情境合一之境界，因而予讀者深刻且鮮明之生活實感與體會。唐傳奇藉由對外在事物或情境以外延相關人物之特質或歷史，令景致與人物得以和諧一致，而具有特殊審美效果。

又如〈圓觀〉所引之詩歌亦有別於一般現象，如圓觀所唱之〈竹枝詞〉，亦屬民間文學，其詞云：「三生石上舊精魂，賞月吟風不要論。慚愧情人遠相訪，此身雖異性長存。」又云「身前身後事茫茫，欲話因緣恐斷腸。吳越溪山尋已遍，卻迴煙棹上瞿塘」，其間詩歌之穿插運用未必自然，如其行文順序為「圓觀又唱竹枝，步步前去。山長水遠，尚聞歌聲，詞切韻高，莫知所謂」之後，再以「初」字說明前事，詩歌之內容固能增益情節、輔助說明，然較於散文之敘述主體而言，詩歌之穿插卻是可有可無。二詩與敘事主體之結合並不自然，主為說明介紹性質，作者詩才亦藉此而得以展現。且其中詩歌之表現亦配合故事發生之場景，達至事景合一之境，因而具有鮮明之區域風致，從不同文學特質之混雜中，亦可見不同之文化層次，民間文學有其區域性及文化內涵，未必有完整之文化體系或自覺，然其卻得以於歷代多元之吸收與滲透下持續發展壯大，形成與正統文學不同系統之發展軌跡〔註37〕。二者異同固形成其藝術與價

〔註36〕楊義，《中國歷朝小說與文化》（台北：業強出版社，1993年）第六章〈唐人傳奇的詩韻樂趣〉，頁150。

〔註37〕張碧波，〈中國詩歌的抒情傳統〉，《中國文學史論》（黑龍江教育出版社，1993

值等不同程度之追求，然藉由二者之相互融合，更因彼此原有之差異性而形成作品之特殊風貌與表現。

　　然而，一般唐傳奇卻多呈現出史傳之寫作體式，主要仍在「寄筆端」，未必真有為文學而創作之意識或自覺，最多僅可言其以所謂小說形式以寄筆端，最終目的仍在於筆端寄託，所謂唐傳奇之藝術成就，實非有意為所謂「小說」，主要在於史筆意識之基礎外另有增飾用心，即記實之要求外亦有增飾敷演等藝術講究，無論所述事件是否真實有據，作品之篇末或開頭往往標明材料來源或發生時間，以塑造真實情境，其間對於場景器物等描繪，亦多強調其間之可信度與真實性。

　　唐傳奇透過調整敘事角度和其他藝術技巧之創新，令詩情、史筆及議論相互融合滲透，形成明顯之創作自覺意識。其敘述本著重於事件發展之邏輯與先後次序，然因詩歌成分之加入，令作品除陳述既有之事件梗概外，亦呈現出抒情或活潑之特徵，其中所運用之詩歌不僅有多方來源及特性，亦因而形成文章之多元風貌與特性，超越單純模仿史筆之侷限，而具有文人於敘述技巧上之安排與匠心，此實為唐傳奇之特殊成就之一。唐傳奇與詩歌二者間關係自是密切，且其結合具有高度之藝術成就，既見唐傳奇因詩人作者之參與而得以擴大其影響，另一方面，亦可視為由此一現象而引起其他詩人之寫作動機與參與意識，因而提高唐傳奇之藝術成就。而唐傳奇本身除由歌行中獲致素材外，亦由詩歌中汲取情思與意境，豐富作品本身之所謂「藻繪可觀」之藝術表現。亦由於作者對詩歌具有高度認知與自覺，是以對其中所運用之詩歌往往積極加以擇取，而非被動徵引。小說一向被視為非正統文類，不受重視，往往因而有較大之發展空間與寫作自由，而更具創新傾向。另一方面，由於「小道」之前提與觀點，而有借鑒正史寫作模式與詩騷抒情傳統之傾向，唐傳奇中之運用韻文或更可解釋其所以異於史傳而「作意好奇」及「有意為小說」，唐傳奇於紀傳體之敘述方式中夾雜言志抒情之成分，大量引進詩詞或俗諺謎語等，而眾多文類具陳之風格實亦展現唐傳奇包羅萬象、涵蓋眾體之既有特徵，此正為古典小說獨立於史傳處，亦為其刻意為文且令小說文類得以獨立之一因。

　　年），頁 57。

第三章　話本小說中韻文現象之析論

　　相較於唐傳奇，話本小說中韻散相雜之修辭特徵尤其明顯，散文固爲敘述主體，然穿插於故事情節中之各式韻文亦有敘述上之輔助功能。由於韻散文類各有敘述及抒情層面之優勢與侷限，話本小說則將二者融於單一文類中，且韻文本身亦包含詩詞歌賦等文類，各有特性，因而形成特殊之敘述方式與作品風貌。本章主要探討此類韻文於故事進行中所發揮之敘述功能與顯現之風貌，而此一現象之產生亦非由話本小說所獨創或首創，實有其各方來源，藉由當時社會與文學等內外在因素影響，加之歷代作者讀者等寫作閱讀意識與藝術技巧之累積等過程，形成了話本小說之藝術成就與特有風貌。

第一節　形式之承襲與特徵

　　於散文之敘述主體中夾雜韻文之書寫形式向爲話本小說之特徵，由唐變文至宋人說話皆有類似表現，此一形式實有其文學史背景，而宋元後之話本小說大加發揮此敘述特點，進而影響日後之通俗長短篇作品，形成中國古典小說之明顯修辭特徵。話本小說之所以形成及發展，背景複雜且多方，包含社會、經濟、文學演變及話本小說自有之內在發展等。社經因素包羅廣泛，主要爲宋元經濟結構改變與新興市民階級崛起所致，說話活動因而興盛，以及爲求商業考量而力求表演藝術之精進等，此自爲話本小說書寫藝術增進改良之主因。至於有關文學史之承襲，主要著眼於與變文等通俗文類之關聯等論題，其間之韻散相雜自爲話本小說於形式承接與模擬之關注點。就話本小說本身之流變言，由

於有所謂早期說書底本與後世擬話本之別，故其中所使用之韻文現象亦各有異同。而探討明清以後之話本小說，往往以宋代話本作淵源，而明清擬話本則多有文人之修飾點染〔註1〕，二者前提不同，形諸於藝術之表現亦各有異同，然其間應有之敘述基準與原則大致不變，其中修辭差異與審美態度之取捨實爲二者之區別，亦爲早晚期話本小說敘述技巧演進之跡，是以本章雖以話本小說一辭合而言之，然亦試圖循其發展軌跡加以探討，並分別其中承啓與異同之處。

一、說話活動之影響

話本小說之興與宋元「說話」活動多所關，而宋元「說話」活動之產生與盛行有其社會經濟之因素，且其中修辭技巧亦往往因商業利益或競爭而增進。就其書寫或表演形式之形成而言，當時之「說話」活動諸項特徵對話本小說之形成實有影響〔註2〕。而宋元通俗小說與「說話」活動之形成則與唐代之說話及市人小說有某一程度之相類〔註3〕，據現存記載，唐代說話內容當亦豐富新奇，且具有某種程度之表演技巧，故得以吸引聽眾「自寅至巳」長久

〔註1〕如胡萬川於〈從馮夢龍編輯舊作的態度談所謂宋代話本〉（《古典文學》第二集，台北學生書局出版，1980年。後亦收於其專著：《話本與才子佳人小說之研究》，台北：大安出版社，1994年）一文中以馮夢龍對編輯宋代話本中對文字之取捨現象而言，其中至少經過若干修改過程，如刪去篇首之入話，及入話故事與正文間之「權作個笑耍頭回」，及結束時之「話本說徹，權做散場」等文字；又針對故事中之詩詞、駢句、諺語等作增刪，以求最佳之表現效果，其中自不免有其文人審美標準之影響，而經編輯後之話本舊作自亦有異於早期面目。

〔註2〕有關宋代說話活動之記載，宋代文獻中不乏有關當時經濟社會繁榮之記載，而此實爲說話活動興起之主因。至於說話活動之興盛，則如孟元老《東京夢華錄・京瓦伎藝》中列出二十餘種伎藝名目，而著名藝人則載有七十餘人，而周密《武林舊事》亦列舉南宋臨安諸色伎藝人共五百一十四人，類別各有分野，其他記載如羅燁《醉翁談錄》及吳自牧《夢梁錄》等，亦見有關說話之情況，可見當時說話活動之興盛，而民間伎藝之興盛，往往亦促成彼此間表演技巧之交流與更新。

〔註3〕有關唐代之說話活動，一般常引用《太平廣記》卷二四八引隋朝侯白《啓顏錄》云：「侯白在散官，隸屬楊素。（素）愛其能劇談，每上番日，即令談戲弄，或從旦至晚始得歸。才出省門，即逢素子玄感，乃云：『侯秀才可以玄感說一個好話』白被留連不獲己，乃云：『有一大蟲欲向野中覓肉』云云。」至於市人小說，一般則引段成式《酉陽雜俎・續集》四〈貶誤〉云：「予太和末因弟生日觀雜戲，有市人小說，呼扁鵲作褊鵲字，上聲。予令座客任道升字正之。市人言：『二十年前嘗於上都齋會設此，有一秀才甚賞某呼扁字與褊同聲，云世人皆誤。』」

之聽賞興趣，而表演者亦當爲專門之說話人，有其職業背景而應非單純表現之清客，一如宋代諸色藝人之專業修爲然〔註4〕。而話本小說亦可與唐之市人小說合併以觀，所謂市人或指商人或手工業者及其他之城市新興階級，可見於唐時亦有屬於民間之通俗作品，有如話本小說植基於宋元一般城市市民因而發展之跡。〔註5〕

然而，雖同爲具有消閒娛樂之通俗性質，唐、宋二代「說話」或通俗小說之內涵實有不同。唐代市人小說固有其民間性，而唐傳奇中亦可見若干市民生活之描寫，乃至變文俗講等對民俗之刻劃著墨等，均可見其中之普遍性與通俗性。然唐代通俗作品之觀眾基礎卻未必落實於一般大眾，往往不出文人及知識分子消閑娛戲之特質，既無固定如瓦舍之傳播途徑，亦無大量明顯依賴社會經濟基礎之專業藝人，是以唐代之通俗說話活動與相關作品或僅爲文人偶而參與或創作之次要娛樂，雖感於民間文學特有之清新或活潑表現，但亦僅限聊備一格，未能蔚爲文學發展之主流，文人之欣賞態度亦多有優越傾向，而非全然推崇，對民間文學之接觸亦往往與個人經歷或交遊相關〔註6〕，未必爲當時文人

〔註4〕 《元氏長慶集》卷十〈酬翰林白學士代書一百韻〉中有一聯曾云：「翰墨題名盡，光陰聽話移」，其自注云：「樂天每與予游從，無不書名屋壁。又嘗於新昌宅說一枝花話，自寅至巳，猶未畢詞也。」胡士瑩《話本小說概論》中以爲，此一說話者並非所謂白居易本人，顯然由專業說話人所表演，有其職業修爲，故得以長時間吸引觀眾之注意與興趣。

〔註5〕 魯迅於〈宋民間之所謂小說及其後來〉中以爲，市人小說應爲雜戲之一種，且由市人口述，而於慶點或齋會時用之，可見市人小說實與當時一般大眾生活相關。

〔註6〕 如劉夢得之〈竹枝詞〉及其他民歌作品，亦常引起學者關注研究。甚而極力盛讚此類作品之完美性或作者乃有意向民歌學習，吸收長處以充詩國的寫作動機。然而，細觀詩人繫於〈竹枝詞〉前之引言云「四方之歌，異音而同樂。歲正月，余來建平。里中兒聯歌竹枝，吹短笛擊鼓以赴節。歌者揚袂睢舞，以曲多爲賢。聆其音，中黃鐘之羽，卒章激訐如吳聲。雖傖儜不可分，而含思宛轉，有淇澳之豔音。昔屈原居沅湘間，其民迎神，詞多鄙陋，乃爲作九歌，到于今荊楚歌舞之。故余亦作竹枝九篇，俾善歌者颺之，附于末，後之聆巴歈，知變風之自焉。」則其寫作心態應是由一己遭遇所起，由於身處貶謫，流徙荒居，致有接觸民歌俚謠的機會。且此類風謠大抵俚俗，詩人不免思及昔日屈平之畏讒遭讒，及因徙居蠻夷改作〈九歌〉一事，對於屈原，詩人本已有心靈上之相通，至此更有起而效之的期許。其寫作動機乃首爲竹枝本爲巴蜀樂調，爲里中兒所聯歌，但其辭傖儜鄙陋，惟其音宛轉。詩人因而思昔日屈原改作九歌之背景。又夢得於憲宗元和十年至十四年轉任連州刺史，前此則有將近十年（永貞元年至元和九年）謫居朗州，然甫召回京，旋又被逐荒僻，守連州之後，又於長慶元年轉任夔州刺史，屢次播遷，夢得之

普遍關注。

是以，完全屬於一般大眾之通俗作品當始於北宋說書活動等民間伎藝之興盛。當時之瓦舍成爲一般大眾之文化娛樂場所，其間之伎藝則成爲大眾之主要娛樂內容。而說書形式亦成爲話本小說敘述之基礎，如寫作策略上傳承或模仿說書形式，所謂「話本說徹，權作散場」或「至今風月江湖上，千古漁傳作話傳」等文字均可見說書表演之痕跡〔註7〕。作者於故事中安排一敘述者，敘述層次因而分明。敘述人之角色主要陳述故事情節，且其敘述立場可隨時變動，或介入故事之陳述、或獨立於故事情節之外而作批評，不同敘述層次有不同之敘述語態，穿插於故事中之韻文正可顯示其敘述地位之變化現象。話本小說多運用全知視點構築藝術世界，是以敘述者直接介入故事形成其敘述之明顯特徵。全知視點於藝術作用上提供廣泛自由之視野，且令事物獲得最大限度之呈現，敘述者得以對人物性格、心理或情緒及情節場面等予以全面把握，並藉由各類韻文加以呈現。話本小說作者未必皆隱藏於故事背後，往往現身說法，中斷故事本身之敘述過程，如文中屢見「看官聽說」、「且說」及「且聽小子道來」等，即爲敘述者聲音之展現〔註8〕，而若干情節中之對句應用與故事末尾作者

感慨與牢愁自不待言，其流徙地點又近屈平之沅湘，對屈原之同情自不待言，故起而效之，因改作〈竹枝詞〉，俾善歌者颺之。可見詩人乃因時空之偶合，接觸到俚歌民謠，又思及昔日屈原遭逐之事，進而將之投射至個人心態，因而改作竹枝，亦希冀竹枝九篇能流傳後世，俾補闕遺。此一體認無論是對作品之期待或個人之心志期許，皆明顯以屈平爲一追隨目標。更進一步言，詩人所念及者，仍以個人抑鬱慨歎爲主，未必思及大眾。又由作品本身可發現，詩人之於竹枝民歌，爲一仿作及改造，其立場基本上是客觀而冷靜，未必真正對民歌欣賞或認同，主要仍在爲一己之愁鬱服務，由詩人謫居時之其他酬唱詩篇可見其渴望回京的心態，故詩人對謫居當地有明顯距離感，人我分際強烈鮮明，此一心態自是無法認同民間土風樂府。尤其，其遭貶之前至回京之後，類似民歌之作已相對減少。因此，對於劉夢得之作竹枝或其他民歌作品，應可解釋爲其生命歷程中某一特殊體驗與片段，亦因其偶爾興而形成題材上之獨特風貌，一種情調或題材之短暫變化，而與社會詩無關，亦非其真正融入民歌，有心擴充詩國題材，即使產生此一結果，恐亦非夢得之初心。此類文人之於通俗文學之心態，實亦等同於當時文人對其他民間文學之看法與態度。

〔註7〕 如《警世通言‧俞伯牙摔琴謝知音》云：「今日聽在下說一樁俞伯牙的故事。列位看官們，要聽者，洗耳而聽；不要聽者，各隨尊便。」及《十二樓‧奉先樓‧第一回‧因逃難妃婦生兒，爲全孤勸妻失節》云：「這些說話，不是區區捏著之言，乃出自北斗星君之口。是他親身下界，吩咐一個難民，叫他廣爲傳說，好勸化世人的，聽說正文，便知分曉。」凡此皆爲說書之跡。

〔註8〕 李家紅，〈全知視點與明清小說的藝術世界〉，《明清小說研究》1990年第一期，

之評述尤爲此一特徵之顯現。話本小說中因具明顯之說書形式與特徵，故作品中呈現鮮明之口語性，且藉由韻文之運用情形以觀，尤其顯現其敘述及表現上之特點。如以韻文呈現若干人事之暗示或隱射；而就其表現形式而言，不同風格特徵形成作品多元且錯落之敘述層次，有其抽離或暫時特性；又就韻文本身所呈現之面貌以觀，其間又不離通俗與娛樂性。可見藉由韻文之擇取運用，作品本身之敘述特性及功能亦得以被強調。〔註9〕

　　話本小說包括說話活動之底本及後世文人擬作等，二者形成背景各有不同，對韻文之運用亦有所出入，此乃作者寫作意識使然。早期作品多爲說書形式之表現，晚期則除承襲既有敘述模式外，作者亦有明顯介入，與早期話本中說話人之敘述意識有所差異。此一敘述模式對於故事之呈現自有其關鍵，然就修辭技巧言，敘述者之角色介入往往促成對事物摹寫或提供背景之趨勢，而有刻意描繪之現象。同時由於固有寫作觀念之影響，敘述者之聲音往往提供教化詮釋之作用，對故事發展或人物言行加以評論，另外則闡明故事之主旨或寓意，此前承唐傳奇等作品之書寫習慣與意識，對勸善懲惡之觀念則大加發揮，並期藉以引導閱聽大眾，此亦顯現作品中之敘述地位高於接受者之優越意識。

二、韻散相雜之承啓

　　話本小說形式之形成，除宋元興盛之「說話」活動等內在因素所促成外，於文學史之流變上亦有其來源，其中以變文之表現形式尤爲重要影響〔註

1990 年 1 月，頁 23～24。

〔註 9〕歐陽楨著，廖朝陽譯，〈中國小說的口語性〉，收於《中國文學論著譯叢》（台北：學生書局，1985 年）下冊，頁 42。

〔註10〕關於通俗小說之起源，一般以爲明郎瑛《七修類稿》「小說起于宋仁宗，蓋太平盛久，國家閒暇，日欲進一奇怪之事以娛之，故小說『得勝頭回』之後即云『趙宋某年』」及馮夢龍《古今小說・序》「南宋供奉局有說話人，如（今說）書之流，其文必通俗。其作者莫可考，泥馬倦勤，以太上享天下之養，仁壽清暇，喜閱話本」等記載爲代表，近代王國維、孫楷第等學者則以爲實乃敦煌變文而來，由此而牽涉說話與俗講；話本與變文之相涉，然究之現存資料記載，說話與俗講未必有直接關涉，說話多爲嘲謔戲弄之性質，而俗講多不免與佛經相關，且所謂變文者爲何種作品，亦有所分歧，如蕭相愷於〈關於通俗小說起源研究中幾個問題的辯證〉（收於《復旦學報》1993 年第五期）中即釐清所謂變文體例之特徵及其與說話、話本等關連。故二者之傳承並非直接關連，然表現方式卻互有滲透影響。然縱雖如此，變文韻散相雜之敘述方式實予話本寫作及修辭形式上重大影響。

10）。就短篇話本小說而言，無論故事題材或形式亦多吸收變文中之民間文學特性與情節發展，而形式之承襲尤爲明顯，除開頭與結束之模式外，亦往往滲透至故事敘述結構中，或加入俗語或穿插詩賦，實爲敘事模式之承襲與大加發揚。是以早期話本與擬話本因有不同之寫作前提，故形式之形成背景亦複雜多元，宋元話本前有變文影響及說書活動之促進，有其殊之修辭特徵，而擬話本由於有模擬話本書寫形式之意識，故修辭之表現更趨豐富及變化。然由於模擬之來源相近或相類，早晚期之話本小說對於基本之寫作意識卻仍有其共通性，如皆利用韻文形式輔助散文之敘述功能，對於故事中各項因素加以描述或刻劃，形成作品多元風貌，而此一寫作意識實與變文之表現方式有所相關〔註11〕。明清擬話本與宋元話本則有明顯差異，除不同之寫作目的外〔註12〕，二者形成背景亦不同，如作者由書會才人轉換爲一般文人，篇幅上亦產生長篇作品等，形式亦趨於複雜多元。而傳播層面上，由於作者與讀者結構之改變與印刷術之發達，話本小說由以往之口頭講唱變爲書面閱讀，此亦影響其中之修辭技巧，而若干故事中之幽默或諷刺等表現模式亦因閱讀方式而加以變更，話本小說修辭特性因此轉變與延伸。

　　除承襲變文等民間通俗文類之修辭形式外，話本小說之修辭形式往往亦受固有理念或價值觀之影響，傳統小說理論可分別爲兩大流派，即傳統之史

〔註11〕 變文對於景物刻劃或人物思想多所著墨，如〈盧山遠公話〉中言神鬼所造之寺：「重樓重閣，與忉利而無殊，寶殿寶臺，與西方無二。樹木聚林，蓊鬱花開，不揀四時，泉水傍流，豈有春冬斷絕。更有名花嫩蕊，生于覺悟之傍；瑞鳥飛禽，飛向精舍之上。」有關敘述或言志之例如〈破魔變文〉中魔女與世尊對人生價值之不同意見：「女道：『勸君莫證大菩提，何必將心苦執迷；我捨慈親來下界，情願將身作夫妻。』佛云：『我今願證大菩提，說法將心化群迷。苦海之中爲船筏，阿誰要你作夫妻？』」等，與話本小說如〈快嘴李翠蓮〉及〈張子房慕道記〉等作品相較，可見其中異同。同時，變文亦往往於說唱中徵引民間諺語或成語加以表現，話本亦延襲此一修辭方式。如《伍子胥變文》中，伍子胥與漁人之對答，漁人即言：「吾聞：『麒麟得食，日行千里；鳳凰得食，飛騰四海。』」而《秋胡變文》中秋胡戲其妻時議亦引用時諺，「秋胡喚言道：『娘子，不聞道：「采桑不如見少年，力田不如豐年」』」等，話本小說中對謠諺之運用則更明顯，往往於情節進行中加入，如所謂「隔牆須有耳，窗外豈無人」及「故人長望貴人厚，幾個貴人憐故人」之類，此一現象實獨具民間色彩與通俗性質。

〔註12〕 如魯迅《中國小說史略》（台北：里仁書局，1994年）以爲，「宋市人小說，雖亦間參訓喻，然主意則在述市井間事，用以娛心：及明人擬作末流，乃諄誠連篇，喧而奪主，且多豔稱榮遇，回護士人，故形式僅存而精神與宋迥異矣。」寫作意識有所差異，對於作品之鋪陳安排不免亦見歧異。

學觀點與美學觀點，所謂「補正史之未盡」，以爲小說乃子史餘緒，並非道術之所在，然亦有廣見聞資考證之作用，此皆未離史家之見，亦爲自漢以來對小說之固有見解。而另一流派則強調文學之審美角度，對小說之認識更接近審美需求，強調虛構及想像等修辭方式〔註13〕，以爲小說重在娛樂，於娛樂中接受啓發或教育，此一觀念主要源於唐宋之說話伎藝〔註14〕。但二者不同層次之理念並非全然劃分，如小說所強調之眞實度實爲史傳意識之影響，以韻文交代人物來歷或故事出處，一如唐傳奇作者於文末所言之寫作意識，亦旨在證明所言不虛，因而形成作品對眞實感之講求。大致而言，娛樂需求與修辭形式多不出裨益人心之範疇，所謂「語必關風」，實爲傳統文學「文以載道」實用觀點之延續與發揚，是以通俗作品中之各類表現往往須有倫理教化之寄寓方得流傳於世，亦因而形成歷代文人內在之寫作心理與意識，即使是大眾娛樂作品，寫作亦必有警世勸懲之目的，至少於作品中呈現類似關注或特徵，形成通俗作品明顯之敘述架構與思維〔註15〕。然而，藉由韻文形式之運用，則更加發展古典小說之演述能力，而非全然關注於作品是否應具實用功能，從中亦可見其與史筆模式之分野。古典小說固有其勸懲之寫作期許，然畢竟非正統之典籍，與直接傳播政教之著作有別，修辭特性尤爲關鍵，所謂勸懲教化往往亦由豐富多元之描述技巧加以呈現，即寓教於樂之寫作態度〔註16〕。古典小說於美學意識與修辭態度之發展過程中，其中之藝術表現亦形成深化與演化之趨勢。而歷來小說觀念與審美素質相互聯繫，彼此之進化現象亦反映於作品語言對造型、想像及抒情等修辭意識之強調。

三、傳播效果之講求

　　古典小說之寫作形式有其特點，其中所包含之陳述深度或廣度遠超大於詩詞歌賦等傳統文類，其可包容其他文類，且得以保有本身特性而不被其他

〔註13〕吳功正，〈古代小說觀念和美學關係探索〉，《明清小說研究》第三輯，1983年六期，頁19。

〔註14〕如小說作者往往接受既有之史傳敘述模式，強調明確之時間觀念，並對於書中人物之出身背景、場景地點等，凡此皆爲史筆模式之承襲，而韻文之使用則尤其發揮此一擬眞特性，往往對人物形象或故事場景刻意著墨。

〔註15〕黃清泉、蔣松源、譚邦和，《明清小說的藝術世界》（武昌：華中師範大學出版社，1992年），頁122。

〔註16〕孫一珍，〈明代小說的藝術觀照〉，《明清小說研究》1992年第一期，1992年1月，頁218。

文類所吸收,此爲古典小說之寫作優勢。以教化觀點言,古典小說作者雖極力強調有益於世道人心,及勸善懲惡之寫作目的,陳述模式則承襲於既有形式,此或爲當時作者與讀者間之默契,亦或爲作者本身處於既有文學傳統中之無意識模擬或遵循。是以話本小說有一穩定之結構模式,有其相互關聯之敘述框架,此一敷演方式首由宋元說話人就變文等通俗文學形式之基礎加以發展,經宋元至明清之文人加以整理定型,並模擬遵循。就描寫方式以觀,韻文之加入尤爲明顯特徵,藉韻文之運用,作者對事件、人物與場景等加以工筆刻劃、白描摹寫,乃至比喻、暗示與評述等,呈現古典小說所固有之幽默與諷刺之風格,其間雖有所增刪,然其敘述原理與基型始終延續。

而既有敘述架構亦向有通俗特徵,除民間藝人爲商業考量而力求技巧之精進外,當時觀眾之審美標準與好惡取向亦關係早期話本小說修辭特性之表現與風格。爲求獲致最大利益之商業考量,民間藝人自亦專注於技巧之講究,藉以吸引聽眾,亦因而促成修辭形式之進步與發達,乃至於詼諧幽默之強調。話本小說修辭特徵之形成亦由此而趨精進,其中固不離既有教化及補遺之理念,然亦已意識演述技巧之安排與效果,於固有傳統模式中亦增加當時娛樂需求,因而形成特有之表現形式與特質。通俗且「婦孺能解」無疑爲最易獲大眾所認同之特性,是以說話人或話本小說作者關注於情節之穿插、細節之刻劃,並極力作誇張之渲染,甚而對題材之取捨等,無非爲求最獲大眾認可之藝術效果,同時,於一般之故事敘述過程中亦不免加入世俗俗俚之成分〔註17〕,諸如渲染某類事物,嘲諷世情人事,凡此皆可視爲話本小說迎合當時觀眾興趣之跡,亦顯然商業考量下之反映。事實上,講述輕鬆活潑故事之「說話」活動自古即存在,說唱文學之表現或可溯自《荀子・成相篇》,一般以爲此乃據當時民間文學加工而成,三國時曹植亦曾「誦俳優小說數千言訖」〔註18〕,所謂「俳優小說」,實亦融表演與說唱於一體,而爲「說話」之雛型。此類活動獨立於正統文學之約束與進展,自成一發展系統,與傳統文類平行流變,因起源於民間,故有其通俗詼諧之獨特性質,宋元以後之說話與話本之形成與演變,基本上亦不出此一風格特徵。

〔註17〕謝桃坊,〈中國白話小說的發展與市民文學的關係〉,《明清小說研究》1988年三期,1988年7月,頁21。
〔註18〕《三國志・魏志》卷二十一裴松之注引《魏略》。

第二節　韻文於話本小說中之敘述功能

　　就話本小說以觀，其間所夾雜之韻文未必皆爲累贅結構，甚而成爲其中表演或寫作應有之特徵〔註19〕。且藉由韻文之運用，加強演述之藝術張力與強度，形諸於文字，則形成特殊之敘述模式。韻文於描寫敘述上有其輔助功能，得與散文敘述部分加以配合，形成敘述部分之有機結構。

一、總述全篇故事

　　話本小說中之韻文具有總述全篇故事之功能，多於故事最末由敘述者之陳述所呈現，以精簡文字對整篇故事再作交代或總結。如〈西湖三塔記〉云：

　　　　只因湖內生三怪，至使眞人到此間。

　　　　今日捉來藏籃內，萬年千載得平安。

總述西湖之烏雞、水獺及白蛇等三怪作亂惑眾，後遭奚眞人鎮服，並化緣造三石塔以鎮壓，使四方清靜。〈陳巡檢梅嶺失妻記〉云：

　　　　夫妻會合是前緣，堪恨妖魔逆上天。

　　　　悲歡離合千般苦，烈女眞心萬古傳。

總述陳巡檢夫婦遠赴南雄上任，因未識羅童故作瘋傻之眞相，將其遣回，無人保護下遭遇齊天大聖之掠奪其妻，而使夫妻分別三年，後因二人之貞烈與情感忠實，終得復合。〈錯認屍〉最末云：

　　　　如花妻妾牢中死，似虎喬郎湖內亡。

　　　　只因做了虧心事，萬貫家財屬帝王。

言喬俊因好色而妻離子散，不得善終。其先是納新寡之周氏爲妾，後又迷戀沈瑞蓮而不思返家，致周氏與家中小二有私，進而引發一連串事端，終致喬俊一家家破人亡。又〈張生彩鸞燈傳〉云：

〔註19〕羅燁《醉翁談錄・小說開闢》云：「論才詞有歐、蘇、黃、陳佳句；說古詩是李、杜、韓、柳篇章。舉斷模按師表規模，靠敷演令看官清耳。只憑三寸舌，褒貶是非；略噂萬餘言，講論古今。說收拾尋常有百萬套，談話頭動輒是數千回。說重門不掩底相思，談閨閣難藏底密恨。辨草木山川之物類，分州軍縣鎮之程途。」實爲故事中韻文所發揮之描述部分與演出效果，話本小說據而襲之，對於故事中相關事物亦多所鋪敘描繪。又據魯迅《中國小說史略》之〈宋之話本〉、〈宋元之擬話本〉與〈明之擬宋市人小說及後來選本〉等篇章中界定擬話本及應有特徵，其中引證詩詞即爲條件之一，而此乃就擬話本之特性而言，模擬之作品既有引用詩詞之要求，則顯然早期宋元話本自亦有此明顯特質。

間別三年死復生，潤州城下念多情。

今宵燃燭頻頻照，笑眼相看分外明。

言張舜美與劉素香因燈會而相識，進而共圖私奔他所，未料於出城之際相失，生悵歸臥病，後重赴科舉，女則為尼所救，居庵禮佛，三年後因觀音大士之指示，於庵中重逢。亦有徵引現有作品加以重述故事者，如《古今小說·晏平仲二桃殺三士》最末引〈滿江紅〉：

齊景雄風，因習戰海濱畋獵。正驅馳忽逢猛獸，眾皆驚絕。壯士開疆能奮勇，雙拳殺虎身流血。救君危拜爵寵恩隆，真豪傑！顧冶子，除妖孽；強秦戰，公孫接。笑三人恃勇，在齊猖獗。只被晏嬰施小巧，二桃中計皆身滅。齊東門纍纍有三墳，荒郊月。

評述田開疆、顧冶子及公孫接分別因誅虎、斬蛟及戰強秦有功於齊，且相互結盟，然三人不知進退收斂，霸道橫行，致景公有芒刺之感，使晏子設計除之，以金桃誘使三人相互爭功食桃，公孫接因恥於有蓋世之功卻未能獲桃，故自刎而死，其他二人因感於自身功微卻得食桃，且三人誓同生死，亦皆自戕。又《警世通言·呂大郎還金完骨肉》最末之詩：

本意還金兼得子，立心賣嫂反輸妻。

世間惟有天工巧，善惡分明不可欺。

總述呂玉因其子喜兒走失，故各處販賣布匹，尋訪失兒。後偶拾二百金得遇失主陳朝奉，並因而尋獲喜兒，與陳氏結為親家，並獲贈金二十兩。於途中捨金救人，其弟呂珍亦因而獲救。並言呂玉妻受呂寶之逼，欲令改嫁，故受嫂之託出外尋兒之事，而呂寶欲嫁其嫂，而後反失己妻之事。言善惡自有報應，為人不可不慎。《警世通言·崔待詔生死冤家》最末之詩：

咸安王耐捺不下烈火性，郭排軍禁不住閒磕牙；璩秀娘捨不得生眷屬，崔待詔撇不脫鬼冤家。

總述崔寧與秀秀趁王府失火之際逃走，後遭郭排軍發現，告知咸安王，致秀秀身亡，而魂魄仍如常人，隨同崔寧營生，後亦遭郭排軍識破，崔寧與之同赴黃泉。《醒世恆言·灌園叟晚逢仙女》最末之詩：

園公一片惜花心，道感仙姬下界臨。

草木同升隨拔宅，淮南不用鍊黃金。

述秋公善植花草，卻遭張委等人蓄意毀壞，自身亦遭災禍，幸獲司花仙女營救，後亦挈帶花木隨同眾仙登天，封為護花使者。《醒世恆言·陳多壽生死夫

妻》最末之詩：

> 從來美眷說朱陳，一局棋枰締好姻。
>
> 只爲二人多節義，死生不解賴神明。

言陳青、朱世遠及王三老三人因下棋而有陳朱兩家通好之議，然後因陳多壽
罹疾不癒，爲免拖累朱多福而有辭婚之想，然多福以爲夫妻當同生死，堅持
下嫁，多壽飲毒酒自殺，多福亦跟進，卻因而令多壽之怪病得痊，二人之節
義終獲神助，成就姻緣。篇末以簡短韻文總述全篇故事除有複述事件之功能
外，亦令讀者重新領略全篇情節或事件。而此一形式之表現無論爲何種文體，
或是否爲作者創作，基本上皆爲說書特徵之遺留與承襲，爲一陳述終結之固
定形式，可見其中明顯之敘述架構。

二、人物述懷言志

　　話本小說故事中人物之對白或抒懷亦常以韻文出之，亦爲言志傳統之顯
現，如〈李元吳江救朱蛇〉中李元以爲范蠡雖賢，卻是吳國仇人，不應於祠
堂受人享祀，故作詩「地靈人傑誇張陸，共預清祠是可宜。千載難消亡國恨，
不應此地著鴟夷。」以明志。故事中人物所吟之詩除有言志效果外，此類韻
文表現亦可加強故事情節強度，並能呈現書中人物不同之價值觀點，如〈風
月相思〉中張伯玉思念雲瓊所作之詩：

> 嬌姿豔質解傾城，似語還休意未成。一點芳心誰共訴？千重蜜葉苦
> 相屏。君王笑處天香滿，妃子觀時國色盈。何幸倚欄同一賞，恨無
> 杯酒挹芳馨。

小說中之人物情懷多以詩作來呈現，藉由詩歌本身之含蓄特質反映人物心
思，恰能將形式與內容結合。如同篇中雲瓊亦有多首詩作以抒發其懷思：

> 春色平分二月時，弓鞋款款步蓮池。九回腸斷無由訴，一點芳心不
> 自持。灼灼奇花留粉蝶，陰陰古木囀黃鸝。曉來悶對妝台立，巧畫
> 娥媚爲阿誰？

事實上，就〈風月相思〉而言，張伯玉與雲瓊之類似詩作不少，亦有若干詞
作，而這些韻文之功能旨在表現二人彼此愛慕相思之情，對於整個故事氣氛
有渲染效果，此類以大量詩詞來描述男女愛慕之情，實有助於故事氛圍之烘
托。如〈張生彩鸞燈傳〉亦以詩詞來表現舜美、素香二人之情思，如〈如夢
令〉：

燕賞良宵無寐，笑倚東風殘醉。未審那人兒，今夜戲遊何地？留意
留意，幾度欲歸又滯。

邂逅相逢如故，引起春心追慕。高掛彩鸞燈，正是兒庭戶，那步那
步，千萬來宵垂顧。

此類韻文內容實大同小異，多爲類似之思慕情懷，主要功能即在以詩詞之含
蓄情思及優美文辭以烘托男女愛情故事之感人氣氛，《西湖二集‧洒雪堂巧結
良緣》中魏鵬與賈雲華亦各藉詩詞如〈風入松〉、〈糖多令〉等加以傳情達意
〔註20〕。另有其他表現者，如《古今小說‧趙伯昇茶肆遇仁宗》趙旭於茶坊
粉壁上題詞：

羽翼將成，功名欲遂。姓名已稱男兒意。東君爲報牡丹芳，瓊林賜
與他人醉。「唯」字參差，功名落地，天公誤我平生志。問歸來，回
首望家鄉，水遠山遙，三千餘里。

言趙旭當初意氣風發，一心以爲必然高中，然因「唯」字筆誤爲仁宗所識，
趙旭又奏曰二字可通用，致仁宗不悅而落榜，因而有此慨嘆，藉韻文再次凸
顯情節。又《警世通言‧俞仲舉題詩遇上皇》俞良之詞〈瑞鶴仙〉：

春闈期近也，望帝京迢遞，猶在天際。懊恨這雙腳底，不慣行程，
如今怎免得拖泥帶水。痛難禁，芒鞋五耳倦行時，著意溫存，笑語
甜言安慰。爭氣扶持我去，選得官來，那時賞你穿對朝靴。安排在
轎兒裏，抬來抬去，飽餐羊肉滋味，重教細膩。更尋對小小腳兒，
夜間伴你。

言俞良於赴考途中，因身邊財物用盡，只好賣驢做盤纏，因穿草鞋背書囊而
行，步履蹣跚，一路苦楚，只得以詞抒懷，其中透露出文人於困頓中之自我
解嘲與對功名科考之希望，於人物心思之敘述中深化作品深度。《八洞天‧反
蘆花　幻作合前妻爲後妻　巧相逢繼母是親母》長孫陳之〈憶秦娥〉：

風波裏，捨車徒步身無主。身無主，拼將豔質，輕埋井底。留卿不

〔註20〕其言云：「碧城十二瞰湖邊，山水更清妍。此邦自古繁華地，風光好，終日歌
　　　　弦。蘇小宅邊桃李，坡公堤上人煙。綺窗羅幕鎖嬋娟，咫尺遠如天。紅娘不
　　　　寄張生信，西廂事，只恐盧傳。怎及青銅明鏡，鑄來便得團圓。」及「玉
　　　　人家在漢江邊，才貌及春妍。天教分付風流態，好才調，會管能絃。文采胸
　　　　中星斗，詞華筆底雲煙。藍田新鋸壁娟娟，日煖絢晴天。廣寒宮闕應須到，
　　　　〈霓裳曲〉一笑親傳。好向嫦娥借問，冰輪怎不教圓？」其他如〈糖多令〉
　　　　亦然。

住看卿死，臨終猶記傷心語。傷心語，囑予珍重，把兒看覷。

言長孫陳雖續弦秀娥，然心中卻只痛念亡妻，於抒懷中憶及端娘犧牲一己及托付之語，以及不得不續婚之苦情，情節於此得以重複。《西湖佳話・三生石蹟》圓澤幻化之牧童之歌，此與李源於闊別十三年後履踐當時之約：

　　三生石上舊精魂，賞月臨風不要論。

　　慚愧情人不要論，此身雖異性長存。

分別為其幻化自述及思想「身前身後事茫茫，欲話因緣恐斷腸。吳越山川尋已遍，卻因煙棹上瞿塘。」所謂李源俗緣未斷，無法相近，而兔李勤修深省，則天地終不負，必能修得正果〔註21〕。又《警世通言・蘇知縣羅衫再合》入話中所言李生於秋江亭中所見言酒、色、財、氣四者之短處之詞〈西江月〉，乃酒色財氣四女所寫：

　　酒是燒身硝燄，色為割肉鋼刀，財多招忌損人苗，氣是無煙毒藥。

　　四件將來合就，相當不欠分毫，勸君莫戀最為高，纔是修身正道。

李宏因見此詩而另有其他意見抒發：

　　三杯能和萬事，一醉善解千愁，陰陽和順喜相求，孤寡須知絕後。

　　財乃潤家之寶，氣為造命之由，助人情性反為仇，持論何多差謬！

此後相互吟詠，呈現各式觀點。以詩詞表現人物心志因得以而呈現不同觀點，此非話本小説所獨創，實有其歷史淵源，而如前述〈張子房慕道記〉整篇故事均以漢高祖與張良之不同觀點來構成故事主體，讀者由情節之延續可發現對求道或入世之不同看法，敘述者分別藉由散文與韻文予以呈現，尤其藉由韻文特有之抒情詠懷特質，對於個人情懷或感嘆更得以深化，除形成作品敘述結構中不同層次之錯落外，亦形成不同之意境風格，而韻文於散文敘述中之功能亦由此顯見。

三、描繪人物形象

　　話本小説既以文字為表達媒介，又因受制於固有之敘述習慣與表演方式，甚至藝術或商業之考量，往往特重描摹藝術，使文字表現得以形成某一具體形象。此項特色多表現對人物及場景之刻意著墨上，且常以韻文出之。就刻劃人物言，例如〈洛陽三怪記〉中對白衣娘娘之描繪：

　　綠雲堆鬢，白雪凝膚。眼描秋月之□，眉拂青山之黛。桃萼淡妝紅

〔註21〕此文實即唐傳奇〈圓觀〉一文，其中徵引之韻文亦同。

　　臉，櫻珠輕點絳唇。布鞋襯小小金蓮，十指露尖尖春筍。若非洛浦

　　神仙女，必是蓬萊閬苑人。

此段韻文爲潘松眼中所見之娘娘容貌。分別對娘娘之鬢髮、肌膚、五官、四肢等作一刻劃，而後以「若非洛浦神仙女，必是蓬萊閬苑人」作結論。〈刎頸鴛鴦會〉中對蔣淑珍之描寫：

　　湛秋波，兩剪明；露金蓮，三寸小。弄春風，楊柳細身腰；比紅兒，

　　態度應更嬌。他生的諸般齊妙，縱司空見慣也魂消！

此段韻文爲敘述者對蔣淑珍之形容，其後之散文爲「況這蔣家女兒，如此容貌，如此伶俐」云云，韻文之刻劃實與散文敘述相配合。又如〈花燈轎蓮女成佛記〉對蓮女之描繪：

　　精神瀟灑，容顏方二八之期；體態妖嬈，嬌豔有十分之美，鳳鞋穩

　　步，行苔徑，襯雙足金蓮；玉腕輕抬，分花陰，露十枝春筍。勝如

　　仙子下凡間，不若嫦娥離月殿。

此段描述亦由敘述者角度出之。主要針對蓮女之長成作一具體刻劃，言其容貌身段及動作，與其後散文所述之「如花似玉」相符。至於〈孔淑芳雙魚扇墜傳〉中之言孔淑芳之外貌，則云：

　　秋水橫雙眼，春山列兩眉。芙蓉面傲海棠姿，卻與舞風楊柳鬥腰肢。

　　琢削冰爲骨，妝成雪作肌。不須傅粉抹胭脂，可愛自然顏色，賽過

　　西施。

此段形容藉由徐景春眼中觀之，整段描繪文字較抽象，眉眼身段皆以山水、花木或冰雪等自然景物比擬，不作具體刻劃，而藉由徐生眼中觀之，因此呼應其後散文「徐生觀之，神魂飄蕩，嘆賞人間罕有，世上無雙」之敘述，使敘述合理且具連貫性。又《醒世恆言·錢秀才錯占鳳凰儔》分別以三闋〈西江月〉對秋芳、錢青及顏俊作一描繪，各具特色：

　　面似桃花含露，體如白雪團成。眼橫秋水黛眉清，十指尖尖春筍。

　　嬝娜休言西子，風流不讓崔鶯。金蓮窄窄瓣兒輕，行動一天丰韻。

刻劃秋芳出落整齊，加之人亦聰慧，故高家不論貧富，定要擇士人君子爲配，而此正爲故事進展之前提。又云：

　　出落唇紅齒白，生成眼秀眉清。風流不在著衣新，俊俏行中首領。

　　下筆千言立就，揮毫四坐皆驚。青錢萬選好聲名，一見人人起敬。

以清秀外貌之形容文字配合錢青家世書香之背景，並明言其人貌美高才之特

質。雖因家道中落，然不減其風采。又描繪顏俊：

> 面黑渾如鍋底，眼圓卻似銅鈴。痘疤密擺泡頭釘，黃髮蓬鬆兩鬢。
>
> 牙齒真金鍍就，身軀頑鐵敲成。楂開五指鼓鎚能，枉了名呼顏俊。

面貌與人性情作為相映襯，顏俊之醜配合好打扮之行，加之穿紅戴綠，低聲強笑，而腹中又無點墨，偏好賣弄才學，人物之外貌與性格明顯，且具衝突及娛樂效果。而《豆棚閒話·朝奉郎揮金倡霸》形容劉琮：

> 只見兩隻突眼，一部落腮。兩鬢蓬鬆，宛似鍾馗下界；雙眉倒豎，
>
> 猶如羅漢西來。雄糾糾難束縛的氣岸，分明戲海神龍；意悠悠沒投
>
> 奔的精神，逼肖失林餓虎。

劉琮怪異之外貌，以致興哥「看見唬了一跳，那人果生得奇異」，亦因此具有鮮明形象。又《五色石·假相如巧騙老王孫　活雲華終配真才士》寫黃琮形象：

> 丰神雋上，態度安閒。眉宇軒軒，似朝霞孤映；目光炯炯，如明月
>
> 入懷。昔日叨陪鯉對，美哉玉樹臨風，今茲趨托龍門，允矣芳蘭竟
>
> 體。不異潘郎擲果返，恍疑洗馬渡江來。

由「只見那黃生整衣而入，你道他怎生模樣？」之假意問答而以敘述者之角度描述黃生形象，而後以陶公角度再次形容黃生之俊秀，「陶公見他人物俊雅，滿心歡喜，慌忙降階而迎」，使黃生之俊秀形象更具說服力。事實上，話本小說對人物之刻劃，其間文字並無太大差別，作品主要關注點仍在於所陳述之事件本身曲折度，韻文之使用主要仍在於掌握讀者注意力及敘述者形容上之說服力，藉由韻文與散文相異之文體特性卻得以結合，成為有機結構，以強調渲染敘述效果。

四、刻劃鋪敘場景

話本小說中之韻文亦常運用於對場景之描繪上，此類場景常為故事發展之空間，且多非靜態描摹，往往由故事中人物之角度加以呈現，透過人物之視覺及主觀意識，或敘述者於夾敘中之點染加以顯現。場景鋪陳時多少均透露出其間的善惡氛圍，而與敘事之情境相互結合，予讀者或觀眾一真實臨近感。如〈洛陽三怪記〉中潘松隨婆婆進入之崩敗花園：

> 亭台倒塌，欄檻斜傾。不知何代浪遊園，想是昔時歌舞地。風亭弊
>
> 陋，惟存荒草綠淒淒；月樹崩摧，四面野花紅拂拂。鶯啼綠柳，每
>
> □盡日不逢人；魚戲清波，自恨終朝無食餌。秋來滿地堆黃葉，春

　　去無人掃落花。

敘述之文字多為負面形容，如倒塌，崩摧斜傾弊陋，明顯透露出此並非善地，潘松後又遇鄰舍已死之女王春春，其言「這裏不是人的去處，你快去休！走得遲，便壞你性命！」更證明此花園不祥，不宜久留。又如〈楊溫攔路虎傳〉中楊玉、楊溫前去楊太公住處，藉由二人眼中呈現出莊園景致：

> 青煙漸散，薄霧初收。遠觀一座苔山，近睹千行圍寶蓋。團團老檜若龍形，鬱鬱青松如虎跡。三冬無客過，四季少人行。驀聞一陣血腥來，原是強人居止處。盆盛人鮓醬，私蓋鑄香爐。小兒做戲弄人頭，媳婦拜婆學劫墓。

其中之描繪文字一看即非善地，使人連想到居於其間之主人恐亦非善類，果然楊太公即為盜匪。又如〈陰騭積善〉云：

> 或過山林，聽樵歌於雲嶺，又經別浦，聞漁唱於煙波。或抵鄉村，卻遇市井。才見綠楊垂柳，影迷已處之樓臺；那堪啼鳥落花，知是誰家之院宇。行處有無窮之景致，奈何說不盡之驅馳。

此段文字主在敘述林善甫侍母病癒後重新赴任，與當值王吉趕路之辛勞，此本可以散文敘述，然此段情節卻以韻文出之，由於動態地刻劃場景，使敘述文字構成畫面，亦使散文「饑餐渴飲，夜住曉行，無路登舟」之苦況更形具體。又《古今小說‧羊角哀捨命全交》以〈西江月〉道冬天雨景：

> 習習悲風割面，濛濛細雨侵衣。催冰釀雪逞寒威，不比他時和氣。
> 山色不明常暗，日光偶露還微。天涯遊子盡思歸，路上行人應悔。

此段韻文實針對「時值隆冬，風雨交作」之敘述而來，並與伯桃衣裳沾溼急欲尋覓住處，因而與角哀相識之情節相呼應，冬雨為情節轉折之關鍵，故刻意著墨。另以賦道雪景：

> 風添雪冷，雪趁風威。紛紛柳絮狂飄，片片鵝毛亂舞。團空攪陣，不分南北西東，遮地漫天，變盡青黃赤黑。探梅詩客多清趣，路上行人欲斷魂。

言伯桃與角哀行過岐陽，道經梁山路，雖有樵夫提醒百餘里之內盡為荒山僻野，狼虎成群，然角哀則認為死生有命，唯有向前，於風雪中又行一日，刻劃雪景更增二人「衣服單薄，寒風透骨」之苦狀。且「路上行人欲斷魂」之句雖襲用前人詩句，然實亦預示伯桃與角哀將有凍死之虞。《醒世恆言‧小水灣天狐詒書》由王臣所經樊川之景：

> 岡巒圍繞，樹木陰翳，危峰秀拔插青霄，峻巔崔嵬橫碧漢。斜飛瀑
> 布，噴萬丈銀濤；倒掛藤蘿，颺千條錦帶。雲山漠漠，鳥道逶迤行
> 客少；煙林靄靄，荒村寥落土人稀。山花多豔如含笑，野鳥無名只
> 亂啼。

呼應前述散文「因經兵火之後，村野百姓，俱潛避遠方，一路絕無人煙，行
人亦甚稀少」之陳述，而韻文內容亦顯露樊川之地並非一般景致，似存有異
物，故有後續野狐化人之情節。又《二刻‧遲取券毛烈賴原錢 失還魂牙僧
索剩命》陳祈所望之東嶽行宮：

> 殿宇巍峨，威儀整肅。離婁左視，望千里如在目前。師曠右邊，聽
> 九幽直同耳畔。草參亭內，爐中焚百合明香；祝獻台前，案上放萬
> 靈杯茭。夜聽泥神聲諾，朝聞木馬號嘶。比岱宗具體而微，雖行館
> 有呼必應。若非真正冤情事，敢到莊嚴法相前。

陳祈因遭毛烈賴帳，於社祠訴冤，夜夢社神相告，指引其至東嶽行宮申訴，
陳祈依言前往，而望行宮之景致。由外在景觀可見東嶽神祈之清肅靈威，以
此預示毛烈必有報應。又《照世盃‧百和坊將無作有》云屠家：

> 冷清清，門前草長；幽寂寂，堂上禽飛。破交椅七橫八豎，碎紙窗
> 萬片千條。就像遠塞無人煙的古廟，神鬼潛蹤；又如滿天大風雪的
> 寒江，漁翁絕跡。入其庭不見其人，昔日羅幃掛蛛網；披其戶其人
> 安在，今朝翠閣結煙蘿。

言歐滁山爲與繆奶奶聯姻，又圖屠家財富，反被詐騙六百兩，主僕二人只好
回保定，欲尋繆氏償還還，二人所見之舊寓景致，早已人去樓空。

　　話本小說中對景物之呈現或空靈或寫實，皆刻劃出既非主觀亦非客觀之
「人化自然」，與處於其中之人物性格常合而爲一。作者於話本小說中處理此
類場景描述時，多具情景交融之概念與思維，即透過人物情緒與景致所呈現之
形象畫面來外延和物化人物形象的思想感情，使情境物性與人物個性能保持
一致，往往顯示主體與客體間微妙之契機，藉以透露情節進展之跡。另一方
面，意境之境象畫面爲引起讀者對人物之思想、感情、心理、性格等產生聯
想之觸發點，所以不同意境畫面之組合，如並置或對比，就會構成不同意境之
疊象美，以誘發讀者之多種聯想，引起對人物形象之多層多邊思索〔註22〕。

〔註22〕吳士余，《中國小說思維的文化機制》（上海：華東師大，1990年），頁158～
　　　　159。

傳統以藝術化之態度看待自然，視人為自然之一部分，並追求人與自然渾然合一之理想境界，話本小說中對場景之描繪似亦以此一思想模式加以表現，場景之刻劃除上述提供故事發展空間外，亦能藉由描繪之同時暗示情節未來發展與人物命運，藉由人物對故事場景之觀照體悟，使個人情感藉由景物加以呈現，景物本身成為媒介，而人之情感亦隨景物之轉移而更動〔註23〕，心境有所變化，而故事之呈現由靜態鋪述轉而動態陳述，以補散文部分敘述之不足。

五、作為對話內容

　　古典小說本以散文為敘述主體，其間穿插之韻文基本上居於輔助地位。然若干篇章卻是以韻文為敘述之主要結構，或為內容主題，或推展情節等，使作品中之韻文敘述功能更形明顯，此固為古典小說中之敘述特例，然實與「說話」活動相關，如《歡喜冤家》中若干篇章中人物言語雜有韻文，如第八回〈鐵念三激怒誅淫婦〉中賣水老叟對梅水之說明。其言云：

> 小娘子，你不知道這水，不從地長，卻自天來。難消白日如年，能了黃昏幾個。及時始降，農歡舉趾之晨。連月累日累夜，隨接隨來。消受積多，既取之而無禁。封題已固，亦用之而不窮。亦如積穀防飢，不減兒孫暴富。明月入懷，破尚書之睡夢。清風生翼，佐學士之談鋒。一盞可消病骨，七碗頓自生風。

老叟對水之形容表現出話本小說對韻文之另一種運用現象，然而就敘述整體而言，此類表現並未與故事主體相關，雖強調梅水之功用及珍貴，難而對於其後之情節卻未有明顯相關，且人物之角色與言語亦不相符，致有突兀之感。而〈張子房慕道記〉則為不同表現，文中有詩二十五首，佔故事一半以上之比例，多為張良回答漢高祖與其他人物之內容，在韻散交雜之敘述結構中各人觀點得以呈現表達，如張良之母不解其歸山慕道之心，以為人世有「春眠紅錦帳，夏臥碧紗廚。兩雙紅燭引，一對美人扶」之佳處，何必求道，張良則答曰：「兔走烏飛不暫閑，古今興廢已千年。才見嬰兒並幼女，不覺蒼顏白

〔註23〕如《文心雕龍‧物色》云：「春秋代序，陰陽慘舒，物色之動，心亦搖焉，……是以獻歲發春，悅豫之情暢，滔滔孟夏，郁陶之心凝，天高氣清，陰沉之志遠；霜雪無垠，矜肅之慮深。……一葉且或迎意，蟲聲有足引心，況清風與明月同夜，白日與春林共朝哉！」人之情感隨自然景物轉移，心緒亦因時序代換而有所起伏，小說中將景物與情節命運結合，實亦為此一思維之表現。

鬢邊。慕道修眞還苦行，遊山玩景煉仙丹。閑時便把琴來操，悶看猿猴上樹巔。」表達其歸隱求道之觀點。後亦有〈張子房歸山詩選〉一文加以演化發揮，就現存文字以觀，其間若干韻文與情節或遭刪改，然基本上與〈張子房慕道記〉之情節相仿，亦爲漢代張良辭官修道一事之敷演〔註24〕，由其「詩選」二字以觀，其敘述模式明顯，亦顯見其使用韻文之自覺意識。

又〈快嘴李翠蓮〉通篇全以主角李翠蓮與其父母、兄嫂及翁姑、夫婿等之對話爲主要架構，對白多以韻文表現，其中李翠蓮之對白全爲韻語，共三十六處，除展現李翠蓮之口快與辯才外，一連串韻文亦有助於形成詼諧流暢之氣氛。於此，散文反居次要地位，韻文方爲主要之敘述文類，亦可見此類作品尚保留若干說書形式與面貌。又如〈刎頸鴛鴦會〉中講述蔣淑珍一生的情感波折，在若干情節敘述後常以「奉勞歌伴，再和前聲」或「奉勞歌伴，先聽格律，再聽蕪詞」一詞，其後再引不同之商調「醋葫蘆」，且無論是形容人物、敘述事件或描繪場景等皆以相同之韻文形式表現，此類結構形式有其口述表演淵源，亦有音樂性，且形成了故事結構上之特殊性，由此亦可見當時說唱表演之痕跡。《躋春臺》中各篇章中之人物對話均以韻文出之，如《亨集・捉南風》中分別以郭彥珍父母之對話爲鋪敘，二老撫屍痛哭：

> 父：一見我兒肝腸斷，母：心中好似亂箭穿。父：手扯手來聲聲喊，
> 　母：不見兒答半句言。父：無有頭首眞傷慘，母：可憐鮮血染衣衫。
> 父：不知爲的哪一件，母：平白把命來拋殘。父：爲父養兒苦無限，
> 　母：從小盤大費辛艱。父：貿易公平有能幹，母：早去晚歸不憚煩。
> 父：昨場割肉一斤半，母：又與娘買葉子煙。父：只說我兒盡孝念，
> 　母：百年有人送上山。父：昨日前去把場趕，母：天黑不見轉回還。
> 父：今早聞人把話談，母：平安橋側起禍端。父：聞言驚疑忙來看，
> 　母：纏是我兒喪黃泉。父：可憐爲父六十滿，母：白髮蒼蒼送少年。
> 父：媳婦年輕甚妖豔，母：懶做活路好吃穿。父：枕冷寒無人伴，
> 　母：怕抱琵琶上別船。父：看兒不飽多多看，母：喊兒不應淚潸然。
> 父：我兒陰魂切莫散，母：快快與兒去伸冤。

藉由郭家父母之對答再度略述前事，並及二人之感傷，然此一表現方式實爲

〔註24〕〈張子房歸山詩選〉原題〈彙纂張子房歸山詩選〉，或亦經過節選，又小說開頭之文字敘述模糊，亦有遭刪節之可能。而其後多張良功成昇仙一節，亦可見其未早於〈張子良慕道記〉一文。

特例，已非善用韻文之例，更非一般之敘述形式。此一現象實爲變文等舊有文類表現方式之承襲〔註25〕。值得注意的是，若干話本小說中亦不乏引用大量詩詞之例，如《醒世恆言・蘇小妹三難新郎》或演述解縉故事之〈解學士詩〉等即是。此類作品通篇以對聯、詠事詠物之詩歌爲重點，韻文成爲故事之主要結構。然此類現象卻未必等同於前述之敘述特徵，此類篇章有異於其他以詩人交遊唱和活動爲題材之作品，並不屬各言其志之範疇，亦不符言志特性。

六、作者評述論斷

　　話本小說中敘述者於陳述故事之外，亦常藉由韻文來表現自己對故事情節或人物之論評，甚至超越故事層次、對歷史事件作評斷。基本上，作者論述之聲音有多重層次，且與情節進行有不同程度之關涉，如對故事之全面評價、暫時中段前述情節及預示未來發展等，敘述者之聲音得以出現於不同之故事段落中，實乃因敘述者自由靈活之敘述地位所致。

（一）全面評述人事

　　一般而言，出現於故事之開頭與結束時之評述內容多超越故事本身之發展層面，爲作者之獨立意見表達。如《六十家小說・錯認屍》之入話云：

　　世事紛紛難竟陳，知機端不誤終身。

　　若論破國亡家者，盡是貪花戀色人。

即是敘述者對喬俊一生好色，因娶妾而導致一連串家破人亡之悲劇作一番評述，爲敘述者本身之看法。又如〈張子房慕道記〉之入話云：

　　夢中富貴夢中貧，夢裏歡娛夢裏嗔。

　　鬧熱一場無個事，誰人不是夢中人。

〔註25〕正統文學作品中亦見以對話體韻文之表現，如《楚辭》之〈卜居〉、〈漁父〉等篇章，紀評之曰「〈卜居〉、〈漁父〉，已先是對問，但未標對問之名耳。」又〈離騷〉中屈原與女嬃之對話中亦見韻文形式，其言云：「女嬃之嬋媛兮，申申其詈余。曰：『鯀婞直以亡身兮，終然夭乎羽之野。女何博謇而好修兮紛獨有此姱節？薋菉葹以盈室兮，判獨離而不服？眾不可互說兮，孰云察余之中情？世並舉而好朋兮，夫何煢獨而不余聽？』」正統文學中已見此一對話雛型，而一般民間通俗作品如戲曲、民歌尤有類似表現。可參見羅錦堂〈對話體韻文的發展〉，收於《大陸雜誌》九卷九期，話本小說中此類對話體之表現無疑亦爲相類之修辭特性，且其中必含有人物彼此言志表達意見之特性，且此一內容與形式之特質由來已久。

則是表達敘述者之人生觀，以爲人生若夢，富貴如雲，汲汲營營於功名利祿最終仍是一場空。而〈陰騭積善〉最末云：

> 夜靜玉琴三五弄，金風動處月光寒。除非是個知音聽，不是知音莫與彈。黑白分明造化機，誰人會解劫中危？分明指與常（長）生路，爭奈人心著迷處。

此詩乃作者針對林善甫於拾獲百顆大珠卻能不貪，璧還失主張客，後因行善而科考及第之事，進而闡述世人爲善必有善報，其理甚明，惜世人蒙昧，未能了悟。〈漢李廣世號飛將軍〉中則云：

> 射虎英雄誰可加？君王俯背重咨嗟。
>
> 高皇若遇封侯易，從此功名到底差。

則是對於李廣雖有善射長才，惜生不逢時，處於文帝不重視武官之時，而不得加封之感嘆。《古今小說・吳保安棄家贖友》入話詩〈結交行〉：

> 古人結交惟結心，今人結交惟結面。結心可以同死生，結面那堪共貧賤？九衢鞍馬日紛紜，追攀送謁無晨昏。座中慷慨出妻子，酒邊拜舞猶弟兄。一關微利已交惡，況復大難肯相親？君不見當年羊左稱死友，至今史傳高其人。

主要爲後敘故事作開場，分別以不同之交友現象加以敘述評論，其中寓有作者之意見，亦就吳保安與郭仲翔互感於知己之遇而傾其所有，乃至拋妻別子之死生交情與一般世俗冷暖人情作一比較批評。《五色石・續箕裘　吉家姑搧鬼感親兄　慶藩子失王得生父》之〈菩薩蠻〉：

> 血誠不當庭幃意，伯奇、孝己千秋淚。號泣問蒼天，蒼天方醉眠。
>
> 有人相救援，感得親心轉。離別再團圓，休哉聚順歡。

此爲作者對既往親子人事參差之慨嘆，亦因而有陳述故事之前提，並指出所述乃繼母知過能改與兄弟離而復合之事。作者於故事前後之評述多具論贊意味，主要表達其對是非善惡或得失之看法或慨嘆，並爲其所將述或已述之故事作鋪陳與補充，其中之基本理念仍來自民間，即一般福善禍淫之普遍理念，類似報應觀念爲話本小說常見之特質，亦爲前述史傳教化等實用功能之思維反映。

（二）預示未來情節

　　話本小說中所呈現之敘述者聲音亦往往中斷原有之故事發展，以預示故事情節之發展及後續，如〈合同文字記〉中所云：「去時有路，回卻無門。」

即暗示劉二與其妻離鄉趁熟依親，往後將遭變故，而不得回鄉，二人最終客死異鄉。如〈風月瑞仙亭〉中云：

> 夜靜瑤臺月正圓，清風淅瀝滿林巒。
>
> 朱絃慢促相思調，不是知音不與彈。

則預示司馬長卿琴挑文君的故事情節，又〈藍橋記〉云：

> 洛陽三月裏，回首渡襄川。忽遇神仙侶，翩翩入洞天。

預述裴航於襄陽巧遇樊夫人，而後喜得美眷並羽化成仙之事。又如〈風月相思〉中：

> 深院鶯花春晝長，風前月下倍淒涼。
>
> 只因忘卻當年約，空把朱絃罵斷腸。

則言馮伯玉與雲瓊之一生感情波折，而〈錯認屍〉云：「高氏俱遭囹圄苦，好色喬郎家業休。」言王酒酒至水中撈屍，認出死者乃喬家小二，進而引發喬俊一家敗亡事。又如〈陳巡檢梅嶺失妻記〉云：

> 神明無肯說明言，凡夫不識大羅仙。
>
> 早知留卻羅童在，免交洞內苦三年。

言羅童因有意裝瘋賣傻，陳巡檢一行人不識，故將其打發回去，因而招致危險，途遇齊天大聖奪陳妻如春，夫妻闊別三年方再重聚。又《古今小說·沈小官一鳥害七命》：

> 口是禍之門，舌是斬身刀。閉口深藏舌，安身處處牢。

黃老狗因見千金懸賞沈秀頭顱，感於自身雙目不明，與二子大保小保口食不敷，故與二子商議，欲令其二子割其頭充爲沈秀，以換賞錢，此詩主要評論老狗之失言，果爲二子所殺。情節之預示提供讀者某種程度的預期，進而產生閱讀興趣與期待。

（三）中止前段情節

另有部分韻文則爲敘述者用以暫時中止前段情節之功用，如〈風月瑞仙亭〉云：「此時已遂題橋志，莫負當壚滌器人。」言司馬相如獲召上京，不得不與文君分別，上引韻文爲文君所言，除表示其心志與期待外，亦藉由韻文的出現中止二人分別之情節，使故事繼續向後延展。又〈董永遇仙傳〉云：

> 清風明月兩相宜，女貌郎才天下奇。
>
> 在天願爲比翼鳥，入地願爲連理枝。

言董永先有織女之助，後又因孝行而蒙受皇恩，前引韻文即言董永與長者之

女賽金娘子成親之情況，並對董永之富貴發達作一收束，進而於其後交代織女足月生子下界交予董永事。〈錯認屍〉中述及高氏害了小二性命後，終日惶惶，只恐事發，並以「要人知重勤學，怕人知事莫做」之對句爲上述情節作一段落，其後以「卻說武林門外清湖閘邊」之文另起事件，又如〈夔關姚卞弔諸葛〉中敘述姚秀才與李承局欲至劍閣路之情節，其文云：「一程程青山聳翠，綠水拖藍，又值暮春，夾路野花，穿林啼鳥，天氣不暖不寒，甚是清人詩興。」以「路上有花並有酒，一程分作兩程行。」作二人輕快趕路情節之小結，後以散文「行了數日，前至一關」開展下文〔註26〕。於此，韻文之運用明顯具有敘述結構上之收束作用。而《醒世恆言・陳多壽生死夫妻》云：

> 月老繫繩今又解，冰人傳語昔皆訛。
>
> 分宜好個王三老，成也蕭何敗也何。

陳青因見兒子多壽久病未癒，又聞朱家有所不滿，亦不忍耽誤多福，而託媒人王三老前往朱家辭婚，亦隱言王三老之徒勞。《醒世恆言・灌園叟晚逢仙女》：

> 朝灌園兮暮灌園，灌成園上百花鮮。
>
> 花園每恨看不足，爲愛看園不肯眠。

介紹秋先善於蒔花，五十餘年，並將盈餘周濟貧乏，受合村景仰。於此一情節介紹後，故事另起一發展支線，爲張委等人有意刁難云云。又《照世盃・走安南玉馬換猩絨》：

> 不怕官來只怕管，上天入地隨他遣。
>
> 官若說差許重說，你若說差就打板。

言安撫責備差官不取猩猩絨反爲杜景山伸辯，正欲責差官四十大板，杜告以彼乃禁物，不得私買，安撫見其言之有理，予三十兩限三個月交買。此段敘述除評述安撫跋扈外，亦使情節暫告一段落，另起其他枝節。《五色石・假相如巧騙老王孫　活雲華終配眞才士》云：

〔註26〕無論早期宋元話本或明清擬話本，故事敘述中不乏以對句作情節承起之用，而其中文字大同小異，如所謂「青龍與白虎同行，吉凶全然未保」、「老龜烹不爛，移禍在枯桑」、「濟人須濟急時無，求人須求大丈夫」及「分開八片頂陽骨，傾下半桶冰雪來」等，其中之文字於運用時往往有所更易或結合，基本上皆爲民間流傳及熟悉之語言，其中包含一般大眾之智慧與價值觀，話本中加以運用，除調整故事之敷演速度與增進表演效果外，所呈現之通俗智慧亦較易爲大眾所認同及共鳴。

　　　　一騙再騙，隨機應變。妙弄虛頭，脫空手段。

乃云木一元初偽醉離席，有意逃避即席爲文，後又抄襲黃琮之兩詞與一絕句，並偷其他詩稿，附上自身名姓，隨即赴江西陶公，欲以此與陶家聯姻，後因黃生詩作中有關身世之文字而遭識破。又《照世盃・七松園弄假成眞》：

　　　　天莫生才子，才人會怨天。牢騷如不作，早賜與嬋娟。

言阮江蘭至揚州遊賞，覽芳尋勝，住於平山堂七松園，無奈因應公子之故被迫遷至竹閣，不滿之餘又見應公子有美眷在側，心有牢騷，以爲美色卻爲蠢物受用，而願來世自身得投生富貴之家，而非如眼下之落難才子。另外《清夜鐘》通篇多作者之評述聲音，如第三回〈群賢力扶弱主，良宦術制強奴〉中共有二十二處作者之評述，幾乎每一情節段落即出現作者之聲音，如言王鄉宦家之老僕王幹自專，大小事項皆由其經手主持時，即引詩：

　　　　張超霧七里，漫漫暗天地。耳目枉聰明，已受蔬璜蔽。

喻王幹之狡猾機伶，瞞上欺下。又述王鄉宦致仕病沒，錢財田地雖存，然實已架空，有名無實時，又引一詩：

　　　　晴則雞卵鴨卵，雨則盆滿缽滿。只除花子來租，除卻別人不願。

加以評述鄉宦一死而家業即見窘況。其他篇章亦有類似之表現，且數量亦非少數。此一安排除可作爲情節之短暫結束外，亦有助於往後情節之開展。

　　就作品中敘述者之講述文字而言，若干表現形式未必有明確區別，於敘述者之全面評述中亦不免有預示情節之成分，或於中斷前述情節之同時，亦隱約透露往後情節發展趨勢。如以《古今小說・滕大尹鬼斷家私》則有以〈西江月〉呈現之入話爲例：

　　　　玉樹庭前諸謝，紫荊花下三田：塤箎和好弟兄賢，父母心中歡恰忺。

　　　　多少爭財競產，同根苦自相煎。相持鷸蚌枉垂涎，落得漁人取便。

主要爲倪善繼兄弟爭產之事預先評述，以爲兄弟鬩牆徒令外人得利，此段韻文雖主爲評論，然其中亦隱約提及倪太守有感於長子善繼私心，恐不利善述，故遺留行樂圖一幅，其中已隱含家產分配之說明，後經滕大尹分判，終得分明，而「鷸蚌相爭，漁人得利」實指倪太守所留「後有賢明有司主斷者，述兒奉酬白金三百兩」之遺言，終令滕大尹平白得利，此段韻文除評論外，文字之隱約透露亦因而令讀者對故事題材有一預期與掌握。話本小說之敘述過程中除藉韻文之特殊形式引起讀者注意外，敘述者之現身說法亦令讀者意識到敘述者地位之存在，此種獨立於故事之外之另一聲音亦使讀者於閱讀中不

時意識到故事與本身之距離，而非全然投入，而作者亦因此突破故事中之時空限制，藉由敘述者之靈活敘述地位，兼顧講述與評論，甚而抒情，而語言之靈活性亦令作品更具明顯之口述文學色彩。

第三節　韻文於話本小說中之運用特徵

　　據話本小說對韻文之運用情形以觀，穿插於故事間之各式韻文各具不同之敘述功能，因而形成作品豐富多元之面貌。此一現象之形成，除話本小說作者運用韻文之匠心所致外，各式韻文以其特有性質配合敘述文類中之各類功能，因而形成之特徵亦為構成多重風貌之主因。韻文於話本小說中之修辭特徵基本上仍據作品主要之敘述功能而生，亦即是，韻文之敘述功能及因此而起之修辭特徵實植基於散文之敘述本體上，而非獨立於故事本體之外，而探討韻文本身之修辭特色，亦唯有落實於實際之敘述作用上，方有其效果及意義。

一、刻意鋪敘敷演

　　鋪陳敷演之表現基本上與故事主題有某一程度之相關，作者往往據而大加刻劃發揮，或獨立於故事敘述架構之外，亦或為敘述內容之某一段落，不乏有刻意經營之跡，形成作品特有之風格與面貌。其中包括對事物之描繪介紹；對景致風光之說明評斷等，皆為故事於敘述任務外之另一表現，其中之鋪寫刻劃乃至描摹皆有細膩生動之傾向，細節之呈現上亦多所旁徵博引，對傳統之文學材料或術語加以吸收學習。由此可略見作者所承襲之世俗標準，以及一般大眾之好惡，如《醒世恆言・施潤澤灘闕遇友》中故事開頭以詩描述盛澤一地蠶桑紡織之盛：

> 東風二月暖洋洋，江南處處蠶桑忙。蠶欲溫和桑欲乾，明如良玉發奇光。繰成萬縷千絲長，大筐小筐隨絡床。美人抽繹沾唾香，一經一緯機杼張。咿咿軋軋諧宮商，花開錦簇成疋量。莫憂八口無參糧，朝來鎮上添遠商。

而此類細部描述僅為施復夫婦於此地紡織為生之說明作鋪敘，即藉由對地點之強調而烘托主要人物之出身或背景。又如《醒世恆言・灌園叟晚逢仙女》以〈上樓春〉一詞單道牡丹之好：

> 名花綽約東風裏，占斷韶華都在此。芳心一片可人憐，春色三分愁

雨洗。玉人盡日懨懨地，猛被笙歌驚破睡。起臨妝鏡似嬌羞，近日
傷春輸與你。

韻文之前亦列出「黃樓子」、「綠蝴蝶」、「西瓜穰」、「舞青猊」及「大紅獅頭」
五種牡丹品類，而後細加刻劃，呈現品物之熱情。又如《豆棚閒話·虎丘山
賈清客聯盟》中分別對虎丘附近之店家人物食物作一描述，共二十二首。如
述小菜店爲：

虎丘攢盒最爲低，好事猶稱此處奇。
切碎搗虀人不識，不加酸醋定加飴。

言孝子爲：

堪嗟孝子吃黃湯，面似蒲東關大王。
不是手中哭竹棒，幾乎跌倒在街坊。

云茶葉爲：

虎丘茶價重當時，眞假從來不易知。
只說本山其實妙，原來仍舊是天池。

並言此地人家雖多爲「馬扁」，實則爲養家活口，尚可寬宥。而所謂「馬扁」，
實即「騙」字，由此亦可見其中之文字遊戲。而此段鋪陳僅爲與後敘之老白
賞作比較，以明騙術之異同。又《八洞天·培連理　斷冥獄推添耳書生，代
賀章登換眼秀士》言莫豪受黎竹之托，乘酒興爲詩以嘲駝者：

哀哉駝背翁，行步甚龍鐘。遇客先施禮，無人亦打躬。有心尋地孔，
何面見蒼穹。仰臥頭難著，俯眠腹又空。蝦身窘且縮，龜背聳還豐。
雨不沾懷內，臀常曬日中。娶妻須疊肚，摟妾怎偎胸。樺石差堪擬，
斷環略可同。小橋稱雅號，新月笑尊容。赴水如垂釣，懸梁似掛弓。
生來偏踽促，死去也謙恭。

針對不同時序或景物加以描寫亦爲話本小說之明顯特徵，如《初刻·鹽官邑
老魔魅色，會骸山大士誅邪》作者於故事之始所詠之風、花、雪、月四詞：

風嫋嫋，風嫋嫋，冬嶺泣孤松，春郊播弱草。收雲月色明，捲霧天
光早。清秋暗送桂香來，極夏頻將炎氣掃。風嫋嫋，野花亂落令人
老。

花豔豔，花豔豔，妖嬈巧似妝，鎖碎渾如剪。露凝色更鮮，風送香
常遠。一枝獨茂逞冰肌，萬朵爭妍含醉臉。花豔豔，上林富貴眞堪
羨。

雪飄飄，雪飄飄，翠玉封梅萼，青鹽壓竹稍。洒空翻絮浪，積檻鎖銀橋。千山連骸鋪鉛粉，萬木依稀擁素袍。雪飄飄，長途遊子恨迢遙。

月娟娟，月娟娟，乍缺鉤橫野，方團鏡掛天。斜移花影亂，低映水紋連。詩人舉盞搜佳句，美女推窗伴月眠。月娟娟，清光千古照無邊。

前有「而今小子要表白天竺觀音一件顯靈的，與看官們聽著。且先聽小子風花雪月四詞，然後再講正話」之文字，此四詞之鋪寫實僅爲後敘故事人物之出場作前提，而以大量韻文加以陳述，可見其刻意敷演之用心以及對事物之描寫熱情與關注。其中對事物之細節描繪，實具刻意呈現之匠心，所謂能「辨草木山川之物類」之表現，與故事之單純敘述形成對比，亦由此顯見話本小說獨特之敘事意識與模式，藉由韻文之運用，使敘事模式與技巧得以鮮明，且獨具特色。擬話本中所謂「有句口號」，或「單道」某事某處之好，皆爲鋪敘之安排，而以韻文對事物進行細部描繪與刻意介紹，此除爲敘述者介入故事之聲音表現外，亦因而顯示作者之描述才情與廣泛見聞，而故事發展之時間律度亦因此受到影響〔註27〕，情節之進行亦因而延遲。

二、引用前人作品

　　話本小說運用韻文之另一明顯特色爲徵引前人既有詩詞，此類修辭特徵未含針對某一文人生平或詩人彼此間之應對聯句等故事篇章。一般話本小說運用前人原作之段落處則未有固定，如入話處亦可見引用修改原作之現象，如《古今小說·宋四公大鬧禁魂張》於敘述石崇誇財炫色致遭王愷加害而喪生之入話中引胡曾詩「一自佳人墜玉樓，晉家宮闕古今愁。惟餘今谷園中樹，已向斜陽歎白頭。」即言石崇財多害己一事。又《八洞天·補南陔　收父骨千里遇生父，裹兒屍七年逢活兒》入話詩即以白居易之〈詠燕〉加以約省爲「新燕長成各自飛，巢中舊燕望空悲。燕悲不記爲雛日，也有高飛捨母時。」此詩主要說明子女長成往往忘卻親恩，甚而有子先父死之人倫悲劇，此爲入話主旨，而實際故事則與其有若干相關，爲重遇喪父且亡兒復活之事。另故事結尾亦不乏引用前人作品之例，如《古今小說·晏平仲二桃殺三士》最末

〔註27〕蒲安迪，〈中西長篇小說文類之重探〉，收於鄭樹森、周英雄、袁鶴翔編，《中西比較文學論集》（台北：時報出版公司，1986年），頁182。

引孔明〈梁父吟〉，道晏子二桃殺三士一事：

> 步出齊城門，遙望湯陰里；里中有三墳，纍纍正相似。問是誰家塚？
> 田疆顧野氏。力能排南山，文能絕地理；一朝被讒言，二桃殺三士。
> 誰能為此謀？相國齊晏子。

主要為針對晏平仲以金桃令三結盟兄弟相互刺激因而分別自刎之事，引前人
作品除重述故事大略外，主要亦旨在證明所言諸事並非虛假，而既為真實，
則有警戒勸諫之功用。尤其於故事敘述進至某一地點或場合，及若干人事時，
往往亦徵引現有作品加以表現。《警世通言・俞仲舉題詩遇上皇》引張輿之詩，
寫靈隱寺冷泉亭之好：

> 朵朵峰巒擁翠華，倚雲樓閣是僧家。憑欄盡日無人語，濯足寒泉數
> 落花。

靈泉寺之好實非敘述重點，主要乃在於此為皇帝重遇俞良之場景，故加以刻
劃，且藉原有詩作以證其慎重真實。又《警世通言・金明池吳清逢愛愛》引
陶穀之詩：

> 萬座笙歌醉後醒，遠池羅幪翠煙生。雲藏宮殿九重碧，日照乾坤五
> 色明。波面畫橋天上落，岸邊遊客鑑中行。駕來將幸龍舟宴，花外
> 風傳萬歲聲。

述吳清與趙氏兄弟前往遊賞之金明池，因見景致之美而興無人侑酒之嘆，且
吳清其時於眾士女中獨鍾愛愛，而引出後續一段情節。又《古今小說・張舜
美燈宵得麗女》中亦引柳耆卿之〈望海潮〉（東南形勝，三吳都會）形容杭州
之好，此亦與情節有所相關，前述張舜美與劉素香於元宵夜相遇一節，二人
皆有心動之意，而舜美此時羈留杭州，正以柳耆卿之詞以明杭州之美，致舜
美觀景興情，且行且誦〈如夢令〉一詞抒懷，並於徘徊之際得素香訊息。可
見此一刻意著墨刻實與情節有所配合相關。

究之此一修辭現象，除文學史上前有興盛詩詞之發展背景外，其間亦透
露作者於寫作時賣弄學問記憶等用意，如《豆棚閒話・介之推火封妒婦》中
言伯玉觀〈洛神賦〉一節，賦之內容本可略之，然為求其閱讀後驚豔且感嘆
之效果，特加以徵引，此固令段氏因此妒恨投水之情節更具說服力，而其中
賣弄之用心實亦顯然。另一方面，作者或說話人借用前人作品無非亦為求故
事之真實度與說服力，以證所言種種並非虛假，而此亦為史傳觀念之延續與
引伸，且徵引他人舊作之表現方式實為說書特徵之反映，說話有其演述前提，

而所述所言無非以往之種種人事，徵引前人作品明顯有說明介紹之特性。

三、重複使用徵引

　　另一項韻文運用特徵則爲於不同故事中屢見相同或相似之韻文，另外亦有某類韻文屢見，僅本身部分文字有出入者。此類韻文常出現於形容人物、場景及對句中，其中文字或有一、二字之差異，但基本上可視爲是重複使用。出現於情節進行中之對句部分如「兩臉如香餌，雙眉似曲鉤」及「兩臉如香餌，雙眉似鐵鉤」；形容是非終於辯明之「雪隱鷺鷥飛始見，柳藏鸚鵡語方知」及常作爲故事結語之「至今風月江湖上，千古漁樵作話傳」或「到今風月江湖上，萬古漁樵作話文」；如「從空伸出拿雲手，救起天羅地網人」及「從空伸出拿雲手，提起天羅地網人」；又如「喫食少添鹽醋，不是去處休去。要人知重勤學，怕人知事莫做」及「要人知重勤學，怕人知事莫做」；如「會思天上計，難免目下災」及「會思天上無窮計，難免今朝目下災」。形容面臨危機之「豬羊奔屠宰之家，一步步來尋死路」或「豬羊送屠戶之家，一腳腳來尋死路」；形容眞假難辨之「鹿迷鄭相應難辨，蝶夢周公未可知」，又如「分開八片頂陽骨，傾下半桶冰雪來」；又如「眼望旌節旗，耳聽好消息」及「端的眼觀旌節旗，分明耳聽好消息」；又如「求人須求大丈夫，濟人須濟急時無」，及「求人須求大丈夫，濟人須濟急時無。渴時一點如甘露，醉後添盃不若無」，又「路上行人歸旅店，牧童騎犢轉莊門」及「漁父負魚歸竹徑，牧童同犢返孤村」等。

　　話本小說中習用若干對句，作爲情節承起之用，其中亦可略見作者之意見或評斷，然此類看法多由民間大眾而來，所使用之文字亦皆通俗淺白，其中之謠諺多爲結構固定且約定俗成之口頭格言，具鮮明之地方生活與方言色彩，爲大眾所熟知與認同，多富民間之世俗智慧，並包含某一程度之哲理性。除文字之表現活潑精警生動外，其間之哲理思想往往亦爲教化功能之反映。由早晚期話本各篇章多所運用之情形以觀，此類對句並無固定之作者，乃屬於民間之集體創作，爲大眾智慧與才情之總和，其間已經累積與不斷修正之過程，故包含豐富之生活知識與語言特色。對句之重複出現不限於某一類形之故事內容，多僅於類似情節之前後出現，實已成爲話本小說中固定套語，而獲致作者與讀者間寫作與閱讀上之共同默契。

　　形容人物之韻文中亦屢見相類文字，如形容老婦之「眉分兩道雪，鬢挽一窩絲。眼昏一似秋水微渾，髮白不若楚山雲淡。」及「雞膚滿體，鶴髮如

銀。眼昏如秋水渾，髮白侶楚山雲淡。形如三月盡頭花，命似九秋霜後菊。」
及「雞皮滿體，鶴髮盈頭。眼昏似秋水微渾，體弱如九秋霜後菊。渾如三月
盡頭花，好似五更風裏燭。」又如形容女子之「朱唇破一點櫻桃，皓齒排兩
行碎玉」等《警世通言‧一窟鬼癩道人除妖》中對李樂娘與錦兒之形容：

> 水剪雙眸，花生丹臉，雲鬢輕梳蟬翼，峨眉淡拂春山；朱唇綴一顆
> 天桃，皓齒排兩行碎玉。意態自然，迥出倫輩，有如織女下瑤臺，
> 渾似嫦娥離月殿。

及《八洞天‧補南陔　收父骨千里遇生父，裹兒屍七年逢活兒》人物之刻劃
亦然，言月仙之形象，用「果然」二字，呼應前述「月仙年已十四，才色絕
倫，性度端雅。」之句：

> 眸凝秋水，黛點春山。湘裙下覆一雙小小金蓮，羅袖邊露一對纖纖
> 玉筍。端詳舉止，素稟郝法鍾儀；伶俐心情，兼具林風閨秀。若教
> 玩月，彷彿見嫦娥有雙，試使凌波，真個是洛神再世。

可見話本對於人物之刻劃不乏「千部一腔，千人一面」之現象，之所以屢用
相似文字，其因素一如前述對句，亦屬套語之固定模式。而描繪景致風光之
文字亦有類似現象，如「乍雨乍晴天氣，不寒不暖風光。盈盈嫩綠，有如剪
就薄薄輕羅；裊裊輕紅，不若裁成鮮鮮麗錦。弄舌黃鶯啼別院，尋香粉蝶遶
雕欄。」及「乍雨乍晴天氣，不寒不煖風和。盈盈嫩綠，有如剪就薄薄香羅；
裊裊輕紅，不若剪裁鮮鮮蜀錦。弄舌黃鸝穿透奔，尋香粉蝶遶雕欄。」又如
「金釘珠戶，碧瓦盈簷。四邊紅泥粉牆，兩下雕欄玉砌。即如神仙洞府，王
者之宮。」及「金丁朱戶，碧瓦盈簷。四邊紅粉泥牆，兩下雕欄玉砌。宛若
神仙之府，有如王者之宮。」等，凡此雖強化敘述效果，然就韻文與其所描
述之景物言，卻往往泯除其差異性及獨特色彩，各地無所差異，僅有祥妖之
別。

　　由上述可知，無論是對句的運用或人物景致的描繪，韻文所使用之文字
多有雷同，早期話本小說多以整篇韻文重複運用，而晚期作品則多為修辭文
字之相似。然二者描寫人物或場景之文字往往誇張且多用譬喻，除吸引讀者
注意及尋求表演效果之商業考量外，文學本身之創作沿襲及內在發展亦有影
響〔註28〕，因而形成作品之特殊風貌。事實上，此類韻文文字之所以相類相

〔註28〕變文之表演特徵往往被視為傳奇或話本修辭形式之源流，如曾錦漳於〈從小
　　　說藝術看敦煌史傳變文的成就〉(《漢學研究》四卷二期，1986年)中即指出，

似，往往因其所模擬者乃文學之固有傳統，所使用之典故譬喻來自相同傳統，故不免有所類似。另一方面，相似韻文之屢用重用，亦反映出話本小說來自民間大眾之性質，爲民間集體創作之累積所得。同時，由此一現象亦可見說書活動中所謂書會才人彼此才情之滲透與影響，其於既有之民間文學材料中加工變換，彼此互用，亦彼此增刪修改，於累積過程中形成共有之書寫材料，亦爲共有之修辭來源，此一現象或可解釋各式通俗話本作品中屢見相似韻文之現象。

　　然而，即便是文字有所更動增刪，但大致皆不離原有本意。就對句之重複現象言，此類對句多已形成固定套語，作者於敘述故事情節至某一段落時即加以穿插，而其中文字未必符合當時情節，主要爲意境或意義之雷同。人物與場景之形容上，亦多有固定或雷同文字，甚而千篇一律，其中充斥著刻板慣見之文言辭藻，及稍見誇張之比喻等，皆未能顯示眞正人物面目或景觀特色，此種比擬技巧自非上乘。此種重複現象自是不具明顯之描述效果，因韻文之使用已流於寫作之固有形式。然就另一層面言，此類描述表現常是虛化或簡化生活場景之外觀，藉此來強化與實化人物命運之情節敘述〔註29〕，韻文之重複文字常形成某些特定意象，某類文字形容某些形象或情況，似乎已成爲作者與讀者間之共同意識，其間具有一定之空泛性和寓寄某種象徵喻意之暗示性。由類似韻文屢用之現象亦可見話本小說修辭特徵之一端，由於前有說話訴諸聽覺之表演傾向，又受限於篇幅，故演述故事特重情節之曲折，其間描述文字雖眞實自然，然相關人物及場景卻未必突出，雖因既有之寫作習慣而有意爲文刻劃其中人事，然相類文字卻令描寫本身流於形式，未見突出之人物形象或場景特色，然由於此類韻文表現亦有其固定意象，而形成作者讀者間之交流默契，對於故事之理解並未影響，亦形成話本小說之另一特徵。

　　變文作者爲追求形象之語言，往往喜用譬喻、夸飾之手法，此皆試圖使讀者透過想像獲致更具體之印象。而此一瑰麗豐富之想像與描繪，實受佛經影響，而史傳變文中之夸飾，則爲一般民間文學常用之技巧。除描繪文字外，變文中韻文之運用多元，如人物彼此之對話，或自我感嘆，其中亦有敘述兼描寫之文字，由於表演之方式爲講唱，故多以情節曲折爲重，而忽略人物性情刻劃，僅著重於外貌形象之描述，後世話本及擬話本亦多循此一原則發展，同時於人物場景之刻劃技巧上，亦吸收夸飾譬喻等修辭技巧，可見話本小說受變文影響之一斑。

〔註29〕吳士余，《中國思維的文化機制》，頁 142。

四、呈現文類特徵

　　話本小說中之韻文包含詩賦等各式文類，詩歌辭賦間彼此自有其區別及差異性，然就實際運用而言，說話人或作者對各類韻文之選用卻未必有其自覺，如以詩抒懷，亦得以詞言志，而一般以賦體摹景寫物，然話本小說中亦有以詩詞描述景致者，可見作者對於文類之擇取未必有明確意識；另一方面，究其中韻文文字以觀，同為描述，詩詞或賦體之表現卻有所差異，基本上亦不離各文類間應有之區隔特徵，亦即作者之擇取雖未加刻意安排，然於實際之運用某一文類時，卻亦能依循此一文類固有之修辭特性。以《古今小說‧宋四公大鬧禁魂張》為例，其中分別以詩詞描寫酒店：

> 雲拂煙籠錦旆揚，太平時節日舒長。能添壯士英雄膽，會解佳人愁悶腸。三尺曉垂楊柳岸，一竿斜刺杏花旁。男兒未遂平生志，且樂高歌入醉鄉。

> 柴門半掩，破旆低垂。村中量酒，豈知有滌器相如？陋質蠶姑，難效彼當爐卓氏。壁間大字，村中學究醉時題；架上麻衣，好飲芒郎留下當。酸醨破甕土床排，彩畫醉仙塵土暗。

同為酒店，然由於表現之文類不同，其間之著重點與形成之效果亦有所不同，以詩描述者，多抽象之敘述文字，主要針對酒店之相關外延聯想及意象加以著墨；而詞所描繪之酒店則有針對酒店本身之較多具體之描繪，呈現出此一景物中可能具有之陳設與外觀，二者顯然有別，對作品之風貌形成自亦有所影響。就話本小說中之景致刻劃而言，一般事物之描繪多以賦體出之，此乃植基於辭賦形式固有之描繪特質，然由詩詞對酒店加以描繪之例以觀，其中文類特性已有所滲透變化，詩詞之本質未必長於寫物，然此一表現實顯現詩詞賦化之傾向，詩詞中亦發揮賦體鋪張揚厲、品物畢題之藝術特性〔註30〕，而強化詩詞之描寫能力。尤其話本小說中以詞為表現形式者，往往兼具抒情與描述功能，與詩賦專注某一焦點作呈現之方式不同。抒懷言志上，詩本有其表現優勢，所謂「在心為志，發言為詩」，而詞之文字較詩淺近，卻亦較詩柔婉，以詠懷為例，詩詞二體兼而有之，且多以某一詞牌抒懷，如前述〈風月相思〉之多闋〈如夢令〉，及《警世通言‧陳可常端陽仙化》中之四闋〈菩薩蠻〉，皆為抒懷之表現。又如《警世通言‧俞仲舉題詩遇上皇》中屢以〈鵲

〔註30〕徐公持，〈詩的賦化與賦的詩化〉，《文學遺產》1992 年第一期，頁 20。

橋仙〉詞牌為題亦為此例。於話本小說中亦得見二者相互出現與補充，至於以詩敘述，則尤其多見於故事中之情節敘述與作者評述中，此一現象與故事人物藉抒情之展現可加以並列，亦可見文類之性質界線未必鮮明。

　　就正統文學之特徵言，詩尚自然，而詞重句之著意，若干小令如〈浣溪沙〉、〈鷓鴣天〉及〈臨江仙〉等，其五七言句式頗類五絕七絕，是以此類詞牌之聲調較從容而韻味近詩，詩中所歌詠之人生情懷亦得納入詞中；而相互融合。一般而言，詩較舒緩亭蓄，詞則多為俊爽諧暢，故於語言氣勢上詞較具坦然直率之特性，無論窮情寫物，均有所鋪陳，較近生活，且合人意；而詩則提要鉤玄，以少總多，饒言外之旨，是為詩詞二者不同之特徵處。然於通俗文學之吸收運用中，卻未必有如此分明特質之區別，以敦煌曲子詞而言，其語言藝術上自較正統形式粗糙，然卻有其生動活潑之特質，因其語言通俗，令大眾有親切之感，即使為文人之作，亦存有口語之通俗風貌〔註 31〕。而話本小說之運用，無疑亦循此一基調發展，故書中人物抒懷，或詩或詞，或感傷或欣喜，或莊或謔，皆具通俗活潑之風格。又以描繪景物言，一般多以辭賦加以刻劃，然亦有以詩詞之例者，以不同文類描寫相同事物尤能顯現文類之差異，與行文修辭上之區別。就抒懷而言，則詩詞之表現雖皆感物傷情，其間文字之虛實深淺，風格之清遠洽婉，實亦存有。

五、賣弄嘲諷兼具

　　話本小說之形式往往亦有作者發揮才情之因素，作者於其中表現個人才情，穿插世俗人情，所運用之文字多為風趣輕鬆，而形式卻多以韻文出之，形成不協調之幽默風格，既顯作者之高才，亦具教育效果，此一特性之形成除與話本小說源自民間產生背景有所相關外，亦因形成因素具有通俗性，而加強固有之詼諧特性，其中所表現之符合大眾審美標準之娛樂作用，則尤為明顯。

　　大致而言，夾敘於話本小說中之韻文並非具有正統韻文之修辭特質。此類韻文文字往往較通俗淺白，甚而其中之用字已經作者之刻意轉換。於此，韻文之運用除因遵循某種陳述故事之既有模式或作者寫作意識外，小說作者亦於其中另加入一己巧思而予以轉換。此類韻文多擇取現有之集體創作，未

〔註31〕胡國瑞，〈詩詞體性辨〉，《中國古代、近代文學研究》1984 年 11 月，頁 7～8。

必皆是作者自創，但此一轉換現象卻構成詼諧或活潑之韻文內容，且此類表現卻往往與正統文學之嚴肅或抒情特徵相背。如〈陰騭積善〉言天色將晚，通篇形容薄暮之韻文以十至一之數字鋪排而成〔註32〕，其中所描述之文字，亦均為黃昏時之景況，然各由數字構成，其中即具有巧思與逸趣，且整篇韻文仍有完整文意，但於形式與內容上則因二者不相容而形成特殊逸趣。而其他長篇章回小說亦多有此類文字遊戲〔註33〕。又如《西湖佳話・虎溪笑蹟》迷惑鳳官之女妖來歷居所及姓氏等諸項自述：

> 生為木卯人，死作幽獨鬼。泉門長夜開，衾幬待君至。
>
> 會稽之東，下山之陽。是吾之宅，古木蒼蒼。
>
> 吳王山上無人處，幾度臨風學舞腰。

此對「柳」及「枯」字之離合一如前述之「騙」拆為「馬扁」之表現，類似現象實屢見於白話之通俗作品中，此類文字遊戲實非話本小說所獨創，傳統文學作品中亦有類似之表現，傳統文人亦偶有戲作〔註34〕。又《八洞天・培

〔註32〕 其文為「十色俄分黑霧，九天雲裏星移。八方滴旅。歸店解卸行李；北斗七星，隱隱遮歸天外。六海釣叟，繫船在紅蓼灘頭；五戶山邊，盡總牽牛羊入圈。四邊明月，照耀三清。邊廷兩塞動寒更。萬里長天如一色。」明顯以數字為表現特徵。《西遊記》三六回中亦有此數字排列之詩以述黃昏之景致，凡此類現象或皆與話本小說之大眾行通俗特性與固有之累積特徵相關。

〔註33〕 前者如王融〈雙聲詩〉：「園蘅眩紅蘤，湖荇燁黃花。迴鶴橫淮翰，遠越橫雲霞。」明顯以匣紐之雙聲字入詩，後者如《西遊記》第八十回唐僧思鄉之詩：「我自天牌傳旨意，錦屏風下領關文。觀燈十五離東土，才與唐王天地分。甫能龍虎風云會，卻又師徒拗馬軍。行盡巫山峰十二，何時對子見當今？」其中之「天牌」、「錦屏風」、「觀燈十五」、「天地分」、「龍虎風雲會」及對子等實為骨牌術語，又如第三六回以中藥名稱所構成之詩：「自從益智登山盟，王不留行送出城。路上相逢三稜子，途中催趲馬兜鈴。尋坡轉澗求荊芥，邁嶺登山拜茯苓。防己一身如竹瀝，茴香何日拜朝廷？」其中所表現者為諧音現象，「益智」即為一志；「經芥」即經芥；「茯苓」即佛靈；其他如「王不留行」、「竹瀝」及「茴香」等皆亦為中藥名。此類文字遊戲有其流傳歷史，除正統文學作品外，通俗文學亦對此多所發揮，如變文中亦有所表現，如《伍子胥變文》中伍子胥與其未婚妻互作〈藥名詩〉表達感情，所謂「仵茹之婦」、「未及當歸」及「夜寢難可決明，日念舌乾卷柏」等，所關注者為音聲之表現，充分顯示口頭文學之特性。

〔註34〕 如孔融〈離合詩〉等之例，長篇章回小說如《西遊記》第二六回所引之詩：「處世須存心上刃，修身切記寸邊而。常言刃字為生意，但要三思戒怒欺。」所謂「心上刃」及「寸邊而」實為「忍耐」二字，而第六四回中之「十八公」、「孤直公」、「凌空子」及「拂雲叟」等分別代表松、柏、檜及竹，亦為類似現象。

連理　斷冥獄推添耳書生，代賀章登換眼秀士》中七襄以「莫」字為詩贈莫毫：

> 有言可陳謨，無金不成鏌。摹擬手空揮，摸索才終落。若應募辛力
> 不堪，欲作幕賓巾折角。

首句贊其才，次句憐其貧，三四句嘆其淪落不遇，五句言其不肯棄文就武，六句則言其不屑為門館先生。既為文字遊戲，亦惜莫豪之才情。莫豪得見，既愛七襄巧思，亦感其知己，而有求見七襄之心。又《五色石·女和郎各伴一青衣，奴與婢並受兩丹詔》中各有不少之字謎與畫謎，亦為類似之才情表現〔註35〕。文字遊戲表現了懸疑或機智，可藉此吸引讀者或聽眾之想像，並有娛樂或諷諭之效果。作者甚而藉此以展現其才情與智慧，然就另一層面而言，對文字之離合拆解實亦為話本小說所習用之表現技巧，其間所反映之淺顯智慧與神祕特性亦易獲大眾之認可與接受，進而形成話本小說等通俗作品獨具之逸趣風貌。

除對文字本身之離合情形外，話本小說對於其他事物之吟詠亦不乏逞才表現。藉由對某一事物或景致之反複吟詠，以顯作者之豐富見聞與過人才情。此一相互詠歎現象並未等於前述之鋪敘表現，前述之例多為敘述者本身對觀眾或讀者之才情展現，而後者則多由書中人物彼此之應答展現才華，其敘述效果與形成之風格有所差別。如《二刻·同窗友認假作真　女秀才移花接木》孟沂與薛濤之吟詠春夏秋冬四季之迴文詩：

> 花朵幾枝柔傍砌，柳絲千縷細搖風。
> 霞明半嶺西斜日，月上孤村一樹松。
>
> 涼回翠簟冰人冷，齒沁清泉夏月寒。
> 香篆裊風清縷縷，紙窗明月白團團。
>
> 蘆雪覆汀秋水白，柳風凋樹晚山蒼。
> 孤幃客夢驚空館，獨雁征書寄遠鄉。
>
> 天凍雨寒朝閉戶，雪飛風冷夜關城。
> 鮮紅炭火圍爐煖，淺碧茶甌注茗清。

〔註35〕如「花」之字謎為「草下伏七人，化來成二十。將人更數之，又是二十七。」而謎底又以詩為之，即「五行屬於木，四時盛在春。或以方彩筆，或以比佳人。」文人相互吟詠遊戲之跡顯然。

孟沂亦相和四首：

> 芳樹吐花紅過雨，入簾飛絮白驚風。
> 黃添曉色青舒柳，粉落晴香雪覆松。
>
> 瓜浮甕水涼消暑，藕疊盤冰翠嚼寒。
> 斜石近階穿筍密，小池舒葉出荷圓。
>
> 殘石絢紅霜葉出，薄煙寒樹晚林蒼。
> 鶯書寄恨羞封淚，蝶夢驚愁怕念鄉。
>
> 風捲雪篷寒罷釣，月輝霜柝冷敲城。
> 濃香酒泛霞杯滿，淡影梅橫紙帳清。

作者除安排二人分別針對四季加以吟詠外，又因迴文詩之特質，每一首皆可依相反次序閱讀，故又亦形成另一首作品，亦即共有十六首詩，此一現象所具有之效果與意義實不同於前舉吟詠風花雪月之例，個別事物之刻劃詠歎為單純之才情表現，主要為堆砌排比之性質，而若此迴文詩之修辭表現，則頗具作者巧思，亦形成獨立於故事本身之特有風貌。

話本小說著力於文字拆合遊戲之同時，對於世情人事亦多所諷刺批評，此類文字之出現與情節關涉程度深淺不一，多就故事進行中某一關節或人物加以凸顯或說明，其間亦含有作者對事物之評價與判斷，如《五色石‧續箕裘　吉家姑搗鬼感親兄，慶藩子失王得生父》述女巫之騙人處：

> 司巫作怪，邪術蹺蹊。看香頭，只說見你祖先出現；相水碗，便道某處香願難遲。肚裏說話時，自己稱為靈姐；口中呵欠後，公然粧做神祇。假托馬公臨身，忽學香山匠人的土語；妄言聖母附體，卻呼南海菩薩是娘姨。官話藍青，真成笑話；面皮收放，笑殺頑皮。更有那捉鬼的瓶中叫響，又聽那召亡的甕裏悲啼。說出在生時犯甚症候，道著作享日吃甚東西。哄得婦人淚落，騙得兒女心疑。究竟這般本事，算來何足稱奇。樟柳神，耳報法，是他伎倆；詹頭仙，練熟鬼，任彼那移。過去偶合一二，未來不准毫厘。到底是脫空無定，幾曾見明哲被迷。

此篇文字之出現乃於韋氏因加害吉孝而致良心不安，故與喜媼商量尋關亡召神之女巫請教，喜家夫人因而藉女巫而施計。此段文字主要描述女巫未必有真實功力，亦僅為錢財驅使而招搖撞騙之特性。又如《古今小說‧張舜美燈

宵得麗女》之調光經：

> 雅容賣俏，鮮服誇豪。遠覷近觀，只在雙眸傳遞；捱肩擦背，全憑
> 健足跟隨。我既有意，自當送情；他肯留心，必然答笑。點頭須
> 會，咳嗽便知。緊處不可放遲，閒中偏宜著鬧。訕語時，口要緊；
> 刮涎處，臉須皮。冷面撇清，還察其中真假；回頭攬事，定知就裏
> 應承。說不盡百計討探，湊成來十分機巧。假饒心似鐵，弄得意如
> 糖。

主要在嘲謔男女彼此調情之情態，此一說明實旨在陳述張舜美與劉素香於元
宵夜中一見鍾情節。又如《五色石・雙雕慶　仇夫人能回獅子吼，成公子重
慶鳳毛新》道妒婦之可笑處：

> 猜嫌成性，娼嫉為心。巫山不容第二峰，豈堪十二並列；蘭房占定
> 三生石，誰云三五在東。唸佛只唸獅子吼佛，竊謂釋迦許我如斯；
> 誦詩若誦螽斯羽詩，便道周婆決不為此。客至待茶，聽堂上所言何
> 言，倘獲勸納尊寵，就要打將出來；人來請酒，問席間有妓無妓，
> 苟知坐列紅妝，斷然不肯放去。鑪前偶過，認殺和僕婦調情；廊下
> 間行，早疑共丫鬟私語。稱讚書中賢媛，登時毀裂書章；豔羨畫上
> 美人，立刻焚燒畫像。醒來忽虛半枕，呼之說是撒尿，忙起驗溺
> 器之冷熱，午後見進小房，詢之若云如廁，定須查淨桶之有無。縱
> 令俊僕也難容，唯恐龍陽邀嬖倖，只有夢魂防不得，還愁神女會襄
> 王。

此段形容仇氏之善妒文字，獨立於情節敘述之外。另《警世通言・王安石三
難蘇學士》中有說明占便宜詩者：

> 我被蓋你被，你氈蓋我氈。你若有錢我共使，我若無錢用你錢。上
> 山時你扶我腳，下山時我靠你肩。我有子時做你婿，你一有女時伴
> 我眠。你依此誓時，我死在你後；我違此誓時，你死在我前。

其中之說明諷刺揶揄兼而有之，對世情有深刻體認，而以詼諧筆調加以陳述，
令讀者易於接受或領略，並有共鳴。此類評述有其表現原則與風格，即往往
與話本小說之淺俚通俗有一致之特質，多與大眾之價值取向與好惡態度符
合。而獨立於情節講述之說明介紹亦顯現話本小說之說書特質，其間具有明
確之議論講述性質，值得注意的是，此一講述特徵往往於文人擬話本作品中
得以呈現，亦即於以閱讀為寫作考量之作品中多刻意強調此一演述特性，《五

色石‧續箕裘 吉家姑搗鬼感親兄，慶藩子失王得生父》之對文字語詞運用現象之嘲笑與諷刺：

> 先生口授，訛以傳訛。聲音相類，別字遂多。「也應」則有「野鷹」之差錯，「奇峰」則有「奇風」之揣摹。若乃謄寫之間，又見筆畫之失。「鳥」「焉」莫辨，「根」「銀」不白。非訛於聲，乃謬於跡。尤可怪者，字跡本同，疑一作兩，分之不通。「鑿」爲「般」「革」，「暴」爲「曰」「恭」。斯皆手錄之混清，更聞口誦之奇絕。不知「毋」之當作「無」，不知「說」之或作「悅」。「樂」「樂」罔分，「惡」「惡」無別。非但「闋」之讀「葵」，豈徒「臘」之讀「獵」。至于句不能斷，愈使聽者難堪。既聞「特其柄」之絕倒，又聞「古其風」之笑談。或添五以成六，或減四以爲三。顛倒若斯，尚不自覺。招彼村童，妄居塾學。止可欺負販之小兒，奈何向班門而冒托。

由此可見訴諸聽覺與視覺之表演技巧相互影響，有關閱讀與講唱之嬗遞及文人對固有形式之取捨，尤其《八洞天‧明家訓 匿新喪逆子生逆兒，懲失配賢舅擇賢婿》中對文字詩賦大加轉換加工，獨具文人幽默與逞才特性〔註36〕。有關話本小說對文字之才情賣弄與嘲諷世俗人情等現象，皆呈現出作者於既有之演述形式中所發揮之才情與講述特質。縱雖如此，話本小說中穿插之韻文亦不免有所僅爲賣弄文才之現象，於故事之鋪陳敷演上未必有直接相關，如《歡喜冤家‧汪見監生貪財娶寡婦》中言汪雲生與王氏登煙雨樓看龍舟競渡，其中極力對鼓聲加以描寫：

> 梅天歇雨，萱草舒花。畫鼓當湖，相學魚龍之戲。彩舟竟渡，咸施爵馬之儀。旗影如雲，浪花似雪。上下祠前，戲紙去來。湖上謳歌，於是罷市。出觀皆爲佩蘭寶艾，登舟遠泛，無非疊翠偎紅。梔子榴花，並綰同心之結，香囊羅扇，相遺長命之絲。短笛橫吹，相傳吊古。青娥皓齒，略不避人。分曹得勝，識爲西舍郎君。隔葉聞聲，知是東鄰女伴，杏子之衫，污灑藕絲。作攬望船，檢點繁華，午日歡於上已。殷勤記省，昔年同是阿誰。而樹裡樓台，列戶皆懸

〔註36〕其中除子鑒分別作〈薄粥賦〉及〈哀梅賦〉，以賦體之典重形式而寓以淺俚瑣事，由形式內容之不和諧特性加以揶揄嘲諷世情，且對於文字及詩歌多所離合加工，多以短短顛倒或殘缺字體而隱含五七言絕句。且亦包含多首字謎，如「武王伐紂」射「周興」之人名：「國士無雙」則實指「何謂信」等，凡此顯然爲文人之筆墨遊戲，亦唯有藉閱讀之途徑方解其中之妙。

蒲艾。堤邊羅綺，無心更去鞦韆。待月願遲，聽歌恨短。及時行樂，故從俗子，當多賭貌相歡，蓋忘情者或寡。已乃逸興漸閒，纖謳並起。將歸繡榻之中，卻望銀塘之上，草煙罷綠，蓮粉墜紅。驢背倒騎，白酒已薰遊客。渡頭上火，黃昏盡送歸人。載還十里香風，聞卻一鉤新月，於時，龍歸滄海，船泊清河。可惜明朝，又是初六。

然後文僅言「雲生看罷，與王氏下樓上纜。搖到家來，已是黃昏時候，王喬早已接著，進了中堂，完了一日之事，不提。」其中對於鼓聲之描寫實可有可無，與情節之陳述並無絕對之關聯性，韻文之有無實未具明顯之功能差異，乃單純之文才賣弄。

　　就此類韻文之表現以觀，其中之詼諧韻文修辭豐富，善吸收正統文言作品之成分，如句式之模擬、成語謠諺之運用等，而修辭技巧如比喻、對偶、排比及詠嘆等，皆形成豐富鮮明之民間口頭文學色彩，而此類特徵顯然於後世模擬作品中得以承襲及吸收，甚而成為當世作者書寫之際所具有之固定思維與習慣。值得注意的是，不同時期之話本小說其表現方式有不同層次之關注，早期話本由於口頭講演因素使然，其中之韻文文字多以口頭表演之方向加以呈現與變化，如使用歌謠、對句、俗語及警句歇後語等，使說書活動生動活潑，無單調枯燥之虞，有其一定程度之修辭藝術性。

　　是以，正統韻文如詩、詞等文類固有其傳統之抒情或言志特徵，而古典小說中夾敘韻文之基本觀點，主要亦是借重詩詞等韻文文類之典重性質，藉以豐富作品本身之風格及面貌，甚而因此提昇小說本身之地位。然另一方面，古典小說亦不免有其特有之通俗諧謔特性，故對於所引用之詩未必作正面之模擬，亦有跡近文字遊戲者。此類俗諺皆淺顯易懂，其中文字與道理多具民間屬性，畢竟小說題材與讀者多具大眾性，滑稽有趣之韻文穿插其中，或能配合故事本身之通俗面貌與大眾之接受意願。而此一寫作修辭之習慣與思維，一如前述所強調，實非話本小說所首創，而有其正統與通俗系統之沿襲。及至後世擬話本，雖承襲宋代話本韻散兼用之傳統形式，然亦有所修正。除針對若干說書形式之殘留加以刪改修正外，對於故事中之詩詞亦多所增刪，而其中文字遊戲之運用，則明顯有由口頭表演至案頭書寫之遞變趨勢，文字之於讀者正如說話人與聽者間之關連，說話人固可藉由臨場之動作聲調以加強演出效果，而文字作品則顯然負擔整個說話人之表演任務，二者皆需聽眾

之存在，一爲現時且直接，一則爲間接卻得以跨越時空限制〔註 37〕，藉由讀者之閱讀而再次詮釋作品之內在意義，擬話本由於是訴諸閱讀，故文人氣息較早期話本明顯，敘述前提既有所差異，其中發揮娛樂作用之著眼點與喜好傾向亦有所不同。

〔註 37〕歐陽楨著，廖朝陽譯，〈中國小說的口語性〉，頁 48。

第四章　唐傳奇與話本小說韻文運用現象比較

　　唐傳奇與話本小說各有發展系統，除語言形式不同外，二者之起源、背景、體制、表現方式及審美標準等亦有差異。然彼此間卻亦有所關涉，除題材之承襲改編外，修辭特徵亦互有異同〔註1〕。本章旨探討唐傳奇與話本小說兩大系統對韻文運用之異同，至於其他層面比較則非本章研究重點。由於唐傳奇與話本小說間無論寫作意識或產生背景，乃至作者結構等各有異同，亦因之而影響作品風貌呈現，唐傳奇主敘事；話本小說重演事，寫作要求不同，修辭特性自亦分歧，尤以韻文之使用更顯見此一差異現象。同時亦比對演述相同故事之唐傳奇與話本小說，或早期話本與後世擬話本小說，針對其間之演變差異加以探討，其中單純敘事與有意為文之亦明顯可辨，且往往表現於韻文之使用上，而對於情節之安排與修飾之用心，尤為二者明顯之區別，甚而早晚期話本間亦有所差異。藉由彼此不同之修辭特性，亦可見其中之演變，實已包括對傳統之轉變與思考之跡，唐傳奇與話本小說皆對傳統之主要思維及反省，然形諸於形式特徵，則各有關注，基本原則不變，而表現形式則紛然多端，亦因而形成不同系統作品間之明顯特徵。

〔註1〕　宋・羅燁《醉翁談錄・舌耕敘引》中云：「夫小說者，雖為末學，尤務多聞。非庸常淺識之流，有博覽該通之理。幼習《太平廣記》，長攻歷代史書。」《太平廣記》中對唐代傳奇多有搜羅，說話人對於故事題材自亦有所吸收變化，亦於增飾中另增己意，形成故事內容與修辭特徵之差異。

第一節　作品背景之差異

　　唐傳奇與話本小說各有其產生背景，作者及讀者亦有不同結構與層次。此一歧異自有其形成因素，然二者未必因此即無法加以比較。尤其寫作形式同具韻散相雜之特質，而所產生之藝術效果及衍生意義卻各有異同，其間內在意涵與相關現象實有整理及探討必要。唐傳奇與話本小說於各自之傳承基礎上，於相關之表現形式上求其應具之效果呈現，其中之修辭理念與藝術成就往往與既有之文學基礎或思維相關，並於其中轉化或調整，二者各自之傳承與新變亦有其意義與價值。

一、語言形式之異同

　　唐傳奇與話本小說之基本差異在於使用之語言，可略分為文言及白話之別。文言與白話因不同之敘述文字而產生不同之敘述效果，文言文詞藻優美，擅於抒情達意，精簡含蓄；而白話則長於指物刻劃，且言無不盡。文言較具弦外之音，而白話則以詳盡明確為其特質〔註2〕。又由於對作品認知不同，唐傳奇向以為寫作活動即為記史行為，說明為其特徵，而話本小說因有演述意識，反具刻意佐證及細節交代，對於人物或時空之虛實與明確往往特加強調，亦因而凸顯書中人物之言語或性格，此乃與唐傳奇相之異處。二者因敘述形式及功能不同，亦呈現出作品文字之不同風貌，話本小說由於使用通俗語言，與大眾語言密切相關，對於現實之刻劃較顯具體，而唐傳奇使用文言文，其書面形式基本上已與口語有一定距離，形諸篇章，其間之敘述更顯抽象，為一經由凝煉加工之表現形式。

〔註 2〕 以刻劃人物場景為例，傳奇與話本皆有力求詳盡之傾向，然由於使用文字不同，故形成之風貌亦有所不同，如〈遊仙窟〉對中堂之描繪：「於時金臺銀闕，蔽日干雲。或似銅雀之新開，乍如靈光之且啟。梅梁桂棟，移歃澗之長虹，反宇雕甍，若排天之矯鳳。水精浮柱，的皪含星，雲母飾窗，玲瓏映日。長廊四注，爭施玟瑁之椽；高閣三重，悉用琉璃之瓦。白銀為壁，照曜於魚鱗，碧玉緣階，參差於鴈齒。入穹崇之室宇，步步心驚；見儻閬之門庭，看看眼磣」而話本小說如《二刻‧神偷寄興一枝梅，俠盜慣行三昧戲》中對無錫縣衙之描繪：「連箱錦綺，累架珍奇。元寶不用紙包，疊成行列；器皿半非陶就，擺滿金銀。大象口中牙，蠢婢將來揭火；犀牛頭上角，小兒拿去盛湯。不知夏楚追呼，拆了人家幾多骨肉；更兼苞苴混濫，捲了地方到處皮毛。費盡心要家裏子孫，靦著面且認民之父母。」文字分別有抽象與具體之特質，文人與通俗取向有別。

由唐傳奇至話本小說，二者於藝術形式及風格有所演變及差異。唐傳奇文備眾體，其中史才、詩筆與議論等修辭形式對話本小說亦有所影響，於情節敘述中穿插詩詞，兼發議論。唐傳奇中之詩歌雖亦以情節爲考量，然多不出作者炫才目的〔註3〕，而話本小說則一般多由題目、篇首、入話、正話篇末等部分構成，作者有意識利用詩詞等文類描寫人物、環境，並爲人物性格之轉變與情節發展作鋪墊，議論亦帶有明顯勸懲作用等，是以話本小說中之詩歌多爲作者本身對故事整體結構所作之安排或修飾，而非如唐傳奇中人物之表現。於語言風格上，所謂「大抵唐人選言，入於文心，宋人通俗，諧於俚耳，則小說之資於選言者少，而資於通俗者多。」唐傳奇出於文人，語言含蓄，凝煉，而話本小說爲說話人之創作活動，多採市人語言，通俗淺顯，善於描述人物言行〔註4〕。又唐傳奇注重情節之傳奇性及虛構性，如〈柳毅傳〉、〈南柯太守傳〉等雖以虛幻事件作爲題材，然對於寫作目的，則落實於現實人生之思維或要求，甚而將文化或宗教之情懷轉化爲藝術構思，表達人類情感。而此皆爲唐傳奇汲取六朝志怪題材或思想之例，且於繼承之外另加改造〔註5〕。而話本小說則於「好奇」基礎上，另增加現實性之觀照，即故事本身之發展須符合生活本身之邏輯，使情節之神奇與現實性加以融合。與話本小說相較，唐傳奇中之人物形象較顯模糊，因史筆影響，人物原型多僅粗具線條，性格未必鮮明，而話本小說則極力著墨，運用白描、細節描述或刻劃等多種技巧而塑造人物，令人物性格鮮明且具體。

二、基本風格之歧異

唐傳奇之形成，乃作者依據特定寫作意識與內在需要而生，唐傳奇之所謂「奇」，主要爲情節之特殊性，奇異實爲共同特徵。而「奇」字所包含者，固爲特殊事件，然亦指人物言行之特異，即不類於庸常進退之奇行，同時亦

〔註3〕唐傳奇中之詩歌多與故事中人物相關，或爲其人所作；或爲其人吟誦，主要皆爲表現人物之情感及態度，可參見 W. L. Idema, *Chinese vernacular Fiction: The Formative Period*, Leiden: E. J. Brill, pp.15。

〔註4〕舉例而言，於事件情節發展之補充敘述上，唐傳奇多以「夫」、「蓋」及「乃」等作爲敘述發語辭，而至話本小說，則多以「話說」、「卻說」及「原來」等代替，二者基本作用類似，然可見時代背景不同，於文字表現上自亦有所更異。

〔註5〕王平，〈漢魏六朝小說的文化心理特徵及影響〉，《文史哲》1992 年一期，頁89。

關涉人物之奇特遭遇等〔註6〕。唐傳奇作者藉此一形式以表達特定情志內容，其中之寄寓多端，包含對時代之感受、自我牢愁之抒發等，較之六朝志怪，實已賦予文人所特有之理性思維及某一程度之現實性，尤其寓有寫作之刻意與用心，小說體制至此而有一大進展〔註7〕。其中文字運用雖較六朝志怪藻繪綺麗，然仍不出文以載道之層次，作者具有某種程度之寫作期許與思維，而作品亦具有一定之現實性或哲學上之作用。又藉由當時文人集體參與創新文體之活動，提高古典小說之位階，使其文人化與藝術化，乃至文人化。唐傳奇兼容詩歌、駢文及古文等各式文類，形成一靈活且多元之新形式，文字簡約，井然有序，具有明顯之思想性，表現了自我實現之希冀，並保存神怪傳說之浪漫精神與史傳之寫實要求，其間情節之安排，文字之運用，人物之塑造等多經作者有意識地呈現，宋明之後傳奇體作品則多為形式上之模仿，又傾向道德教化之講求，詩歌之穿插亦顯多餘，與前此之筆記小說無甚差異。〔註8〕

　　話本小說由於既有背景之影響，早期作品之結構及語氣仍明顯具有現場講述之特質，此一基本特徵亦影響話本小說各項修辭特性與敘述方式，其中入話、正文乃至散場詩等結構皆不免有詩歌之大量滲透，亦明顯有風格上之混雜交叉。而後期擬話本對此亦多所模擬承襲，其中自亦有所變化，然基本上話本小說仍訴諸市井小民，其情調為現實通俗，生動俚俗，有一定程度之庶民性質，甚至參與寫作的文人之刻意安排，擬作之說書風貌及特徵更為明顯。前期話本以佈局為主要考量，注重因果關係之呈現，為外在事實之簡略模仿，而以賣弄才情或學問之作品則僅提供詩人作詩之背景外，無甚情節，所表現者為文士之價值觀，故事本身並無明顯結構。後期作品於敘述刻劃上具有與文類創造相關之層次，即顯現作者運用不同文類之意識。由於文人之

〔註6〕如白行簡於〈李娃傳〉中云：「節行瑰奇，有足稱者。」及沈亞之〈馮燕傳〉所云「然而燕殺不誼，白不辜，真古豪矣！」所指為人物節操之奇，而奇事奇遇則實屬傳奇之大宗，此不列舉。然其記錄或寫作之目的並無二致，皆屬補遺或益世之期許。

〔註7〕六朝小說無論志人或志怪，對於作品往往以單純記錄之態度加以處理，所表現者為某一信念或思維內容，至唐傳奇則賦予更多之人文觀照與省思，所陳述者雖亦多為神鬼靈怪之事，然往往予融以深刻之理性思維，怪異故事本身已非敘述重點，而形成傳遞作者某一思想之媒介或表現技巧，而此亦為唐傳奇作者寫作意識之反映。

〔註8〕張火慶，〈中國傳統短篇小說的特色〉，《文訊月刊》三十六期，1988年，頁58～63。

參與，且常受限於當時及傳統文化，因而形成關於文類之明確或模糊意識，並由此一認知前提進行創作或修改。

三、寫作閱讀之意識

　　古典小說有鮮明之體制特徵，此文類之所以成為某一特殊書寫體式，往往具有慣例及規範特徵，屬於相對穩定之語言操作模式。此一模式或可追溯至某一時期之創造實踐，然最終仍須由歷代作者讀者之自覺或不自覺之模仿與參與，方形成其一致性與權威性。是以唐傳奇之所以為唐傳奇，話本小說之所以為話本小說，於當時或後世皆具某種形式特徵，而作者與讀者對於當時所謂小說之表現形式或特徵亦皆具有某一程度之認知或期許，其中之傳統或慣例亦為大眾所認定與尊重，進而形成大眾之文類意識及期待。可見作者、讀者精神活動之形式或內容往往藉由文化意識而決定，其人之活動固為個人意識與思想之表達，然亦皆受既有之文化系統所制約，自亦包含作者於寫作之際所具有之文類意識，而讀者亦具有文類期待等思維。如唐傳奇多以「傳」或「記」等史筆文字為題，話本小說中則時見「欲知後事如何，且聽下回分解」或「有詩為證」等套語，即可視為作者寫作之際所具有之習慣，而讀者於閱讀之時亦應有此模式而更加認同所謂話本小說，此皆為傳統慣例之力量使然。

　　擴而言之，於故事正文中穿插韻文實亦為歷代小說之普遍修辭特徵，亦獲認同與接受，並以此一規則加以操作運用。作者讀者於既有文化背景中，僅為一系統下之有機部分，其人所從事之活動乃植基於前人累積之種種所得，一如作者選擇某一文類並依循應有之特徵加以創作，此一現象即為對文化規範意識之呈現，讀者之期待意識亦然，對於各式文類之特徵及慣例既有所悉，則於閱讀某類作品之際自有其相關期待與認知。然而，所據之大傳統固有定式，但由於個別之時代與意識差異，對傳統之模擬或承繼亦不免有所分歧或變化，唐傳奇與話本小說固皆運用韻文以輔其敘事，其間之藝術效果與修辭意識卻互有參差與異同。

　　除唐傳奇與話本小說各有流變異同外，話本小說本身之發展亦有差異。話本小說由發生、興盛至定型，其間經歷數百年間不同時代說話人與文人之雙重智慧，說話人固有其辯才與表演家數，而文人則有其特有之雅正屬性，其參與話本小說之寫作編輯，故化俗為雅，因文人具有傳統文化之豐富內在，

參與話本小說之創作固可視爲對正統之違反，然另一方面卻亦提升話本小說之性質，並促成其於敘述形式之發展，致話本小說得納入傳統書面文學之範疇，形成口頭與書面文學之相互影響與輔助。

　　前期與後期話本小說皆有明顯之韻散相雜現象，然而對於此一現象，早期話本與擬話本之作者卻未必具有相同之表現意識，早期話本之韻文主爲演出效果所需，以增熱鬧與渲染之氣氛。而究其形式之所出，則又與文學史上相關文體之影響有關。至於擬話本，則其始因以話本小說爲模擬依據，其間之韻文自亦有所接受承襲，然而如前所述，由於作者之文人背景，對於故事題材不免有所改換或增飾，而文人屬性尤其顯現於對韻文之處理上。其人對於其中之韻文多所留意，而不類以往之說話人，對於韻文之使用往往爲不自覺之承襲或習慣，對於韻文本身之格律或內容未必有所認知或要求〔註9〕。對於故事中之詩詞，亦關注其中之格律或意象等，以及文字之推敲，令話本小說於以往之簡略粗糙中形成另一種精致和諧之文人屬性，除精緻取向外，對於其中粗糙蕪雜且不甚相關之韻文亦多所刪削，敘事質量因而有所增加，審美效果亦有所加強〔註10〕。韻散形式由說書活動轉至書面閱讀之際，促成形式之增減損益，亦形成特有之審美效果。藉由韻文散文之交替使用，因而控制讀者之審美節奏與心理距離。小說本屬敘事文學，故敘事於小說結構中實爲一常態，而詩詞之出現則爲異態，二者表達方式不同，藉由交互出現，讀者之閱讀心理與距離亦因而有所投入或抽離，思想亦有所跳躍超越。如唐傳奇中屢次出現之場景描繪或賦詩情節，方其吟詠之際，作品本身即由敘事型態轉至抒情或描寫等其他敘述層次，作品與讀者閱讀距離亦因而有所變換。話本小說亦然，故事中大量之人物及景物描寫或入話及結尾詩等評述文字亦有類似功能，尤其刻意同時徵引多人不同之詩詞作品，更包含多重角度

〔註9〕說書活動中對於韻文之習用現象如《清平山堂話本‧刎頸鴛鴦會》中之屢次出現之〈商調醋葫蘆〉之小令，前並有「奉勞歌伴，先聽格律，後聽蕪詞」或「奉勞歌伴，再和前聲」之文字，對於韻文之加入，往往爲一既有表現習慣。至於擬話本，由於作者結構屬文人階層，對於話本小說之認知亦不僅限於口頭表演，加之其對韻文之認識與自覺，自亦有所增刪，以符其所塑造之本文取向，如《敧枕集‧死生交范張雞黍》中末尾爲一簡單對句「義重張伯元，恩深范巨卿」，至《古今小說‧范巨卿雞黍生死交》中則增飾爲一詞〈踏莎行〉，其間之意境風貌全然不同。

〔註10〕楊義，〈文人與話本敘事典範化〉，《天津社會科學》1993年第三期，頁57～58。

及詮釋。〔註11〕

　　於此類旁徵博引，富有層次之鋪陳中，雖與故事本文有相當程度之相關，然其中不免呈現文人之遊戲筆墨。亦由於大量詩詞之徵引，形成作品之虛構與詩情傾向，與充滿現實性之本文相互對照，真實與迷離形成多重之體會空間與層次，加之集中不同時空之詩人觀點，亦令讀者於故事之真實展現之同時，亦體認到清虛空靈之抽象意境。又因故事中亦有大量詩詞對句介入本文之現象，於敘事中具有暗示或評論之表現，讀者因韻散之錯落，閱讀心理因而有遠近之變化，臨近之真實感與超越之間離性相互交替，中斷原有之故事序列，讀者於閱讀中因韻文而進入理性之思維或反省，切近與陌生感形成豐富之審美效果。

第二節　運用現象之異同

　　唐傳奇與話本小說之運用韻文亦各有特性與考量，對既有文類亦有所承襲與吸收，如六朝志怪即為一取材與借鑒來源。六朝志怪固然展現其中對神仙或釋道思想之接受與認同〔註12〕，其間亦顯現特有之文化心理特質。由若干篇章中可見倫理觀念之凸顯，透露道德規範之影響，而此實亦與固有之儒家價值觀相關，有其傳統民族性格與思維。亦由於六朝志怪不免顯露此人文理性思維，是以此類作品已脫離單純之神仙觀念或宗教信仰，進至表現人生之層次，因而更體現出虛構及想像之藝術特點，此正為古典小說自覺創作意識之覺醒。

　　唐傳奇、宋元話本乃至明清擬話本或其他小說作品之文化心理特徵雖因時代變遷而有所更易，然其發展基礎大致不離六朝志怪之文化心理特徵與反

〔註11〕如《警世通言・一窟鬼癲道人除鬼》及《古今小說・十五貫戲言成巧禍》中藉由引用多人之詩詞而致作品具有多重層次，且對故事情節有所相關或暗示，其間之敘述或抒發觀點亦因而多元豐富。

〔註12〕六朝志怪小說之興盛，一方面為文人參與創作所致，另外則與傳統神仙觀念相關。同時，道教與佛教之形成與傳入亦為主因。六朝志怪小說所呈現之文化心理特質乃是釋道二教教義之具體與形象化。如明胡應麟《少室山房筆叢・九流緒論》中所云：「魏晉好長生，故多靈變之說，齊梁弘釋典，故多因果之談。」魯迅《中國小說史略》亦言：「中國本信巫，秦漢以來，神仙之說盛行，漢末又大暢巫風，而鬼道愈熾；會小乘佛教亦入中土，漸漸流傳，凡此，皆張皇鬼神，稱道靈異，故自晉迄隋，特多鬼神志怪之書。」於此正呈現六朝小說之文化心理特質之一。

思。因理性精神之發揚，六朝志怪中宗教或神鬼觀念逐漸成爲一表現手段而非闡揚之重點，且於日後其他作品中持續發揮其影響。而其後之古典小說以人事描寫爲主，神仙鬼怪之表現成爲技巧，而非如六朝作品所呈現之萬物有靈之信念〔註13〕。其出發點均未脫離人生現實，並將對人生之理解融入既有之宗教理念中，藉由此一表現技巧，以表達人類之現實情感〔註14〕。唐傳奇即於此一現象基礎上發展，增加人文理性之思考，終而形成創作自覺，並完成小說文類之獨立，修辭技巧之表現亦因而有所進展與變化。唐傳奇與話本小說固有若干文學史上共通之寫作形式或故事來源，然由於各有發展系統，亦因此產生不同之寫作認知與期許，二者運用韻文之差異也影響其間之修辭特徵或風格。

　　唐傳奇之寫作動機時見於作者於文章中之說明或議論，主要爲嚴肅之寫作態度與自期，而話本小說則多於作品集之序跋或故事正文中得見作者爲文動機與用意，基本上亦爲有益風教之要求，然亦不免顯現娛樂或輕鬆之表現技巧〔註15〕。唐傳奇之議論或寫作意識多以散文爲之，話本小說則運用韻文，多表現於入話及文末詩歌等。基本寫作前提與認知不同，其中修辭表現自亦分歧，而各自以其寫作目的爲表現準則。話本小說中之韻文於敘事層次上實獨立於故事本文，單一敘事作品因內容與形式及動靜態成分之相對交錯而成

〔註13〕如皇甫枚《三水小牘・王知古》中所云：「豈曰語怪，亦以摭實。」其中之荒誕已非小說所欲表現之重點，作者主要強調其與實際人情之切近，而保持現實人生之完整與和諧性。神鬼之言成爲表現媒介，所彰顯者仍爲世俗人情，亦即神鬼靈怪之信念多已納入現實人生或人文之理性之詮釋範圍中。

〔註14〕王平，〈漢魏六朝小說的文化心理特徵及影響〉，頁87～89。

〔註15〕唐傳奇中若干具有明顯褒美意識之作品固具「春秋之義」之嚴肅寫作態度，而其他言情之作亦不免有此類寫作色彩，如元稹於〈鶯鶯傳〉中說明其乃因張生「爲善補過者」，並欲「使者不爲，爲之者不惑」而有所記述；白行簡〈李娃傳〉則更因李娃「節行瑰奇，有足稱者」，故爲之傳述，可見唐傳奇普遍之寫作認知與期許，有其明顯之文人與雅正性質。話本則雖具鮮明之教化色彩，然其間文字之運用卻不免有詼諧通俗之表現，如《醒世恆言・小水灣天狐詒書》入話詩云：「蠢動含靈俱一性，化胎濕卵命相關。得人濟利休忘卻，雀也知恩報玉環。」又如《醒世恆言・喬太守亂點鴛鴦譜》最末云：「鴛鴦錯配本前緣，全賴風流太守賢。錦被一床遮盡醜，喬公不枉叫青天。」其間之修辭理念與模仿標準雖與傳奇及正統文學有所類似，然表現之文字風格顯有不同。此一現象多出現於宋元及明之擬話本作品，至於清代擬話本，如《西湖佳話》、《五色石》等則以韻文表現教化功能或寫作動機之特徵則較不明顯，而主以散文爲之，其寫作動機與態度實則以風教爲重，自亦影響其修辭表現。

一複雜結構。說書人使用詩歌往往在表達普遍意見而較少作自我表達，所呈現者為一般見解而非私人理念，此與唐傳奇之特質顯然有別。

一、韻文類型與功能差異

　　作者及時代因素往往令作品本身產生多重變化，亦為差異產生之基本因素。另就韻文之運用而言，基本因素如韻文文類多寡、使用頻率亦有所不同，至於其間所使用之韻文種類，由於文學發展因素使然，唐傳奇多以五言及七言律絕為最多，次為楚辭體或雜言體，詞則少見〔註16〕，且大致為正統典雅之表現。而話本小說則五、七言兼備，七絕特多，詞亦屬大宗，多為〈蝶戀花〉、〈菩薩蠻〉、〈鷓鴣天〉、〈臨江仙〉及〈西江月〉等，多具活潑生動之特性，此一異同現象實因文學發展使然〔註17〕。除寫作意識外，一如前述，二者所使用之語言亦不盡相同，由此而形成不同之作品風格。唐傳奇之敘事、抒情及寫景等皆為精妙文字，較之六朝志怪小說之片段叢殘，其已進至完整優美之型態，其中駢散雜用，尤其雜以詩歌，固有其文學發展之影響，而詩歌於唐代文人為一必修且普遍之寫作方式，自然出口成章。

　　唐傳奇中之詩歌多由作者創作，配合其中人物心思與情節需要而寄之於詩篇。故雖為作者自作，然其中詩歌各具人物聲口，特質或個性亦鮮明具體，獨具藝術成就〔註18〕。話本小說則多由說話人加入議論，其中之判斷描述說

〔註16〕詞於初唐時尚未全面發展，僅有若干作品，如唐玄宗之〈好時光〉，一般題為李白所作之〈菩薩蠻〉及〈憶秦娥〉等，至中唐，作者與作品漸多，如張志和〈漁歌子〉，韓翃〈章台柳〉，王建〈調笑令〉，白居易自度之〈花非花〉及劉禹錫〈憶江南〉等，主要為小令，然其發展情況終不敵當時盛行之詩歌。詞之流傳亦與當時唐傳奇有所相涉，如其中韓翃〈章台柳〉即徵引於敷演其事之唐傳奇〈柳氏傳〉中，形成敘事上之效果。大抵而言，後世之話本小說方大量且多方徵引詞以配合小說之敘事。

〔註17〕如張敬於〈詩詞在中國古典小說戲曲中的應用〉言〈周秦行紀〉中七絕七首、〈異夢錄〉中五律一首、〈楊恭政〉五絕四章、〈湘中怨解〉楚辭體三章，至於〈遊仙窟〉，五絕、五律乃至古辭等均有，共有詩七十七首等，而宋人小說則明顯增添詞作，屢用相類詞牌，詩歌亦為大宗，見《中外文學》三卷十一期，頁43～44。

〔註18〕唐傳奇中之詩賦多具精美佳作，如元人辛文房《唐才子傳》卷十〈鬼〉中云：「雜傳記中，多錄鬼神靈怪之詞，哀調深情，不異疇昔。」明楊升庵《藝林伐山》卷十七中亦云：「詩盛於唐，其作者往往托於唐傳奇神仙幽怪以傳於後，而其詩大有妙絕今古、一字千金者。」胡應麟《少室山房筆叢・二酉綴遺》中亦言：「《廣記》所錄唐人閨閣事咸綽有情致，失詞亦大率可喜。」可見唐傳奇中之詩賦有其一定之美感表現，亦符合作者本身所具之鮮明文人性。

明等皆爲作者聲音〔註 19〕，其中若干人物之抒情或遣懷則多爲敘述性質，主要著重於敘事成分，對於藉詩歌以顯各人心思聲口則往往未加關注。至於功能多寡之分，由於使用類型不同，功能亦有所變化。一般而言，唐傳奇中之韻文多用以描繪或言志；而話本小說除針對此二項加以發揮外，另以韻文作議論評述之用。亦由於功能之趨於多元，對於韻文原有之特性或風格不免有所更改或修正，如以詩歌描繪，而非僅用以抒懷；或以詞曲言情鋪寫，取代詩賦原有之修辭特徵等，不似唐傳奇於韻文體例上多依循傳統之概念及約束，而以活潑之創造思維完成其修辭表現。

韻文類型之不同與增加固影響作品之風貌，而藉由彼此穿插，其間所引起之相關變化更爲豐富多元。唐傳奇具有歷史、倫理及詩情等三項意識，實與其中所具有之史才、詩筆及議論相對照。歷史意識未必僅限於對史事之關注或歷史感之關注，對於歷史及現實之關聯；對於眞實之情感世界與作品本身皆有眞切之把握與執著，致作品力求「眞」之展現。而倫理意識則亦令小說凸顯理性之思考與追求，呈現道德之完足與自省，而有「善」之要求。又因特有之詩意美感，對於作品之規劃鋪陳亦不免趨於華麗唯美，進而形成小說內外在之和諧美感。唐傳奇中之詩意美除穿插於行文中之詩歌外，其中普遍之詩情美感形成作品之情緒及意境氛圍。詩筆爲唐傳奇形式特徵之一，於故事正文間穿插詩賦自爲必然，而其中亦有全篇以詩賦鋪陳爲主要敘事結構者。唐傳奇中以詩歌爲全篇骨幹之作品如〈遊仙窟〉、〈王之渙〉、〈周秦行紀〉、〈異夢錄〉、〈楊恭政〉及〈元無有〉等，至於〈蔡少霞〉、〈牛應貞〉等以碑銘或辭賦作爲敘事主幹，亦可視爲類似之例，此類作品對詩文運用自如，顯示唐代詩歌之普遍與文人之才情，另一方面亦顯現對史筆之學習與模擬，基本上仍具特定之寫作前提〔註 20〕。話本小說中以文人故事爲題材之作品則與唐傳奇之現象有所出入，傳奇自然流露文人屬性，而話本小說則不免有刻意造作之跡。

二、民間趣味與文人屬性

唐傳奇與話本小說各有不同之寫作前提，唐傳奇旨在記事，爲史筆模式

〔註 19〕張敬，〈詩詞在中國古典小說戲曲中的應用〉，頁 48。
〔註 20〕〈元無有〉及〈周秦行紀〉等類似賦詩情節呈現唐代文人之才情與品味傾向，並表現對詩歌本身之認知與體會，而如〈蔡少霞〉、〈牛應貞〉及〈長恨歌傳〉等其間韻文之運用爲史筆之模擬與再現，則爲另一項對傳統之認同與關注。

之延續，而話本小說則多具評論敷演之色彩，敘述立場有別，敘述文字自亦有所不同，甚至單就二者對篇章標題之命名即可發現此一異同，唐傳奇多以人物爲名，並無其他文字，而話本小說或單句或對句，於回目中已顯見故事之人事關係〔註21〕。唐傳奇與話本小說各有其敘述系統，唐傳奇主記事，注重事件之眞與善，然審美效果並未因此被忽略，此乃因唐代固有之華美文風與文人修爲所致。而話本小說則具演事特性，以說書形式寫作，呈現口頭表演印象與認知，而非唐傳奇明顯對詩、史等傳統多方模擬之跡。

　　話本小說中具有明顯之敘述者聲音，其中之詩歌多爲對故事之說明或評論，而唐傳奇中則顯然爲作者之自我表達，爲記述形式，有異於話本小說之演述。話本小說具有有明顯之講述說明聲音，作者對各項修辭之安排無非加強故事之說服力，而唐傳奇爲單純記事，所述之事基本上即視爲眞實不虛，是以無所謂說服力之刻意講究，而是呈現唐傳奇作者對於事件之反省或思考，以及對於所述事件之期許等，與話本小說之寫作目的顯然有別，實乃因二者之不同寫作思維所致。

　　由於唐傳奇與話本小說分屬不同之作者與讀者階層，其間所顯露之風格屬性自亦不同，然爲二者對於所謂文人雅正與民間通俗特性卻皆有所吸收與呈現，加之一以史傳爲宗，一以商業考量等不同寫作前提之相互影響，所呈現之雅俗風貌亦各具特質。大致而言，唐傳奇中之文人屬性爲自然流露，而話本小說則刻意營造雅正特性，此又與通俗文學中作者及讀者對文學文字之崇拜有關。如〈周秦行紀〉、〈楊恭政〉及〈遊仙窟〉等之詠詩言志現象，及〈湘中怨解〉、〈長恨歌傳〉中作者所表現出對文學作品之態度與思考等，甚而褒善旌美之史筆模式與寫作期許等，即爲典型鮮明之文人屬性。至於〈元無有〉等遊戲筆墨尤可凸顯其中之文人性，類似作品如同爲唐代之張薦《靈怪集‧姚康成》，藉賦詩以說明精怪本相，分別爲鐵、破笛及禿黍穰帚，此類作品表現出，即使精怪亦有賦詩言志之概念與批評〔註22〕，充分顯現當時文

〔註21〕如唐傳奇之〈霍小玉〉、〈韋宥〉、〈裴航〉等標題，話本則如〈劉小官雌雄兄弟〉、〈七松園弄假成眞〉、〈收父骨千里遇生父，裹兒屍七年逢活兒〉之類，可見作者對故事之敘述方式明顯有別。

〔註22〕如〈姚康成〉中云：「近日時人所作皆務一時巧麗，其於托情喻己，體物賦懷，皆失之矣。」而〈元無有〉中亦云：「今夕如秋，風月若此，吾輩豈不爲一言以展平生之事也？」其理念實與〈遊仙窟〉或〈周秦行紀〉等賦詩言志之理念類同。

人固有屬性,即藉由詩歌加以諷諭或嘲謔,展現滑稽與幽默感,而以詩歌形式對精怪外形或特性作一暗示隱喻,其中自然亦寓有作者之智慧,為此類遊戲筆墨中之明顯特質。此類似作品實非獨創,六朝志怪中即有相關作品〔註23〕,其為文目的實脫離既有之嚴肅寫作態度,而唐傳奇此一構思明顯表現唐人小說對創作之自覺,作者於寫作之際並未侷限於固有之期許或概念,而以文學創作體現個人之才情、機智與幽默等,至此,作品娛樂賞玩性成為表現之主要目的,不同於一般之嚴肅寫作態度,其間所透露者為文趣及情趣,此正可表現有意為文之寫作意識,與史筆模式明顯不同。

唐傳奇之戲謔與文人趣味可視為對另一種傳統之延續,正統文學中對於文字或形物多有類似戲作,其間所顯露之才情風致為文人特有之屬性,與唐傳奇本有之文人風格符合。而話本小說則因有大眾認知興趣之考量,本為一通俗平淺之文學風貌,然作者為顯其才,或因特殊故事題材之故,對於文字遊戲多所留心與安排,其間往往刻意凸顯其中字形之離合,如前章曾引《八洞天·明家訓 匡新喪逆子生逆兒,懲失配賢舅擇賢婿》中對文字有所拆合錯置或離形等,以及字謎畫謎之表現等,實為才情與戲謔之展現,主為娛樂及遊戲之考量,而唐傳奇中除對事物之吟詠具有類似字謎性質外,又如〈謝小娥〉中之「禾中走,一日夫」及「車中猴,門東草」等,其中所呈現者為一神秘氣氛及天理昭彰之理念,不似話本小說中對此類文字離合作一遊戲對待。

又唐傳奇與話本小說故事中人物之吟詠詩歌亦有不同意義;唐傳奇多以詩歌為自然抒情之表現形式,而至話本小說則有刻意炫才之跡,多為文人間相互競賽,如唐傳奇〈王之渙〉或〈楊恭政〉乃至〈元無有〉之類,其賦詩本為抒懷或自敘,對於詩才,由於各有優勢且為普遍才情,其中並無明顯相互比較之跡,即使相競,亦僅為遊戲助興之用。至於話本小說,則往往於才子佳人或文人交遊如《警世通言·錢舍人題詩燕子樓》等類似故事中增添吟詩情節,由於作者讀者背景及敘述方式不同於唐傳奇,故其中已具炫才或相

〔註23〕 六朝志怪小說中如袁淑〈俳諧文〉中分別以〈雞九錫文〉、〈廬山公九錫文〉、〈大蘭王九錫文〉及〈常山王九命文〉對雞、驢、豬及猴之出身及經歷功勳等作一暗示隱喻,其中或有諷諭(如葉夢得《避暑錄話》卷四云:「〈俳諧文〉雖出於戲,實以譏切當時封爵之濫。」)然仍不免有遊戲幽默性質。若干文人為俳諧之文,雖具詼諧面貌,然實寓莊於諧,有其嚴肅主題,如韓柳所為之若干古文,與〈姚康成〉及〈元無有〉單純以文為戲之主旨有別。

較之色彩，而不類唐傳奇多屬於個人言志抒懷之傳統範疇，話本小說中之吟詠基本上已屬展才炫才之憑藉，而有異於吟詩言志之固有思維〔註24〕。唐傳奇因本身即為文人作品，對於文人屬性自無需刻意強調，而話本小說因有通俗之背景，對於文人性質之塑造，反更具明顯造作之跡。

三、狀物表現與唯美夸飾

　　唐傳奇與話本小說皆有體物熱情，唐傳奇前承六朝志怪之基礎，於本有之梗概敘述上進展至對描寫之關注，因而促成敘事技巧之進步，對於事物之描繪自是極力鋪陳。話本小說則因既有之說唱審美藝術，對於風光景致與人物外貌亦不免多加著墨，以增加故事之演述效果與感染力。然二者之運用形式未必相同；唐傳奇多以駢文，偶以辭賦，唐傳奇因受駢儷文風影響，對於場景人物往往有所鋪寫刻劃，其間仍獨具鮮明之詩意與意境。話本小說則多以賦體為之。相較而言，話本小說中對事物之描繪文字遠多於唐傳奇〔註25〕。而唐傳奇雖具華美之文字表現，然仍不離其記史之寫作態度，強調優美端正，而話本小說注重夸飾明白〔註26〕，至於對賦體之運用則均注重描繪與刻劃，所謂諷諭功能反已忽略，而是細部描繪與誇張唯美之修辭傾向。二者雖以辭賦為狀物體物之形式，此亦與傳統賦體風格有所出入，對於諷諭作用則未有發揚，其間亦反映對既有文類特性之擇取與反思。

　　值得注意的是，話本小說之修辭固不離真實之講求，對於細節或特定事物刻意著墨，然實際之描繪文字卻往往不具特徵，僅為一典型或類型〔註27〕。

〔註24〕如《醒世恆言・蘇小妹三難新郎》，《古今小說・趙伯昇茶肆遇仁宗》、《八洞天・匡新喪逆子子生逆兒，懲失配賢舅擇賢婿》及〈解學士詩〉之類皆有文人逞才較之情節。

〔註25〕以《古今小說・張古老種瓜娶文女》為例，除入話中以三闋詞及一首曲形容雪景外，故事正文亦分別對梁武帝白馬、張老籬園、張老神態、媒人、下聘隊伍、香瓜、大溪、桃花莊、翠竹亭、張老、申公等人事作一刻意鋪寫，其中文字不乏夸飾華麗，描繪頻率極高，較傳奇更具體物熱情。

〔註26〕如《八洞天・正交情　假掘藏變成真掘藏，攘銀人代做償銀人》中言失火情節，特以〈火德頌〉為之，所謂「火本無我，因物而生。物若滅時，火亦何存？祝融非怒，回祿非嗔。人之不慎，豈火不仁！苟其慎之，曲突徙新。火烈民畏，鮮死是稱。用為烹飪，火德利民。庭燎照夜，非火不明。洪爐驅寒，非火不溫。燧人之功，功垂古今。」此篇賦實已獨立於情節進展之外，卻亦因而形成煞有其事之故作典重，其中自亦有夸飾成分。

〔註27〕如本論文第三章所述，話本小說中固刻意對故事之人物與場景等多所描繪，然其間文字卻往往相同相類，不同故事之人物面貌或環境往往未有明顯區

如人物之描繪，話本小說為求人物形象之具體與鮮明，以強調真實感，唐傳奇則與敘述之散文相互結合，未有明顯或獨立之修飾文字，其他如場景之刻劃亦然，往往與正文結合〔註28〕。由於韻文之加入，唐傳奇或話本小說之內涵亦具兩層面，一為歷史上之獨特性，一為抒情之提升，即故事本文與穿插之韻文分屬不同之敘述層次與結構。所謂獨特之事件，往往亦包含於普遍之自然法則，敘事之內容往往可由抒情意境加以概括〔註29〕。與唐傳奇相較，話本小說對於詩賦韻文之運用僅是一寫作形式之單純模擬，即固有寫作意識之再現，而非對於所運用之詩歌有所創作自覺。而唐傳奇則因本有史傳敘述模式之故，致其間所引之韻文往往得而與正文合而為一，且多為作者本身或故事人物之心思抒發，而非單純之模擬或學習。

唐傳奇與話本小說狀物現象之異同各有不同之流變意義，唐傳奇由於敘事思維較史筆精細且豐富，因而顯現創作自覺與特有體式，為古典小說發展進程中之重要階段。其間所用以刻劃踵事之韻文正可說明作者對事件之敘述思維，雖不免仍具史傳之期許，然實亦對修辭關注之表現，對事物之描繪熱情亦呈現小說與史筆之主要區別，即使同記一事，然對於事件之安排或剪裁各有異同，其審美效果與風貌自亦分歧。而究之唐傳奇所運用之韻文而言，無論駢文或辭賦，基本上皆得以與故事本文風格相符，形成一致之華美文風，以及特有的藝術特徵。話本小說對於事物之有意鋪寫則呈現另一意義，由於為白話作品，基本風格獨具通俗特性，穿插其間之體物文字明顯與正文形成落差與距離〔註30〕。尤其話本小說中不乏以典重之賦體形式描寫卑微或滑稽

別，彼此僅有善惡老少或險惡優美等類型差異。

〔註28〕話本小說中對於景致及人物之刻意描繪實不待言，此即為話本小說表現特色之一，而唐傳奇中對於人物及場景亦不免有所形容，然程度及篇幅遠不如話本小說之現象，且多以駢賦出之，不似話本得有多元之文學形式加以表現。

〔註29〕J. Prusek 著，陳修和譯，〈中國中世紀小說裏寫實與抒情的成分〉，《中國古典小說研究專集》冊三（台北：聯經出版事業公司，1981 年），頁 96～99。

〔註30〕如《歡喜冤家‧陳之美巧計騙多嬌》中對沐浴之描寫：「蘭湯既具，浴罷敬涼。紗葛新裁，著來適體。夜月冰壺之魄，春風沂水之情。喚婢櫛其顛毛，命童按其骨節。披襟池上，正逢竹下風來。雪飲庭中，忽見松梢月出。三飧為家常俸祿，一扇乃自在修行。多撲流螢，檢點光能辯字。滿簪茉莉，椰榆髻小於化。清士隱見之時，靜女停針之會。身安即福，點算是渾。蕭然已出塵埃，不復更加寒暑。又如心無俗慮，永勝為官。客是好兒，頗能脫鬼。平時業已稱快，夏月尤見相宜。濯足清流，有望八荒之想。振衣盤石，欲追四皓而遊。

事物，韻文本身即形成一突兀或不協調之效果，且又與正文配合以觀，作品風格亦因而有所參差錯落，往往由彼此不協調而產生詼諧感，作品通俗活潑之特徵反更爲彰顯，而非唐人小說之典雅風貌。以另一角度言，話本小說此一敘述修辭表現亦可視爲敘事文體之轉變，即於敘事之主要前提下，作者之關注焦點顯有轉移，不僅以交代事件本身爲目的，反於敘述過程中多所增飾或描摹〔註31〕，此一現象實亦符合前述唐傳奇與話本小說敘述方式之基本差異，一爲單純記事，一爲有意敷演，一以忠實記錄事件爲主，一則於敘事之外另具鋪張說明特質，同爲敘事文學，亦皆以故事爲敘述重點，然其間之鋪陳安排卻多所關注與演進。

四、自我反思與刻意演述

　　話本小說中常見直接陳述及細部描繪等模式，同一部作品中亦往往可見此不同形式同時使用。且於使用韻文時亦可見明顯區別及標示，如以「正是」等套語標明之，並引相關對句或謠諺以評述等，解說部分則表現與觀眾爭辯或說明之特徵，如「但見」、「只見」等文字所引導之韻文即是〔註32〕，與其他敘述層次之結合處往往以「話說」或「卻說」及「閒話休提」等加以接續敘述形式。

　　話本小說具有明顯之敘述者聲音，旨在說明或評論，而唐傳奇則顯然爲作者之自我表達，既記述某一事件，也具有個人之思維與判斷，其間之文人

　　　　可謂得意忘言，雖有貴人不換。合德體香，釀成禍水。太眞脂滑，污及清華。漢帝暗擲金錢，明皇數回玉輦。未能操體，徒以誨淫而已。」

〔註31〕如《警世通言‧崔衙內白鷂招妖》對景觀之描寫即具有明顯之排比特徵，如其中對「山」、「松」、「莊」、「風」、「月」、「夏」及「色」等事物都以相類之格式表現，如其言「山」云：「山，山！突兀迴環，羅翠黛，列青藍。洞雲飄縹紗，澗水潺湲，巒碧千山外，嵐光一望間。暗想雲峰尚在，宜陪謝屐重攀。季世七賢雖可愛，盛時四皓豈宜閒。」及「莊，莊！臨堤傍岡，青瓦屋，白泥牆。桑麻映日，榆柳成行，山雞鳴竹塢，野犬吠村坊。淡蕩煙朧籠草舍，輕盈霧罩田桑，家有餘糧雞犬飽，户無傜役子孫康。」及「風，風！蕩翠飄紅，忽南北，忽西東。春開柳葉，秋謝梧桐。涼入朱門內，寒添陋巷中。似鼓聲搖陸地，如雷振響晴空。乾坤收射拾塵埃盡淨，現日移陰卻有功。」及「色，色！難離易惑。隱深閨，藏柳陌。長小人志，滅君子德。後主謾多才，紂王空有力。傷人不痛之刀，對面殺人之賊。方知雙眼是橫波，無限賢愚被沉溺。」其中排比及刻意敷演之跡明顯。

〔註32〕韓南，〈早期的中國短篇小說〉，《韓南中國古典小說論集》（台北：聯經出版事業公司，1979年），頁7～8。

自我反思與評價，有異於話本小說之演述，其屬於對一般大眾之陳述與說明，主要為演述介紹，而較無作者個人之理解或意見，其中之評價多屬一般大眾所接受與認同之層次。如同為賦詩情節之陳述，《纂異記・張生》中言：

> 生之妻，文學之家，幼學詩書，甚有篇詠。欲不為唱，四座勸請，乃歌曰：「歎衰草！絡緯聲切切，良人一去不復還，今夕坐愁鬢如雪。」長鬚云：「勞歌一盃。」飲訖，酒至白面年少，復請歌。張妻曰：「一之謂甚，其可再乎？」長鬚持一籌箸云：「請置觥，有拒請歌者，飲一鍾。歌舊詞中笑語准此罰。」於是張妻又歌曰：「勸君酒，君莫辭。落花徒繞枝，流水無返期。莫恃少年時，少年能幾時？」酒至紫衣者，復持盃請歌。

而話本小說對於詩歌之徵引，則顯現對事件補充之特質，而非事件本身之因素，如《西湖佳話・白堤政蹟》言白樂天對杭州盡心修治，且其人亦頗為自豪，而賦詩自遣：

> 樂天見此光景，也十分得意，因賦詩自表道：「望海樓臺照曙霞，護江汀畔踏晴沙。濤聲夜入伍胥廟，柳色春藏蘇小家。紅袖織綾誇柿蒂，青旗沽酒趁梨花。誰開湖寺西南路，草綠裙腰一道斜。」自此之後，百姓感白樂天事事為杭州盡心修治，皆心悅誠服，巴不得他在湖上受用。

由上述二例可發現，唐傳奇中之詩歌屬記述主體之一環節，亦為事件中因素之一，具有臨近感，即飲宴事件本身之呈現〔註33〕。而話本小說中之表現則為一演述說明，白樂天於杭州之言行治績為陳述重點，其間之韻文多為外在之輔助結構〔註34〕。由於話本小說具有娛樂及虛擬特徵，加之固有不虛為文

〔註33〕又如〈鶯鶯傳〉中云：「張生發其書於所知，由是時人多聞之。所善楊巨源好屬詞，因為賦〈崔娘詩〉一絕云：『……』，河南元稹亦續〈會真詩〉三十韻，詩曰：『……』，張之友聞之者，莫不聳異之，然而張志亦絕矣。」其中所引之詩歌實為記事之一部分，而並非如話本之表現，以韻文為輔助散文之用，而未屬所述事件中之因素。其他傳奇作品如沈亞之〈異夢錄〉、〈湘中怨解〉等對於韻文運用有類似之性質。

〔註34〕如《五色石・白鈎仙　投崖女捐生卻得生，脫桔囚贈死是起死》中對舜英心情之描寫，其言云：「有一曲〈啄木兒〉單說舜英此時的心事：『心私痛，淚暗零，難將吳越諧秦晉。正期期蘿蔦歡聯，恨無端賓主分爭。鹿鳴幸報秋風信，只道鸞交從此堪重訂。又誰知頓起戈矛陷俊英。』」即以外在角度描述人物之心情思緒。而唐傳奇對於類似描寫則以書中人物為中心，如裴鉶〈崑崙奴〉中崔生因見紅綃妓而「神迷意奪，語減容沮，恍然凝思，日無暇食。

及有益風教之影響，對於相關細節，亦往往藉由韻文極力加強故事之說服力，與唐傳奇將事件詩歌合併爲同一敘事結構不同。

　　唐傳奇與話本小說除使用之文字不同，其敘述方式亦有所不同，以相類或相同題材比較，可見其敘述及修辭之差異。唐傳奇主要爲文人對既往或當時人事之「記錄」活動，作者與故事中人物往往同屬某一層次與範疇，甚而參與其中之事件過程。話本小說則具有說話人或後世文人之「追記」特徵，即講述前此之歷史，與故事時空有某一程度之距離，是以同爲文人之陳述，二者顯露之風格各具特性。如唐傳奇〈元無有〉或〈東陽夜怪錄〉中分別以元無有與王洙爲記述角度，以其人所見所聞爲記錄基準，具有臨場與切近感，其中作者與書中人物之認知屬同一層次。而話本小說則有不同表現，因以說話人爲記述角度，是以類似吟詩題詠情節即不同於唐傳奇之表現，如《警世通言・錢舍人題詩燕子樓》中言關盼盼與白樂天之往來唱和，及其後錢希白之詩詞吟詠與盼盼之題詠懷等，及《古今小說・趙伯昇茶肆遇仁宗》、《醒世恆言・蘇小妹三難新郎》及《西湖二集・月下老錯配本屬前緣》中朱淑眞依魏夫人所限「飛雪滿群山」五字爲韻腳而題五首詩等，其之賦詩吟詠情節則顯爲說話人所講述或提供，而不似唐傳奇多以書中人物之個別吟詠加以呈現，因而特具親自見聞之臨場感〔註35〕。話本小說中作者之講述與讀者之閱聽距離顯然較唐傳奇擴大。同以韻文穿插於故事正文，然形成之效果各有特色，所述之事件亦有親身見聞與歷史掌故之別。

　　二者之基本差異在於敘述方式，唐傳奇之陳述者多與事件有所相關，其認知角度或無所不知或有所限制，而話本小說則以面對大衆之說書人自居，其立場與故事本身無甚關聯，爲一全知敘述者，故唐傳奇中作者之聲音或干

但吟詩曰：『誤到蓬山頂上遊，明璫玉女動星眸。朱扉半掩深宮月，應照瑛芝雪豔愁。』」其心思描述以書中人物考量，而非話本以敘述者聲音加以呈現。

〔註35〕如唐傳奇〈遊仙窟〉中全以第一人稱陳述吟詠唱和之情節，而〈王渙之〉中則以一旁觀者角度呈現王昌齡、高適及王之渙等三人飲宴與競才一事，並未加其他說明。話本小說則不然，如《醒世恆言・蘇小妹三難新郎》中先於入話云：「說話的，爲何單表那兩個嫁人不著的？只爲如今說一個聰明女子，嫁著一個聰明的丈夫，一唱一和，遂變出若干的話文。」後又如蘇小妹與蘇軾之相互嘲諷，及解釋佛印寄予蘇軾長歌、秦觀所製之疊字詩等，於情節進展中離有敘述者之說明，所謂「其夫婦酬和之詩甚多，不能詳述。」明顯與唐傳奇單純呈現有所不同，雖皆爲文人交遊之題材，卻顯示二者一記錄一演述之敘述特徵，讀者之閱讀感受亦有遠近之別。

預或較爲隱藏，視所記敘之事件內容而定。話本小說則明顯具體，說話人之介入清晰可辨，包括與聽眾之爭論或對句等皆是，亦因而形成與讀者之距離效果〔註 36〕。至於唐傳奇第一人稱之敘事方式亦有其開創性，因而形成敘事視點之轉換，前此作品未有類似表現，敘述之間往往不容作者之介入，詩賦中之自我陳述爲例外，一般敘事作品一如史筆，僅作事物之客觀記錄或追述，作者多未深入其中。然唐傳奇中「我」之出現卻有其意義，雖不免有虛構傾向，然由他述轉爲自述，亦因此令敘事焦點由外視轉至內視，縮短作者讀者間之距離。然而，就另一角度言，由此眞實性之修辭表現卻往往形成相反效果，即作品虛擬特徵之凸顯，所謂「余」或「我」，無非爲一虛構形式，一如賦體之敘述形式特徵，及所謂「僞立客主，假相酬答」〔註 37〕，無疑強化作品之虛擬意識與作者之創作自覺。

　　文人創作唐傳奇，所關注者爲對事件作眞實優美之陳述，其他因素則略而不提，話本小說則因作者敘述聲音之介入，對於故事相關見解亦多所提及，形成話本小說特有之風貌，其間多爲對世俗人情之評價或嘲諷，同時此類文字亦不免具有鮮明之口頭文學特質〔註 38〕。唐傳奇雖施之藻繪，擴其波瀾，主要仍不離搜奇記逸，其中之藝術表現主要以個人才情之表現爲目標，是以作品中多屬個人意念化或審美化之現象，且多符於正統詩文之藝術特徵，以高雅辭意，華美文辭取勝，對大眾之接受程度則教少關注。至於話本小說，則以日常生活爲鋪陳基礎，故多關注情節之曲折，藉以吸引讀者或聽眾之注意，是以此類作品多順應普遍之接受或審美取向，較少發揮自我才情，此爲說書形式特徵之延續與發揚〔註 39〕。由於文人參與，揚棄若干說書場合固定表現技巧之外在形式，卻強化源於說書活動然更屬於書面文學之內在形式。

〔註 36〕韓南，〈早期的中國短篇小說〉，頁 6～7。
〔註 37〕見劉知幾，《史通・雜說》下（台北：藝文印書館，1978 年），頁 477。
〔註 38〕如《八洞天・續在原　男分娩惡騙收生婦，鬼產兒幼繼本家宗》中對勢利人情之批評，所謂「世無弟兄，財是弟兄。人無親戚，利是親戚。伯伯長，叔叔短，不過是銀子在那裏扳談，哥哥送、弟弟迎，無非是銅錢在那裏作揖。……但見揮的金，使的銀，便覺眼兒紅，頸兒赤：不惜腰也折，背也彎，何妨奴其顏，婢其膝。」及對岑玉之嘲諷，所謂「好笑岑搭，非但腳搭，做人浪搭，素性淹搭，說話疙搭，氣質賴搭，肚裏瞎搭陌搭，口裏七搭八搭，但有小人勾搭，更沒親人救搭，弄的濫搭搭，遭搭搭，糊搭搭，賤搭搭。只得到沒正經處去兜搭，那有好人家兒女與他配搭。」皆爲相關之例。
〔註 39〕劉上生，《中國古代小說藝術史》（長沙：湖南師大出版社，1993 年），頁 88、220～221。

文人有意利用所謂「看官」或「說話的」等說書套語以建立作者及讀者間之互動，二者之距離亦時遠時近，視作者讀者對故事之參與度而定。文人之參與，往往形諸於對既有結構如入話或其中韻文之修飾，而此一修正則具有重構或改變原有之敘事焦點。故事原有之俚俗野趣往往另具哲理或文人興味，令平易曉暢、諧於俚耳之話本而具有意義之深刻化﹝註40﹞。而擬話本之產生形成話本修辭形式之轉變與進展，由口頭表演之特性轉而至書面表現形式。明代擬話本如《三言》、《二拍》固促進話本小說發展之高峰，然而，若干清代擬作卻有修辭上之退化現象，除題材之說教外，對於韻文之運用亦顯突兀，尤有甚者爲全篇對話皆以韻文表現，有如以往之說書形式，然而卻因教化主張之堅持，而缺乏既有說書之活潑與生動。

　　唐傳奇之敘述多方，或於文末說明寫作動機或人生價值觀，或略之不提，僅作故事之簡略記錄，亦偶有出現於文章起始者，其後則直接進入本文。而話本小說則多於作者之入話或言論之後，方敘述故事正文，文末亦皆有詩詞以收場。故事中亦隨時出現與情節互有相關之詩詞歌賦，作者之聲音與故事之進行明顯區分，而唐傳奇則融爲一體，基本上作者即故事之敘述者，其人意見多於文末或開始時表現，之後即爲故事本身之敘述，所呈現者爲客觀敘述之原則，即使其中人物之吟詠，雖爲作者所自創或引用，然亦多屬記述之特徵，不類話本小說，其中詩詞多表現作者之聲音。唐傳奇客觀敘述，話本則參與故事進行，基本上乃因寫作意識與前提不同，一記史，一演事，對寫作之目的與期許不同，表現自異，尤其於話本小說中除顯見作者對既有故事之意見與思考外，對於情節之增刪與修飾亦爲明顯特徵。

﹝註40﹞ 如《清平山堂話本・風月瑞仙亭》中司馬相如對文君言：「小姐不嫌寒儒鄙陋，欲就枕席之歡。」文君則告誡其切勿「久後忘恩」，而後二人於瑞仙亭上「倒鳳顛鸞，頃刻雲收雨散」。至《警世通言》中相同情節則改爲相如表明其要求後，文君加以婉拒：「妾欲奉終身箕帚，豈在一時歡愛乎？」隨後爲二人計劃私奔一節。此一更改形成不同文本間不同之敘述語態，前期話本較直接淺白，而擬話本則無疑較具文人氣息。又如《清平山堂話本・柳耆卿詩酒翫江樓》中強佔周月仙者爲柳永，而此一故事至《古今小說・眾名姬春風吊柳七》中，則劉二員外成爲設計強佔月仙之角色。而柳永則成爲協助月仙與黃秀才終成眷屬之人物。而其中又鋪演柳永與知己謝玉英一節藉由柳永所寄之詞，致玉英後以身相殉，以見二人之知音眞情，新舊文本間敘事焦點有所不同，而文章屬性亦由市井興味轉至文人取向，甚而融入道德之色彩，風流與道德間於不同文本中或相容或相離，其間取決於作者之寫作取向。

第三節　演變趨勢與意義

　　特定文化背景與價值觀乃至文學思潮等皆不免對當時之文學有所影響。此一影響包含作品所體現之思想，以及所成就之藝術形式與精神。唐傳奇或話本小說亦然，皆有其既定對形式之認知與寫作之期許。二者固有不同之發展系統與流變，然彼此實有一傳統文學背景為基礎。如前所述，唐傳奇對詩史傳統有所關注，話本小說亦然，然二者表現方式卻有所分歧，各具特色。唐傳奇之期許固為教化及褒貶，而話本小說所呈現者，亦不出此類期許，其中固然具有屬於當時民間之普遍價值或思維取向，然亦不免受限於儒家既有之道德傳統，甚而影響故事之創作或編纂。由於儒家之美學觀植基於人文或社會之基礎，既具有理性主義之色彩，又具實用價值觀。唐傳奇與話本小說往往皆以此一理念基礎加以創作，甚而影響修辭表現。

　　及至明清兩代文人對於話本小說進行創作或改編，令所謂文人與民間之興趣取向有所交融與變化，由於文人之固有背景，於改編或創作話本小說之同時，往往具有其承繼發揚固有教化之自覺〔註41〕。話本小說於此已成傳播媒介，而非單純之文學作品，其中題材之擇取、主題思想之強調、情節人物之安排刻劃，乃至修辭表現自亦不出教化之主要目的與觀點。而為求教化思想得以獲致普遍且迅速之認同，往往力求人物形象之鮮明與情節之生動，以及語言文字之通俗，藉淺顯之媒介以達教之目的，而得以感人、適俗、療俗及導情等，話本小說已非單純作娛樂消閑之用，其中韻文之運用亦不免循此一原則加以發揮。

　　至於韻文運用之頻率及篇幅，唐傳奇及話本小說間之使用情形亦有所不同，話本小說多以入話或散場詩為首尾起結之結構，多以韻文加以穿插呈現，唐傳奇則無此形式特徵，至多以駢文加以說明或議論。而對人物及場景等描繪，唐傳奇與話本小說皆有，然話本小說所特有者為韻文出現時有相關套語之引導，唐傳奇則因以一記述人自期，僅求所謂事實之呈現，最末方附以個人之議論意見，不類話本小說，隨時有說話人之聲音出現與介入，故其中之描繪文字未與正文有明顯之區別，至於話本小說中屢見之段落贊語則尤為唐

〔註41〕如馮夢龍《三言》中之自序即明顯表現其對教化與娛樂之意見。其間視小說與正統經史等同，而強調小說之教化等實用價值，並影響其對《三言》之多方取捨與表現，且藉由小說生動活潑之表現方式以傳達風教，為「寓教於樂」之展現。

傳奇所無，二者單純記述與有意演述明顯有別。又唐傳奇以文字爲傳述媒介，以閱讀爲考量，甚而有傳誦廣遠之期許，具書面文學特質，與話本小說之起因、發生及傳播有所不同。尤其話本小說因前有說書痕跡之存留，甚而有全篇以韻文作爲敘事方式者，如《清平山堂話本》中之〈快嘴李翠蓮記〉及〈張子房慕道記〉等，全篇幾以韻文爲之，實爲說唱文學之例。此類現象中，韻文成爲主要敘事方式，而不僅作爲抒懷言志之呈現，此一特徵自亦與唐傳奇之文人吟詠大相逕庭，對詩歌之作用亦各見巧思。至於擬話本小說中若干描寫文人交遊逞才之作如〈解學士詩〉則又不同於上述說唱文學之特徵。

一、多元風格之演進

　　整體而言，唐傳奇與宋元話本間有不同層次之差異，作者方面，唐傳奇爲文人創作，且多爲進士或仕宦者，而話本小說則多爲說書講唱之藝人，爲一般市民或落第書生。貴族文人與市井小民因生活背景之不同，對於事物之相關理念自亦有所差距，亦因而影響其人對故事之處理及安排。又因寫作前提不同，修辭表現之亦因而有所分歧。唐傳奇作者或爲記史期許或爲好奇傾向，皆發揮其才情，無所侷限，而話本小說固有活潑通俗之寫作自由度，然亦不免有道德及教化關懷，而影響作品之風貌。正統及通俗文學往往同時並存，各自有發展系統，以表達之媒介、作者身份及讀者相對程度言，一爲向聽眾講述之口傳文學；一爲以文化水平較高之讀者爲對象之正統文學〔註42〕，既各有其發展演進系統，然亦往往相互影響滲透，進而進展與擴充。

　　唐傳奇與話本小說間固有差異，而同爲文人之筆，唐傳奇與後世擬話本亦具演變特徵，主要爲現實性之加強及傳統禮教之復歸〔註43〕，於韻文之徵引上亦可見此一趨勢。然縱雖強調現實性，唐傳奇中仍有所謂「鬼物假托」之作，表現當時之好奇心理與審美情趣，而話本小說亦有不少作品，現存有關十二篇宋元話本中神怪小說佔七篇，至明清擬話本則多寫時事，正如《今古奇觀·序》所謂「極摹人情世態之歧，備寫悲歡離合之致」及《二刻·序》所言「其所捃摭，大都眞切可據。」此時之擬話本多取材於現實，爲廣泛生活層面之反映，而不僅是神鬼迷離之作。題材演變若是，對於篇章之關注已

〔註42〕Patrick Hanan, "The Early Chinese Short Story: A Critical Theory in Outline", *HJAS* 27 (1967), p.170.

〔註43〕程國賦，〈從唐傳奇到話本小說之嬗變研究〉，《江蘇社會科學》1995年一期，頁114。

非迷離恍惚之藝術效果，而是落實於現實基點，於其中發揚道德意識，其間
之修辭自亦因而轉變，如詩歌中多表現教化思想或評價意見即是，唐傳奇中
之詩歌則未有類似展現。如《躋春臺・亨集・吃得虧》云：「爲人須當忍讓，
處世總要吃虧。不惹災禍不乖違，鬼神皆護佑，富貴錦衣歸。」及〈貞集・
螺旋詩〉云：「人物雖殊皆一性，誰不怕死貪生？一念之善感天心，人誠能救
物，物亦可救人」等。由於傳統文學觀念與嚴肅寫作態度之固有影響，加之
特定時代對創作之思想約束，即使所記所述爲非現實之人事，亦不免於其間
加入對作品自覺或不自覺有維護風化之期許，及彰顯勸善懲惡之理念。

擬話本亦然，所謂「宋市人小說，雖亦間參訓喻。然主意則在述市井間
事，用以娛心，及明人擬作末流，乃誥誡連篇，喧而奪主且多豔稱榮遇，迴
護士人，故形式僅存而精神與宋迥異矣。」唐傳奇固爲史傳褒貶意識之沿續，
亦強調旌美懲惡之功能，卻藉獨立於故事本文之結構加以發明，其中韻文之
運用則未見用以議論或評論者，而話本小說則多以韻文穿插於故事中或首
尾，處處得見其中之教化或議論，以及現實關注與價值思維。以唐傳奇〈薛
偉〉與〈薛錄事魚服證仙〉相較，後者另增薛偉勤政愛民一事，藉百姓之歌
以表現，爲〈薛偉〉故事所無之情節，其言云：

> 治得縣中眞個夜不閉戶，路不拾遺。百姓戴恩懷德，編成歌話，稱
> 誦其美。歌云：「秋至而收，春至而耘。吏不催租，夜不閉門。百姓
> 樂業，立學興文。教養兼遂，薛公之恩。自今孩童，願以名存。將
> 何字之？薛兒薛孫。」

對於薛偉之介紹，唐傳奇僅言「薛偉者，乾元元年任蜀州青城縣主簿，與丞鄒
滂尉雷濟、裴寮同時。」話本小說則另增情節與交代，與其後「合縣的官民又
都來替他祈禱」相呼應，並令「須知作善還酬善，莫道無神定有神。」有所配
合與呼應。唐傳奇主要在言其事之奇異，而話本小說則將之另作附會增飾，既
落實於現實考量如爲官清廉，亦有成仙之幻設，將奇事作一周延解釋與敷演。
其中之對句或詩歌實皆爲話本小說作者對於既有之唐傳奇故事作一解釋與說
明，乃至有意之改編或重寫，敷演用意明顯，如入話亦云：「借問白龍緣底事？
蒙他魚服區區。雖然縱適在河渠，失其雲雨勢，無乃困余且。要識靈心能變化，
須教無主常虛。非關喜裏乍昏愚，莊周曾作蝶，薛偉亦爲魚。」及篇末之詩：「茫
茫蕩蕩事端新，人既爲魚魚復人。識破幻形不礙性，體形修性即仙眞。」亦皆
爲類似作者之反省或看法。是以唐傳奇與話本小說即使同具某類風教意識，然

二者表現風格未必相同，唐傳奇於恍惚淒清之中反思其間之教化意義，或表達對奇異故事之相關詮釋。而話本小說則於題材之擇取上有所變化，落實於世態人情，且藉由題材之眞切有據，令教化理念獲致傳播與彰顯之便利。此一風格特徵之演變實與修辭之異同有關，其間對韻文之安排措置亦可發現，不同作者因不同理念所形成之寫作成果與技巧擇取。

二、敍事深度之強化

唐傳奇之好奇，主要在備考察，資見聞，不離實用觀點之講求，而後世話本小說之嬗變者，其於奇異事件之陳述，除致用理念外亦多娛樂考量，故於修辭描述上多所增飾，以收娛樂之效，二者寫作態度上之差異形成敍事技巧之演進。然較之早期話本小說，或因其僅爲說書底稿，故文字未必較唐傳奇精美，如唐傳奇〈裴航〉與《六十家小說·藍橋記》所記爲同一事，其間文字並無明顯差異，甚而話本小說文字反較唐傳奇疏略，如對雲英之描繪，〈裴航〉中爲「露筍瓊英，春融雪彩，臉欺膩玉，鬢若濃雲，嬌而掩面蔽身，雖紅蘭之隱幽谷，不足比其芳麗也。」而〈藍橋記〉云：「華容豔質，芳麗無比，嬌羞掩面蔽身，航凝視，不知移步。」所引之詩則同爲「一飲瓊漿百感生，玄霜搗盡見雲英。藍橋便是神仙窟，何必崎嶇上玉清。」可見後者僅單純演述前事，而非據此加以改編踵事。

唐傳奇與話本小說間不乏題材相承者，如《隋煬帝逸遊召譴》與〈海山記〉之比較，其中踵事增華之現象明顯。又如〈吳保安〉與〈吳保安棄家贖友〉亦然，〈吳保安〉中僅云：「李將軍至姚州，與戰破之，乘勝深入蠻，覆而敗之。李身値軍沒，仲翔爲虜。」至〈吳保安棄家贖友〉中則大加發揮，並以「馬援銅柱標千古，諸葛旗臺鎮九溪。何事唐師皆覆沒？將軍姓李數偏奇。」及「不是將軍數偏奇，懸軍深入總堪危。當時若聽還師策，總有群蠻誰敢窺？」二詩表現對李都督不聽郭仲翔之言而致大敗。較之唐傳奇，話本小說顯然對情節更加詳細說明與交代，文字多有修飾增加，並以韻文爲敍述輔助。〈吳保安〉一文僅爲客觀敍述，尤其郭仲翔遭蠻人釘板於足及輾轉買賣一節，於唐傳奇中爲補敍之情節，於敍述全篇故事結束後方予以補充〔註44〕，

〔註44〕唐傳奇〈吳保安〉中云，「初，仲翔之沒也，賜蠻首爲奴，其主甚愛之，飲食與其主等。……經歲，……因逃歸，追而得之，轉賣於南洞。……仲翔棄而走，又被逐得。……經歲，因厄復走，蠻又追而得之。復賣他洞。洞主得仲翔，怒曰：「奴好走，難禁止邪？」乃取兩板，各長數尺，令仲翔立於板，以

而話本小說則就此刻意描寫，大加渲染，既與其後情節相關，並引「酹恩無地只奔喪，負骨徒行日夜忙。遙望平陽數千里，不知何日到家鄉？」一詩加以描繪仲翔因遭蠻人釘木板於足，不堪長期步行，又一心背負吳保安夫婦白骨安葬之情節。二者一著重事件之完足交代，一則另關注情節之安排與感人之效果。又如唐傳奇〈杜子春〉與話本小說〈杜子春三入長安〉，後者另增杜子春詠感懷詩以抒發遭親眷奚落冷淡，並以詩歌表現：「九叩高門十不應，耐他凌辱耐他憎。如今騎馬揚州去，莫問腰纏有幾星。」又〈杜子春三入長安〉另於送別之際唱曲以嘲諷親眷之冷暖人情一節〔註45〕，對照〈杜子春〉之「憤其親之疏薄也」；話本小說亦對老者作一形容：「戴一頂玲瓏碧玉星冠，被一領織錦絳綃羽衣，黃絲綬腰間婉轉，紅雲履足下蹣跚。項上銀鬚洒洒，鬢邊華髮斑斑。兩袖香風飄瑞靄，一雙光眼露朝星。」對照〈杜子春〉之「老人者不復俗衣，乃黃冠縫披士也。」敘事之繁簡有別，較之唐傳奇，話本小說演述增飾之跡甚明，藉由韻文之穿插運用，既深化對事件本身之描述，亦表現話本小說之通俗淺顯風貌。

唐傳奇與話本小說之故事題材除有相承關聯外，亦多以另一形式相互滲透，此亦顯示二者其寫作思維與方式不盡相同。如唐傳奇〈步飛煙〉為話本小說〈刎頸鴛鴦會〉中之入話，其間之詩歌有所出入〔註46〕，可見話本小說作者雖吸收唐傳奇之故事，然對於其間枝節與詩歌之安排，卻有其自創新意。另一現象則為話本小說對於傳奇故事之分析或反思，如《二刻‧莽兒郎驚散新鶯燕，諤梅香認合玉蟾蜍》以「世間好事必多磨，緣未來時可奈何。直至到頭終正果，不知底事欲磋跎。」及「不是一番寒徹骨，怎得梅花撲鼻香？」二詩對〈無雙傳〉故事作一批評與反省。以為「早知到底是夫妻，何故又要

<hr>

釘其足背釘之，釘達於木。每役使常帶二木行。……仲翔二足，經數年，瘡方愈。」

〔註45〕如杜子春云：「我生來的是富家，從幼的喜奢華，財物撒漫賤如沙。覷著囊資漸寡，看看手內光光乍，看看身上絲掛。歡娛博得嘆和嗟，枉教人作話靶。待求人難上難，說求人最感傷。朱門走遍自徬徨，沒半個錢兒到掌。若沒有城西老者寬洪量，三番相贈多情況，這微軀以喪路途傍，請列位高親主張。」

〔註46〕唐傳奇中「一睹傾城貌，塵心只自猜。不隨蕭史去，擬學阿蘭來。」及「綠慘雙娥不自持，只緣幽恨在新詩。郎心應似琴心怨，脈脈春情更泥誰。」二詩不復存於話本中，改以「綠暗紅稀起暝煙，獨將幽恨小庭前。沉沉良夜與誰語？星隔銀河月半天。」及「畫簷春燕須知宿，蘭浦雙鴛肯獨飛？長恨桃源諸女伴，等閒花裏送郎歸。」二詩。

經過這許多磨折，眞不知天公主的是何意見？可又有一說，不遇艱難，不顯好處」。唐傳奇記事之目的爲好奇，旨在凸顯其中之離奇，而至擬話本中則於好奇外另增娛樂性質與通俗價值，對於故事本身之詮釋已有不同之觀點取向〔註47〕，形成與唐傳奇迴異之作品風貌。又如《初刻・程元玉店肆代償錢，十一娘雲崗縱譚俠》之入話，其中亦針對以往故事作一分析與評述，分別以唐傳奇或志怪等故事爲論述素材，顯現話本小說作者對於前此之作品所具之評價與心得，並藉此以敘述故事正文。另《二刻・疊居奇程客得助，三救厄海神顯靈》中亦對於〈周秦行紀〉、〈后土夫人傳〉等作品之實虛亦有所論斷，以爲此類作品主要在譏諷特定人物，而所述之事並無事實根據，然另一方面亦深信異事之實有〔註48〕，由話本小說藉韻文形式對書寫同一故事之唐傳奇作品加以轉換可見，若干擬話本小說對於韻文之運用實趨於多元與豐富，既以韻文增飾情節，亦以爲分析評論之用，顯見話本小說作者對唐傳奇之吸收與反省，而寫作態度與技巧則更爲活潑生動，充分顯現通俗詼諧之風貌，即使與唐傳奇同寫一事，卻形成典重與輕鬆之面貌。

　　值得注意的是，古典小說雖均對韻文作不同程度之運用，然其間之目的及技巧各有不同，唐傳奇中運用韻文多爲詳實靡遺之寫作期許，基本上與情節未必相連，所承襲者主要爲史筆形式；而至話本小說，則將韻文部分與情節發展多方結合，形成敘事之特殊風貌，此一現象亦受有某種層次之史傳影響。然由古典小說此一強調說明解釋現象可知，無論是講求實錄之寫作期許，或提昇作品之目的及功能，往往亦因此顯現小說架空之說之色彩，是以莊重從事奇聞記錄成爲必要，作品之背景及意識雖有不同，然二者對於傳統規範之依據與關注則爲類似。

三、話本本身之流變

　　由於唐傳奇與話本小說中之題材各有不同層面，對於韻文之運用亦各具特

〔註47〕如話本小說中云，所謂「只如偷情一件，一偷便著，卻不早完了事？然沒一些光景了。畢竟歷過多少間阻，無限風波，後來到手，方爲希罕。所以在行的道：『偷得著不如偷不著。』眞有深趣之言也。」

〔註48〕如話本小說中云，「窈渺神奇事，文人多寓言。其間應有實，豈必盡虛玄。」以爲「不知天下的事，纔有假，便有眞。那神仙鬼怪，固然有假托的，也原自有眞實的，未可執了一個見識，道總是虛妄的事。只看《太平廣記》以後許多記載之書，中間儘多遇神遇鬼的，說得的的確確，難道盡是假托出來不成？」

色。唐傳奇所記多爲當時或以往之人事，主要爲風雅之特質，而話本小說則多爲市井間事，即使敷演唐傳奇舊事，亦多落實於當時普遍思維或價值觀上，二者皆以詩詞等韻文輔助敘事，然運用之功能與表現之效果有差別〔註49〕。而就早晚期話本小說間之內部發展言，對於韻文之運用亦有流變現象。

　　早期話本與擬話本小說相較，其間韻文之運用與敘事技巧皆有演進趨勢，主要爲文人性質之凸顯。然及至清代擬話本，其間敘事技巧與韻文之功能反有退化傾向，此一變化往往與作品所具教化特性相關。除唐傳奇與話本小說間敘事技巧有所異同外，話本小說本身實亦有流變，明清擬話本對於韻文之運用頻率亦有所異同，《三言》、《二拍》中對於韻文之刻意穿插，篇幅明顯較宋元話本小說增加，並多配合故事情節之進行，於運用效果上尤較宋元話本更爲純熟，藝術成就亦有所增進。若干擬話本於韻文之使用上有其自覺，有意呈現其中之悲喜，書中人物之情感或思想得以引導情節之發展，而一般發揮詩才之作品亦顧及佈局之安排，並強調群體之道德約束觀念，不若前期宋元之直接且淺俚之趣味，爲文人性質之呈現，有自我完成與逞才之特性。根據韻文之增減，可見話本及擬話本間敘事理念之變化〔註50〕。如《清平山堂話本・陳巡檢梅嶺失妻記》與《古今小說・陳從善梅嶺失渾家》，故事正文大致相同，韻文部分則有所刪削，如後者刪去前者之入話「獨坐書齋閱史篇，三眞九烈古來傳。歷觀天下嶮嶇嶠，大庾梅嶺不堪言。」僅存「君騎白馬連雲棧，我駕孤舟亂石灘。揚鞭舉櫂休相笑，煙波名利大家難。」又於段落贊詞部方刪「天高寂沒聲，蒼蒼無處尋；萬般皆是命，半點不由人」一詩，僅存「青龍與白虎同行，吉凶事全然未保」對句，又對於趕路情節之描繪亦有類似刪減〔註51〕，並於其後改話本之「雖爲翰府名談，編作今時佳話。話本

〔註49〕魯迅，〈宋民間之所謂小說及其後來〉，《魯迅小說史論文集》（臺北：里仁書局，1994 年），頁 418。其中提及傳奇與話本間引證詩詞之異同：「唐人小說中也多半有詩，即使妖魔鬼怪，也每能互相酬和，或者做幾句即興詩，此等風雅舉動，則與宋市人小說不無關涉，但因爲宋小說多是市井間事，人物少有物魅及詩人，於是不得不由吟詠而變爲引證，使事狀雖殊，而詩氣不脫；吳自牧記講史高手，爲『講得字眞不俗，記問淵源甚廣』，即可移來解釋小說之所以多用詩詞的緣故。」

〔註50〕如小松健男，〈擬話本中韻文について〉（《中國文化——漢文學會會報》三十九期，1981 年 6 月）一文對描寫相同故事之話本與擬話本間韻文之出入有詳盡之比較與詮釋。

〔註51〕《古今小說》對於此篇韻文之刪改主要爲段落贊詞之部份，基本上皆刪詩而存對句，如話本中云：「端的眼觀旌節旗，分明耳聽好消息。五里亭亭一小峰，

說徹，權作散場」爲「三年辛苦在申陽，恩愛夫妻痛斷腸。終是妖邪難勝正，貞名落得至今揚。」一詩，其間表現出文人對敘事技巧之考量，基本上不背離故事中穿插韻文之意識。然而爲求閱讀效果，對於其中韻文有所裁剪，以符合應有之敘事效果與層次。而說唱形式之修改，亦顯現話本小說敘事技巧進至書面閱讀之考量。

又《清平山堂話本‧戒指兒記》與《古今小說‧閒雲庵阮三償冤債》，其中若干詩詞加以刪減，於話本中共有二十一處韻文，至擬話本僅存十二處，如擬話本刪去對玉蘭形貌之描繪文字，又本有一賦一詩描述閒雲庵之外觀，至擬話本則刪賦存詩，對於有關男女情愛之露骨描寫及若干對句詩歌均加以刪削，此一現象主要爲閱讀之考量，也呈現文人對故事之審美觀感。然亦有擬話本增添而早期話本本無者，如擬話本即於尼姑與玉蘭避開父母耳目私計與阮三幽會時另引一對句「背地商量無好話，私房計較有奸情」加以評論，此實爲早期話本所無，此類增削實皆具文人之創作或修改意識。

又《清平山堂話本‧錯認屍》與《警世通言‧喬彥傑一妾破家》中韻文之穿插亦有出入，話本中二十三處韻文至擬話本僅存十三處。如擬話本刪落話本小說之「一家人口因他喪，萬貫家資一旦休。兩臉如香餌，雙眉似鐵鉤。吳王遭一釣，家國一齊休。」而僅作「一家人口因他喪，萬貫家資指日休。」又如話本之「沒興賒得店中酒，災來撞著有情人。佳人有意郎君俏，紅粉無情浪子村。婦人之語不宜聽，分門割戶壞人倫。勿信妻言行大道，男子綱常有幾人」，至擬話本成爲「婦人之語不宜聽，割戶分門壞五倫。勿信妻言行大道，世間男子幾多人。」其間除詩歌之刪減外，若干文字亦有修改，亦爲文人對於詩歌文字及平仄等之講求。而其他韻文之刪落亦多爲刪除詩歌僅存對句之模式，顯見文人以其審美態度及閱讀需求對既有話本小說之敘述形式作調整，此類改動已具文人之巧思與意識。

中晚明文人主動參與話本小說創作促成話本小說之另一發展，話本小說講究誇張鮮明之表現技巧，各種藝術可相互滲透與借用，古典小說與其他如詩話詞話或戲劇等之界限未必明確，往往彼此相互交叉或影響，話本小說之藝術亦因此而得以豐富多采，韻散相雜之現象尤爲具體特徵〔註52〕。文人參

上分南北與西東。世間多少迷路客，一指還歸大道中」，而擬話本中則僅存「端的眼觀旌節旗，分明耳聽好消息」一句，此類刪削主爲求敘事節奏之緊湊。
〔註52〕楊義，〈文人與話本敘事典範化〉，《天津社會科學》1993年三期，頁57。

與創作話本小說，除使敘事基調變化外，對韻文之刪削亦為主要現象，而對於韻散間之配合度或韻文本身之修整，無非在調整敘事焦點及呈現文人遊戲筆墨。亦由於韻文之間雜錯落，故事之敘述層次有所變化，讀者與故事之距離時遠時近，或深入事件中或獨立於情節之外，形成不同之閱讀距離與審美層次。此一現象乃話本小說由口頭表演進至案頭閱讀之過程中，外在形式演變後所形成之內在審美效應。

口述傳統為話本小說之表現特徵，此固與說書形式密切相關，然究之文學史之演變而言，口述與記錄亦為傳統典籍形成之方式，如史傳中亦不乏徵引相關人物之陳述藉以徵驗，此皆為口述及書寫之固有思維表現，畢竟當時文人或學者僅為一部分，大眾之認知或交流仍不免依賴口述〔註53〕。及至唐傳奇，「徵異摭實」及「晝讌夜話」更為故事題材來源之一，差異之處在於正統文學或唐傳奇之引用口述特徵，往往為證驗之目的，而話本小說除此一目的外，另有其他表現方式，為口述特徵之另一增衍。既為說話閒談，則記錄往往已非全然無誤之事實，不免增添說話人之增飾或變化，另一方面，於口傳之際，聽眾反應或參與亦往往影響相關表演特質，此為宋元話本之特性，而明清擬話本則明顯已無實際口述背景，僅有意識地對口傳形式作一模擬，其中內涵有所不同。然值得注意的是，古典小說中之口述形式亦不免須藉由文人之筆加以記錄書寫，因而得以保存〔註54〕，口述與書寫二者實互為表裏，相互影響。

話本小說縱有前後期不同之關注點與演化趨勢，然基本上不離口述系統，均有口頭敘述模式，其中之變化乃因文學環境及作者個人背景而致，形成話本小說藝術形式之演進。若與長篇章回小說相較，則短篇小說明顯較片面濃縮，形成焦點之集中，讀者之印象與感受亦覺深刻及強烈。值得注意的是，及至清代各式擬話本，則韻文運用現象各有參差，其中韻文之運用大致已趨於簡略，出現頻率亦不類前期擬作，如《豆棚閒話》即是。即使有全篇多以韻文為之者，或可視為對說唱特徵之模擬，然實際表現卻有退化之跡，如《躋春臺》通篇即以韻文作為人物之對白，韻文之運用功能趨於單一呆板，不似前此之作品，藉韻文展現多樣之敘事效果。此或因作者創作意識趨於保

〔註53〕歐陽楨著，姜台芬譯，〈現場聽眾：中國小說裏的口述傳統〉，《中國文學論著譯叢》（台北：學生書局，1985年），頁24。又如《詩經》、《尚書》及《論語》等經典之成書，其間均曾經歷口述之過程。
〔註54〕歐陽楨著，姜台芬譯，〈現場聽眾：中國小說裏的口述傳統〉，《中國文學論著譯叢》（台北：學生書局，1985年），頁37。

守，僅強調教化之功所致，敘述者之聲音既爲傳播教化意識服務，故對於修辭未能多所注意，即使運用韻文，所具功能實已趨於簡化單一，多爲風教思想之呈現〔註55〕。至於全以韻文作爲人物之對白部分之現象，實全然喪失前此之擬話本所具之藝術成就。對於情節敘述之輔助並未有明顯作用，僅爲一形式之承襲。與明代擬話本相較，清代擬話本顯現韻文使用上之僵化趨勢，此自亦與文學演變相關，至李漁《無聲戲》與《十二樓》之中雖多保留入話及文末評述等話本形式，然其間之運用文字已顯有差異，韻文於其間，已形成固定且無甚變化之敘述模式，未能有積極之敘述作用〔註56〕。是以話本小說與唐傳奇兩大系統固然有別，話本小說本身之流變亦有所參差，尤其對於韻文之運用由進步轉至僵化，此一趨勢形成韻文之敘事功能於古典小說形式中漸趨退化，終至於敘述過程中全然隱退。

　　對於文學之著述或接受，既有之文學或文化背景不免形成某種程度之影響，古典小說之寫作閱讀自亦不離此一運作模式，其間之作者讀者則於此一

〔註55〕如《躋春臺》中除若干篇章皆有大段之押韻獨白，亦有彼此之對話，如〈棲鳳山〉中云：「二人下馬，各把諸軍喝退，棄刀見禮，夫妻抱頭慟哭：妻：『一見夫君淚長淌，』夫：『不由爲夫淚汪汪。』妻：『夫君犯罪離鄉黨，』夫：『連累賢妻受驚惶。』妻：『爹爹將奴另許放，』夫：『又與何人結駕鴦？』」此一韻文運用現象較之錢期擬話本實趨於退化。又如《清夜鐘・陰德獲占巍科，險腸頓失高第》云：「好還固有理，報復亦有心。達人希冀絕，德施每在陰。良以愜寸衷，豈惜床頭金。隋珠忽入掌，晉穀忽相尋。出匱意所存，可作鄙吝箴。」此即以詩歌作爲教化與評議之用，而非單純用以抒情。

〔註56〕李漁《無聲戲》中每一回故事均有詩或詞之作爲開場，如第四回〈失千金禍因福至〉開場引詩「從來形體不欺人，燕頷封侯果是眞：虧得世人皮相好，能容豪傑隱風塵。」第五回〈女陳平計生七出〉以詞爲首：「女性從來似水，人情近日如丸。《春秋》責備且從寬，莫向長中索短。治世柏舟易矢，亂離節操難完。靛缸撈出白齊紈，縱有千金不換。」然其間之敘述文字則少見以韻文加以描述刻劃者，至於回末之評，則多以散文呈現，如第十回〈移妻換妾鬼神奇〉文末評曰：「這回小說，天下人看了，都要怪他說得不經，世上那有小反醋大之理。不如做大的醋小，一百個之中，有九十九個，做小的醋大，一百個之中，也有九十九個。只是做大的醋小，發洩得出。做小的醋大，發洩不出，雖有內外之分，其醋一也。這回小說，即使天下做小的看了，也都服他是誅心之論。」至於《十二樓》中各以二至四回不等之篇幅敷演一事，其間多有以詩或詞開端之入話，至於文末之評述，乃至各回間之聯結文字，則未必皆以詩詞表現，如〈鶴歸樓〉第一回以古風爲始，回末則無所謂「不知後事如何，且聽下回分解」之文字，而僅云：「但不知這兩對夫妻成親之後，相得何如，後來怎生結果？且等看官息息眼力，再演下回。」文中之人物場景描繪亦多以散文出之，較少刻劃，多僅爲評述人事之對句。

前提下進行其活動。以話本小說為例，其中對句或習用語之應用固不合目前之敘述模式與習慣，然於宋元明清之際，若無此類文字特徵，則當時作者讀者亦難以認同此果為當代之小說作品。此乃因各時期對所謂小說之認知要求與期待不同，對於作品表現自亦有所差異，而由於各時期之書寫體制意識使然，則讀者作者間形成一默契，且於此一默契中從事寫作或參與閱讀，而能獲致彼此之認同與接受。就另一角度言，古典小說作者於寫作時擇取某種當時獲認可之表現形式，其間未必皆有自覺，甚而為一無可選擇之選擇，因當時此一表現形式得以獲致認同，是以作者既已選擇說書人之表現形式，其寫作自亦須遵守相關之規則〔註57〕。此一現象表現出文化環境或文學風氣對作者及讀者間藝術構思與期待之影響，以及創作者本身有否新變自覺；讀者有否接受創新之包容力，擬話本中此一現象尤其明顯。

　　文化傳統有其制約力量，大眾不免有其趨同性，作品亦有獲致大眾認同與接受之企求，故必須依循既有成規寫作，究之古典小說寫作形式之模擬，實呈現此一特性。然個體於吸收承繼既有背景外，亦往往有其反省及自覺，而此一創新理念往往與既有之保守期待相互抵觸，故作者於創作之時，往往須面對自我創新之期許與讀者接受之企求等選擇。且此一反思植基於對固有傳統之認識與理解上，而由此再作反省或轉化。此類活動或許具有違反傳統或慣例之現象，然就文化之全面進程言，此類反思與轉變實亦為文化發展之另一層面力量，因作品突破既有成規與束縛，讀者往往亦因此而由傳統期待中獲致新的視野，亦因有獨創性作品之衝擊，致讀者閱讀意識與期待亦因之而擴充，是以相背於傳統軌跡之突破與發展，往往為文化進展之一因，且唯有不受既有規範所制約而得以於慣例中另出新意者，方有其價值與優越性。

〔註57〕陳平原，附錄一〈小說的書面化傾向與敘事模式的轉變〉，《中國小說敘事模式的轉變》（臺北：久大文化股份有限公司，1990年），頁291。文中言：「明清作家因襲說書人套語，很可能只是因為小說家沒有成為被社會肯定的崇高職業，創作時向說書人認同，是沒有選擇的『選擇』。小說家可能在主題、形象、文體等層面有所突破，卻始終沒有觸動說書人腔調，這絕沒有塞萬提斯借『騎士』諷刺挖苦騎士小說之意，而是中國小說還沒到向傳統敘事模式全面挑戰的時候——從文化背景、讀者趣味到作家修養，都更趨向於舊瓶裝新酒，而不是砸爛舊酒瓶。表面上不過是幾句陳詞濫調般的說書套語，實際上牽涉到作家的整個藝術構思方式——其中最重要的是如何處理作者與讀者的關係。吳敬梓、曹雪芹顯然不會真的以為自己是在對著聽眾講故事，可既然採用了說書人套語和腔調，就不能不遵守說書的某些表現規則。」

第五章　由韻文現象探討敘述特徵

　　敘述，或說描述，爲人類溝通之基本需求與能力。然於敘述之初，需有一接受與認知之前提，即於某一文化或經驗系統中，採取某一種思考角度，進而對所觀察之事物作某種傾向之詮釋，且此一詮釋將與所持之系統概念達至和諧與一致。從傳達至認知，其中思維實已經過抽象概化，自成某種融合一致之理念系統，而後方有描述之可能。故針對描述一事而言，其始必先有吸收歸納，而後方能作陳述活動。因此，敘述活動包含若干條件或特質：對事物作某種詮釋角度之認知，此其一；將認知加以概化或抽象化，此其二；對此一抽象理念予以吸收歸納，加以陳述，作一再現，同時於敘述中往往又以一己之敘述習慣加以陳述，此其三，基本上亦屬於另一種詮釋，且其中已包含敘述者之思維歷程。

　　敘述行爲中實亦具有敘述者對事物認知之選擇，而擇取角度或內容之不同則在於敘述者如何運用或解釋既有材料。素材可以不變，然因詮釋者有其認知取向，是以同一素材可作不同面貌之呈現，亦影響所敘述之內容，而就敘述行爲本身言，陳述活動有其特定目的或要求，形式亦因而有所區隔，然不妨礙所謂敘述傳統之存在，然同樣經由轉換模擬之過程後，形式不再一成不變，其間已具有敘述者之獨立思維與自覺，並因而使敘述形式之變化成爲可能。

　　小說爲敘事文學，主要目的在於陳述事件之發展過程，及其中之人事活動，然其陳述方式卻因時代及作者不同而有歧異，且敘述質素亦各有偏重。本章嘗試以古典小說中之韻文爲考量角度，由此探討作者於敘事形式之安排與用意，並探求因而形成之敘述層次，以及敘述效果。

第一節　小說之敘事質素

　　唐傳奇爲獨立之文學樣式，故有其特定要素與模式。小說之敘事性由其摹寫人生之內容因素所決定，敘事亦爲小說之主要內容，於形態上具有展示人生之客觀性，亦不同於其他文類。

　　小說爲敘事文類，目的固在事件本身之交代，然小說之所以爲小說，實亦有其特殊形式，而此一因素實爲作者匠心與形式特質之展現。受制於傳統之史筆期許，古典小說之虛構敘事固然因而有所影響，並進而影響對古典小說之文體自覺〔註1〕。如唐傳奇於史筆傳統之基礎上，融合當時特有之詩情意境，將敘事及抒情二者結合，而話本小說又因其通俗與敷演之風格，即使敘述上標榜史筆之特性，然其間之想像或虛構成分則更屬明顯。小說之敘述方式包羅萬象，並可以概述或鋪陳等技巧對事件之交代作藝術角度之考量與安置，且各項敘事技巧彼此間互有組合變換，亦因而令此一敘事文類具有豐富內涵。本章則以韻文運用之角度探討唐傳奇與話本小說中之敘述層次與呈現效果，而相關之敘述特徵亦有所說明。

一、敘述者與接受者

　　古典小說中之敘述質素眾多且複雜，既爲敘事文類，故必有敘述聲音之存在，即敘述者或說話人，此與眞實之創作者有所關聯，但未必同一人，以唐傳奇言，眞實作者往往即陳述故事之人，二者同爲一人，如〈枕中記〉題爲沈既濟所作，而其中從「開元七年，道士有呂翁者」至「生憮然良久，……稽首再拜而去」，全程敘事亦爲作者本身所負擔。又題爲許堯佐所作之〈柳氏傳〉，其由「天寶中，昌黎韓翊，有詩名，性頗落拓，羈滯貧甚」之敘述至「夫事由績彰，功待事立，惜鬱堙不偶，義勇徒激，皆不入於正，斯豈變之正乎？蓋所遇然也。」之評論，亦皆由實際作者而來，至於如白行簡於〈李娃傳〉中之自序「汧國夫人李娃，長安之倡女也。節行瑰奇，有足稱者，故監察御史白行簡爲傳述」，敘述者之定位更爲明顯。另有明言敘述者之存在者，如張文成之〈遊仙窟〉，則以「余」字作爲敘事之主體，此篇故事或如學者所言，爲進士冶遊妓院故事之展現，然就敘事模式言，此「余」未必即等同於張氏本人，又韋瓘之〈周秦行紀〉，亦以「余」爲敘述稱謂，作者與敘述者之層級

〔註1〕劉上生，《中國古代小說藝術史》（長沙：湖南師大出版社，1993年），頁6。

顯然有別。至於沈亞之〈秦夢記〉中以「亞之」之名敘述個人奇遇，則實爲特例，其中敘述者顯然參與故事之進行，且爲主要人物，而與真實作者同爲一人，作品因此所顯示之敘述層次亦有所不同。

　　至於話本小說因受到講唱文學影響，刻意模仿說書活動，於寫作策略上模仿說書形式，如第三章所述之「話本說徹，權作散場」或「至今風月江湖上，千古漁傳作話傳」等文字均可見說書表演之痕跡，尤其至明清擬話本，具有說書特徵之文字明顯較宋元話本爲多，宋元話本或仍具有說書底本之參考功能，當時之說話人自能掌握臨場之表演節奏，對於應有之反應如評議或說明等動作反未見強調，而明清擬話本已是書面作品之型態，卻反而具有明顯且大量之說書套語或文字，可見此時之口語特徵已非單純舊有說書活動之遺留，而另具有敘述上之目的及作用，即形成故事之敘述框架，甚而爲話本小說之書寫成規。話本小說中作者與敘述者之層次明顯可辨，敘述者即所謂說話人，其形式之承襲固有其文學史上之因素，然就敘事行爲以觀，敘述人之安排卻未必即表示作者與敘述者非爲同一人。至於敘述人之稱謂，則不若唐傳奇有類似「余」之稱謂，往往以其他寫作特徵加以呈現敘述者之存在，如〈錯斬崔寧〉中「這回書單說一個官人，只因酒後一時戲笑之言，遂至殺身破家，陷了幾條性命。」所謂「單說」，實爲敘述者之言；而《躋春臺・亨集・巧姻緣》中所云之「且說洪雅有一富戶，姓俞名棟材，與順斌交好，撈屍會他也捐了百金」，「且說」二字亦展現敘述者之角色，又如《熊龍峰小說・張生彩鸞燈傳》所云，「今日爲甚說這段話？卻有個波俏的女娘子也因燈夜游翫，撞著個狂蕩的小秀才，惹出一場奇奇怪怪的事來」，可見其發言者實爲陳述故事之說話人。又《警世通言・一窟鬼癩道人除怪》起始引一闋名爲沈文述所作之〈念奴嬌〉，並云：「原來皆是集古人詞章之句，如何見得？從頭與各位說開」，所謂「從頭與各位說開」，亦即顯示敘述者之存在，藉由敘述者之講述、呈現或評斷，故事中之人物互動或情節起伏得以調節。由唐傳奇與話本小說之作者對敘述者之刻意安排或說明可見，真實作者所以有此種措置往往意在混淆彼此之界限與真實度，可視爲審美上之寫作策略，故事因此呈現多重層次。

　　又據敘述者與敘述對象間之關係劃分，敘述者亦可分爲主要敘述者及次級敘述者。主要敘述者並非故事中人物，而爲故事中之說話人，故不參與故事進行，於敘述上有較大空間，就其敘述範圍言，既可超越故事之上，掌握

事件全部訊息及人物隱秘，亦能藉由書中某一人物之視點，爲一純粹且受限之記錄者。於敘述行爲上，可藉由各種敘事技巧營造身臨其境之氛圍，亦能表明故事虛構之本質。如上所述，若干唐傳奇以「余」爲敘述故事者，此「余」則參與故事進行之人物，而話本小說則明顯有說話人之形式，全然不參與故事之情節，二者於此類表現上互有異同。而次級敘述者則爲故事中之人物，其所敘述者乃其人或其他人物之故事，有其限制性，如李公佐〈謝小娥〉傳中除作者之陳述外，對於其他事件之補充則由書中人物僧侶齊物及謝小娥加以陳述，如齊物云「有孀婦小娥者，每來寺中，示我十二字謎語，某不能辨。」又如《續玄怪錄・薛偉》中，其始本由敘述人云「薛偉者，乾元元年任蜀州青城縣主簿」，後即由薛偉陳述其奇遇之經過，其間又穿插數人之語，形成錯落之敘述層次，亦顯見次級敘述者亦能作爲故事中之次要人物或旁觀者，因此形成讀者與故事人物之距離，增加作品之層次與客觀性。

　　敘事文類除敘述者外，亦須有一交流對象，即敘述接受者，爲敘事文中之參與者，爲一虛構對象，與眞實讀者不同。文中之敘事接受者並非爲隱含讀者，後者爲隱含作者所構想之讀者形象，由作者賦予其形象及某種特性，爲全面之接受者，而敘述接受者與敘述者相互依存，顯隱多寡均有可能，亦可爲故事中之人物〔註2〕。且二者可相互依存，唐傳奇中與眞實作者相對者爲讀者，此亦爲作者寫作時所意識之交流對象。然於作品之敘述層次中，亦有層級不同之敘述接受者，如謝小娥對其父夫死因之陳述，「我父及夫，皆爲賊所殺。邇後嘗夢父告曰：『殺我者，車中猴，門東草。』又夢夫告曰：『殺我者，禾中走，一日夫。』歲久無人悟之。」謝小娥於此，除故事之人物外，既爲某一事件之敘述者，亦爲其父夫陳述兇手姓名之訊息接受者。而前引齊物與「余」之交談，其中「余」亦爲敘述接受者，可見二者角色可相互交換變化。

　　而話本小說中之敘述接受者一如敘述者，往往由某一敘述特徵中顯示其存在，如《躋春臺・元集・啞女配》所謂「各位，你說朱泰看著兩個啥子？」其中之「各位」，即爲訊息之接受者，又如《警世通言・崔待詔生死冤家》所云「說話的，因甚說這春歸詞？」實代替接受者發言，至於書中人物，亦有接受者，如《清平山堂話本・戒指兒記》中張遠對尼姑及尼姑對玉蘭分別陳述阮三之事，其中尼姑及玉蘭二人皆爲訊息之接受者，亦參與故事之進行，

〔註 2〕 胡亞敏，《敘事學》（湖北：華中師範大學出版社，1994年），頁53。

尼姑之身份有所重疊及變換。可見於話本小說中，敘述接受者一如敘述者，有層級之別，且對故事之參與度亦有區別，並互有交錯，由此亦形成作品之多重面貌與層次。

二、敘述角度與聲音

　　作品中既有層級不同之敘述者，則其如何敘事及如何擇取敘述角度往往為構成故事形式之主要因素，即敘述聲音與視角之表現。就敘事行為而言，以何種形式陳述故事首賴視角之選擇與變化。所謂聲音，即指敘述之聲音，包含主要及次要之敘述聲音，其中亦容有引述倒述等諸多敘事表現。如元稹〈鶯鶯傳〉其始云：「貞元中，有張生者，性溫茂，美風容，內秉堅孤，非禮不可入。」及《古今小說・金玉奴棒打薄情郎》中所云「玉奴掙扎上岸，舉目看時，江水茫茫，已不見了司戶之船，纔悟道丈夫貴而忘賤，故意欲溺死故妻，別圖良配。如今雖得了性命，無處依棲，轉思苦楚，以此痛哭。見許公盤問，不免從頭至尾，細說一遍。」為一主要敘述聲音，作者主要就人物之外在行動作一陳述，至如韋瓘〈周秦行紀〉中太真引述潘妃之言，「潘妃向玉奴（太真名）說，懊惱東昏侯疏狂，終日出獵，故不得時謁耳。」此一引述則為間接引述，其中仍有敘述人之聲音存在，而沈亞之〈秦夢記〉中言其得遇秦公，「公謂亞之曰：『微大夫，晉五城非寡人有。甚德大夫。寡人有愛女，而欲與大夫備洒掃，可乎？』」則為另一層次之敘述聲音，說話者為秦公，而非沈亞之，然就某一角度言，文中雖引述秦公之言，然由其文中「公謂亞之」之言以觀，所謂「公曰」，實亦沈氏之敘述文字，而非全然書中人物之發言，為一間接引述。

　　至於敘述者未介入，而由故事中人物發言之例，則如陳玄祐〈離魂記〉中引倩娘之言云，「吾曩日不能相負，棄大義而來奔君。向今五年，恩慈間阻。覆載之下，胡顏獨存也？」此為一直接引述 [註3]，其中倩娘之言語無疑為敘述之聲音，所謂主要敘述人之陳述於此暫時隱藏，其他如李公佐〈盧江馮媼傳〉中馮媼對邑人之語，「昨宵我遇雨，寄宿董妻梁氏舍，何得言亡？」，話本小說如《清平山堂話本・陳巡檢梅嶺失妻記》中羅童之自思，「我是大羅仙中大慧真人，今奉紫陽真君法旨，教我跟陳巡檢去南雄沙角鎮去。吾故意裝

〔註 3〕　所謂直接間接引述，主要依敘事學觀點加以區分，見羅鋼，《敘事學導論》（昆明：雲南人民出版社，1994 年），頁 221。

瘋賣傻，交他不識咱眞相」亦爲類似例證。此類敘述聲音實較主要敘述人之一般陳述眞實且具特色。

任何敘述均不離敘述者，而所謂敘述，則與語言陳述相關，其中自不離聲音之表現〔註 4〕。敘事文本中說話者可介入或退出故事，其聲音之明顯與否，與介入故事之程度相關，如前引之例，若僅爲主要說話人之聲音陳述，則故事進行全由其引導與安排，然若引述人物之言語，令人物自行陳述其思想看法，主要敘述者未參與當時情節之推展，而是由故事人物自行推展。介入愈深，則敘述聲音愈明顯，反之亦然。

此一敘述變換現象亦與敘述視角之取捨有關，視角乃指敘述者或作者與作品中事件相對應之位置及角度，聲音與視角之關聯，隨視角不同而有差異。即敘述者或作者以何種角度講述故事，並如何安排故事中之人物陳述故事。以古典小說之敘述方式言，視角與講述聲音或爲一致，如前所述，若干唐傳奇雖引述書中人物之言語，然實亦爲敘述者之聲音與角度之呈現，如李復言《續玄怪錄・杜子春》中所云：「子春曰：『吾落拓邪遊，生涯罄盡，親戚豪族，無相顧者。獨此叟三給我，我何以當之？』因謂老人曰：『吾得此，人間之事可以立，孤孀可以衣食，於名教復圓矣。感叟深惠，立事之後，唯叟所使。』」聲音之區別並不明顯，然以話本小說爲例，其中之說話人觀察故事，並加以講述，則作品中之視角與聲音常未必一致，聲音固屬敘述者，卻往往於故事發展框架之外，未實際參與故事進行，亦不似若干唐傳奇，敘述者實亦爲故事中人物。故視角常屬於書中人物所表現，聲音與視角二者於敘述結構上有內外在分別，並非融爲一體。

視角與聲音既有區別亦有聯繫，二者相互依存，相互牽制，人物之視角有賴敘述聲音方得以表現，讀者方得以了解敘述者或書中人物之觀察感受，與故事之距離遠近亦因此而生。而敘述者聲音亦往往受限於個人主觀色彩，因而對視角有所擇取，且敘述聲音於傳達不同人物感知時，往往亦因而有不同之辭彙色彩，具有不同之文體風格。以第一人稱作敘述，其中之敘述者應爲故事中之某一角色，敘述角度固定，其敘述語言受敘述者之身分性格等多種條件限制，有其鮮明之情感色彩，並有人物語言之某種特點。如唐傳奇〈遊仙窟〉、〈周秦行紀〉等，故事之敘事人稱雖有出入，然其間亦多藉故事中眾人之詠詩加以鋪陳，各具情感或思想，至話本小說，則更加發揮獨有之模仿

〔註 4〕羅鋼，《敘事學導論》（昆明：雲南人民出版社，1994 年），頁 217。

聲口，如《古今小說・金玉奴棒打薄情郎》癩子之言：「你也是團頭，我也是團頭，只你多做了幾代，掙得錢鈔在手，論起祖宗一脈，彼此無二。姪女玉奴招婿，也該請我喫盃喜酒。如今請人做滿月，開宴六七日，並無三寸長一寸闊的請帖到我。你女婿做秀才，難道就做尚書、宰相，我就不是親叔公？坐不起凳頭？直恁不覷人在眼裏！我且去惹惱他一場，教他大家沒趣！」其中言語明確顯示出說話人之語氣與身分，又如莫稽之其所思所言，「我今衣食不周，無力婚娶，何不俯就他家，一舉兩得？也顧不得恥笑。」及「大伯所言雖妙，但我家貧乏聘，如何是好？」其聲口明顯與乞丐有別，亦由此顯現二人不同之背景與氣質，話本小說對聲音視角之安排與唐傳奇有所不同，此一區別明顯之敘述聲音既增加故事之說服力，亦形成古典小說修辭之特色。

　　傳統且無所不知之視角類型，使敘述者或作者可由所有之角度觀察所陳述之故事本身，且角度可任意變換，可縱述群體，亦能窺視各人物內心之意識。視角主要由感知及知性兩層面構成，感知性視角乃指訊息由人物或敘述者之視覺聽覺所獲知，往往以韻文表現，每一情節或事件均以某人或數人之感受與意識來呈現，全以書中人物之感官加以感受〔註5〕。如李朝威〈柳毅〉傳中云：「毅怪視之，乃殊色也。然而蛾臉不舒，巾袖無光，凝聽翔立，若有所伺。」即由柳毅之角度觀看龍女之神色，話本小說尤其對此大加發揮，多以韻文加以呈現，並以所謂「那人生得如何？」或「正見」、「但見」後加一段韻文，作為角度轉換之特徵，如《古今小說・簡帖僧巧騙皇甫妻》中以茶坊主人王二之角度呈現簡帖僧之面貌，「這裏椏巷口一箇小小的茶坊，開茶坊的喚做王二。當日茶市已罷，已是日中，只見一箇官人入來，那官人生得：『濃眉毛，大眼睛，蹙鼻子，略綽口。頭上裏一頂高樣大桶子頭巾，著一領大寬袖斜襟褶子，下面襯貼衣裳，甜鞋淨襪。』」其中所述之面貌即藉由王二之視角得以呈現。話本小說中之敘述者除說明陳述故事外，亦以其角度加以表達，如《古今小說・羊角哀捨命全交》中云伯桃凍死於桑中，角哀帶泣而去，敘述者於其間即云「寒來雪三尺，人去途千里。長途苦雪寒，何況囊無米？并糧一人生，同行兩人死；兩死誠何益？一生尚有恃。賢哉左伯桃，隕命成人美。」一詩，敘述者之意見令作品之敘述層次有所變化，超越一般事件之敘述層次，對故事情節作一評述及論斷，讀者於閱讀過程中思緒及認知亦往往因而有所跳躍參差，於現實之講述層面進至抽象之評議境界。

〔註5〕　胡亞敏，《敘事學》，頁24～25。

認知性視角是指書中人物和敘述者之各類意識,如前述倩娘之回憶自述或羅童之設想推測等皆是。並僅轉述此一人物接收之信息與內心活動,如《古今小說・沈小霞相會出師表》中沈鍊之思慮,其文云:「沈鍊全不爲意,又取酒連飲幾盃,盡醉方散。睡到五更醒來,想道:『嚴世蕃這廝,被我使氣,逼他飲酒,他必然記恨來暗算我。一不做,二不休,有心只是一怪,不如先下手爲強。我想嚴嵩父子之惡,神人怨怒。只因朝廷寵信甚固,我官卑職小,言而無益,欲待覷個機會,方纔下手。如今等不及了,只當做張子房在博浪沙中椎擊秦始皇,雖然擊他不中,也好與眾人做個榜樣。』」此類人物之自我表白與陳述可縮短故事角色與讀者之距離,展現親切感。由此可見,無論敘述層次之擇取,聲音之展現,或角度之定位,實皆有所相關,且藉由關涉程度之不同,於作品中呈現之現象亦有所區別。

三、敘述與描寫技巧

作者於敘事作品中藉由對敘述者、敘述聲音及視角等多重因素之組合變化,將事件予以陳述及組織。所謂敘事方式,所考量者爲敘事內容藉由何種方式加以表達或呈現。作者所關注者,爲事件之呈現方式,其中包含單純敘述與再現技巧,二者與現實之距離可分爲三層次:如前所述,一般之外在敘事,主要爲敘述者之聲音展現,其次爲引述人物之對白但不離敘述人之聲音,雖爲引述,實亦爲敘述,而非描寫或呈現。另外則是模仿性或轉載式描述,即直接引述人物之語,並由人物本身說出。此時之敘事表現爲客觀之顯示,而非敘述者之主觀說明。於敘述活動中,由於敘事傾向之偏重,敘事者之定位亦有不同,於單純「敘事」中,敘述者以傳達者身分自居,主要在傳遞某一信息或故事之發展,而「顯示」取向之敘事中,則旨在藉由某一人物反映某一特質或情境,令讀者於閱讀中似乎直接目睹活動或事件之發生,有親臨其境之感〔註6〕,如唐傳奇與話本小說中之場面塑造與人物對話即爲此一表現。

古典小說之敘事特性除因敘述者之取捨而有區隔外,寫作之取向亦與其本身形式特徵有關。文學爲語言藝術,藉此提供讀者一切之印象與思想。各種文學類型皆憑藉語言形式以反映社會生活,故文學語言皆有其表現形象之功能與形象性,而不同文學體裁亦有不同之語言功能及敘事抒情等優勢。以

〔註6〕 羅鋼:《敘事學導論》,頁192。

詩而言，其語言經由高度之凝煉與格律化，並有明顯之跳躍性，抒情功能得
以充分發揮，而摹寫功能則較受限制。詩之特質在於抒情，而非敘事及摹狀，
詩所要求在於詩情詩意及高度凝煉，以及具有韻律之語言，故限制其摹寫功
能，而集中於事件或意念之瞬間感受。而散文則具多樣性，或記述或抒情，
內容之多樣性亦令語言功能多樣發揮〔註7〕。小說則摹寫人生，其目標爲刻劃
人物、展示環境，表達事件之發展過程。此一描述特性較其他文類更廣泛更
普遍，描摹爲主要表現，其中以人物場景之刻劃尤爲明顯，敘事性令其不重
抒情，多客觀描繪，虛構性令其不限於個人視野及外觀世界，而散文性則令
其自由書寫，不限於詩意或韻律，文字語言之自足性令其無需借助其他表演
輔助，亦不受其他符號或條件及視聽效應之制約。〔註8〕

　　古典小說中狹義之描述乃與敘述、對話等語言形式相對，而廣義則包含
敘述、對話及一切形成形象之語言技巧。敘述爲對客觀事物之一般說明，對
人事之粗略簡單介紹。舉例描寫則爲對客觀事物之具體刻劃，對人事環境加
以生動且具形象性之描繪。於陳述中，讀者僅能由敘述者之概括而獲致印象，
敘述者主觀性鮮明，而展示性則爲敘述者讓者「直接」去審視故事場景〔註9〕，
似較具客觀性。對話亦爲典型展示方式之一，藉由閱讀令讀者有親臨實境之
感，距離因而拉近。

　　相較於六朝志怪小說，唐宋傳奇之描寫成分遠多於單純敘述〔註10〕，然

〔註7〕　馬振方，《小說藝術論稿》（北京：北京大學出版社，1991年），頁153～154。

〔註8〕　馬振方，《小說藝術論稿》，頁14。

〔註9〕　如《醒世恆言・灌園叟晚逢仙女》中對花卉之描繪，除散文「那花卉無所不
　　　有，十分繁茂。眞個四時不謝，八節長春。」之敘述外，另有長篇韻文加以
　　　描寫：「梅標清骨，蘭挺幽芳。茶呈雅韻，李謝濃粧。杏嬌疏雨，菊傲嚴霜。
　　　水仙冰肌玉骨，牡丹國色天香。玉樹亭亭階砌，金蓮冉冉池塘。芍藥芳姿少
　　　比，石榴麗質無雙。丹桂飄香月窟，芙蓉冷豔寒江。梨花溶溶夜月，桃花灼
　　　灼朝陽。山茶花寶珠稱貴，蠟梅花磬口芳香。海棠花西府爲上，瑞香花金邊
　　　最良。玫瑰杜鵑，爛如雲錦，繡毯郁李，點綴風光。說不盡千般花卉，數不
　　　了萬種芬芳。」藉由描寫，令讀者宛如置身當時之場景，於此，敘述者極盡
　　　刻劃之功，予讀者一特定畫面，爲呈現而非單純敘述，讀者之閱讀體驗亦有
　　　所不同。至於對話，則唐傳奇及話本小說中不乏此例，人物對白之引述，亦
　　　爲呈現描寫之表現，讀者於閱讀中宛若一旁聽者，恰巧獲知某項訊息或經
　　　過，此時敘述者亦將其敘述傳播之地位轉移至人物，由人物之表現中呈現故
　　　事。

〔註10〕唐傳奇中雖亦有描寫文字，然由於其敘述者之敘述角度之故，其之描寫文字
　　　亦不免有敘述性質，如不著撰人之〈補江總白猿傳〉中曾云：「絕巖翠竹之間，

從宋元話本至後世擬話本作品，隨藝術表現經驗之累積與技巧之進步，描寫成分漸趨增多。其敘述與描寫之種類亦趨豐富，唐傳奇與話本小說各有不同展現，前者敘述因素常遍及作品整體，甚而故事之具體描寫中亦可加入敘述，亦可由描寫中加以抽離敘述因素，而話本小說則多所取材發揮。就修辭特徵言，於構成作品之形象性與陳述之功能上，敘述作用不及描寫，如對場景或人物之刻劃，則顯然描寫更得以使形象具體，而對社會生活及人物之粗略介紹上，及情節之結構中，敘述作用卻又較描寫為佳，能於有限且精簡之文字中表現出情景或人物之風貌。二者功能各有所長，於敘事作品亦須相互補足及交替運用，形成作品之審美效果。此與文字運用及敘事特性相關，其間變化端視作者對敘事方式之措置與運用。

唐傳奇與話本小說皆有敘事性質，敘述者與接受者間之關聯錯縱複雜，且往往以此一基本陳述形式展現故事，而不同敘事聲音與視角，以及敘述或描寫等修辭技巧之相互運用，常因此形成陳述形式之多變及豐富。唐傳奇於六朝志怪「叢殘小語」之基礎發展，除引用散文以外之韻文形式外，亦於敘述及描繪中多所演進。然由於作者之基本敘述態度所致，其中敘述或描寫之區別並不明顯，且多具敘述特質，而話本小說則以其特有之敘述模式陳述事件，以此大加發展，並刻意運用韻文，強調描繪呈現之功，並配合既有之敘述特質，形成更明顯之敘述特徵。

第二節　韻文所呈現之敘述層次

六朝志怪乃「叢殘小語」，主要為敘述，唐傳奇則有較多之描述文字，然大致不離敘述層次。至宋元話本小說方有更多之描寫，且常以詩詞韻文作為描繪之形式。於話本小說中敘述及描寫已達至較完美之融合，其中雖多白描，然古典小說實因此愈趨成熟〔註11〕。其中之敘述語言多元且豐富，既陳述人物之言行活動，亦顯現相關場景或人物之形貌，甚而發表議論與評價。非敘事性話語指敘述者自身或藉由事件人物與環境等對故事之了解及評價，旨在

時見紅絲，聞笑語音。捫蘿引縷，而陟其上，則嘉樹列植，間以名花，其下綠蕪，豐軟如毯。清迴岑寂，杳然殊境。」雖為描寫文字，然呈現之特徵並不明顯，仍具敘述性質。

〔註11〕賈文昭、徐召勛，《中國古典小說藝術欣賞》（台北：里仁出版社，1983年），頁 18～19。

於表達敘述者之意識及傾向。敘述者提供故事材料並加以組織，對故事加以安排分析修辭乃至製造反諷等，亦能對事件作追蹤報導，而未表現個人情感之作者則以含蓄方式表達其理念或價值觀。事實上，選擇本身即為一評價與判斷。即敘述者可以明顯或隱蔽方式表現自己之存在。〔註12〕

　　敘述人語言亦以群眾口語為基礎，古典小說作者於此一基礎上改造加工，因而創造出準確生動且具有活力與表現力之敘述人語言，並進而使描繪之內容包羅萬象。話本小說乃由「說話」發展而來，說話人即為敘述人，由於聽覺考量，僅能以日常用語加以表現。後世作者亦多模仿說話人語氣進行敘述及描繪，通俗易懂且豐富多彩。〔註13〕

一、凸顯敘述框架

　　唐傳奇與話本小說於陳述故事正文之始，常以某類文字或形式加以陳述其寫作動機或感慨。然唐傳奇與話本小說對敘述模式之表現方式亦有所不同，唐傳奇多以簡短散文作一寫作動機說明〔註14〕，甚而直接以介紹某人之姓名里籍為故事之始，並於開頭或結尾以敘述故事來源或寫作過程之方式說出創作意圖〔註15〕。話本小說較唐傳奇更具明確之創作自覺，往往藉韻文之鋪陳形成一敘事框架〔註16〕，因前承說書活動，故有明顯之說唱文學痕跡。對於故事以外之非情節結構常刻意保留或模擬，如「入話」或「詩曰」等，如《清平山堂話本・西湖三塔記》之入話，極盡鋪敘之能事，其先引蘇子瞻之詩（「湖光瀲灩晴偏好」），而後又云「言不盡意，」又作〈眼兒媚〉一詞，並以「說不盡西湖好處」，再引一詞，之後嘆西湖之美，「這西湖是真山真水，

〔註12〕胡亞敏，《敘事學》，頁103。
〔註13〕馬振方，《小說藝術論稿》，頁196～197。
〔註14〕如白行簡〈李娃傳〉中「故監察御史白行簡為傳述。」或其另於〈三夢記〉中所云「人之夢，異於常者有之，或彼夢有所往而此遇之者，或此有所為而彼夢之者，或兩相通夢者。」沈亞之〈湘中怨解〉亦云：「〈湘中怨〉者，事本怪媚，為學者未嘗有述。然而淫溺之人，往往不寤。今欲概其論，以著誡而已。從生韋敖，善撰樂府，故牽而廣之，以應其詠。」
〔註15〕陳謙豫，《中國小說理論批評史》（上海：華東師大出版社，1989年），頁16。
〔註16〕唐傳奇與話本小說敘述框架之差異，或因二者不同寫作意識之故，唐傳奇既以史傳為宗，則寫作為一記錄，其間固具修辭技巧及藝術成就，然終歸記實一類，作者之相關批評或理念多獨立於事件之外，主要以書面文字之表現為考量；而話本小說則不然，由於作品中「說話」之因素顯然，即使至後來之文人擬作，主要仍以口頭講述之特質表現，故於講說中不免夾敘夾評，則敘述之框架自較鮮明。

一年四景，皆可遊玩」，並舉出天下「潤州揚子江金山寺，滁州瑯琊山醉翁亭，江州廬山瀑布泉，西川濯綿江瀲灩堆」等眞山眞水之處，列舉後則又以西湖爲當中最勝者，再此引二首詩說明西湖之風光景致，並以一詞描述西湖之晨昏晴雨月等佳景。其後再以一段敘述文字、詩詞等鋪陳西湖之優美景致與多處名勝。此段說明文字雖刻意鋪陳，實僅爲故事發展作開端，其入話最末即說明：「今日說一個後生，祇因清明，都來西湖上閑翫，惹出一場事來。直到如今，西湖上古蹟遺蹤，傳誦不絕。」可見故事由此才開始進行，而入話中約十數處由詩詞韻文之鋪陳，其中僅以西湖一地與故事聯結，故事之前言與本文間層次有別。

　　此類所謂「入話」、「得勝頭回」或「笑耍頭回」等文字實皆爲敘事框架存在之明顯特徵，且常結合韻文表現〔註17〕。唐傳奇中顯然未有如此表現，此乃因唐傳奇作者往往記實記史之態度寫作，所意識或關注者爲所記錄之事件本身，其寫作爲一自我完成或自我自許〔註18〕。而話本小說於呈現之際則意識所謂聽衆或讀者之存在，可見敘事架構之形成亦常與作者本身之寫作意識或角度有關。

　　至於文末之議論文字，亦爲敘事架構特徵之一，唐傳奇多以散文或駢文加以表現〔註19〕，甚而無其他故事以外之文字，往往於敘述故事之後，文章亦告終止。而話本小說則多另以詩詞韻文作結，如《初刻‧袁尚寶相術動名卿，鄭舍人陰功叨世爵》最末云：「袁公相術眞奇絕，唐舉許負無差別。片言甫山鬼神驚，雙眸略展榮枯決。兒童妨主運何乖？流落街衢實可哀。還金一舉堪誇縣羨，善念方萌已脫胎。鄭公生平原倜儻，百計思酬恩誼廣。螟蛉同姓是天緣，冠帶加身報不爽。京華重憶主人情，一見袁公便起驚。陰功獲福從來有，始信時名不浪稱」，此段文字雖重述故事大略，然就其與故事之結構

〔註17〕　作者亦常於入話等敘事特徵中發表議論，如《清平山堂話本‧合同文字記》篇首即云：「喫食少添鹽醋，不是去處休去。要人知重勤學，怕人知事莫做。」此時之敘述者立場獨立於故事之外，而其詩中所云則是認爲人生當知所出處及行善去惡的道理；其後方轉換其敘述地位，進入故事本文。

〔註18〕　關於唐傳奇之寫作意識與寫作態度，實皆與史傳筆法相關，而此一自覺亦影響唐傳奇特有之形式特徵及作者之寫作期許。

〔註19〕　如沈亞之於〈馮燕傳〉最末說明因馮燕故而滑城死罪皆免後，有其論讚，其言云：「余尚太史言，而又好敘誼事。其賓黨耳目之所聞見，而謂余道元和中外郎劉元鼎語余以馮燕事，得傳焉。嗚呼！淫惑之心，有甚水火，可不畏哉！然而燕殺不誼，白不辜，眞古豪矣！」其之敘事架構與故事本身明顯有別。

關係以觀，實非包含於故事本文結構中，一如前文入話，主要爲敘述者個人主觀聲音〔註 20〕，與故事本身之形式可謂無甚相涉，純粹爲敘述框架之運用與安置，除故事首尾之結構外，穿插於其間之詩詞亦多超越故事情節〔註 21〕。唐傳奇與話本小說之書寫形式除文字之運用有所差異，二者之文末總結形式亦未必相類，話本小說因有其形式構成前提，因此與故事本身形成敘述層次落差，敘述框架明顯。

二、參與人物活動

　　小說中故事之進行與推展隨敘述者之陳述與人物視角言語之變換而有所起伏，於人物之言行活動中，藉由對白、書信乃至個人之所見所聞，敘事層次亦有所轉變跳躍，作品本身之審美效果亦因此而生。敘述人藉描寫與敘述之穿插，其敘述視角與層次因而有所更動，亦令讀者於閱讀中視角與認知亦有所變化，與故事之距離或遠或近，各具特色。

　　如前所述，以「描寫」形式表現實較具親切感，讀者與故事之距離縮短，如臨實境。唐傳奇與話本小說於此項敘述特徵上之表現各有所重，以唐傳奇言，其中具顯示性質之描寫多爲人物之對白、往來書信及樂舞等活動之刻劃，如皇甫枚《三水小牘・步飛煙》中敘述飛煙與趙象之暗中往來，且數引二人書信內容，增加情節之眞實度與臨近感。就敘述層次以觀，若僅敘述二人幽會事，而未作細節描寫呈現，則事件本身僅爲梗概，並無明顯特徵或印象，然徵引詩歌後則不僅配合散文敘述功能，與情節相連接，亦由此而令讀者「直接」審視二人之往來，甚而可見其書信內容，對於此一事件之獲知，不僅由敘述者告知，亦得以親身目睹。而敘述者於此一敘述角色，實與故事中人物

〔註 20〕其他如〈老馮唐直諫漢文帝〉中亦云：「三老興言可立邦，漢文屈己問馮唐。當時若不思頗牧，魏尚何由得後權？」其中亦表現了作者之慨嘆。又如〈李元吳江救朱蛇〉之入話云：「勸人休誦經，念甚消災咒？經咒總慈悲，冤業如何救？種麻還得麻，種豆還得豆。報應本無私，作了還自受。」詩後並明言詩中所言之內容，「言人在世，積善逢善，積惡逢惡。」並提出爲子孫積金積書均不如積陰騭之佳，此亦爲作者藉此一敘事特徵陳述一己意見，並藉以教育大眾。

〔註 21〕如《古今小說・滕大尹鬼斷家私》中云梅氏母子遭倪善繼虐待之悲苦，其言云：「梅氏抱怨道：『我教你莫去惹事，你不聽教訓，打得你好！』口裏雖如此說，扯著青布衫，替他摩那頭上腫處，不覺兩淚交流。有詩爲證：『少年嫠婦擁遺孤，食薄衣單百事無。只爲家庭缺孝友，同枝一樹判容枯。』」亦使敘述之層次有所更動錯落。

同一視角，有所知亦有所不知，視角有其限制，而與書中人物乃至讀者共同參與故事之進行〔註22〕。類似之例如元稹〈鶯鶯傳〉中崔氏與張生之書信往返，亦具相似效果。而許堯佐〈章臺柳〉中亦藉韓翊與柳氏之題詠呈現其人心境或態度，柳氏見韓翊「章臺柳」之詞時，「捧金嗚咽」，並答以另一詞「楊柳枝」，於此。讀者與柳氏同處一立場，亦目睹書信內容，甚而如視柳氏悲悽，左右悽憫之場面，作品感染效果與讀者閱讀感受同獲提升。

除表達心思與情懷之詩歌吟詠外，唐傳奇對於若干特殊活動亦有所刻意形容，除鋪敘場面或渲染故事氣氛外，亦令故事之敘述角度有所轉折，角度有所變換。例如張文成〈遊仙窟〉對於品物及樂舞即表現出刻劃之用心〔註23〕，讀者亦由此一描寫而有身處其境之感，與故事之距離因而拉近。而薛用弱〈蔡少霞〉中亦刻意呈現少霞所題錄之文字，由於少霞「素不工書」，而能「凝神管，頃刻而畢」，且記於心而題銘，藉文字之抄錄亦令讀者具有親臨實境且參與故事其間之感。話本小說則藉由詩詞之運用而令其敘述層次錯落，且亦常以人物之視覺或聽覺為表現依據，如《清平山堂話本・戒指兒記》中描繪尼庵幽境〔註24〕，場景之描述使敘述者及讀者完全介入故事，尤其韻

〔註22〕如故事中趙象得飛煙「綠慘雙娥不自持，只緣幽恨在新詩。郎心應似琴心怨，脈脈春情更泥誰」之詩，而喜曰：「吾事諧矣。」並再賦詩，然旬日未獲回音，又因而幽懣，既恐事洩，又懼飛煙追悔，於此，主要敘述者並未提示任何相關訊息，端由詩歌之呈現與個人心思之表達而呈現故事。

〔註23〕物類方面如描寫飲食，所謂「薰香滿室，赤白兼前；窮海陸之珍羞，備川原之果菜。肉則龍肝鳳髓，酒則玉醴瓊漿。城南雀噪之禾，江上蟬鳴之稻；雞胗雉膜，鱉臛鶉羹。檻下肥豚，河間細鯉，鵝子鴨卵，照曜於銀盤，麟脯豹胎，紛綸於玉疊。熊腥純白，蟹醬純黃；鮮鱠共紅縷爭輝，冷肝與青絲亂色。蒲桃甘蔗，柿棗石榴，河東紫鹽，嶺南丹橘，敦煌八子柰，青門五色瓜，太谷張公之梨，房陵朱仲之李，東王公之仙桂，西王母之神桃，南燕牛乳之椒，北趙雞心之棗，千名萬種，不可具論。」後者如對五嫂作舞之形容，「逶迤而起，婀娜徐行。蠱蛆面子，妒殺陽城，蠶賊容儀，迷傷下蔡。舉手頓足，雅舍宮商，顧後窺前，深知曲節。欲似蟠龍宛轉，野鵠低昂。迴面則日照蓮花，翻身則風吹弱柳。斜眉盜盼，異種暗姑，緩步急行，窮奇造鏨。羅衣熠燿，似彩鳳之翔雲，錦袖紛披，若青鸞之映水。千嬌眼子，天上失其流星；一搦腰支，洛浦愧其迴雪。光前豔後，難遇難逢，進退去來，希聞希見。」敘述者之刻意為文，藉以將事物或活動形象呈現予讀者，為一描寫而非講述，讀者閱讀中之親切與接近感亦因此而生。

〔註24〕其文云：「清幽舍宇，寥冥山房。小小的一座橫牆，牆內有半簷疏玉。高高殿宇，兩邊廡，排列金繪天王；隱隱層臺，三級內，金妝佛像。香爐內，篆煙不斷；燭架上，燈火交輝。方丈裏，常有施主點新茶，法堂上，別無塵事勞

文之詳細鋪陳，更令讀者如入其間，與故事中人物之視角與立場相融且一致。對人物之描繪亦可見敘述層次之交迭與視角之相融，如《熊龍峰刊行小說‧張生彩鸞燈傳》中之描述素香爲例，文中以「那女子生得如何」導引出描述之韻文〔註25〕，敘述者於呈現韻文之同時，與讀者均投入於故事進行中，而注意於所謂「桃源洞裏登仙女，兜率宮中稔色人」之描繪文字。視覺之描繪則如《警世通言‧俞仲舉題詩遇上皇》中對音樂之描寫，亦令讀者有當場聽聞之感。〔註26〕

　　古典小說中，敘述者除陳述外，亦組織故事材料及內在結構，表現其對所敘述之事件之理解或觀感，並藉各種方式以證實其故事來源，或因之而起之感慨，以說明其敘述之準確與感覺之眞切〔註27〕。於描寫形式中，敘述人並未參與故事，敘述語言爲作者之言，其所使用之文學語言，不僅「爲文爲質，惟其所欲」（章學誠語），角度亦得隨時轉換，敘述人可居高臨下，縱觀全局，亦可採取與故事中某一人物同一視角，隨時變換，有極大自由，並加強語言描摹之藝術力量。而敘述者語言亦可於某種程度上轉化爲人物語言，然就唐傳奇而觀，其韻文之引用雖具描述呈現之功，然實際仍爲敘述語言，而非人物語言，不同於一般對話，乃是與作者之言語融爲一體，爲敘述語言所無法分割之部分。話本小說則區別較明顯，各人之聲口亦較具特性，描寫性質較鮮明。

　　無論是人物對白、書信之往返乃至對事物環境之刻劃，小說作者往往藉此類敘述形式而構成敘事層次上之落差，並特意以韻文形式著墨，極盡鋪敍

　　　　心意。有幾間小巧軒窗，眞個是神仙洞府。」如此展現令讀者一如書中人物，對周遭景致得以實際介入與接觸。

〔註25〕其文云：「鳳髻鋪雲，蛾眉掃月。一面笑共春光閑豔，雙眸溜與秋水爭明。檀口生風，脆脆甜甜聲遠振；金蓮印月，弓弓小小步來輕。縱使梳裝宮樣，何如標格天成。媚態多端，如妒如慵。嬌滴滴異香數種，非蘭非蕙；軟盈盈得他一些半點，令人萬死千生。假饒心似鐵，相見意如糖。」其中文字實皆爲習用之套語或形容詞，然藉此一有意安排措置，亦使讀者居於張舜美之角度，而親身眼見此女子之面容。

〔註26〕《警世通言‧俞仲舉題詩遇上皇》中描述文君所聽聞之琴聲，「鳳兮鳳兮思故鄉，遨遊四海兮求其凰。時未遇兮無所將，何如今夕兮升斯堂？有豔淑女在閨房，室邇人遐在我傍。何緣交頸爲鴛鴦，期頡頏兮共翺翔。鳳兮鳳兮從我棲，得托孳尾永爲妃。教情通體心和諧，中夜相從知者誰？雙翼俱起翻高飛，無感我思使余悲。」樂音之呈現亦使讀者如親身耳聞，具有臨近感。

〔註27〕胡亞敏，《敘事學》，頁52。

敷演之能，可視爲所謂特筆，即敘述者之目光主要集中於某一特定之空間及物件，介紹某一重要角色事件或場景時，特別以明顯之文字筆調加以描述說明，不只適用物事件，亦適用於環境及自然風光。如此可增強某人某事之形象，吸引讀者之注意，並意識人事之特殊與重要性〔註 28〕。除敘述者本身之敘述角度因而有所限制，而非全知角度外，亦藉由描寫呈現之功，將事實或行動直接顯現於讀者眼前，主要爲描繪，而非主觀講述，由此敘述形式之表達使讀者與故事本身距離縮短，甚而有親臨實境之感，至此，敘述者與書中人物或讀者屬同一認知層次，敘述者之聲音隱退，故事之陳述傳達全以人物之行動或知覺而呈現。

三、超越情節進行

敘述者於故事之敘述中，並非全然以客觀呈現之陳述立場表現故事，往往於敘述故事中超越既有之敘述層次，於情節交代之外另現身說法，發表議論。干預性敘述者有較明顯之主體意識，可自由發表其主觀感受或評價，於陳述故事之同時亦議論及評析。往往於情節發展中以簡短之文字闡明其看法，或以含意明顯之比喻及評估等語詞表達其傾向〔註 29〕。作品風貌如是呈現，而讀者於閱讀時與故事之距離感因而形成，意識其正「閱讀」故事，而非「參與」情節進行。

就唐傳奇之寫作特徵以觀，因敘述者多以客觀記述之態度爲文，故文中並不易見有作者個人主議論或意見，往往於起始或最末方有作者之寫作動機或慨嘆說明，此方爲敘述者聲音存在之跡，然此類敘述特質實構成敘事框架，而不具敘事上之超越層次。然如元稹〈鶯鶯傳〉、袁郊《甘澤謠‧陶峴》及裴鉶《傳奇‧陶尹二君》由於作者與作品之特殊因素，故有類似作者聲音之展現，如元稹於故事中引入〈會眞詩〉三十韻，實爲其個人感懷之抒發，而未實際參與故事之進行，有其超然之敘述層次。後二者則爲作者之補述，分別以詩歌或駢文作補充，如〈陶峴〉中敘述者於最末云：「焦遂，天寶中爲長安飲徒，時好事者爲〈飲中八仙歌〉曰云云：『焦遂五斗方卓然，高談雄辯驚四筵。』」而〈陶尹二君〉則云：「陶尹二公，今巢居蓮花峰上，顏臉微紅，毛髮盡綠，言語而芳馨滿口，履步而塵埃去身。雲臺觀道士，往往遇之。」此

〔註28〕 賈文昭、徐召勛，《中國古典小說藝術欣賞》，頁 196。
〔註29〕 胡亞敏，《敘事學》，頁 49。

類敘述並非敘事框架之特徵，而是敘述者於故事進行中或結束時之聲音，使讀者意識到此為一外在之閱讀活動，亦無真實親臨之感。然大致而言，唐傳奇敘述者之聲音往往與作品融為一體，層次區別並不明顯。

　　至於話本小說中敘述者之聲音則多方發揮，於情節進行中常表達一己之所思所感，或感慨或教化，敘述層次及角度因而超越既有之敘事層次，如《清平山堂話本・五戒禪師私紅蓮記》於敘述清一和尚發現嬰兒之際，本可繼續往後情節，然小說作者卻穿插「日日行方便，時時發道心。但行平等事，不用問前程」之詩，闡述只要行善自有福報，無須刻意求問，此時，敘述者及讀者與故事之距離立刻形成，韻文之評述後方再陳述以下情節。又如《清平山堂話本・曹伯明錯勘贓記》中敘述至蒲左丞令人捉拿謝小桃以洗曹伯明之冤屈時，敘述者亦現身說法：「報應本無私，影響皆相似。要知禍福因，但看所為事。」又〈陳巡檢梅嶺失妻記〉云：「天高寂沒聲，蒼蒼無處尋。萬般皆是命，半點不由人。」於敘述如春欲隨夫上任之情節後，立刻超越於此事件而引此詩，敘述者跳脫故事進行軌跡除令故事進行暫時中斷，亦使其分別與讀者、故事造成距離，暫時以旁觀角度審視其間事件。又如《西湖佳話・葛嶺仙蹟》中敘及葛洪與鮑玄正欲一同啟程，此時即以敘述者角度徵引「一官遠遠走天涯，名不高來利不加。若問何求并何願，誰知素志在丹砂」一詩，正是作者聲音之展現，而大量對句之運用，則是作者以超越敘事層次提出教化或人生心得之表現，如《警世通言・崔待詔生死冤家》中陳述秀秀欲與郭排軍計較時，作者於此現身說法：「平生不做皺眉事，世上應無切齒人」，又《古今小說・沈小官一鳥害七命》中張公為求脫禍，將畫眉賣與李吉後，仍有所心慮，作者於此以評論角度言：「作惡恐遭天地責，欺心猶怕鬼神知」，而後繼續推展情節，敘述層次顯然有所區別。至於敘述者之講述語態則使讀者與所閱讀之對象保持著一定的時空距離，此種距離常伴隨著一種心理方面之優勢，使敘述者處於居高臨下的位置，講述之諷喻效應由此而來〔註 30〕，而作者即藉韻文以評述，並形成一敘述層次與作品距離感，古典小說之社教功能往往即由此一講述態度而得以表現。

　　古典小說由於其寫作意識與策略，使故事中之敘述者具有更明顯之敘述特徵與地位。大致而言，敘述者主要有結構和功能兩方面作用，藉由敘述與描寫等不同寫作策略之交互運用，而成為既是由實際世界進入虛構世界之中

〔註 30〕徐岱，《小說敘事學》（北京：中國社科院出版社，1992 年），頁 170。

介，使作者由此中介與讀者建立起合作關係，並扮演評述者之角色，作者藉此將自己對社會之態度與評估作爲一種價值準繩傳遞予讀者。藉由韻文之運用，古典小說因而形成明顯之敘述框架，使故事與外在結構之層次分明，而故事之內部結構中，亦因敘述者之視角變換，及寫作方式之取捨，而有敘述或描寫之呈現，以韻文形式亦使層次之錯落更趨明顯，讀者與故事之距離遠近因而形成，敘述者之講述地位亦因而有所升降，或參與或超越故事，敘述角度不同，效果亦各異。

第三節　內在意義之詮釋

　　小說獨具敘事特質，其中之敘述因素如敘述者，敘述接受者，乃至視角選擇、敘述與描寫等運用特徵明顯，且因而形成作品中鮮明之敘述層次。就運用韻文角度以觀，此一現象之產生除有敘事效果外，由其中讀者故事間之距離遠近，乃至敘述者之敘述地位等特質，亦可發現小說藉此而延伸之形式意義。

一、敘事技巧之彰顯

　　由古典小說中對韻文之運用，可見作品中之敘述層次更趨明顯，敘述者聲音、人物視角及敘事框架等得以凸顯。唐傳奇中往往以一客觀敘述者完成故事之敘述任務，其主觀聲音常僅於文章起始與最末出現，而使用文字雖有詩詞駢文等體裁，然大致而言皆與作品形成一整體，敘述層次並不明顯。話本小說則因固有之發展背景，說話人存在之跡明確可辨，藉由韻文之使用，其主觀聲音與故事情節各具形式，於敘事中發揮多元效果。敘述者爲一中介角色，與觀點、角度及意識中心之問題相關，藉敘述者之聲音，故事得以傳述，往往與故事本身有程度不同之相關及參與度。唐傳奇中敘述者往往即是作者，亦有以眞名敘述故事者，除所謂自傳小說外，多數作者並未參與故事之進行。而話本小說中敘述者之聲音亦未參與故事之進行，但與唐傳奇不同處在於話本小說之敘述形式中可意識到敘述接受者或聽眾之存在。敘述者之存在常可於其與觀眾交談中得以展現，由敘述者對敘述接受者之稱謂可見敘述接受者之信息，如「看官」、「諸位」，而所謂「你道是誰？」亦能由敘述者對事件人物之說明解釋中發現所謂敘述接受者之跡。亦由敘述者之自覺敘述或表白中發揮所思所感，因此而使故事與觀眾間形成距離，然敘述者與讀者

之交流卻更趨密切，如敘述者對人事之評價以及好惡觀感，其用意之一無非爭取敘述者之認同。而敘述者所提出之疑問反詰或否定語氣亦往往能引起敘述接受者之關注或調整其觀點。如話本小說中屢見之對句或唐傳奇作者之議論等皆爲此類表現。

　　敘述主體須講求若干敘事技巧，遵循一定之敘事原則，所謂敘事技巧實指敘事主體對材料之消化掌握，以及對敘事方式之調度與控制問題〔註31〕。小說本以敘事爲其寫作目的，然由於藉韻文以刻劃描繪等因素之加入，而得以與其他非小說之文類綜合，於敘事外亦具描繪特質。任何敘事文皆非僅由對話或行動組成，敘述者之介紹說明均有所指。描述使讀者參與，並使敘述者與書中人物之認知層次等同。講述則使讀者與書中人物保持一定之時空距離，此種距離常具有心理優勢，使敘述者處於居高臨下之位置。講述與描述於功能上之側重，令其成爲作者經營文本時不可或缺之角色，二者於小說中彼此依存，互爲輔助。敘述因素常遍及作品整體，甚而故事之具體描寫中亦可加入敘述，如話本小說中以韻文描繪人物或場景時，亦多加以評述，至於刻意之描寫表現，則自是獨立於原有敘述層次。

　　於構成作品形象性之上，敘述不及描寫，而對社會生活及人物之粗略介紹，敘述卻又較描寫爲佳。作者、讀者與故事之分合及距離遠近皆與敘述者之講述語式相關，敘述者之描述語態使讀者捲入，如故事中描繪人物場景之文字，常使作者讀者投入故事情節中。同時，敘述者亦有超越故事敘述層次之可能。敘述者於作品中具有結構及功能兩方面之作用，既爲實際世界與虛構空間之中介，藉以與讀者建立合作關係，亦扮演敘述焦點之過濾角色〔註32〕，作者從中將個人人生態度或價值觀呈現給讀者，此時之敘述者則超越書中人物與讀者之上，而實踐其議論闡述之目的。

　　講述與展現之形式亦顯現敘事時間之存在與長短，若僅一般敘述，則敘述時間往往短於故事時間，即以簡短數句或一段文字來囊括某一較長之故事時間。概述具有加快節奏，拓展廣度之功用。既展示敘述者駕御故事時間之能力，亦爲讀者展示故事遠景，其與故事本身之敘述關係較靈活。以敘述結構言，概述於作品中具有連接及轉折等功能。如《古今小說・月明和尚度柳翠》中敘及柳翠欲佈施法空長老金釵，爲長老所拒，此時引詩「追歡賣笑作

〔註31〕徐岱，頁69。
〔註32〕徐岱，頁108～109。

生涯，抱劍營中第一家。終是法緣前世在，立談因果倍嗟呀」，而後即將敘事焦點關注於柳翠之尋思上，詩歌於此實具轉折承接之作用。而對句之運用往往意味著間斷場景中之行動，變換場景中之地點，如《醒世恆言・黃秀才儌靈玉馬墜》中云玉娥拜薛媼為義母一事後即以上下兩句「休言事急且相隨，受恩深處親骨肉」對前述情節作一小結，通過時間之濃縮而為下一場景作準備。與概述相對為擴述，即其敘述時間長於故事時間，敘述者刻意描述事件之發展與人物之言行或內心活動。如散見於唐傳奇及話本小說中以韻文描繪之場景或人物等表現，即藉由著意曲寫，使形象或空間得以呈現，令讀者參與特有時空中經歷故事之進行。於情節布局上，擴述亦有延遲情節發展之作用，於突出人物事件之同時亦改變結構比例，形成節奏之延宕。〔註33〕

　　韻文穿插於散文敘述主體中除展現人生普遍真理或智慧外，不同場合出現之韻文亦形成不同之寫作及閱讀距離。就寫作方面言，藉由韻文之使用可使敘述者之立場靈活變化；就讀者立場言，各式韻文之出現亦形成與故事本身各種的距離。話本小說對修辭之刻意明顯，與唐傳奇之隱藏不露有異，如開場白或所謂之入話，其作用便是使修辭明確化，即有意製造距離效果，如散見作品中之詩賦，或與聽眾之假意爭論及時常出現之故事提要等，都具有同樣目的，其修辭乃在引人注意〔註34〕，讀者因而不會完全投入於故事中，距離效果因此而生。可知藉由韻文之運用，更加強調既有之敘事層次與現象，以既有之敘事特徵為基礎，加之韻文用以敘述或描繪，形成距離感之遠近，及故事推展之快速或延宕，乃至作者之主觀意見或理念，均可納入錯落之敘事層次中。

二、敘事抒情之參差

　　古典小說雖刻意強調真實，然其間由於韻文之加入，於質實中另有虛靈之成分。就文學傳統而言，詩歌詞賦本為自我抒情之文學體式，而小說一詞，縱雖歷代各有詮釋，然終不離「說」之本質，與詩賦等相較，一為自我之抒發；一為人事之陳述，表達方式與目的各有差異。詩賦等抒情文類中，具有某類審美特徵，往往於簡約之形式中包含豐富內容或情感，而得以予讀者豐富深刻之聯想，且極易轉化為富含美感意義之人生經驗，而得以與現實

〔註33〕胡亞敏，《敘事學》，頁78～81。
〔註34〕韓南，〈早期的中國短篇小說〉，《韓南中國古典小說論集》（台北：聯經出版事業公司，1979年），頁7。

之認知層面融合〔註 35〕。而古典小說以敘事文類結合抒情文類，作品之整體面貌呈現不同層次之語境，藉由不同層次之組合運用，形成一有機之文學整體，讀者之想像空間得以擴大，古典小說之敘事層次與內在意涵因此深化與多元。

　　由於包容不同文類，古典小說所呈現之層次亦多所變化，無論所記為虛幻或現實之人事，作者之寫作意圖往往不侷限於交待事情之始末，更期望於記事或講述中得以傳達相關之人生理念或批判，以求與讀者互動，而作者與讀者間所依據者，則為共通之文化背景或文學習慣，古典小說中所包容之眾多文類因而得以各自呈現其獨有特徵及所形成之藝術效果。

　　由於敘述聲音與角度之轉變，讀者於閱讀活動時具有參與故事之機會，視角與聲音之間因相互區別卻又相互依存之特性形成複雜之關聯性。而此一區別與限制形成敘述層次或空白，使書中人物與讀者間之意識自覺產生落差，造成驚奇或期待等感染效果。古典小說尤其話本小說於敘述過程中常出現集中於評價、展示道德觀以及人物或敘述者之心理意識，並常以感官文字出現，如以聽覺或視覺等方式加以表現。而故事中之場景、人物或特殊事件之描繪形成小說特有之擬真世界，為一植基於現實世界之特有空間。文學作品所創造之人生幻像並非是對真實之機械模仿，然亦須來自現實，加以模擬，現實世界為藝術世界之客觀依據，亦為唯一參照物，並為文學直接間接之模擬及表現對象。古典小說對事物之描繪往往即根基於此，唐傳奇之刻劃如此，話本小說亦然。尤其話本小說對說書模式之模仿，更有其藝術及文化上之擬真動機。敘事者之聲音提供文本一可信度及合理性，並填補幻想與實際世界之模糊或空白部分〔註 36〕。又因此類描繪常以韻文形式加以書寫，其中亦顯露文學語言形式之特殊性，讀者於閱讀活動中，並非消極接受，而有所聯繫與創造，主動參與。〔註 37〕

〔註 35〕張毅，《文學文體概說》（北京：中國人民大學出版社，1993 年），頁 113。

〔註 36〕David Teh-wei Wang, "Storytelling Context in Chinese Fiction: A Preliminary Examination of It as a Mode of Narrative Discourse", *TAMKANG REVIEW* 15:1, Fall 1984. pp.134.

〔註 37〕讀者於觀察或研究某一事物時，其活動不外是認知或評估，然而在接受、進而修正或認同等一連串思維活動之前，客體與讀者均須有一套與其相融通之系統為前提，亦即在某一系統之下，某種客體方具多層質素；而某類認知行為亦方有意義。就讀者角度言，其在特定系統之下，接受或為其中成規所影響，形成某種認知角度，再進而對客體作認知、觀念修正、最後作批評等思

　　藉由作者對文類之安排組織，古典小說往往於敘事之外另具抒情議論等不同層次，且由不同韻文之特質加以完成，小說之文字對形象之描摹能力有其侷限性，無法將作者所想像之藝術世界完整且真實地加以描繪，如《文心雕龍・神思》云：「意翻空而易奇，言徵實而難巧也」，於敘事中，情節之進展固可以散文書寫，然其他描繪部分往往即需藉由詩賦等韻文加以呈現，無論散文或韻文，二者皆為純符號之語言文字之組織運用，其中亦賴讀者之參與及創造〔註38〕。小說作者於描繪中將種種人生境況藉由人為抽象符號中加以呈現，形成想像中之形象，即所謂意象，因而無中生有及虛中見實，由抽象表現達至充分具象之獨特美感與藝術魅力。其間除包含對不同文類之吸收運用外，各文類內部間對於文字之不同組合亦為因素之一。小說之基本特點即以語言創造世界，且以抽象之人為符號進行創作。作者因而得以於某一時間中之某一瞬間或空間中得以著意刻劃，著眼於某一定點。

　　古典小說中所顯示之時空往往有其典範化傾向，於文字上並無特殊區

維歷程。就客體本身言，各層面之呈現均由背後系統來加以組織或形成，一如讀者受限於系統中的既有成規，角度不免有限制，對文字或語詞之認知亦然，其意義或象徵的呈現乃受制於讀者之認知取向與隨後詮釋。可見整個認知修正批評等過程之主導仍在於讀者或說接收者，由於認知之前已藉由某種系統作為衡量前提，對觀察或認知之事物自有某類期待，並因此而形成與之相融的之意義，事物之意義層次亦因而得以展現。讀者既有期待，故對認知角度自有所擇取，面對事物時之體認亦不免有所修正，對事物之不同層次意義亦予以取捨，以配合整個前提或背景，使成一致或融通，讀者之思維活動大致包含上述歷程。基本上，讀者之角色是主動且活潑的，在不同場合針對不同事物可以有不同的認知態度或意向，並加以了解或取捨。而事物因讀者思維而產生之各種現象或意義則可視為是讀者之詮釋。因此，各種系統各種背景皆有產生不同詮釋結果之可能，不同之意義結果彼此並無優劣之分，亦無權威定論。進一步探究讀者角色之認知態度未必是自主的，因其認知與詮釋態度均受背景、環境或個人學養經驗所限制及影響，其在某一系統下面對客體，自不免因其間之成規而形成某一認知取向或作成某類解釋，是故讀者之認知雖說為主動，其實亦受外在因素所制約，若就此一層面言，則讀者與客體僅是在某一系統之下共同完成認知詮釋之過程，讀者之角色與意向未必自主或不受限制。由於認知行為內容許某種程度的修正，讀者之思維因此是變動不居，而事物因所處系統及讀者之不同而有意義轉換上之彈性，且二者間之認知關係亦是極具彈性與變化。同時，由讀者、客體二者最後所構成之和諧或一致關係亦常有形成另一種成規的可能，同樣又影響其他讀者與事物間的關係變換。

〔註38〕馬振方，《小說藝術論稿》，頁16～17。小說此一抽象性質使讀者於閱讀中須以相應之想像參與創造，填補現象學學者所言之空白或未定點，而形成意象。

別，每一場景或每一人物之形容描繪皆有相似特徵，此則端賴作者與讀者間之共同認知背景與溝通之默契。古典小說中描摹事物之韻文往往僅點出其中之某一特徵，此一表現在於引起讀者之藝術想像，致文字媒介與所對應之客體加以聯繫〔註 39〕。唐傳奇與話本小說中韻文之表現形式固有不同，二者所形成之效果卻一致。唐傳奇多含蓄華麗之描繪，至話本小說之描摹事物，雖多通俗白話，然卻因重複使用相似韻文以致面目模糊，二者皆有賴讀者藉由個人經驗而加以聯繫與填補，以求獲致所謂描摹語言之「弦外之音」。亦即是，小說中之描摹文字縱雖千篇一律，然作品層次之擴大豐富實已完成。以場景為例，其間所描繪者，並非僅是單純時空，其中文字往往含有深層之文化意義，並具有累積之象徵意識，令讀者於閱讀過程中得以與既有之文字外延意義相聯繫，意象因而形成。地域空間最主要之特點在於其為一精神文化空間，為社會關係之具體表現。地域空間不僅是地理之語詞，而是一個集政治、經濟、宗教傳統與風俗習慣等為一體之文化空間，亦代表人與人之間關係之某種格式化，故於作品之敘事特徵與意義之深化上有其效用。

　　古典小說中刻意強調真實，亦為作品價值及力量之基礎，然情節真實性之講求並非意味排斥藝術之虛構性，所強調者為「像」，而非「紀實」，甚至為必備之技巧，且為小說作者特有之寫作權利及必備才能，因讀者於閱讀中自能自行加以填補聯繫，而此亦為古典小說之所以異於其他正統典籍之特質。由於傳統對小說之輕視，反致小說得以靈活自由運用各式敘述或描寫方式，並相互輔助，得以對現實之分散零散之片段加以加工改造、綜合虛構，而成為完整且具有內在外在聯繫，富有表現張力之情節與畫面。〔註 40〕

〔註 39〕讀者於認知之前，必先受某一系統之約束並予以認同，而後去了解或認知相融於同樣系統中的客體之現象或意義。所謂讀者之角色屬性，亦非一成不變，其認知之思維歷程常是多端紛雜，因其不僅受背景影響，亦受個人學養經驗所限，而由不同因素所組成的觀點又常彼此滲透牽制，因而常有變動。且此一變動又關涉到其認知事物之意義層次之取捨上，形成豐富之詮釋結果。至於客體本身，因所處系統不同，常因而有不同之層次意義，其間所蘊含之象徵或內涵往往有待不同認知取向之讀者去開發，是故，藉由一次次不同之認知活動，將可能產生多元豐富的意涵，且此類詮釋結果往往又與其他系統之意義互涉，甚而形成一新系統新成規，並再次影響其他認知行為之結果。其間關係一如讀者觀點或態度之彈性變化，既受既有成規影響，但亦有所創造，各種詮釋因此紛起，當然，讀者之接收認知乃至評論等一連串思維過程之大原則不變，皆是於某類系統之下以某種角度去認知事物並予以詮釋之過程。

〔註 40〕馬振方，《小說藝術論稿》，頁 112～113。

　　藉由詩賦等韻文之加入，古典小說除敘事深化與意義外延外，亦得以與既有傳統聯結，此與古典小說中所運用之各式文類皆有獨特特徵相關。各種文類皆有特定修辭特徵與藝術要求，於古典小說之融合吸收下，各式韻文得以發揮或轉化原有之特徵，又藉由讀者之實際參與及創造閱讀，其間之聯繫與意象之構成並非偶然，而是有其文化及文學背景意義。如唐傳奇中歌詠或描繪文字常借鑒於既有之辭賦體式，甚至襲用既有典故，藉由此一模仿書寫，傳統認知與文化意識之累積得以呈現或更新。而話本小說由於為對說書活動之模仿，是以此種敘述方式往往令故事中之單一事件亦具有公眾特性，令讀者亦意識到相關之歷史人物經驗，而說書人將每件事類型化、一般化，從中可見作者之道德觀或人生觀，並藉敘述之距離將個人理念擴充至更廣泛之層面〔註41〕。古典小說由於散文韻文之相雜，從而擴充其原有之敘述格局，由強調實錄補遺等記事功能而進至作品之深化與外延，由敘事層次而擴至抒情之範圍，此一現象亦可視為古典小說書寫體制演進之一因，亦為古典小說運用韻文而獲得之藝術成就。〔註42〕

　　唐傳奇極力強調所言有據，力求於某一事件上建立起相關之道德或教化功能，話本小說更不待言，其中雖多為市井瑣事，然作者亦必於其間尋求可能之人生原則或理念，以期對作品存在之意義與價值有所增進，而擴大與延展往往即有賴不同文類彼此間之修辭特徵與異同而得以完成。如詩歌多用以抒情或評述；辭賦或詞曲多用以刻劃描繪；凡此皆得以輔助散文敘事之不足，古典小說對此之運用主要亦依據詩賦之傳統特性加以發揮，進而形成古典小說作品多元豐富之面貌。

三、議論教化之完成

　　古典小說往往不以單純娛樂為主要寫作目的。而常於敘述中強調作品具有教化或諷諭作用。是以敘述者除傳遞故事內容及相關訊息外，亦或採用較含蓄之方式，以隱喻象徵引述等間接方式介紹其個人理念或價值觀。由於小

〔註41〕David Teh-wei Wang, pp.139~140.
〔註42〕如高辛勇，《形名學與敘事理論》（台北：聯經出版事業公司，1987 年），頁53 中指出，中國傳統小說之美感並非來自作品之多層意義或關係，而在於意義之隱藏與發現過程。此實為傳統作品中所強調之含蓄婉轉等修辭技巧之基本原則，於「間接表達」中，讀者藉由表面明言部分而領悟作品所影射或暗指之意義或事物，如讀者於詩詞之預示中求索書中含意之「驗證」行為，實為此類表達方式之例證。

說為對語言之模仿，故藉由敘述者可提供眞實且權威之假象，即藉由立即感及豐富性予以客觀具體化，表現公認之道德及社會之觀念。〔註43〕

　　古典小說中因敘述者之存在，敘述層次因而分明，且其敘述立場可隨時變動，或介入故事之陳述、或獨立於故事情節之外而作批評，不同敘述層次有不同敘述語態，穿插於故事中之韻文正能顯示其敘述地位之變化現象。藉敘述者聲音，故事得以傳達，敘述者並得以評論，此類如唐傳奇之感慨議論或動機說明，而話本小說則由開場白、入話、敘述過程中插入解釋，以詩句評論及或提要故事等，這些詩句常有諺語或格言功用，能增加通俗公議力量，又由於詩歌句法及音韻與散文文類有別，形式上特別顯眼，可達至評論之目的〔註44〕。作此類評論時，敘述者獨立於故事情節之外，而以旁觀中立角度對故事作一說明評述。

　　由於敘述者敘述立場之變化甚為靈活，不同之敘述角度往往提供不同之敘述現象或層次，並藉此呈現各層面意義。如古典小說中之敘述者常以超然獨立於故事之外之立場陳述其人生理念或道德觀，傳達教化之功。故事中之敘述者為一敏銳觀察者，既展現故事中事件之各項矛盾或衝突成分，敘述者角色承擔了陳述事件與傳播教化之雙重任務。

　　上述現象顯示小說具有明顯之勸懲目的，其故事題材或源自文人集說或來自民間傳聞，然所呈現之意見或道德標準實亦須與一般大眾之觀點配合，而福善懲惡的果報觀最為一般人所認同，亦為普遍心理，自易引起共鳴。同時亦可發現，小說因有此類韻文之穿插而脫離單純演述故事之格式，其中作者之評述往往即是史傳例式的模仿，內容上亦帶有論贊意義。

　　敘述者藉韻文之形式提供人生哲理或道德教訓，塑造出其公正中立之敘述立場，所展現之各項理念亦為普遍眞理或說法實多來自公眾之道德意識，無論是小說作者或大眾之觀點，皆受既有之傳統影響，主要為儒家思想，其向居於中國思想文化之主流地位，無論士庶貴賤，均不免受此一理念之影響，所關心者無非是倫理或道德等現實問題，就作者之創作心理與價值觀及讀者之鑒賞心理，自亦受到儒家倫理思想的影響和制約〔註45〕。而形式上則藉由詩賦等正統文類之引用，於整體風貌上表現古典小說對教化特徵之要求。

〔註43〕David Teh-wei Wang, pp.136.
〔註44〕韓南，〈早期的中國短篇小說〉，頁7～9。
〔註45〕趙永年，〈明清小說的特點〉，《中國古代、近代文學研究》1991年11月。

　　古典小說在教化上反映了儒家之倫理道德觀念；在寫作動機上則自許有載道之功，古典小說作者既以儒家道德標準評價人物或事件，主題往往亦因而模式化，不外展示忠奸、善惡、正邪、貞淫、貪廉等鮮明二元對立。於作者展現價值觀或批判態度上，唐傳奇與話本小說間亦有個人意識及大眾取向。唐傳奇小說所呈現者，多為文人主觀之理念，固然，此類價值觀亦需符合既有之傳統標準；至話本小說則有所出入，作者除馳騁百家，將古往今來之世態變更、民心機巧「從頭敷演，得其興廢」外，主要在於褒貶是非，而此類評述具通俗性與普及性，並有強大感染力。多以當時一般大眾所公認之道德傳統及行為規範加以評價，以教化大眾，而唐傳奇之作者則多視寫作為自我完成，並由此以完成教化之功。因此，話本小說於敘述故事外，又於藝術效果中結合社教功能，而其中之教訓意念即藉各類韻文之特殊文類以與散文之敘述主體為區別，使其間「言賢排愚，師賢戒愚」之教化功能於形式上有其權威感，更具說服或公信力。

　　就敘述目的言，陳述本在說明事物，若達成此一目的則敘述行為之任務即告完成，然由於人之思維活動並不僅限於對素材之選取，對如何敘述亦有所講求，形式上之加工變易於焉形成。於某一文化系統中，敘述形式亦有其主流或傳統。大致而言，模式之所以建立，在於其表現對某種規範之確立及對常態之認同。然隨著時代變異與文學觀點之累積，對於敘述不再僅限於交代事件，敘述目的的亦不再以清楚交代事件為最終要求，而可做為作者表達其理念或批判之媒介。因此，即使基於相同之表達理念或目的，敘述方式仍可作多元變化；是以事件內容不變，然往往因陳述方式技巧之不同而形成不同敘事風貌，作品亦因而呈現多元之層次，而非單一敘事或抒情。

　　此一現象再度顯現敘述者之思維與反省，其所以選擇某一敘述方式或角度，除受限於既有之敘述傳統或當世之理念及價值取向外，往往亦雜有個人思考與反省，敘述者不僅是個被動的接受者，實亦具有主動之變換轉易之立場，事件或故事之傳播不再只是單純地講述其發生始末，如何加以鋪敘及細節安排亦成為考慮重心，而目的自是希望增加事件之吸引力，及對藝術技巧的講求，以及對事件本身意義話價值之提升，可見敘述目的已有擴充延伸，不再以單純陳述內容為滿足。如法炮製常為推陳出新之基，若小說作者無法對固有範式加以摹仿，則往往無法有新藝術之創作，是以於小說範疇中，常態與異態，規範與超越，始終為矛盾，而其結果卻為藝術模式之自我更新與

蛻變〔註46〕。從敘述形式承襲轉換之現象以觀，其間歷程實由擇取認知取向而後加以吸收歸納，進而將所吸收歸納者予以概化及抽象思考，方以個人之意向理念作呈現，而此再現模式亦屬一種對既有傳統之再詮釋，且此一創新或較豐富之形式亦將納入既有之系統中，達成一致與融貫狀態。

四、話語文字之互動

中國古典小說往往具有口述特徵，宋元以迄明清之話本小說自不待言，即便唐傳奇，其中亦多存有口傳性質，與前者之差異在於唐傳奇多僅於文末明確說明傳播之來源或場合，故事本文則為高度書面化之展現，此乃與話本小說之口語性質有所不同。話本小說為口頭表演之呈現，而唐傳奇此一特質，主要為口語傳播及語言系統之運作過程。以西方語言學之角度言，所謂「言語」或「語言」各具意義，其間實具極大差異〔註47〕。且二者於彼此之轉換及運作亦為一複雜過程，唐傳奇所顯現文人「徵奇話異」之活動與彼此書寫記錄間之相關性，其中包含口語及書寫之互動；聽眾與讀者之角色互換；乃至於讀者或說作者之自我反省與展現，諸多現象實可藉由一系列語言文字轉換活動得以呈現。

言語之性質因人而異，其中之口音、音量乃至句型等均為獨特現象，於每一次使用情況中均難以重複出現。於唐人言談中，某一事件之談論或傳播僅為一單一事件或活動，而語言則為抽象之語言觀念，為一切言語之累積，具有社會性與共通性，為一約定俗成、彼此賴以傳訊之抽象工具。其中之語彙語法語音系統皆有其一定性，於使用時須加以遵守。一如唐代文人以文字寫定本為口述之事件，其間之寫作與閱聽交流活動，則端賴既有之語言文字系統加以完成。至於「說話」與話本小說間亦有類似之關聯性，說話乃藉言語得以完成之活動，至後世擬話本，則主以文字寫定，其間對於言語及語言亦有所轉換，然與唐傳奇所顯現之文人讌話活動未必相同。

唐傳奇多與文人之交遊活動相關，若干篇章即經「即席聽之，退而默記」

〔註46〕徐岱，《小說敘事學》，頁187。
〔註47〕西方晚近之語言研究常同時出現三個詞語概念，如索緒爾（Ferdinand de Saussure）以為，Language、discourse 及 parol，三者各有不同，一般分別譯為「語言」，「話語」及「言語」。實際上，此類詞彙於漢語中之意義區別並不明顯，於西方語言系統中，則有細微之差異；language 指語言學或專業之語言知識或理論等；而 parol 則指口頭言語，較為靈活自由；至於 discourse 則指演講論證等具有推理特徵對話。後二者意義相近。

之過程而產生，所謂「晝讌夜話，各徵其異說」、「握管濡翰，疏而存之」，題材內容往往經由眾人之傳聞交流得以擴充流通〔註 48〕。彼此之口述傳播與某一個人之實際寫作間實有複雜語言與言談之互動過程。然藉由唐傳奇中對事件來源、寫作形與作者意識之說明以觀，實可見唐傳奇之作者另具有書寫意圖識與修辭表現〔註 49〕，以及為文態度等，亦顯現所謂唐傳奇之「幻設」與「好奇」等相關特質之一端。話本小說之形成背景則一如唐代文人之話異活動，所不同者乃說話人與聽眾之背景身份有所差異，聚會活動之性質亦有區別。

有關唐人文之聚會及寫作，往往可由作者於文末之說明得知一二，同時得知事件來源與寫作意圖〔註 50〕，又如〈李娃傳〉末白行簡對寫作原由之說明：

〔註 48〕 如韋絢《劉賓客嘉話錄・序》亦說明傳奇之形成過程，其言云：「丈人劇談卿相新語，異常夢語，若諧謔卜祝、童謠佳句，即席聽之，退而默記。《四庫全書》子部冊三四一小說家類。

〔註 49〕 討論小說敘事形式形成之相關著作可謂不少，大致皆以子、史為小說題材形式之兩大源流。以文學史流變角度言，小說既發展於後，自以先前之文章體例作為其寫作原則與標準，此乃受文學環境與背景之影響，其間模仿學習之表現未必皆有自覺，亦可能為於既有之文學背景下之自然表現。另一方面，歷來視小說均不出小語、小道與或供補遺等觀點，是以小說作者於寫作之際，亦不免對所謂外在形式與實用目的有所標榜講究，所強調之功能未必實有，卻影響小說體式之特徵，即雖以小說形式寫作，卻強調其中之事實性或教化目的，此一創作意識導致小說形式與其他著作尤其史傳之體例有某種程度之相關。史傳與小說皆屬敘事形式，是以二者間之形式差別並不明顯，尤其中國史傳一向注重文采，即使強調真實，亦未完全排除情理中之虛構，敘述表現上有其藝術講求，使得史傳文字與小說表現息息相關。而其他相關質素如敘述者、視角及時序等，皆互有異同。史傳之作者即為敘述者，而小說之作者與敘述者間常有多重複雜之關係，二者可重疊，同時亦可出現期他間接敘述者，且史傳往往為第三人稱之全知視角，而小說則有較多之視角轉換，史傳往往順敘，偶有插敘，則以「先是……」、「至是……」出之，而小說則自由跳躍，無一定順序，然縱雖有如此差異，就形式技巧而言，史傳與小說二者實無明顯差異。如唐傳奇〈任氏傳〉於文末云：「嗟乎！異物之情也有人道焉！遇暴不失節，殉人以至死。雖今婦人，有不如者矣。惜鄭生非精人，徒悅其色而不徵其情性，向使淵識之士，必能揉變化之理，察神人之際，著文章之美，傳要妙之情，不止於賞玩風態而已。惜哉！」即為史傳筆法。史傳之影響固是源遠流長，然若干唐傳奇於其文本中卻明顯透露另一種不同之寫作意圖與態度。

〔註 50〕 如〈任氏傳〉又如〈南柯太守傳〉則為：「公佐貞元十八年秋八月，自吳之洛，暫泊淮浦，偶睹淳于生棼，詢訪遺跡，翻覆再三，事皆撫實，輒編錄成傳，以資好事。」所謂「詢訪」及「編錄」中，形成一連串口述與書寫之交流過程。

> 予伯祖嘗牧晉州，轉戶部，爲水陸運使，三任皆與生爲代，故暗詳
> 其事。貞元中，予與隴西公佐話婦人操烈之品格，因遂述汧國之事。
> 公佐拊掌竦聽，命予爲傳。乃握管濡翰，疏而存之。時乙亥歲秋八
> 月，太原白行簡云。

其中之「話」、「述」；「聽」、「傳」之間亦有相互關聯，此一說明除強調故事
之眞實與作者旌美之意，更顯現故事之題材往往由眾人口耳相傳、徵其異說
所致，而李公佐〈廬江馮媼傳〉之亦云：

> 元和六年夏五月，江淮從事李公佐使至京，回次漢南，與渤海高鉞、
> 天水趙儹、河南宇文鼎會於傳舍。宵話徵異，各盡見聞，鉞具道其
> 事，公佐因爲之傳。

元稹〈鶯鶯傳〉亦云：

> 貞元歲九月，執事李公垂宿於予靖安里第，語及於是，公垂卓然稱
> 異，遂爲〈鶯鶯歌〉以傳之。

其中之「道」、「傳」；「語」、「傳」之間，亦爲類似之互動現象。〈秦夢記〉亦
然，所謂「明日，亞之與友人崔九萬具道。」〈異夢錄〉亦云：

> 五月十八日，隴西公與客期，宴於東池便館。既坐，隴西公曰：「余
> 少從邢鳳游，得記其異，請語之。」

又云：

> 後鳳爲余言如是。是日，監軍使與賓府郡佐，及宴客隴西獨孤鉉，
> 范陽盧簡辭，常山張又新，武功蘇滌，皆嘆息曰：「可記。」故亞之
> 退而著錄。明日，客有後至者，渤海高允中，京兆韋諒，晉昌唐炎，
> 廣漢李瑀，吳興姚合，泊亞之，復集於明玉泉，因出所著以示之。

其後並引用姚合轉述有關其友王炎之奇遇等內容。而其中「語」、「話」、「記」、
「錄」等文字，展現一系列言語及語言之演變與互動過程。又沈亞之〈湘中
怨解〉亦云：「元和十三年，余聞之於朋中，因悉補其詞，題之曰〈湘中怨〉。」
則強調書寫對口語之補充與確定。一如陳玄祐〈離魂記〉所云：

> 玄祐少常聞此說，而多異同，或謂其虛。大曆末，遇萊蕪縣令張仲，
> 因備述其本末。鎰則仲堂叔，而說極備悉，故記之。

其中所謂「聞」、「記」之間，亦爲言談與文字之互動，且於口述中，事多異
同，正顯示言語之不確定性，隨時有增減之可能，至文字寫定，方有一定之
文本。

　　究之此類文人聚會，口述傳播某一事件有其背景，而眾人之驚嘆或感動則成爲記錄之前提，文人作者雖強調異事之實用可觀，藉以凸顯寫作之合理性，然對於異說之愛好，文采之講求，則亦不免有所顯現〔註51〕。古典小說雖不爲學者所重視，卻得以普遍流傳，乃因世人好奇好事，而小說題材又具有怪力亂神之性質，因而得以吸引讀者，可見胡應麟對小說之認知，仍爲小道小技，但亦承認小說乃因此類性質而得以盛行，並爲大眾所喜聞樂道，乃至著述特盛。所謂怪力亂神，即唐傳奇作者所強調之奇聞異事，其傳播過程即爲「喜道」至「著述」之發展，進而成爲文人用以逞才競勝之憑藉。此一過程明顯包含對言談之記錄及補充，其間言語及語言之多重變化與互動實非偶然。

　　中國語言於某種歷史時期或使用場合中，亦有以口說爲主之現象，於此，「書寫」僅爲口說之記錄，然大致上，中國之書寫語言並不以記錄口語聲音爲主，此與漢字構造及傳統上對「文」或「文字」之概念相關。以字形構造言，如「象形」、「指事」及「會意」之表義原則往往重形而輕聲〔註52〕。是以，書寫語及口說語各自形成不同語言系統，加之中國傳統以文言寫作之習慣，二者於表現上因而有所脫節，然彼此仍可相互影響。究之若干唐人傳奇之寫作過程，無疑顯現此一運作過程。

　　學者論及唐傳奇爲具有創作意識之作品時，多強調其中之「有意爲小說」，魯迅提及唐傳奇之可觀文辭與藻繪表現，集中論點於文章技巧與想像情思之演進，即所謂「文采及臆想」。此一說法實以傳奇與志怪作品二者相較爲前提，故唐傳奇於文采表現上自較六朝志怪進步且豐富，敘事能力亦有所提升且描述層面益形擴大，唐傳奇此一成就，較志怪更具創作意識之表現。

　　此一寫作意圖於唐代有其普遍性，如元代虞集《道園學古錄》卷三十八〈寫韻軒記〉曾云：

　　　　唐之才人，於經藝道學有見者少，徒知好爲文辭，閒暇無可用心，
　　　　輒想像幽怪遇合、才情恍惚之事，作爲詩章答問之意，傅會以爲

〔註51〕如胡應麟〈九流緒論〉下亦云：「子之爲類，略有十家，昔人所取凡九，而其一小說無與焉。然古今著述，小說家特盛，而古今書籍，小說獨傳，何以故哉？怪力亂神，俗流喜道而博物亦珍也；玄虛廣莫，好事偏功，而亦洽聞所昵也。」

〔註52〕高辛勇，《形名學與敘事理論》（臺北：聯經出版事業有限公司，1987年），頁105～106。

說，盍簪之次，各出行卷，以相娛玩，非必眞有是事，謂之傳奇。

〔註53〕

此說實不以唐傳奇作者單純爲文之態度爲然，卻亦由批評中說明唐傳奇作者寫作之背景與實際表現，所謂「無可用心」、「才情恍惚」，實正可說明若干唐傳奇作者擺脫既有之史傳寫作使命感，而能於情節虛實與辭章文采間追求藝術表現，此正是所謂創作意識，爲唐傳奇於史筆現象外另一純文學表現〔註54〕。此一情思分別於文人相互交換訊息及交流寫作中得以呈現。

　　作者以其特有之感知與體驗將語言或文字作一選擇與組合，形成文學作品，個體語言亦爲個體心理活動之重要表現形式。唐代文人藉各類文學形式，發揮自我之情思與想像，藉以表達願望或幻覺之憑藉〔註55〕。藉由文學形式，各類想法或呈現得以迴避社會道德之限制或束縛，以發揮想像力，如〈湘中

〔註53〕 虞集，《道園學古錄》（台灣中華書局四部備要本，1981年），卷三十八〈寫韻軒記〉。

〔註54〕 唐傳奇作者亦重視取材之眞實性，取之實錄者固不待言，即使是錄自傳聞之作，亦多於作品標榜事實與可信度，且亦多交代聽聞與記錄之原由，以求見信于讀者，此自亦爲模仿史傳特徵之表現。史傳之強調眞實，有其勸戒借鑒之目的，「實錄」觀念爲史論中早已確立之大原則，又如小說既具有增補史闕之期許，其相關論點自爲對所謂「眞實」之講求，如〈南柯太守傳〉云：「雖稽神語怪，事涉非經，而竊位著生，冀將爲戒。後之君子，幸以南柯爲偶然，無以名位驕於天壤間云。」強調眞人眞事，「事皆摭實」，故纂而錄之。且於其中強調雖爲無稽之談，卻有勸戒警惕之功，亦屬具實用目的之寫作。又如〈李娃傳〉之所以加以記錄，乃感於故事中人物之特殊節行，正與其文開端對李娃「節行瑰奇」之評價相呼應，寫作動機亦甚明顯，實非刻意無中生有，有意幻設。如〈王知古〉中云：「余時在洛敦化里第，於宴集中，博士渤海徐公讓爲余言之。豈曰語怪，亦以摭實，故傳之焉。」於短暫慨歎人物之遭遇外，作者旨在交代獲知傳聞之原由，以及寫作目的，即所謂「豈曰語怪，亦以摭實，故傳之焉」，既強調於好奇之外的實用功能，並亦透露此文乃是據實傳抄而非有意設作，由此又可見傳奇作者對所取材之事件眞實度之講求。又〈馮燕傳〉則以既有之史傳批評特徵爲文，其言云：「讚曰：『余尚太史言，而又好敘誼事。其賓黨耳目之所聞見，而謂余道元和中外郎劉元鼎語余以馮燕事，得傳焉。嗚呼！淫惑之心，有甚水火，可不畏哉！然而燕殺不誼，白不辜，眞古豪矣！』」作者對史筆推崇與學習之跡明顯，並以「讚」字開展議論，模仿之意更顯。且其中亦強調所記之事乃由朋黨口耳相傳而得知，亦強調其眞實可信度，是以唐傳奇中交代事件出處或來源之模式實爲此一理念之表現。而強調眞實之同時則是注重作品之教化與道德之實用功能。

〔註55〕 一如托拓洛夫（Tzvetan Todorov）以爲，譎怪文類（The Fantastic）具有社會功用，得以表現作者本身被壓制或束縛之願望。可參見高辛勇，《形名學與敘事理論》，頁191。

怨解〉文末云：「蓋欲使南昭嗣煙中之志，爲偶倡也。」又如〈秦夢記〉、〈異夢錄〉等皆以夢爲主要鋪陳形式，藉以擴張陳述事件之自由度及想像力，其中既有異說之口語根據，亦有作者之聯想與發揮，此一表現植基於眞與幻之相互衝突與質疑，亦藉以顯現作者之才情與思考，主要即藉由言談與語言轉換交流之功〔註56〕。沈亞之於〈湘中怨解〉中云，「湘中怨者，事本怪媚，爲學者未嘗有述。然而淫溺之人，往往不寤。今欲概其論，以著誠而已。從生韋敖，善撰樂府，故牽而廣之，以應其詠。」未有著述之前，即主要以口語傳播，言語活動爲使用者生活之一部分，使用者一方面使用既有語言，另一方面亦以個人生活經驗介入語言本身，而作若干轉換，顯現個人色彩。沈氏之所以爲文，則表現出對於文學及音樂等之愛好傾向。於口語傳播之同時，作者本人亦即讀者，或說聽眾，藉由言談之交流，而促使其運用語言文字加以表現，形成另一表現形式。如〈異夢錄〉中姚合見沈氏所著述後亦提供一異聞；〈秦夢記〉中崔九萬對沈適夢境所作之補證等，其中言語及文字彼此之互動頻繁，且相互影響。

　　於唐代文人晝宴夜話之言談活動中，主要爲所陳述對象、發話者、符號及聽眾等所構成之循環系統，一如文學作品中之某一事件、作者、文本及讀者〔註57〕。就讀者而言，小說之敘述方式影響讀者於接受過程中對自我之塑造，並且與作者相互溝通，產生共鳴〔註58〕。作者創作價值於文本中獲得實現，讀者閱讀價值之實現則始於文本。從作者到讀者，小說文本之傳播價值即在於爲二者建立溝通憑藉。小說以書面化之語言符號系統作爲傳播方式，傳播之最終效應與價值均體現於閱讀活動中，傳播者本身亦即讀者。同時，藉由讀者（聽眾）於吸收後加以書寫，既有之口述言談得以作不同形式之延

〔註56〕明抄本《綠窗新話》曾引南昭嗣〈煙中之志〉，〈湘中怨〉本事即此。又據汪辟疆，昭嗣與沈下賢約略同時，大抵南氏先有〈煙中怨〉之作，流傳於世，而下賢又擬爲此篇，欲以辭賦取勝，故曰偶倡云。而以爲〈秦夢記〉「此事本極幽渺，而事特頑豔。吳興嗜奇，一至於此。」又如〈湘中怨解〉中云：「氾人能誦楚人九歌招魂九辯之書，亦常擬其調，賦爲怨句，其詞麗絕，世莫有屬者。故有〈風光詞〉。」〈異夢錄〉亦有類似現象，美人曰：「妾好詩，而常綴此。」鳳曰：「麗人幸少留，得觀覽。」於是美人授詩，坐西床。……鳳即起，從東廡下几取綵牋，傳春陽曲。……鳳亦覺，昏然忘有記。鳳更衣，於襟袖得其詞，驚視復省所夢。

〔註57〕此一傳訊原則可見魯樞元，《超越語言——文學言語學芻議》（北京：中國社會科學出版社，1990年），頁52。

〔註58〕李晶，《歷史與文本的超越——小說價值學導論》，頁184。

長〔註59〕，以小說形式言，其敘述方式之演變意味著對現象世界作一重新塑造，文本形態之形成端賴作者對於世界之某種觀察方式或思維方式及其結果。小說透過其文本形態表現作者以其自我個性認知現象世界，其中包含個人之情感、意識、感覺及經驗等，同時亦表現當時社會或文化觀念對作者本身之影響。

唐傳奇實具「眞實」及「虛幻」之互動，其必須條件爲，讀者必以書中所描述之事件景物爲眞實世界之代表，如此方有進至事件本身之可能，以及閱讀之前提；然對於書中之怪異事件能否以自然律解釋則猶豫不決；書中人物對於所經歷之怪異事件究爲超自然現象與否亦感到疑惑〔註60〕；一如沈氏於〈秦夢記〉中「弄玉既仙矣，惡又死乎？」之懷疑。至於讀者對於譎怪作品，一如沈氏之三篇作品中，無論本人或其他文人對事件之認同或參與回應，皆有一定之閱讀傾向。而此類作品除主要表現人物之猶豫外，最終往往以理性加以解釋者，至於所謂理性，則多以事件來源或某人口述作爲眞實根據，並強調雖異事亦有備察考之實用功能。是以文本雖具幽怪特質，卻多以合乎現實之前提加以解釋。

唐傳奇獨具文人色彩，往往強調寄託，而非單純娛樂。雖以史傳形式爲書寫體例，然於敘述情節、刻劃人物之外，亦往往凸顯作者之個性或思想，若干唐傳奇作品以夢境或傳說等爲題加以記錄書寫，基本上已超越既有之寫作限制，得以完全發揮獨有之寫作意識及目的，即超越既有嚴肅爲文之態度，藉以展現作者自我才情之展現。〔註61〕

〔註59〕如托拓洛夫（Todorov）提出以「言談類型」（typology of discourse：如小說、抒情詩、議論文及書信、自傳等）代替「文學」與「非文學」之二分類型，則文學屬於「言談」之一。托氏另一基本假設爲，語言不僅爲言談之媒介，同時亦爲其藍本，即文學言談認爲是語言之擴張，見高辛勇，《形名學與敘事理論》，頁179。

〔註60〕此一論證至主要根據托拓洛夫對譎怪文類之定義，見高辛勇，《形名學與緒事理論》，頁189。

〔註61〕如〈湘中怨解〉明言此作乃有意與南昭嗣〈煙中之志〉一較辭賦文采之高下，至於〈異夢錄〉則云：「王炎夕夢遊吳，侍吳王久。聞宮中出輦，鳴茄蕭擊鼓，言葬西施。王悼悲不止，立詔詞客作挽歌。炎遂應教，詩曰。……詞進，王甚嘉之。」又〈秦夢記〉云：「太和初，沈亞之將之邠，出長安城，客橐泉邸舍。春時，晝錨夢入秦。……公主忽無疾卒，公追傷不已。將葬咸陽原，公命亞之作挽歌，應教而作。……進公，公讀之，善之。時宮中有出聲若不忍者，公隨泣下。又使亞之作墓誌銘。」又如「公命趣進筆硯，亞之受命，立爲歌，辭曰。……歌卒，授舞者，雜其聲而道之，四座皆泣。」凡此皆顯見

唐傳奇作者多以史傳形式爲寫作標準，是以多方模擬，作品格式大致類似〔註 62〕，除交代人物、時空外，並亦強調其中道德教化之功。且亦說明事件取材均爲事實，強調所記所云不虛，而眞實感之講求則無非證實小說尚有補闕或警戒之功能，亦可視爲對史傳形式推崇之表現。唐傳奇作者多以記史者自居，寫作往往成爲記錄活動，而非創作，是以，此一書寫或記錄本身則與文人之口耳相傳產生聯繫，且強調記錄事件本身不僅爲「好奇」，乃藉記錄事件以寄寓思想或教訓〔註 63〕，就若干唐傳奇以觀，除顯現言談與文字之轉換形式外，作者亦藉以超越既有史傳寫作形式及精神，主觀且具體表現出自我之遭遇或生命情境，即使篇幅甚短，亦構成一個有機且完整之敘述系統。

唐傳奇實皆包含「言」、「象」、「意」構成文學文本三個層面，共同體現小說文本之敘述性特徵。「言」爲小文本之敘述層面；包含口述與書寫之憑藉，爲文本之形象及意義生成之基礎。任何文學作品皆以文字或言語方式建構另一世界，通過符號系統加以聯結。作者之寫作、讀者之閱讀乃至發話者與聽眾，彼此亦均須藉助於「言」此一文本之話語層而展現各自之價值。「象」爲小說文本之語象層面；爲文本中言、意之媒介，同時亦是文本之核心形態，

作者有意多方表現其寫作才華之多樣化及感染力。

〔註 62〕一般研究皆以爲《史記》之寫作模式乃中國正統歷史與敘事文學之重要體例，且無疑爲敘事文學寫作之最高標準，趙翼《二十二史箚記及補編》（台北：鼎文書局，1975 年）卷一〈各史例目異同〉，頁 3。即對《史記》之文章體式有所說明，其言云：「參酌古今，發凡起例，創爲全史：本紀以序帝王，世家以記侯國，十表以繫時事，八書以詳制度，列傳以志人物。然後一代君臣政事，賢否得失，總匯於一編之中。自此例一定，歷代作史者，遂不能出其範圍，信史家之極則也。」由此可見，《史記》不僅對三千年之歷史作一陶鑄融合而以其獨有之筆法句勢呈現所謂「信史」，且亦已展現敘事思維及技巧之進步，而記錄事實之外亦凸顯歷史活動中人事之善惡良窳。唐傳奇作者於寫作自覺與形式安排上亦以此爲中心，多所模仿學習。小說與歷史於題材及形式上向有密切關聯，而小說具有拾遺補闕等類似史官之作用，亦往往成爲小說得以保留之主要依據，然即使有其社會功能，對小說之評價則仍不離小道末流之認識，此向爲中國古典小說之特性，亦爲歷代小說作者寫作之觀念與標準，即使傳奇作品於文字修辭上高度超越以往之小說作品，講究敘事之完整與優美，然強調眞實可信度及教化功能等。

〔註 63〕此一寫作態度如《玄怪錄》、《續玄怪錄》及《紀聞》中亦有類似特徵。若干未具寫作動機與目的之作品除對人物背景之介紹外，並未凸顯其他史筆特色，純粹就事物之奇而加以記述，實爲六朝志怪題材之沿續，未見小說之創作意圖，其著眼點在於「奇」或「異」，而此種訴求實涵蓋於史傳寫作之原則下。

即審美形態〔註64〕。以唐傳奇與話本小說而言，即為作者於聽聞事件後所作之書面成果。就藝術整體而言，文學作品之根本即在於通過其語言形態而創造出完美之藝術形象，唐傳奇及話說小本無疑皆顯現作者此一企圖。「意」，則為小說文本之語義或情理層面；為全部文本價值之終極，為作者對於人生美感經驗之體會與接受。一如唐傳奇或話本小說之文人作者對於其作品之期許及個人才情之展現。其人對於敘述形式之擇取，藉由其中之風格或特徵，以及其中之限制與束縛，同一事件即有不同之表現方式與效果。口述與書寫之差異與融合，藉由語言系統之基礎，二者得以聯結，作者並由語言文字之刻意表現一己之才華，夾雜於其中之各類韻文即具此一類似功能。

於作者、讀者及說話人、聽眾相互之關係中，原有文字或言談對於接受者而言，不僅為一仿擬對象，新作品與原有作品間形成一激盪關係，維持一問答式之交互作用，所謂「牽而廣之」、「悉補其詞」等補充文字或言談即是，其中又以韻文之表現最為明顯。文人徵奇話異主要為好奇之傾向，而韻文之運用展現了作者個人文采。其中具有文人之承繼與變換，除記錄聽聞外，亦藉以呈現個人才情，言語與文字亦因而有所融和。

語言並非某種獨立產物，或某一固定語法形式或邏輯形式；而應視為一活動，其中包含使用者之主觀生活及意識。是以，文學中之「言語」並非僅限於作品之文本中，而是文學創作、文學鑑賞及交流之活動與過程。此亦為開放系統，其中作者之寫作意圖或認知，對事件之鑑賞，其間之醞釀及發展，以至於訴諸文字而加以定型，實為一系列語言及文字轉化之曲折過程。且藉由形式之轉換與呈現，寫作本身往往超越既有之寫作期許及價值觀，純以文字辭賦之技巧為表現焦點，由故事中人物之反應而表現個人之寫作才華，藉由詩賦之運用，增添故事之氣氛與感染力，此亦已超越既有之簡單敘事模式，加之文人間之相互競爭，及彼此資訊之交流，文人之言談及書寫活動皆脫離固有之思考模式與傳統期許，而有創新之發展。

〔註64〕此一概念可參見李晶，《歷史與文本的超越──小說價值學導論》（上海：上海社會科學院出版社，1992 年），頁 175。

第六章　由韻文現象探討論證特性

　　古典小說於中國文學傳統中一向難與詩、賦等正統文學相較〔註1〕，然修辭表現則不乏模擬正統著述之傾向，此一修辭特徵實與固有之文學觀念相關〔註2〕。寫作形式常與史筆有所類似相關，甚而影響敘事情節之安排，此一現象實有其發展前提，且包含多重層次之意義。就古典小說承襲史筆現象與運用韻文之現象以觀，各時代之作品分別呈現不同技巧與風貌，具有作者及讀者對既有文學背景之省察與體認，且另增個人意識，致有多重面貌之產生。而唐傳奇與話本小說因時代背景與作者意識之不同而各有不同呈現〔註3〕，本

〔註1〕　如胡應麟《少室山房筆叢・九流緒論》即提及小說處於經史附庸之地位與角色：「小說，子書流也。然談說理道，或近於經，又有類注疏者，紀述事跡，或通於史，又有類志傳者。……鄭氏謂古今書家所不能分有九，而不知最易混淆者小說也。必備見簡編，窮究底裏，庶幾得之。而冗碎迂誕，讀者往往涉獵，優伶遇之，故不能精。」小說類似經史之特質，然亦僅類似，而非等同。又因小說之性質、形式乃至題材關涉多方，故亦難以歸類。而讀者亦不免視其為小道及消遣性質，終無法提升其至真正主流地位。

〔註2〕　如吉川幸次郎著，鄭清茂譯，〈中國小說論〉，《大陸雜誌》十五卷第十二期，頁395，引《尚書正義》對〈虞書〉之說解，其中即具有明顯之論辯性質。

〔註3〕　若干早期話本小說，或因其僅為說書底稿，故文字未必較唐傳奇精美，故事情節亦未必較曲折，而僅為唐傳奇故事之承襲。如傳奇〈裴航〉與《六十家小說・藍橋記》所記為同一事，然其間文字並無明顯差異，甚而話本小說文字反較唐傳奇疏略，如對雲英之描繪，〈裴航〉中為「露筍瓊英，春融雪彩，臉欺膩玉，鬢若濃雲，嬌而掩面蔽身，雖紅蘭之隱幽谷，不足比其芳麗也。」而〈藍橋記〉則云：「華容豔質，芳麗無比，嬌羞掩面蔽身，航凝視，不知移步。」所引之詩，則同為「一飲瓊漿百感生，玄霜搗盡見雲英。藍橋便是神仙窟，何必崎嶇上玉清。」之詩，可見後者僅單純演述前事，而非據此加以改編踵事。

章除分析古典小說與史傳之相關說法外,並擬就題材相同之唐傳奇與話本小說之若干篇章加以對照,以期對古典小說修辭中之論證特質有一具體理解,並及可能之詮釋加以論述。而藉由此理解,亦更可見古典小說於既有理念或期許下所作之承接與修正。

第一節　古典小說之邊緣地位

歷代學者對於古典小說,雖未必有相同之見解與看法,卻多傾向視其為一堪補遺闕、尚具教化之文類,而此一認知前提影響各時期對古典小說之評價,並影響小說之藝術特徵。

一、經史著錄之評價

先秦至唐以前,傳統文學所謂「小說」,屬於目錄分類,即將其他文類或藝術形式無法範圍之形態加以包括收容〔註4〕。是以對於「小說」之概念往往多元且難以釐清。《莊子‧外物》篇中有關小說之說法向為學者所引用,其言云:「飾小說以干縣令,其於大達亦遠矣。」此處「小說」之涵義實與「大達」相對〔註5〕,相較中亦隱含對所謂小說之輕視。此時所謂「小說」,固非日後之文學形式,然此一看待小說之態度與看法卻延續至後代。至《荀子‧正名》篇,則作「小家珍說」解釋:「故智者論道而已矣,小家珍說之所願皆衰矣。」此一說法與《莊子》無別,小說仍是與至道相對之末流,且無足輕重,亦非聖智者所應為。如《論語‧子張》記子夏之言云:「雖小道,必有可觀者焉;致遠恐泥,是以君子不為也。」東漢桓譚《新論》則云:「若其小說家,合叢殘小語,近取譬喻,以作短書,治身理家,有可觀之辭。」〔註6〕其間對於所謂小說之題材性質與寫作技巧有所提及〔註7〕,並強調其中所蘊含之實用意

〔註4〕 胡尹強,《小說藝術:品性和歷史》(上海:上海文藝出版社,1993年),頁6。
〔註5〕 按成玄英注:「夫修飾小行,矜持言說,以求高名令問者,必不能大達於至道。」隱含視小說為末技與空虛之意。
〔註6〕 李善注,《文選》卷三十一,江文通雜體詩〈李都尉從軍〉注引桓譚《新論》。
〔註7〕 桓譚對於小說一詞有所界定及說明,叢殘小語乃指零碎不完整而言,主要承《莊子》中之小說而來;又寫作側重譬喻,以闡述一定之道理。而短書乃指漢代之書籍特有規格,王充《論衡‧謝短》記載:「彼人問曰:『二尺四寸,聖人文語,朝夕講習,義類所經,故可務知。漢事未載於經,名為尺籍短書,比於小道,其能知,非儒者之貴也。』」可見書籍格式與其中內容有所相關,

義,然值得注意的是,雖肯定小說有某種功能,但仍視其為小道小技。於此類記載中,小說固有其功能或意義,然其於大道實亦遠矣,終難以與大道至理等同。

又就歷代目錄著述對小說之說法以觀,《漢書・藝文志》為目前可見最早有關書籍目錄之典籍,其言云:

> 小說家者流,蓋出於稗官,街談巷語,道聽途說者之所造也。孔子曰:「雖小道,必有觀焉;致遠恐泥,是以君子弗為也。」然亦弗滅也。閭里小知者之所及,亦使綴而不忘,如或一言可采,此亦芻蕘狂夫之議也。

《漢志》將先秦至漢之前有關小說理論作一總結,將零星片斷之議論加以集中歸納,為古典小說理論之重要基礎。此種見解成為長期對小說評價之基調,並形成一傳統價值準則,影響小說於文學史上之地位及對小說作者之看法〔註8〕。又據《漢書・諸子略》所錄十家中,小說為最末一家,其收錄內容或類子書,或近野史,並及若干陰陽方術之學〔註9〕,可見當時對小說之觀念複雜且多元,而結合《漢志》小序與實際收錄情形以觀,小說之性質與地位實已成形,即所謂「閭里小知之所及,亦使綴而不忘,如或一言可采,此亦芻蕘狂夫之議也。」魯迅《中國小說史略》對此曾言,「據班固注,則諸書大抵或託古人,或記古事,託人者似子而淺薄,記事者近史而悠謬者也」〔註10〕,由此一說法可見,當時所謂小說,其內容特性與子、史均有某種程度之相關,卻不免有「淺薄」或「悠謬」之特質,小說與子史著述之區分亦因而模糊。至《隋書・經籍志》云:

> 小說者,街說巷語之說也。傳載輿人之誦;詩美詢於芻蕘。古者聖人在上,史為書,瞽為詩,工誦箴諫,大夫規誨,士傳言而庶人謗,孟春循木鐸以求歌謠,巡省觀人詩以知風俗,過則正之,失則改之,道聽塗說,靡不畢紀。……孔子曰:「雖小道,必有可觀者焉,致遠

並為取捨之價值標準之一。

〔註8〕 陳謙豫,《中國小說理論批評史》(上海:華東師範大學出版社,1989年)〈先秦兩漢時期小說概念〉,頁6。

〔註9〕 類子書者如《宋子》、《務成子》等;近野史者如《臣壽周紀》、《虞初周說》等,陰陽方術之學如《待詔臣安成未央術》等。

〔註10〕 魯迅,《魯迅小說史論文集》(台北:里仁書局,1992年)第一篇〈史家對於小說之著錄及論述〉,頁9。

恐泥。」

可見其觀念仍不出《漢志》所謂「街談巷議」之範圍，其間亦論及，小說雖為邊陲地位，然仍有可觀者，即強調其中之教化與勸懲等實用功能。而收錄現象則是瑣語類之著述大量出現，如《世說》、《小說》及《辯林》等，小說至此亦含有機趣言談之性質，未必皆有實用功能，由於瑣語軼事之記載，不免具有娛樂或欣賞之特性，非僅為正史之補益或教化之作用。雖然，《隋志》對小說之看法主要仍在於裨益治世，教化人心，後世史書之經籍志之說法率皆不出此類特質，然《隋志》亦提及史傳及小說書寫形式之模糊界限，其言云：

> 後漢趙曄，又為《吳越春秋》。其屬辭比事，皆不與《春秋》、《史記》、《漢書》相似，蓋率爾而作，非史策之正也。靈、獻之世，天下大亂，史官失其常守，博達之士，各記聞記，以備遺亡。是後群才景慕，作者甚眾。又自後漢以來，學者多鈔撮舊史，自為一書，或起自人皇，或斷之近代，亦各其志，而體不經。又有委巷之說，迂怪妄誕，真虛莫測。

《隋志》之言乃指史傳蕪雜而言，然所謂「虛誕」及「各自其志」，實已為小說作品所表現之基本特徵〔註11〕。至《舊唐書‧經籍志》大序言，「小說家以紀芻辭輿誦」，收錄狀況亦如以往史籍，主要亦針對內容而言；而《唐書‧藝文志》小說家類則未有其他說明，就其收錄情形以觀，其中若干筆記、志怪或唐傳奇皆已涵蓋其中，如干寶《搜神記》、趙璘《因話錄》等，其內容已較前述史傳經籍志擴大且豐富，對小說之觀念亦有所演進，不再侷限於實用功能之講求。《宋史‧藝志》亦未有特別說明，所收錄之著作除前述之志怪及唐傳奇外，亦包含大量之筆記叢談，值得注意的是，當時盛行於民間之話本小說等未見著錄，可見當時對小說之觀念，基本上仍不出既有「補益史闕」看法之束縛，至《明史‧藝文志》，其小說著錄則多為筆談與雜記之類，而志怪或傳奇等故事性作品則未見，此一現象或因明代內閣藏書混亂不全致有遺漏外，亦可視為其對小說範圍或性質之呈現，仍屬因襲傳統之看法。至清乾隆

〔註11〕如楊義《中國歷朝小說與文化》（台北：業強出版社，1993 年）第四章〈漢魏六朝史小說的型態〉中言：「屬於雜史小說典型作品，今存本也相對完整者，是《燕丹子》、《吳越春秋》和《越絕書》。後二書皆見於《隋志》雜史類，作者均為東漢初年地位不高而才華橫溢的文士，這有利於他們借助「委巷之說」突破正史體例，而創造雜史小說之敘事體制。」（頁 91）

年間《四庫全書》對小說重新分類，共區分爲雜事、異聞及瑣語等三類，且提要說明亦顯現對小說看法之演進〔註12〕，然其中所列之小說，則侷限於文言作品，宋以來之話本小說與章回小說一概未錄，所謂「惟猥鄙荒誕，徒亂耳目者，則黜不載焉」，仍有取捨原則，可見《四庫全書》之小說觀仍有文人傳統觀念之影響，而強調道德教化等實用功能。歷代典籍對小說之看法雖互有異同，然大致皆以聊備一格之小道末流視之，而小說之所以可「聊備一格」，則在於其尚具某種功能或意義，但終究無法與經籍等同。又就各種收錄情況以觀，所謂小說，其包含層面甚廣，由若干子史著述乃至軼聞雜記、傳奇叢談等，無所不包，除反映歷代對小說之認知外，實亦影響後世小說寫作之題材與模式。同時，一般學者對於小說之性質與角色，亦往往不出此一認知，小說之批評亦循此一角度而發展。

二、歷代學者之認知

　　除經史著錄對小說一詞有廣泛陳述外，歷代學者或小說作者針對各時期作品之實際表現，亦有相關說法，與經史著述實有相類相異之處。以六朝言，此一時期之志怪志人小說已粗具規模。對於寫作小說，多亦非有意創作，而是以記錄史實，講求教化功能爲寫作態度〔註13〕。此一時期之小說主要爲梗概之敍述，多未見深刻之刻劃或描繪，似未意識到小說爲一文學創作。魯迅《中國小說史略》對此有所說解析，其言云：

> 文人之作，雖非如釋、道二家，意在自神其教，然亦非有意爲小說，
> 蓋當時以爲幽明雖殊途，而人鬼乃皆實有，故其敍述異事，與記載
> 人間常事，自視固無誠妄之別。〔註14〕

〔註12〕《四庫全書》總目依古代小說之性質區分爲「敍述雜事」、「記錄異聞」及「綴輯瑣語」等三類，並各有說明，以爲「按紀錄雜事之書，小說與雜史最易混淆。諸家著錄，亦往往牽混。今以朝政軍關者入雜史，其參以里巷閒談、詞章細故者，則均隸此門。」又「案穆天子傳……體近年起居注耳。實則恍惚無微，又非逸周書之比。以爲古書而存之可也，以爲信史而錄之，則史體雜，史例破矣。」等等，此類說明均爲總目較既往史籍觀念進步之處。

〔註13〕如干寶《搜神記・序》云：「及其著述，亦足以發明神道之不誣也。」以及郭憲《漢武帝別國洞冥記・序》云：「或言浮誕，非政教所同，經文、史官紀事，故略而不取，……愚謂古曩餘事，不可得而棄。」說明志怪作品之性質與寫作之理念，雖非經史之列，然「籍舊史之不載者，聊以聞見」，成一家之書，主要仍爲「聊備一格」、「冀補史闕」之意識。

〔註14〕魯迅，《中國小說史略》，頁35。

可見當時作者並非有意創作，而是以認真嚴肅之態度對奇聞異事加以整理記述，小說作者承認所記錄之事件真實，並因而賦予勸懲之期許。作者固無明顯創作期許，然實際所呈現之題材卻往往虛實相混，真幻共存。就小說發展而言，此一現象雖拓展古典小說題材之內容與思想，然其寫作前提仍以記錄事實為準，即使所記述之事並非實有，卻亦刻意凸顯非為好奇好事之目的而寫作，仍為傳統觀念之延續。

學者以為唐傳奇為小說發展之巔峰，此一文類至此已非僅經史附庸〔註15〕。此類說法若以唐傳奇之修辭形式與技巧等層面可得以證實，然若以唐傳奇作者之寫作意識言，則其人未必有意為小說，即使「有意」，亦往往為「有意」藉小說此一形式加以闡發個人思想或理念，其對小說形式之擇取與閱讀之期待，亦由固有之小說觀念而來。一般學者習用明胡應麟之說法以說明唐傳奇之藝術成就，胡氏《少室山房筆叢》卷二十〈二酉綴遺〉中云：

> 凡變異之談，盛於六朝，然多是傳錄舛訛，未必盡幻設語，至唐人乃作意好奇，假小說以寄筆端，如〈毛穎〉、〈南柯〉之類尚可，若《東陽夜怪錄·稱城自虛》、《玄怪錄·元無有》，皆但可付之一笑，其文氣亦卑下無足論。〔註16〕

以為志怪主為紀實，所取者多為奇特見聞，而唐傳奇則不限傳抄奇聞，實已進至想像虛構事件之層次。此一說法主要是根據彼此不同之寫作態度而言，一般研究多僅關注此一論點，然胡氏實又強調寄寓功能，所謂「假小說以寄

〔註15〕如葉慶炳，《中國文學史》（台北：學生書局，1987年）第二十講〈唐代傳奇與變文〉中引宋之洪邁與明之胡應麟等之說法，並言：「至唐代，小說始告成熟；至唐代，國人始懷創作藝術品之心情寫作小說」及「已由片段記載發展成為完整而優美之小說型態」，頁457。又如陳謙豫，《中國小說理論批評史》（上海：華東師範大學出版社，1989年）第二章〈隋唐宋元小說理論批評〉中云：「唐傳奇，……已正式形成我國古典小說的規模和特點，成為獨立的文學樣式，標誌著它已進入成熟時期。」頁14～15。又云「通過創作小說以寄託理想，表現對社會人生之看法，往往亦加以評論及說明主旨，小說發展至唐傳奇時已進至自覺創作時期，遠非六朝小說之純粹記錄或記聞可比，然亦僅限於與六朝志怪相較。」頁18。而董乃斌，《中國古典小說的文體獨立》（北京：中國社會科學出版社，1994年）第五章〈唐傳奇與小說文體的獨立〉（上）中亦云：「唐朝也正是中國古代小說開始走向獨立的時代，……標誌著中國古代真正的小說正式脫離其母體成為一個堪與詩歌并肩而立的嶄新文學樣式。」頁168。此類說法實隱約透露史傳與唐傳奇之某種相關，以及作者藉小說形式以寄寓思想之現象。

〔註16〕引自《四庫全書》子部，冊一九二〈雜家類〉。

筆端」，可見所謂「小說」，實為一闡揚理念之媒介，而非最終之審美目標。
此一觀念有其淵源，實乃歷代對小說之基本認知，又如前引《新論》所云：「若
其小說家，⋯⋯有可觀之辭」，主要強調小說可觀之實用性，而非文采上之可
賞性，即古典小說乃因稍具道德或教化作用而得以保存。胡氏之觀點亦然，
其所認同之〈毛穎傳〉與〈南柯太守〉二篇實亦皆具有作者之寄託或觀點，
至於〈元無有〉等具有文人遊戲筆墨性質之作品反不受肯定，可見胡氏取捨
依據仍在於主旨之有無，而純粹遊戲文章如〈元無有〉實更具創作意識，然
卻僅被輕視為「文氣卑下」、「可付之一笑」，胡氏對唐傳奇之體認可見大略，
即未必視唐傳奇為純文學形式。事實上，胡氏對於小說，仍存有教化功能之
實用目的，《少室山房筆叢》卷十三〈九流緒論〉云：

> 小說者流，或騷人墨客游戲筆端，或奇士洽人搜羅寰外，紀述見聞，
> 無所迴忌，覃研理道，務極幽深。其善者，足以備經解之異同，存
> 史官之討覈，總之有補於世，無害於時。乃若私懷不逞，假手鉛槧，
> 如〈周秦行紀〉、〈東軒筆錄〉之類，同于武功之刃，讒人之舌者，
> 此大弊也。〔註17〕

分析小說創作及其社會作用，亦以為尚有益於世俗人心而得而存之，所謂「有
補於世，無害於時」。而「其善者，足以備經解之異同，存史官之討覈」，以
為小說所以有良窳之分，實在於功用之有無，然即使有益於世，仍不離其聊
備或姑存之性質。此一理念實呈現歷來對小說之固有態度與看法，且由胡氏
對若干唐傳奇作者有意藉傳奇以影射他人不以為然可見，其視小說，亦有如
記實之史傳，重事實而忌造作，宋之曾慥《類說》序中亦可見其一真實講究，
其言云：

> 小道可觀，聖人之訓也。余僑寓銀峰，居多暇日，固集百家之說，
> 采摭事實，編纂成書，分七十卷，名曰《類說》。可以資治體，助名
> 教，供談笑，廣見聞，如嗜常珍，不廢異饌，下箸之處，水陸具陳
> 矣。〔註18〕

既強調所取材者為事實，並說明其作用，所謂「資」、「助」、「供」、「廣」等，
無非是小道小技、道聽塗說之前提下所強調「聊備一格」、「冀補史闕」之作

〔註17〕引自《四庫全書》子部，冊一九二〈雜家類〉。
〔註18〕曾慥，《類說》，收錄於《筆記小說大觀・三十一編》（台北：新興書局，1975
　　　年）冊一之自序，頁1。

用，對小說之基本認識仍不免有所輕視。胡氏〈九流緒論〉下亦云：

> 小說，子書流也。然談說理道，或近於經，又有類注疏者，紀述事
> 跡，或通於史，又有類志傳者。……鄭氏謂古今書家所不能分有九，
> 而不知最易混淆者小說也。必備見簡編，窮究底裏，庶幾得之。而
> 冗碎迂誕，讀者往往涉獵，優伶遇之，故不能精。

小說類似經史之特質，然亦僅類似，而非等同。又因具有之性質、形式乃至
題材關涉多方，故亦難以歸類。而讀者亦不免視其為小道及消遣性質，終無
法提升其至真正主流地位。

三、作者之寫作動機

　　大致而言，歷代史籍對小說之認知與態度無甚差異。唐傳奇作者亦往往
於作品中表現其寫作意識，即自期其寫作得有勸懲功能，以為所記之作品乃
實用功能之實錄。類似表現如〈柳毅傳〉：

> 隴西李朝威敘而嘆曰：「五蟲之長，必以靈著，別斯見矣。人，裸也，
> 移信麟蟲。洞庭含納大直，錢塘迅疾磊落，宜有承焉。嘏詠而不載，
> 獨可鄰其境。愚義之，為斯文。」

作者於評論褒美之外，其寫作動機亦屬明顯，所謂「愚義之，為斯文」，以教
化益世為目的，同時，作者敘述原由及感歎內容，其為記錄者而非創作者之
跡明顯，自非純文學之創作。唐傳奇作者亦每於篇章之末表明其記錄動機或
目的，且均集中於道德教化及有益人心之期許。此時對於小說之觀念仍不離
小道小技，亦因此影響作者之創作意圖與表現，多強調其中之實用功能或社
會作用。

　　唐傳奇作者於行文中所透露之寫作觀念與抱負，與胡氏對小說之認知並
無二致，仍視小說為小家珍說，難臻主流正統之位。唐傳奇之寫作技巧大幅
進步，但仍有類似史筆寫作之關注，小說所應有之娛樂審美作用亦設限於設
喻教化目的之內，且此一性質亦為小說得以存留之基本價值，寫作策略上亦
多強調篇章實具備裨益世俗、堪補史闕之目的。

　　宋元話本之出現，為古典小說史上一大變遷，其中之寫作意識與唐傳奇
互有異同。正史之藝文志雖對話本小說等相關現象無所著錄，然其盛行情況
卻仍可由其他雜記中窺知一二。且由相關記載可見，當時之「說話」活動純
以大眾娛樂為目的，影響所及，日後話本及擬話本等實已不具特殊使命或寫

作目的，即使於文中刻意強調，然其間所顯示者，主要爲好事好奇之閱聽取
向。此一現象顯現，話本小說已漸脫離此一文類爲經史附庸或補遺角色之思
考，而是關注其中之藝術效果與作者之寫作技巧。如《醉翁談錄‧小說開闢》
曾提及說話對聽眾之感染力：

> 說國賊懷奸從佞，遣愚夫等輩生嗔；說忠臣負屈銜冤，鐵石心腸也
> 須下淚。講鬼怪令羽士心寒膽戰，論閨怨遣佳人綠慘紅愁。說人頭
> 廝挺，令羽士快心，言兩陣對圓，使雄夫壯志。談呂相青雲得路，
> 遣才人著意群書；演霜林白日升天，教隱士如初學道。瞳發跡話，
> 使寒門發憤；講負心底，令奸漢包羞。〔註19〕

可見當時已意識到說話人應具備之表演能力，以及作品所具之強烈感染力，
此本爲商業考量，故說話人「各運匠心，隨時生發」，爲因應聽眾之迴響而有
各式技巧之加入或調整，可見說話人須有某一程度之智識訓練與刻意經營之
功，也因此形成藝術上之成就，此時之小說觀念已具文學創作藝術審美之考
量。而小說家則須學識淵博，富有才華，〈小說開闢〉亦云：

> 幼習《太平廣記》，長攻歷代史書、煙粉奇傳，素蘊胸次之間；風月
> 須知，只在唇吻之上。《夷堅志》無有不覽，《琇瑩集》所載皆通。
> 動哨中哨，莫非《東山笑林》；引伸底倬，須還《綠窗新話》，論才
> 詞有歐、蘇、黃、陳佳句；說古詩是李、杜、韓、柳篇章。〔註20〕

小說作者有敷演精彩小說之能力，故得以總結歷來小說之創作經驗，成爲集
體智慧之結晶，至此可見，當時對小說之觀點已擴充至講求藝術之層次，非
侷限於功能之有無耳，此與歷代觀點實有差距。值得注意的是，此一時期
之小說固有較大之寫作空間，然既有傳統之限制仍未完全消失，作者亦往往
刻意要求形式技巧或實用功能與典籍相類似，如《醉翁談錄》卷一〈舌耕
敘引〉中〈小說開闢〉云，「夫小說者，雖爲末學，尤務多聞。非庸常淺識之
流，有博覽該通之理」、「只憑三寸舌，褒貶是非，略噚萬餘言，講論古今。」
議論講述之目的則一如史傳，亦具勸懲或教化之功。又〈小說引子〉言「以
上古隱奧之文章，爲今日分明之議論」，其後並引兩首詩，凡此皆說明小說
言賢排愚，師賢戒愚，使人聽之有益，如章學誠於《實齋遺書外編‧卷十
七》即云：「宋元以來，始創其體，或取正史之事，或本小說之言，敷衍其

〔註19〕羅燁，《醉翁談錄》（台北：世界書局，1958年），頁6。
〔註20〕羅燁，《醉翁談錄》（台北：世界書局，1958年），頁6。

文，大率不出男女離合，間或繼述戰事，敘次朝廷，善善惡惡，若有益于風教。」〔註21〕亦皆意識到小說多少有教化之功。然話本小說於寫作上之刻意著墨卻未被收入史籍著錄，實爲值得考慮之現象。可見宋元時期對小說之評價除注意到其中之藝術成就外，亦意識到其中社會功能之有無。

明清時期對小說之觀念亦常見於編撰者之序跋說明或作品之命名，各家觀點或有不同，或以文爲娛戲，或視小說爲寄託，如明嘉靖洪楩編《六十家小說》時，分別以《雨窗》、《長燈》、《隨航》、《欹枕》、《解閑》、《醒夢》爲作品分集之名稱，從中可見作者視小說實爲消遣解悶之想法〔註22〕，然馮夢龍於編撰《三言》時則表現不同之理念，由其以《喻世明言》、《警世通言》及《醒世恆言》作爲作品之名稱可見，對於小說仍有注重社會教化之理念〔註23〕，其於《古今小說・序》云：

> 史統散而小說興。始乎周季，盛於唐，而浸淫於宋。……試今說話
> 人當場描寫，可喜可愕，可悲可涕，可歌可舞，再欲捉刀，再欲下
> 拜，再欲決脰，再欲捐金；怯者勇，淫者貞，薄者敦，頑鈍者汗下。
> 雖小誦《孝經》、《論語》，其感人未必如是之捷且深也。

此一說法說明小說與史傳之淵源，乃爲史傳之旁支。又論及說話人之表現技巧，如《醉翁談錄》所述，「說話」藝術固有感人力量，然所謂感動，並非單純之審美態度，而是道德教化之感化，此正爲馮氏對小說之概念與編撰動機，其於《醒世恆言・序》亦有類似觀點，其言云：

> 六經國史而外，凡著述皆小說也。而尚理或病於艱深，修詞或傷於
> 藻繪，則不足以觸里耳而振恆心。……自昔濁亂之世，謂之天醉。
> 天不自醉人醉之，則天不自醒人醒之。以醒天之權與人，而以醒人
> 之權與言。言恆而人恆，人恆而天亦得其恆，萬世太平之福，其可
> 量乎！

文學作品具「醒天」、「醒人」，乃至造「萬世太平之福」，此乃對小說有社會作用之極致評價。甚而以爲《三言》乃六經國史之補，小說之教化功能再次被強調，馮氏之說實爲既有觀點之復甦，其間雖亦意識到小說之審美效果，

〔註21〕章學誠，《實齋遺書》外編（台北：漢聲出版社，1973年），卷十七。

〔註22〕歐陽代發，《話本小說史》（湖北：武漢出版社，1994年），頁53。

〔註23〕馮夢龍於《醒世恆言・序》（台北：里仁書局，1991年）云：「明者，取其可以導愚也。通者，取其可以適俗也。恆則習之而不厭，傳之而可久。三刻殊名，其義一耳。」由此可見其對小說作用之期許。

然藝術技巧卻歸結至教化勸懲等實用功能之範疇下，其後繼者凌濛初亦主其說，以爲小說當有勸戒指導之用〔註24〕。至清代若干擬話本之作品，亦顯現相關之理念，如《照世盃・序》云：

> 客有語酌元主人者曰：「古人立德立言愼矣哉！胡爲而不著藏名山待後世之書，乃爲此遊戲神通也？」余曰：「唯唯，否否。東方朔善談諧，莊子所言皆怪誕，夫亦托物見志也歟。……且小說者，史之餘也。採閭巷之故事，繪一時之人情，妍媸不爽其報，善惡直剖其隱，使天下敗行越檢之子，揣揣然而側目視曰：『海內尚有若輩存好惡之公，操是非之筆，盍其改志變慮，以無貽身後辱！』是則酌元主人之素心也哉。」

此一說法尤爲傳統小說觀點之反映，其「令豎子揣揣然而翻改」之說法實與「怯者勇，淫者貞，薄者敦」等類似〔註25〕。又視寫作小說爲另一種記史模式，尤其此序之寫作實模訪太史公自序之寫法，以問答體裁呈現其寫作動機與目的，其中「唯唯」、「否否」等文字，更見模擬之跡，深受史傳特徵影響明顯可辨。

　　歷代經史典籍與學者著述乃至小說作者對小說之觀點顯互有出入，然究其大略，古典小說之寫作與史傳之敘事形式關係密切。以文學史之地位言，小說與史傳相較，向爲小道末流，然其中亦不免有若干實用價值，此爲歷來小說之基本面貌，亦爲後世批評或寫作小說者之原則。然小說與史傳二者無

〔註24〕其於初刻《拍案驚奇・序》（台北：世界書局，1960年）中云：「宋元時有小說家一種，多採閭巷新事爲宮闈承應談資，語多俚近，意存勸諷，雖非博雅之道，要亦小道可觀。近世承平日久，民佚志淫，一二輕薄惡少，初學拈筆，便思污衊世界，廣摭誣造，非荒誕不足信，則褻穢不忍聞，得罪名教，種業來生，莫此爲甚！獨龍子猶氏所輯《喻世》等書，頗存雅道，時著良規，一破今時陋習，而宋元舊種，亦被蒐括殆盡。……因取古今來雜碎事可新聽睹佐談諧者，演而暢之，得若干卷。其事之眞與飾，名之實與贗，各參半。文不足徵，意殊有屬。凡耳目前怪怪奇奇，當亦無所不有，總以言之者無罪，聞之者足以戒。」明顯將小說界定於風教之層面，並以教化作爲評斷小說作品良窳之標準。

〔註25〕其他如艾納居士《豆棚閒話》（收於中國話本大系《西湖佳話等三種》，江蘇：江蘇古籍出版社，1993年）之回末總評云，「憶一聞，出一見，縱橫捭闔，議論生風，獲心而肌骨俱涼，解頤而蘊隆不虐。凡讀之者，無論其善與不善也，目之有以得乎目，耳之有以得乎耳。無一邪詞，無一頗說。凡經傳子史所闡發之未明者，覽此而或有所觸長焉，凡父母師友所教之未諭者，聽此而或有所恍悟焉。則人人善讀之矣。」亦爲強調小說功能之展現。

論題材或書寫方式等之界限實模糊含混，此一認知前提影響歷來對小說之態度與寫作形式之講求，若干時代對小說之寫作藝術有所關注，然其審美或修辭意識卻往往以道德教化等實用功能爲考量標準。小說與史傳既難以區分，加之小說作者有意學習，作者個人之寫作意識亦未必有創作之用心，而往往以記錄事實，冀適世用，裨補史闕等寫作態度自期，此一寫作意識亦影響小說形式特徵。

第二節　古典小說對史筆之承襲

　　史傳於中國傳統中具崇隆地位，其中所寓之褒貶勸懲尤爲傳統評價標準。其敘事方式亦爲歷代文章寫作之認可遵從，甚而形成爲文典範。古典小說由於本身敘事特徵及有意模擬之故，對史傳之形式亦多所吸收學習，形成修辭特徵。

一、史筆典範之推崇

　　中國自古以來即重視歷史及史官，許慎《說文解字》云：「史，記事者也。」其中所記之事自非一般瑣事，多與政治相關，此實爲小說與史傳差別之處，亦爲歷代小說定義之一。段玉裁注云：「君舉必書，良史書法不隱。」史官利祿雖不豐，然地位清貴，一向受到尊重。中國特重良史，如春秋時晉董狐與齊太史等事蹟，向爲最高著述道德之展現。而中國對於以文字記錄之史策亦向有崇拜感，「善惡書於史冊，毀譽流於千載」，史筆褒貶被視爲最高之道德準則與評斷，而著作者亦皆希望個人之文字被視爲史筆，若獲承認，則無疑肯定其價值與定位。此一寫作理念影響深遠，與史傳關係密切之小說，其寫作形式亦對史傳多所借鏡。

　　一般研究多以爲《史記》之寫作模式乃中國正統歷史與敘事文學之重要體例，且爲敘事文學寫作之最高標準，如《文心雕龍・史傳》云：「及史遷各傳，人始區分，詳而易覽，述者宗焉。」而趙翼《二十二史箚記》亦對《史記》之文章體式有所說明，其言云：

> 參酌古今，發凡起例，創爲全史：本紀以序帝王，世家以記侯國，十表以繫時事，八書以詳制度，列傳以志人物。然後一代君臣政事，賢否得失，總匯於一編之中。自此例一定，歷代作史者，遂不能出

其範圍，信史家之極則也。〔註26〕

由此可見，《史記》不僅對三千年之歷史作一陶鑄融合，且以其獨有之筆法句勢呈現所謂「信史」，展現敘事之思維及技巧，於記錄事實之外，亦凸顯歷史活動中人事之善惡良窳。唐傳奇與話本小說作者於寫作自覺與形式安排上亦以此為中心，多所模仿學習，分別以不同之表現形式加以呈現。古典小說與歷史於題材及形式上向有密切關聯，而古典小說具有拾遺補闕等類似史官之作用，亦往往成為得以保留之主要依據，然即使有其社會功能，對古典小說之評價則仍不離小道末流之認識，此向為中國古典小說之特性，亦為歷代小說作者寫作之觀念與標準。

如前所述，古典小說作者往往沒有文學創作自覺，而是古人記事記言等習慣之流衍。就作者之創作意識言，主觀上皆以忠實記載為理想，所載錄之事即使怪異，亦據傳聞而來，而非有意好奇，故亦少作增飾，可見作者之態度近於史而非文。直至唐傳奇與話本小說，亦由於二者之寫作表現深受史傳影響，故二者敘事形式與史筆之差別互有參差。另一方面，中國史傳於真實之講究外，亦注重文采，即使強調真實，亦未完全排除敘述情理中之必要虛構及聯繫，亦因敘述表現上向有某一程度之藝術講求，使得史傳文字與古典小說之修辭表現亦息息相關。〔註27〕

二、敘事模式之模擬

以表現形式言，史傳作者多即為敘述者，而古典小說之作者與敘述者間常有多重複雜之關係，二者可重疊，同時亦可出現其他間接敘述者，唐傳奇尤有此一特徵，而話本小說則以一說話人角色進行故事之推演。且史傳往往為第三人稱之全知視角，而古典小說則有較多之視角轉換，史傳往往順敘，偶有插敘，則以「先是……」、「至是……」出之，而古典小說則自由跳躍，無一定順序，然而，縱有如此差異，就形式技巧而言，史傳與古典小說二者

〔註26〕 趙翼，《二十二史箚記及補編》（台北：鼎文書局，1975 年）卷一〈各史例目異同〉則，頁 3。

〔註27〕 中國之史傳與小說於敘事體例上向有關聯，古代史學敘事，其間蘊含創造文學敘事能力之來源，如其中雜史小說援引民間傳說或想像力於作品中，以虛構成分點化故實，其間具有作者對文字及事件之組織能力，於文史之溝通交流中，形成敘事文學發展之基礎，同時，藉由作品中虛構與真實間不同程度之配合，促進小說題材內容與敘事形式之多樣表現。

實無明顯差異，如唐傳奇亦有以「初」字作爲補述前事之表現，以《史記‧廉頗藺相如列傳》與唐傳奇〈紅線傳〉及〈柳毅傳〉之部分敘述文字爲例，《史記》爲說明藺相如之才智，而作補敘，其言云：

> 計未定，求人可使報秦者，未得。宦者令繆賢曰：「臣舍人藺相如可使。」王問：「何以知之？」對曰：「臣嘗有罪，竊計欲亡走燕。臣舍人相如止臣曰：『君何以知燕王？』臣語曰：『臣嘗從大王與燕王會境上，燕王私握臣手曰：『願結友』以此知之，故欲往。』相如謂臣曰：『夫趙強而燕弱，而君幸于趙王，故燕王欲結于君。今君乃亡趙走燕，燕畏趙，其勢必不敢留君，而束君歸趙矣。君不如肉袒伏斧質請罪，則幸得脫矣。』臣從其計，大王亦幸赦臣。臣竊以爲其人勇士，有智謀，宜可使。」〔註28〕

此段敘述以繆賢之回答爲主，其中雜有對白、倒敘及補敘等技巧，主要藉過往某一事蹟彰顯藺相如之才智，藉由實際事蹟與他人之評價，使文章增加說服力，亦可見《史記》於敘事能力及技巧上已進至成熟階段，至唐傳奇，其間穿插之敘事技巧亦有類似表現，如〈柳毅傳〉中亦屢用倒敘補敘之技巧，使事情前後因果曲折展現，如藉龍女之言簡單重述事件之始末，其言云：

> 余即洞庭君之女也。涇川之冤，君使得白。銜君之恩，誓心求報。錢塘季父論親不從，遂至睽違，天各一方，不能相問。父母欲配嫁於濯錦小兒某。惟以心誓難移，親命難背，既爲君子棄絕，分無見期。而當初之冤，雖得以告諸父母，而誓報不得其志，復於馳白于君子。值君子累娶，當娶于張，已而有娶于韓。迨張韓繼卒，君卜居于茲，故余之父母乃喜余得歲遂報君之意。今日獲奉君子，咸善終世，死無恨矣。

故事時空跳躍，短短數語涵蓋諸項事件，使過往種種一時並呈，亦爲成熟敘述技巧之展現。小說一如史傳，所敘述者無非人與事，加之作者強調之寫作意識，致二者之敘述面貌並無明顯差異，皆能以精簡文字作最完整詳盡之描述，使前後情節之發展具有張力，人物刻劃更鮮明，展現進步之敘事能力。

　　然而，古典小說作者強調寄筆端，寫作最終目的仍在於寓意寄託，所謂「有意爲小說」，或可釋爲藉小說形式以託寓個人理想觀念之意識，未必爲單

〔註28〕司馬遷，《史記》卷八十一列傳第二十一〈廉頗藺相如列傳〉，二十五史本（台北：藝文印書館）。

純文學創作之自覺。唐傳奇之描寫趨向生活及細節化，此固爲與志怪相較之結果，然較之史傳，卻非唐傳奇創新之處，史傳亦有類似之寫作習慣。而唐傳奇作者時常於作品中宣稱其故事之眞實性，此一「擬眞」模式可視爲對史傳推崇之表現。其題材即使天馬行空，荒誕不經，寫作技巧即使「幻設爲文」、「作意好奇」，然至少寫作方式與習慣不變，皆以史傳爲標準，可見其寫作態度與意識。讀者亦以類似之習慣閱讀或衡量古典小說，作者與讀者之間常保持此一默契進行創作與欣賞〔註29〕。唐傳奇篇末多綴以議論之格式成爲其模仿史傳之明顯標幟。有意創作自覺中，史筆特徵卻仍明顯，可見史傳對唐傳奇之影響與作者之寫作理想仍保有「備史官之闕」之意識，寫作唐傳奇不僅有文學審美目的，更應具「有裨於世」之作用。無論古史記事如何簡略，至少皆需包含時間、空間及人物活動等因素。唐傳奇固藻繪增飾，然寫作梗概與形式卻不出此一原則，多數唐傳奇作者以史家之寫作態度與模式爲文，如文章起始即介紹人物背景、發生時空，如〈李娃傳〉之「汧國夫人李娃，長安之倡女也。節行瑰奇，有足稱者，故監察御史白行簡爲傳述。」〈霍小玉傳〉之「大曆中，隴西李生名益，年二十，以進士擢第。其明年，拔萃，俟試於天官。夏六月，舍於新昌里。生門族清華，少有才思，麗詞嘉句，時謂無雙，先達丈人，翕然推伏。」等，一如講史平話及歷史演義等特別標榜其作品乃「按鑑演義」或「參采史鑑」，以證其所述故事之眞實性。

　　古典小說作者分別於文章形式及實際寫作中利用史傳與詩文以成其敘述風格或面貌，目的亦在求實擬眞，所運用之實際手法至少有兩層面：於敘述時刻意點出事件時間，以證實有其事，且具有記史色彩。如所謂「話說大宋英宗治平年間」（〈五戒禪師私紅蓮記〉）；「話說大宋仁宗皇帝明道元年」（〈錯認屍〉）等。另外則於文末說明寫作動機、素材來源，以及評論感嘆等，全然爲史傳書寫意識之再呈現。

三、教化意識之期許

　　唐傳奇作者以史傳形式爲寫作標準，作品格式大致類似，如多以人名爲題，一如正史之列傳，並於故事中交代人物背景、事件時空及來源等，以證所言不虛，並非無中生有，此亦爲史筆之特徵，至於凸顯其中所具道德教化

〔註29〕陳炳熙，《古典短篇小說藝術新探》（上海：華東師範大學出版社，1991 年）〈筆記性〉，頁 40。

之功，則明顯受史傳之影響。而話本小說亦常有此類關注，亦往往於故事呈現中說明事件取材均為事實，以強調所記所云不虛，而真實度之講究則無非要證實小說尚有補闕或警戒之功能，亦可視為對史傳形式推崇之表現。就實際唐傳奇與話本小說以觀，作者無疑承繼發揚史傳之寫作形式及精神，並以此為其著作之期許及技巧之展現。

就小說作品之功能言，唐傳奇作者多於文末表達故事之作用。〈謝小娥傳〉寫作動機相當明顯：

> 君子曰：「誓志不捨，復父夫之仇，節也。傭保雜處，不知女人，貞也。女子之行，唯貞與節能終始全之而已。如小娥，足以儆天下逆道亂常之心，足以觀天下貞夫孝婦之節。」余備詳前事，發明隱文，暗與冥會，符於人心。知善不錄，非春秋之義也。故作傳以旌美之。

作者說明其寫作動機，即「知善不錄，非春秋之義」，又如〈柳毅傳〉：

> 隴西李朝威敘而嘆曰：「五蟲之長，必以靈著，別斯見矣。人，裸也，移信麟蟲。洞庭含納大直，錢塘迅疾磊落，宜有承焉。嘏詠而不載，獨可鄰其境。愚義之，為斯文」。

作者於評論褒美之外，寫作動機亦屬明顯，所謂「愚義之，為斯文」，為文實以教化益世為目的，作者於此自言其敘述原由及感歎內容，其為記錄者而非創作者之跡明顯，並非為純文學而創作。其他唐傳奇作者亦每於篇章之末表明其記錄動機或目的，且均集中於道德教化及有益人心之期許。話本小說亦有類似展現，如〈清平山堂話本·刎頸鴛鴦會〉中云：「禍福未至，鬼神必先知之，可不懼矣！故知士矜才則德薄，女衒色則情放。若能如執盈，如臨深，則為端士淑女矣。豈不美哉？惟願率土之民，夫婦和柔，琴瑟諧協，有過則改之，未萌則戒之，教崇風教，未為晚也。」與唐傳奇作者之寫作動機與期待無異，甚至其中「士矜才則德薄，女衒色則情放。若能如執盈，如臨深，則為端士淑女矣」之句即源自唐傳奇〈柳氏傳〉。又如〈風月相思〉最末云：「伉儷相期壽百年，誰知一旦喪黃泉。雲瓊節義非容易，伯玉姻緣豈偶然。配獲鸞鳳真得意，敬同賓友不虛傳。關雎風化今重見，特為殷勤著簡編。」對伯玉、雲瓊二人之愛情婚姻作有關道德風化之解釋，以見並非純粹創作奇聞異事。由此可見，對於其所寫作之事件，古典小說之作者並未視小說為純文學創作，而冀藉記述實事以求教化，以旌美並導正人心。

就敘述形式言，李公佐於〈謝小娥〉中以「君子」作為評述之人稱，實

君子與作者實爲一人，而所謂「君子曰」實爲史筆之模擬，如《左傳・鄭伯克段於鄢》即有類似筆法〔註30〕，可見其模仿史傳形式之跡明顯。又其他唐傳奇作者對於「君子曰」之形式亦有其他吸收轉換，如皇甫枚《三水小牘》以「三水人」自稱，一如前述《照世盃》作者自序模仿太史公自序之文字然，皆爲史筆書寫特徵。至於其中之批評文字，除表達作者人生觀或價值觀等個人見解及感慨外，亦往往於中交代事件來源、出處有據，而非虛構，以求見信於讀者。而刻意強調眞實度，則無非希冀藉以說服讀者，並彰顯其中之風教功能。如〈任氏傳〉末云：

> 嗟乎！異物之情也，有人道焉！遇暴不失節，殉人以至死。雖今婦
> 人，有不如者矣。惜鄭生非精人，徒悦其色而不徵其情性，向使淵
> 識之士，必能揉變化之理，察神人之際，著文章之美，傳要妙之情，
> 不止於賞玩風態而已。惜哉！建中二年，既濟自左拾遺於金吾將軍
> 裴冀、京兆少尹孫成、户部郎中崔需、右拾遺陸淳，皆適居東南，
> 自秦徂吳，水陸同舟。時前拾遺朱放，因旅游而隨焉。浮潁涉淮，
> 方舟沿流，畫宴夜話，各徵其異說，眾君子聞任氏之事，共深嘆駭，
> 因請既濟傳之，以志異云。

就此段敘述文字言，其中包含兩部分，一爲對任氏節行之讚賞與感嘆，另亦詳細描述獲知此一傳聞之背景，前者反映所謂史贊之跡，後者則強調事實根據，同時亦交代爲文之原由，乃眾君子「共深嘆駭」，所歎惜者乃事件本身與人物遭遇之波折，並視爲當應記錄此事之因素，即記錄旨在志異旌揚，而非無實用目的之賞心娛樂，作者爲文動機與目標明顯，仍爲補史闕旌人美之意。

又如〈楊娼傳〉中所云「夫娼，以色事人者也。非其利則不合矣。而楊能報帥以死，義也；卻帥之賂，廉也。雖爲娼，差足多乎？」對其所創作之作品實非視以純文學，而是具實用功能之實錄。如〈柳氏傳〉末後云：

> 然即柳氏，志防閒而不克者，許俊慕感激而不達者也。向使柳氏以
> 色選，則當熊辭輦之誠可繼，許俊以才舉，則曹柯澠池之功可建。
> 夫事由跡彰，功待事立。惜鬱堙不偶，義勇徒激，皆不入於正，斯
> 豈變之正乎？蓋所遇然也。

〔註30〕 如《左傳・鄭伯克段于鄢》文末有「君子曰：『潁考叔，純孝也。愛其母，施
　　　　及莊公。《詩》曰：「孝子不匱，永錫爾類」其是之謂乎。』」其間包含作者對
　　　　歷史人事之評價或議論等。

此段文字則評斷故事人物言行性格與懷才不遇之原因，以及個人「立事立功」之價值觀與人生觀。其寫作動機在於記柳氏之事，亦非單純創作。同時，藉由評述文字，亦顯現小說作者有意模擬史官之角色，而非所謂創作者之自覺，從中亦得見史傳寫作特徵予古典小說書寫之影響。

　　唐傳奇作者故重視取材之真實性，取之實錄者固不待言，即使是錄自傳聞之作，亦多於作品中標榜事實與可信度，且亦多交代聽聞與記錄之原由，以求見信於讀者，此自亦為模仿史傳特徵之表現。史傳之強調真實，有其勸戒借鑒之目的，「實錄」觀念為史論中早已確立之大原則〔註31〕，如班固於《漢書‧司馬遷傳贊》云：

> 劉向、揚雄博極群書，皆標遷有良史之才，服共善序事理，辯而不華，質而不俚，其文直，其事核，不虛美，不隱惡，故謂之實錄。
> 〔註32〕

注重真實記錄既是記史最高準則，亦影響小說之書寫，作者中亦不免有追求或標榜事之意識，韋絢《劉賓客嘉話錄‧序》亦說明唐傳奇之形成過程，其言云：

> 解釋經史之暇，偶及文人劇談，卿相新語，異常夢語，若諧謔卜祝、童謠佳句，即席聽之，退而默記。〔註33〕

唐傳奇篇章往往經此一過程而寫就，所謂「晝讌夜話，各徵其異說」、「握管濡翰，疏而存之」，題材內容往往由眾人之傳聞交流得以擴充流通，如前述〈任氏傳〉對此有詳細說明外，〈湘中怨解〉亦云：「元和十三年，余聞之於朋中，因悉補其詞」，亦屬由友朋之讌話談資而得知奇聞，並強調時空與相關人物，由此以表示其取材之真實性。如〈王知古〉中云：

> 三水人曰：「嗟乎！王生。生世不諧，而為狐貉所侮，況其大者乎？向無張公之皂袍，則強死於穢獸之穴也。」余時在洛敦化里第，於宴集中，博士渤海徐公讜為余言之。豈曰語怪，亦以摭實，故傳之焉。

於短暫慨歎人物遭遇外，作者旨在交代獲知傳聞之原由，以及寫作目的，即

〔註31〕見王國健，〈略論「實錄」理論對古代小說創作和小說批評的影響〉，本刊於《華南師範大學學報》（社科版），1994年3月，後收錄於《中國古代、近代文學研究》1994年，頁291。

〔註32〕班固，《漢書》（台北：鼎文書局，1979年）卷三十二〈司馬遷傳‧贊〉，頁729。

〔註33〕韋絢，《劉賓客嘉話錄‧序》，《四庫全書》子部冊三四一小說家類。

所謂「豈曰語怪，亦以摭實，故傳之焉」，既強調於好奇外之實用功能，並透露此文乃是據實傳抄而非有意設作，由此又可見唐傳奇作者對所取材之事件真實度之講求。其他如〈南柯太守傳〉則為：

> 公佐貞元十八年秋八月，自吳之洛，暫泊淮浦，偶睹淳于生棼，詢訪遺跡，翻覆再三，事皆摭實，輒編錄成傳，以資好事。雖稽神語怪，事涉非經，而竊位著生，冀將為戒。後之君子，幸以南柯為偶然，無以名位驕於天壤間云。

強調真人真事，「事皆摭實」，故纂而錄之。且強調雖為無稽之談，卻有勸戒警惕之功，亦屬具實用目的之寫作。又如〈李娃傳〉末白行簡對寫作原由之說明：

> 予伯祖嘗牧晉州，轉戶部，為水陸運使，三任皆與生為代，故暗詳其事。貞元中，予與隴西公佐話婦人操烈之品格，因遂述洧國之事。公佐拊掌竦聽，命予為傳。乃握管濡翰，疏而存之。時乙亥歲秋八月，太原白行簡云。

此一說明既強調故事之真實與作者旌美之意，更顯現故事題材往往由眾人口耳相傳、徵其異說所致，之所以加以記錄，乃感於故事中人物之特殊節行，寫作動機亦甚明顯。

　　話本小說亦有類似寫作意識，在求實前提下，多藉由詩騷之正統與抒情特質來達成權威說服或見信讀者之目的，而唐傳奇之詩賦則多表現作品之氛圍或身歷其境之感，二者對於詩賦韻文之運用有所差異。話本小說之題材雖多為社會奇聞或世情瑣事，而非唐傳奇或志怪中涉有神鬼異事，至於對真實之強調，則與唐傳奇並無二致。

　　真實性之講求無非為證明其故事之可靠與實用性。作者對史筆推崇與學習之跡明顯，模仿之意更顯。且其中強調所記之事乃由朋黨口耳相傳而得知，亦強調其真實可信度。由上述可見，唐傳奇與話本小說之創作意識實與史傳之模式密切相關，且深受其影響，即講求作品之真實可信度，所謂「是非不謬於聖人」對於作品之審美特質則未加以關心，而此一理念又與道德教化相結合，形成小說獨特之寫作模式與文類期許。

第三節　傳奇話本之論證現象

　　歷代對小說之評論觀點無論貶抑或提昇，均不出對實用觀點之反思，此

又與固有之史傳勸戒期許相關。因教化實用觀點之影響，古典小說中之虛實成分往往爲關注焦點。無論史實記錄或小說創作，既強調所記之事爲眞，然其間敘事卻仍不免藉助於修辭技巧，是以若干人物對話或心思，情節之轉換安排，仍有賴作者爲文之聯想與推理能力，行文虛實成分之相雜往往形成不同之寫作風格。

一、敘事之虛實成分

傳統崇實貶虛之批評觀念亦影響古典小說之藝術特徵。古典小說之所以被視爲小道末技，即因其所言所記難以符合固有之實證要求。若有意提昇古典小說之存在價值，則須藉由強調有益風教而達致〔註34〕。至於所謂眞實度

〔註34〕此一實用觀點有其背景，即歷代所承之實用文學觀。傳統文學之觀念嚴肅且崇隆，文學所呈現者，實爲人文化成之修爲或文明之成就，爲一至高無上之標準，甚而超越宇宙天地等自然萬物，形成萬物美善來源之基礎。此類觀點，實已超越純文學之視野，對於文學之特殊尊崇，亦因而促成對文學之高度期許，且歸結至人倫教化之實用考量範疇下，成爲文學之判斷價值標準，亦因而影響歷代文學形式及作品特質之形成。故文學所遵循之最終標準，亦爲傳統典籍，所謂「經也者，恆久之至道，不刊之鴻教也。」而非其他文學作品，如由於所稟持之依據爲固有之終極目標，是以文學得涵蓋一切終極眞理，且其中有人文化成之重要因素，故作者之性情心靈亦爲文章寫作之主要關鍵，以求形式內容皆合乎文理之要求，而文學內外在之同一和諧，無疑亦爲道德而非純粹藝術之目的所致。以經書爲文章創作、批評及文體淵源之主要依據，對於文學之觀點與態度可見一斑。由於意識到人文及情性修爲對寫作之重要影響，故對於文章之修辭與造作亦有所認識，以爲文章之呈現與良窳實皆爲人格修養之反映。如〈徵聖〉則云：「夫作者曰聖，述者曰明，陶鑄性情，功在上哲，夫子文章，可得而聞，則聖人之情，見乎文辭矣。」以爲爲文有一定原則，而文章表現則與思想內容一致。此一說法則顯然與性情相關，形諸於作品，則爲言志風教之表現，是以修辭意識與實用功能、人倫修身相關，文字之講求無非爲求眞理之明確傳達，明道與垂文二者相互發明，而非純文學形式之講究，是以文學中之虛構特質於此無法獲致認同或注意。事實上，於此之前即往往將文學之審美觀念與倫理道德合而論之。作者之寫作意識與讀者之審美閱讀亦受限於此一概念，如《論語‧八佾》云：「關雎樂而不淫，哀而不傷」，所強調者爲中庸和平，此一理論觀點實與倫理教化相關，所謂中庸和平，既包含倫理之善，亦包含藝術之美，蕭統《文選》所云：「夫文典則累雅，麗則傷浮，能麗而不浮，典而不野，文質彬彬，有君子之美。」作品因而顯現人之根本性情，如《文心雕龍‧明詩》云：「詩者，持也，持人情性」而〈徵聖〉云：「夫作者曰聖，述者曰明，陶鑄性情，功在上哲」及〈情采〉之「蓋風雅之興，志思蓄憤，而吟詠情性，以諷其上，此爲情而造文也」又云「文質附乎情性」「辯麗本於情性」，〈體性〉云「才有庸儁，氣有剛柔，學有淺深，習有雅正，並情性所鑠，陶染所凝。」文章爲情性之體現，而所謂

之呈現，則各時代不同作者之認知與表現方式亦有不同。以傳統實證態度對古典小說加以評價，往往形成風教與娛樂之對立。胡氏《少室山房筆叢・九流緒論》下云：

> 子之為類，略有十家，昔人所取凡九，而其一小說無與焉。然古今著述，小說家特盛，而古今書籍，小說獨傳，何以故哉？怪力亂神，俗流喜道而博物亦珍也；玄虛廣莫，好事偏功，而亦洽聞所昵也。

以為小說雖不受重視，卻普遍流傳，乃因世人好奇好事，小說題材具有怪力亂神之性質，因而得以吸引讀者〔註35〕。可見胡氏視小說為小道小技，但亦承認小說乃因此類好奇通俗特性而為大眾所喜。就另一角度言，小說難臻大雅之堂之特性實提供了寫作方便，且可對傳統之文類提出認知與反省。又基於固有之寫實規範，小說所敘述事件無論虛實，往往以慎重方式加以描寫。古典小說雖借鑑於固有之詩史傳統，然寫作上，亦不免有所區分，各自成其應有形式或特徵，謝肇淛於《五雜組》卷十五即提及文史二類體裁於創作上之分別，其言云：

> 凡為小說及雜劇戲文，須是虛實相半，方為遊戲三昧之筆。亦要情景造極而止，不必問其有無也。……近來作小說，稍涉怪誕，人便笑其不經，而新出雜劇，若《浣紗》、《青衫》、《義乳》、《孤兒》等作，必事事考之正史，年月不合，姓字不同，不敢作也。如此則看史傳足矣，何名為戲？〔註36〕

說明小說與史傳之形式似同而實異，且亦應有所區別，否則閱史即足矣，何必觀戲，可見對小說與正統經典已有所分判，且對小說之形式技巧等具有不同之期望與認知，實已意識到小說亦有辭章表現或加工之層次，而非僅強調道德教化之實用功能。而於古典小說刻意求真之修辭中，其所特有「謬悠」之虛構荒誕特色，反得以顯現。另一方面，小說亦往往因其新奇荒誕之特質

涵養與特殊風格，則往往與個人理念目的等相關。
〔註35〕如許寶善《北史演義・序》云：「爾欲知古今事盍讀史？人罕有踴躍求讀者，其故何也？史之言，質而奧，人不耐讀，讀亦罕解。」惺園居士《儒林外史・序》亦言：「士人束髮受書，經史子集，浩如煙海，博觀約取，曾有幾人？惟稗官野乘，往往愛不釋手。」此類說法說明一般讀者之閱讀興趣取向，而小說亦因此而為大眾所喜。
〔註36〕謝肇淛，《五雜組》卷十五，收錄於《筆記小說大觀・八編》冊七，頁4427～4428。

而為讀者所喜，如酉陽雜史《新刻續編三國志引》中認定小說之娛樂功能：「消遣於長夜永晝，或解悶於煩劇憂愁，以豁一時之情懷。」此為小說之所以異於正統典籍之處，亦為吸引大眾之特質。

另一方面，由於小說均不出小語、小道與或供補遺等觀點，是以古典小說作者於寫作之際，反對所謂外在形式與實用目的有所標榜講究，所強調之功能未必實有，卻影響古典小說寫作之特徵，即雖名為小說，卻強調事實性或教化目的，此一創作意識導致小說形式與史傳體例有某種程度之相關。六朝小說之作者固無文學創作意識，然作品卻虛實相混，真幻共存。雖拓展題材與思想，然其寫作前提仍為記錄事實，而非為好奇好事之目的，可見寫作態度仍為傳統觀念之延續。唐傳奇對志怪題材之繼承改造，主要在於將粗具梗概之故事進行某一程度之藝術虛構及藻繪增飾，此創作自覺與史筆特徵並存。

至明清話本小說之序跋，則藉由實用觀點以提昇小說地位，如《醒世恆言·序》云：「六經國史而外，凡著述皆小說也。而尚理或病於艱深，修詞或傷於藻繪，則不足以觸里耳而振恆心。」著重於小說之地位與教化作用。又言「此《醒世恆言》四十種，所以繼《明言》、《通言》而刻也。明者，取其可以導愚也，通者，取其可以適俗也。恆則習之而不厭，傳之而可久。」較之前述評論，話本小說無疑更增教導之意識，而非如唐傳奇，僅期許讀者自我體認與反省。然教化之講求外，古典小說實具有特殊風格，之所以具有經史所未備之娛樂作用，因素之一即在於其能於情節曲折中力求合理化之發展，如馮夢龍《警世通言·序》亦云：「事真而理不贗，即事贗而理亦真，不害於風化，不謬於聖賢，不戾於詩書經史，若此者豈可廢乎？」以為所記述之事未必皆有實據，若能於陳述過程中力求事件之合情合理，則不損小說之價值與功能。是以虛構成為可能，且獲得寫作之立足點與依據。

歷代批評強調小說雖小道卻可觀之實用性，又因史傳觀念之深遠影響，以為小說因稍具道德或教化作用而得以保存，古典小說作者亦據此以為寫作意圖。由此可見，傳統既否認小說正統性，卻又附加實際功能於其上，並據以解釋古典小說得以保存之價值與原因，此類評價有其對立與一致之處。

二、論證特徵之異同

唐傳奇與早期話本小說間固有差異，然同為文人之筆，唐傳奇與後世之擬話本小說間亦存有演變特徵，主要為現實性之加強及傳統禮教之復歸

〔註 37〕。表現於韻文之徵引上亦可見此一趨勢，大致而言，唐傳奇即使是鬼物假托之作，亦往往表現審美情趣與好奇心理，並及事件生動之強調。而一般人事之記錄，亦藉由詩賦等徵引以證其眞，甚而藉以表現小說與史傳書寫方式之類同。

　　「文備眾體」向爲唐傳奇之形式特徵，詩賦則爲其大宗，類似韻文之運用固有其修辭審美之考量，以及輔助敘事之功，然究之作者運用相關韻文形式之意識，實與史傳特質相關。此類韻文之運用，實更趨近史傳徵引謠諺之寫作思維。如《東城老父傳》中之謠諺亦有蕘議之特徵，顯現對史筆記述之熱忱與關注。其言云：

　　　　生兒不用識文字，鬥雞走馬勝讀書。賈家小兒年十三，富貴榮華代
　　　　不如。能令金距期勝負，白羅繡衫隨軟輿。父死長安千里外，差夫
　　　　持道挽喪車。

雖爲故事敘述所徵引，然實譏諷玄宗荒逸與天寶年間之亂象，以賈昌鬥雞而得以承歡，自爲對史實之記錄與批評〔註 38〕。又如牛肅《紀聞・牛應貞》一文幾以問答體之辭賦構成故事主體，其載錄主角之〈魍魎問答賦〉，乃藉此以表現人物之生命情懷與故事之主題思想，並以辭賦配合作品中對牛肅女之散文陳述，其文云：

　　　　長女曰應貞，適弘農楊巨源。少而聰穎，經耳必誦。年十三，凡誦
　　　　佛經二百餘卷，儒書子史又數百餘卷，親族驚異之。初，應貞未讀
　　　　《左傳》，方擬授之，而夜初眠中，忽誦《春秋》。……凡三十卷，
　　　　一字無遺。……誦已而覺。……後遂學窮三教，博涉多能。每夜中
　　　　眠熟，與文人談論，文人皆古之知名者，往來答難。或稱王弼、鄭
　　　　玄、王衍、陸機，辯論蜂起，或論文章，談名理，往往數夜不已。
　　　　年二十四而卒。今採其文〈魍魎問影賦〉著於篇。

就載錄之形式言，實爲史筆之承襲，尤其作者對於徵引辭賦時另作說明，其句勢與形式有如《史記・司馬相如列傳》引其之〈天子游獵賦〉，其文云：

　　　　（相如）請爲〈天子遊獵賦〉，……相如以子虛，虛言也，爲楚稱；

〔註 37〕程國賦，〈從唐傳奇到話本小說之嬗變研究〉，《江蘇社會科學》1995 年一期，頁 114。
〔註 38〕如李白〈古風〉之二十四云：「大車揚飛塵，停午暗阡陌。中貴多黃金，連雲開甲宅。路逢鬥雞者，冠蓋何輝赫。鼻息干虹蜺，行人皆怵惕。世無洗耳翁，誰知堯與蹠？」可視爲此一記載之側面。

> 烏有先生者，烏有此事也，爲齊難；無是公者，無是人也，明天子
> 之義。故空藉此三人爲辭，以推天子諸侯之苑囿，其卒章歸之於節
> 儉，因以風諫。奏之天子，天子大說。其辭曰：「……」〔註39〕

對引用作品加以說明，以體察司馬相如作賦以諷之用心，其間亦有太史公對
其人之評價，而〈牛應貞〉一文，則以類似方法烘托人物之生命情懷與人格，
並襯托牛肅女之優異稟賦，此固模仿史筆，然文中之運用辭賦，且以問答形
式展現，實爲對以往賦體之吸收與承接，值得注意的是，此類辭賦之出現皆
無刻意修飾之意，主要在於記實及徵信。而由〈牛應貞〉一文對辭賦之移錄
現象以觀，除藉以刻劃人物之性格與思想外，移錄實亦爲史筆之寫作模式，
以書中人物作品爲表現中心之寫作方式實亦史傳寫法，又如陳鴻〈長恨歌
傳〉，於散文陳述明皇貴妃事之後，先說明共王質夫及白居易相與討論史事之
經過，並言白氏作詩源由：

> 質夫舉酒於樂天前曰：「夫希代之事，非遇出世之才潤色之，則與時
> 消沒，不聞於世。樂天深於詩，多於情者也。試爲歌之，如何？」
> 樂天因爲〈長恨歌〉。意者不但感其事，亦欲懲尤物，窒亂階，垂於
> 將來者也。歌既成，使鴻傳焉。世所不聞者，予非開元遺民，不得
> 知。世所知者，有《玄宗本紀》在，今但傳〈長恨歌〉云爾。

此段序言之後，作者即徵引〈長恨歌〉一詩，主要在於對記史活動作一補充
與交代。又如〈圓觀〉文中所引詩歌亦有別於一般現象，如圓觀所唱之〈竹
枝詞〉，亦屬民間文學，其言云：

> 初到寺前，歌曰：「三生石上舊精魂，賞月吟風不要論。慚愧情人遠
> 相訪，此身雖異性長存。」又歌曰：「身前身後事茫茫，欲話因緣恐
> 斷腸。吳越溪山尋已遍，卻迴煙棹上瞿塘」

其間詩歌之穿插運用未必自然，如其行文順序爲「圓觀又唱竹枝，步步前去。
山長水遠，尙聞歌聲，詞切韻高，莫知所謂」之後，再以「初」字說明前事，
詩歌之內容固能增益情節、輔助說明，然較之散文之敘述，詩歌之穿插卻是可
有可無。二詩與敘事之結合並不自然，主爲說明介紹性質，作者詩才亦藉此而
得以展現。作者之修辭與審美態度明顯與單純記錄事實不同，由此可見，若就
形式結構，乃至寫作動機以觀，唐傳奇實不出史傳之限制，或視文章爲一寄寓
情志之載體，或寫作之始即以記史立場居之，純粹創作之動機尙未明顯。

〔註39〕見《史記》卷一一七〈司馬相如列傳〉。

　　宋元話本亦有類似作品，由於當時說話活動盛行，商業考量之故，對於表演技巧自是多所要求與關注〔註40〕，對藝術效果有所意識，而非僅強調其中之功能。如前所引述，《醉翁談錄》中〈小說開闢〉及〈小說引子〉等記載均曾提及，除藉由故事取材以達教化目的外，亦運用藝術效果如詩詞等以寓「褒貶是非」之功能或完成「秤評天下淺和深」議論之目的。實際上，作品之所以能達至「有褒貶是非」或「有益風教」之境，則其必有價值與層次之講求，而所載故事之真實即為主要特徵，亦往往為話本小說作者所刻意強調，以獲當時聽眾或讀者之認同〔註41〕。此一認知形諸於韻文之運用上，則除前述交代故事來源以求徵信外，另外則分別以「有詩為證」與作者評述等修辭形式以強調作者所言不虛及寫作地位，進而以凸顯其真實及權威感。如《古今小說·閒雲庵阮三償冤債》中鋪敘阮華與陳玉蘭相見相識之場景時，即強調所謂真實，其散文部分云：「時值正和二年上元令節，國家有旨慶賞元宵。五鳳樓前架起鰲山一座，滿地華燈，喧天鑼鼓。自正月初五日起，至二十日止，禁城不閉，國家與民同樂。」為證實其所言之熱鬧景象及君與民樂為真，故又以韻文刻意著墨，是以其後又云，「怎見得？有隻詞兒，名〈瑞鶴仙〉，單道著上元佳景」，並引出詞作內容云：

　　　　瑞煙浮禁苑，正絳闕春回。新正方半，冰輪桂華滿。溢花衢歌市，
　　　　芙蓉開遍。龍樓兩觀，見銀燭星毬燦爛。捲珠簾，盡日笙歌，盛集
　　　　寶釵金釧。堪羨！綺羅叢裏，蘭麝香中，正宜遊玩。風柔夜煖，花
　　　　影亂，笑聲喧。鬧蛾兒滿地，成團打塊，簇著冠兒鬥轉。喜皇都，
　　　　舊日風光，太平再見。

此一場景乃故事之主角相逢處，亦為事件之重要開端，故作者自是大加著墨，然就其上下文以觀，此一韻文實為作者求真求實之意識所致，為求見信於大

〔註40〕 如《醉翁談錄·小說引子》（台北：世界書局，1958 年）即云：「講論處不滯搭不絮煩，敷演處有規模有收拾。冷淡處提掇得有家數，熱鬧處敷演得越久長。」

〔註41〕 夏志清〈中國古典小說導論〉（見劉世德編，《中國古代小說研究》，上海古籍出版社，1983 年）云，中國明清時代，作者與讀者對小說中之事實比對小說本身更有興趣，……職業性的說話人一直崇奉視小說為事實之傳統為金科玉律，《三言》中沒有一則故事的重要人物沒有來歷，作者一定說出他們是何時何地人，並保證其可靠性。……講史的小說當然是當作通俗的歷史寫，通俗的歷史讀，甚至荒塘不稽附會上一點史實的故事也很可能被教育程度低下的讀者當作事實而不當作小說看。

眾，故引詞以證實，又如《西湖二集・張採蓮隔年冤報》中強調冬至後冬夜特別寒冷，故云：

> 一九二九，相喚不出手。三九二十七，籬頭吹觱篥。四九三十六，夜眠如鷺宿。五九四十五，太陽開門戶。六九五十四，貧兒爭意氣。七九六十三，布襖兩頭擔。八九七十二，貓狗尋陰地。九九八十一，犁把一起出。

此一引文無非強調王立於賭輸之後所面對之惡劣天氣，所謂「話說王立輸被之後，正值數九之天，晚間寒冷不過，幾陣冷風吹來，身上的寒栗子竟吹得滑柮兒一般大。」韻文之說明令天寒之形容更具體，其中亦具說明之作用。又《西湖二集・邢君瑞五載幽期》中則亦錄有〈西湖十景詩〉，亦旨在說明邢君瑞日日遊於南北兩山之自得，並另引仲殊荷花〈念奴嬌〉詞以證西湖荷花之好處，其理亦然〔註42〕。至於植基於眞實前提之權威性，話本小說中亦有所表現，如〈陰騭積善〉最末云：

> 夜靜玉琴三五弄，金風動處月光寒。除非是個知音聽，不是知音莫與彈。黑白分明造化機，誰人會解劫中危？分明指與常（長）生路，爭奈人心著迷處。

此詩乃作者針對林善甫於拾獲百顆大珠而能不貪，璧還失主張客，後因行善而科考及第之事，進而闡述世人爲善必有善報之道理，其理甚明，惜世人蒙昧，未能了悟。又如〈漢李廣世號飛將軍〉中亦云：

> 射虎英雄誰可加？君王俯背重咨嗟。高皇若遇封侯易，從此功名到底差。

即是對於李廣雖有善射長才，惜生不逢時，處於文帝不重視武官之時，而不得加封之感嘆。如〈簡貼和尚〉最末言，「當日推出這和尚來，一個書會先生看見，就法場上做了一支曲兒，喚做〈南鄉子〉」，並引其詞曰：「怎見一僧人，犯濫鋪模受典刑。案款已成招狀了，遭刑，棒殺髠囚示萬民。沿路眾人

〔註42〕〈西湖十景詩〉分別爲〈蘇堤春曉〉、〈斷橋殘雪〉、〈雪峰夕照〉、〈曲院風荷〉、〈平湖秋月〉、〈柳浪聞鶯〉、〈花港觀魚〉、〈南屏晚鐘〉、〈三潭印月〉及〈兩峰插雲〉等。而荷花詞〈念奴嬌〉爲：「水楓葉下，乍湖光清淺，涼生商素。西帝宸遊，羅翠蓋，擁出三千宮女。絳綵嬌春，鉛華畫掩，占斷鴛鴦浦。歌聲搖曳，浣紗人在何處？別岸孤裊一枝，廣寒宮殿冷，寒棲愁苦。雪豔冰肌，羞淡泊，偷把胭脂勻注。煩臉籠霞，芳心泣露，不肯爲雲雨。金波影裏，爲誰長恁凝佇。」

聽，尤（猶）念高王觀世音。護法喜神齊合掌，低聲，果謂金剛不壞身。」通篇文字與陳述方式雖屬通俗淺顯，然作者卻藉由此一說明以顯其真實不虛，以所謂書會先生所記述之文字強調故事來源之可靠性，並由填詞形式陳述事件內容，以顯其慎重真實。話本小說作者於故事後之評述多具論贊意味，表達其對人間之是非善惡或得失慨嘆，基本理念仍來自民間，即一般的福善禍淫之普遍理念，類似報應觀念爲話本小說常見之特質。然此一論贊形式實前有所承，實亦爲史筆之遺留，明清擬話本如《今古奇觀‧序》所謂「極摹人情世態之歧，備寫悲歡離合之致」及《二刻‧序》所言「其所捃摭，大都真切可據。」此時之擬話本多取材於現實，爲廣泛生活層面之反映，而不僅爲神鬼迷離之作。題材演變若是，則對於篇章之關注已非迷離恍惚之藝術效果，而是落實於現實基點，於其中發揚道德意識，其間修辭亦因而轉變，如詩歌中多表現教化思想或評價意見，唐傳奇中之詩歌則未有類似展現。如《躋春臺‧亨集‧吃得虧》云：「爲人須當忍讓，處世總要吃虧。不惹災禍不乖違，鬼神皆護佑，富貴錦衣歸。」及〈貞集‧螺旋詩〉云：「人物雖殊皆一性，誰不怕死貪生？一念之善感天心，人誠能救物，物亦可救人」等。由於傳統文學觀念與嚴肅寫作態度之固有影響，加之特定時代對創作之思想約束，即使通俗作家亦不免對作品自覺或不自覺有維護風化之期許，及彰顯勸善懲惡之理念。擬話本亦然，所謂「宋市人小說，雖亦間參訓喻。然主要則在述市井間事，用以娛心，及明人擬作末流，乃誥誡連篇，喧而奪主且多豔稱榮遇，迴護士人，故形式僅存而精神與宋迥異矣。」唐傳奇固爲史傳褒貶意識之沿續，亦強調旌美懲惡之功能，卻藉獨立於故事本文之結構加以發明，其中韻文之運用則未見用以議論或評論者，而話本小說則多以韻文穿插於故事中或首尾，處處得見其中之教化或議論，以及當時作者讀者間之現實關注與思維。

有關古典小說中寫實或虛構成分之認識，往往爲一相對現象，如唐傳奇與六朝志怪相較，則唐傳奇顯然已較具寫作之想像與虛構成分，如前述〈元無有〉與〈東城夜怪錄〉之類。又究之其他唐傳奇作品於文末對事件來源之刻意強調，亦可見當時作者對虛實之概念與取捨，既強調所言之人事確有實據，然於實際寫作過程中仍不免展現實錄風格以外之想像與虛構特質〔註43〕。話本小說由於承襲說書活動之表現風格，故寫作風格在於講述而不

〔註43〕如劉上生，《中國古代小說藝術史》（長沙：湖南出版社，1993 年），頁 217

在於著作，卻於虛構之基礎上另以實際之論證文字加以表現。話本小說與唐傳奇之對照下，其敘事形式更趨重視論證表現。本節所依據之唐傳奇與話本小說等篇章，所述情節固然同屬一事，然話本小說之篇幅明顯增長，對情節之安排與連貫多所增飾。

如唐傳奇〈薛偉〉一文，僅就薛偉變魚之事作一記錄，其中雖提及薛偉之年籍與仕宦情形，然皆爲附屬之筆墨，此一情形亦爲單純記史之延續。然至話本小說〈薛錄事魚服證仙〉相較，其另增薛偉勤政愛民一事，藉百姓之歌加以表現〔註44〕，此爲〈薛偉〉故事所無之情節，自亦非關注重點。對於薛偉之介紹，傳奇僅言「薛偉者，乾元元年任蜀州青城縣主簿，與丞鄒滂尉雷濟、裴寮同時。」話本小說則另增情節與相關說明，與其後之「合縣的官民又都來替他祈禱」相呼應，並令「須知作善還酬善，莫道無神定有神。」有所配合與呼應。唐傳奇主要在言其事之奇異，而話本小說則另作附會增飾，同時對於若干情節特點多予以解釋，如話本小說所云「你道少府是個官，怎麼出衙去，就沒一個人知道？原來想極成夢，夢魂兒覺得如此，這身子依舊還在床上，怎麼去得？」又針對漁戶趙幹之所以能釣到薛偉所變之魚作增飾，其言云：「你道趙幹爲何捨了這條大江，卻向潭裏釣魚？原來沱江水最急，正好下網，不好下釣。故因想到東潭另做此一行生意。那釣鉤上鉤著香香的一大塊油麵，投下水中。薛少府自龍門點額回來，也有許多沒趣，好幾日躲在東潭，不曾出去覓食，肚中饑甚。忽然間趙幹的漁船搖來，不免隨著他船游去看看。只聞得餌香，便思量去吃他的。」又如解釋趙幹之所以被鞭五十皮鞭：「你道趙幹爲何先不走了，偏要跟著張弼到縣，自討打吃？也只戀著這幾文的官價，思量領去，卻被打了五十皮鞭，償又不曾領得，豈不與這尾金色鯉魚爲貪著香餌上了他的鉤兒一般。」凡此皆爲唐傳奇〈薛偉〉所無。既落實於現實之考量，亦有對謫仙之幻設，並將變魚奇事作周延之解釋與敷演。

薛偉變魚一事於唐傳奇中僅被視爲奇聞異事，而話本小說則另作薛偉本

指出，傳奇往往於作品篇末或開頭交待事健來源或發生時間，以塑造眞實之情境，而作品之氛圍上，則多刻意描繪現實人物與幻設人物之共處場景，又加以詩賦等韻文之渲染，以加強作品之眞實與可信度。

〔註44〕如話本小說另增，「治得縣中眞個夜不閉戶，路不拾遺。百姓戴恩懷德，編成歌話，稱誦其美。歌云：「秋至而收，春至而耘。吏不催租，夜不閉門。百姓樂業，立學興文。教養兼遂，薛公之恩。自今孩童，願以名存。將何字之？薛兒薛孫。」以薛偉之勤政愛民呼應其後官民同爲祈禱及薛偉神秘身世等情節。

爲謫仙，故有變魚之歷煉，以求醒悟再回天庭。其中對句或詩歌實皆爲話本小說作者對於既有之唐傳奇故事作一解釋與說明，乃至有意之改編或重寫，敷演之意明顯，如入話亦云：「借問白龍緣底事？蒙他魚服區區。雖然縱適在河渠，失其雲雨勢，無乃困余且。要識靈心能變化，須敎無主常虛。非關喜裏乍昏愚，莊周曾作蝶，薛偉亦爲魚。」及篇末之詩：「茫茫蕩蕩事端新，人既爲魚魚復人。識破幻形不礙性，體形修性即仙眞。」亦皆爲類似作者之反省或看法。

又如唐傳奇〈吳保安〉與話本小說〈吳保安棄家贖友〉亦然，其始即以〈結交行〉一詩評論吳保安與郭仲翔事，實即爲話本小說對唐傳奇之反省與批評。〈吳保安〉中僅云：「李將軍至姚州，與戰破之，乘勝深入蠻，覆而敗之。李身値軍沒，仲翔爲虜。」至〈吳保安棄家贖友〉中則大加發揮，其言云：

> 李都督雖然驍勇，奈因英雄無用武之地。手下爪牙看看將盡，嘆曰：「悔不聽郭判官之言，乃爲犬羊所侮。」拔出靴中短刀，自刺其喉而死，全軍皆沒於蠻中。後人有詩云：「馬援銅柱標千古，諸葛旗臺鎭九溪。何事唐師皆覆沒？將軍姓李數偏奇。」又有一詩，專咎李都督不聽郭仲翔之言，以自取敗。詩云：「不是將軍數偏奇，懸軍深入總堪危。當時若聽還師策，總有群蠻誰敢窺？」

話本小說對情節作一詳細說明與交代，其間文字之連結多有修飾增加，明顯刻意爲文。〈吳保安〉一文僅爲客觀敘述，尤其郭仲翔遭蠻人釘板於足及輾轉買賣一節，於唐傳奇中爲補敘之情節，於敘述全篇故事結束後方予以補充：

> 初仲翔之沒也，賜蠻首爲奴，其主甚愛之，飮食與其主等。……經歲，……因逃歸，追而得之，轉賣於南洞。……仲翔棄而走，又被逐得。……經歲，困厄復走，蠻又追而得之。復賣他洞。洞主得仲翔，怒曰：「奴好走，難禁止邪？」乃取兩板，各長數尺，令仲翔立於板，以釘其足背釘之，釘達於木。每役使常帶二木行。……仲翔二足，經數年，瘡方愈。

而話本小說於此刻意描寫，大加渲染說明，並與其後情節相關照，而非如唐傳奇之補述性質。唐傳奇以「初」字追述之技巧，實源於史筆，而話本小說融入情節發展之安排中，則見其中之組織安排，亦可見論證說明之跡，充分表現所謂「說話」之本質。如話本小說言郭仲翔初被擄時，尚得合理對待。

後因贖款遲遲未至，引起烏羅不悅。僅能日食一餐，郭打熬不過，屢屢伺機逃走。然皆被追回，並輾轉獻賣，其言云：

> 那洞主號菩薩蠻，更是利害。曉得郭仲翔屢次逃走，乃取木板兩片，各長五六尺後三四寸，教仲翔把兩枝腳立在板上，用鐵釘釘其腳面，直透板內，日常帶著二板行動。夜間納土洞中，洞口用後木板門遮蓋。本洞蠻子就睡在板上看守，一毫轉動不得。兩腳被釘處，常流膿血，分明是地獄受罪一般。有詩為證：「身賣南蠻南更南，土牢木鎖苦難堪。十年不達中原信，夢想心交不敢譚。」

藉由仲翔遭蠻人釘木板於足，無法長期步行，配合其後一心背負吳保安夫婦白骨安葬，然「兩腳曾經釘板，雖然好了，終是血脈受傷，一連走了幾日，腳面都紫腫起來，內中作痛，看看行走不動，又立心不要別人替力，勉強捱去。有詩為證：『酬恩無地只奔喪，負骨徒行日夜忙。遙望平陽數千里，不知何日到家鄉？』」顯見唐傳奇與話本小說對於同一情節卻有不同之著重點與描繪。一著重事件之完足交代，一則另關注情節之安排與感人之效果，並力求故事之真實感，此實因寫作期許與意識不同所致。〔註45〕

〔註45〕唐傳奇〈獨孤遐叔〉與話本小說〈獨孤生歸途鬧夢〉間亦有類似之特徵表現，然其中之表現方式多未以韻文出之。前者於開頭僅言「貞元中進士獨孤遐淑，家於長安崇賢里。新娶白氏女，家貧下第，將遊劍南，與其妻訣曰：『遲可周歲歸矣。』遐叔至蜀，羈栖不偶，逾二年乃歸。」其後文章敘述焦點在於歸途所經歷之奇遇，與夢境之巧合。至話本小說，則首先對於其仕進不順，乃至投靠友人等事作一番詳細鋪陳，其中包括獨孤遐淑與其妻白氏之家世與處世態度，乃至人情冷暖、仕途風波及西南地理名勝、歷史典故等，前期之情節佔全篇故事二分之一，無非在解釋獨孤遐叔之所以離家在外而至後來歸家之緣由，以作為歸途奇遇之前提。獨孤生於歸途之經歷與白氏夢境之巧合，傳奇主要在於呈現事件本身之奇，話本則藉由巫山神女之中介與傳遞，令此一奇事得以具有神靈護持之因素，故事之特殊與產生因而具有一現實且可理解之依據。其後有關白氏女之入夢，唐傳奇未有特別著墨，話本小說則刻意敷演之所以入夢之因素，其言云：「『總然夢兒裏會著了他，到底是夢兒裏說話，原作不得准。如今也說不得了，須是親往四川訪問他回來，也放下了這條腸子。』卻又想到：『我家姐妹中曉得，怎麼肯容我去？不如瞞著他們，就在明早悄巧前去。』正想之間，只聽得喔喔雞鳴，天色漸亮。即忙起身梳裏，扮作村莊模樣。取了些盤纏銀兩，并幾件衣服，打個包裹，收拾完備。看翠翹時，睡得正熟。也不通他知道，一路開門出去。」對於白氏之入夢，解釋為日有所思，又因行文之敘述，致有果真離家尋夫之事，此一安排亦為此夢境與現實之巧合提供發生前提。話本小說篇幅上已較唐傳奇本身大幅擴張，而內容之說明解釋文字則更不待言。話本小說中論證因素之講求與理念，主要在於避免事件無根據之批評，是以於文中多所強調情節發展之脈絡與合理

唐傳奇〈杜子春〉與話本小說〈杜子春三入長安〉，亦有記錄與演述之不同，〈杜子春〉中僅言「憤其親之疏薄也。」，〈杜子春三入長安〉則增杜子春於送別之際唱曲取笑親眷之冷暖人情一節：

> 我生來的是富家，從幼的喜奢華，財物撒漫賤如沙。覷著囊資漸寡，看看手內光光乍，看看身上絲掛。歡娛博得嘆和嗟，枉教人作話靶。待求人難上難，說求人最感傷。朱門走遍自徬徨，沒半個錢兒到掌。若沒有城西老者寬洪量，三番相贈多情況，這微軀已喪路途傍，請列位高親主張。

話本亦對老者作一形容，此亦為唐傳奇所無：「戴一頂玲瓏碧玉星冠，被一領織錦絳綃羽衣，黃絲綬腰間婉轉，紅雲履足下蹣跚。項上銀鬚洒洒，鬢邊華髮斑斑。兩袖香風飄瑞靄，一雙光眼露朝星。」對照〈杜子春〉之「老人者不復俗衣，乃黃冠縫披士也。」敘事之繁簡有別，著重點亦有所不同，唐傳奇重在事實之陳述，話本小說則更求真實之證明，故屢屢以詩文加以說明。又〈杜子春〉言其揮霍時僅云「志氣閒曠，縱酒閒遊。」話本則刻意加以描寫：

> 輕車奴馬，春野游行，走狗擎鷹，秋田較獵。青樓買笑，纏頭哪惜千緡；傳局呼盧，一擲常輸十萬。畫船簫館，恣意逍遙；選勝探奇，任情散誕。風月場中都總管，煙花寨內大主盟。

較之唐傳奇，話本小說演述增飾之跡甚明，除維持改編題材後情節仍有一貫性，亦藉由韻文之穿插運用，表現話本小說之通俗淺顯與說明演述風貌。對於其中人物之心思亦多加陳述，如言及杜子春對於老者初次贈金之反應云：「他若是個有見識的，昨日所贈之錢，還存下幾文，到這早買些點心吃了去也好；只因他是鬆溜的手兒，撒漫的性兒，沒錢便煩惱，及至錢入手時，這三百文又不在他心上了。況聽見有三萬銀子相送，已喜出望外，哪裏算計至此。他的肚皮，兩日到餓服了，卻也不在心上。」可見話本小說對於論證特徵之表現。又以〈謝小娥傳〉與《初刻·李公佐巧解夢中言，謝小娥智擒船

性，又於夢境之後安排獨孤遐叔功成名就夫妻團圓乃至重建龍華寺等人情世故之情節，致故事落實於現實之基礎上，夫妻二人之夢中巧遇得以有合理之解釋與前提，話本對於事件之合情合理之講究可見一斑。而此皆為〈獨孤遐叔〉所無，其文末僅云：「豈幽憤之所感耶？」或可視為作者之理解與認知，然主要仍為自我情緒抒發之層面，此種表現亦可獲致當時文人讀者之認同與接受，而話本小說則對於人世奇特或罕見之事件往往另加以合理之安排與組織，以求讀者之認同。

上盜》相較，前者僅言「歲餘，至潯陽郡，見竹戶上有紙牓子，云『召傭者』。
小娥乃應召詣門。問其主，乃申蘭也。」後者增加其中對申蘭之描寫：

> 傴兜怪臉，尖下頦，生幾莖黃鬚；突兀高顴，濃眉毛，壓一雙赤眼。
> 出言如虎嘯，聲撼半天風雨寒；行步似狼奔，影搖千尺龍蛇動。遠
> 觀是喪船上方相，近覰乃山門外金鋼。

表現出話本小說對體物之熱忱與關注，又小娥獲申蘭信任之敘述細節亦有不
同，唐傳奇僅言「娥心憤貌順，在蘭左右，甚見親愛。」話本小說中亦增加
對情節之說明，凸顯說書形式及表現技巧，如對於字謎之說解，唐傳奇僅言
「小娥不自解悟，當書此語，廣求智者辨之，歷年不能得。」而《初刻》則
云：「說話的，若只是這樣解不出，那兩個夢不是枉做了。看官，不必性急，
凡是自有個機緣，此時謝小娥機緣未到，所以如此。機緣到了，自然遇著湊
巧的。」又唐傳奇言，「每留娥與蘭妻同守家室，酒肉衣服，給娥甚豐。」對
於此一記述，話本小說則作一解釋說明，其言云：「說話的，你差了，小娥既
是男扮了，申蘭如何肯留他一個寡漢伴著妻子在家？豈不疑他生出不伶俐事
來？看官，又有一說，申蘭是個強盜中人，財物為重，他們心上有甚麼閨門
禮法？況且小娥有心機，申蘭平日畢竟試得他老實頭，小心不過的，不消慮
得到此，所以放心出去，再無別說。」話本小說作者之書寫方式與對故事之
態度顯然傾向說明及詮釋，而非唐傳奇文人自我抒發表現之特性，說話人之
聲音亦明顯介入敘事中，如有關小娥獲申蘭信任一事，唐傳奇僅以「娥心憤
貌順，在蘭左右，甚見親愛。金帛出入之數，無不委娥。」等文字表示，而
話本小說則作一解釋：「故此千喚千應，萬使萬當，毫不逆著他一些事故。也
是申蘭冤業所在，自見小娥便自分外喜歡。又見他得用，日加親愛，時刻不
離左右，沒一句話不與謝保商量，沒一件事體不叫謝保營幹，沒一件東西不
托謝保收拾。」此固說明小娥所以獲致申蘭信任之由，然亦藉此說明而連結
小娥睹物傷情之情節張力，得以與情節進行合一。又如故事言小娥頻頻為申
蘭申春斟酒一事，亦為話本小說所另加，且言：「二人都是酒徒，見他如此殷
勤，一發喜歡。大碗價只顧吃了，哪裏猜他有甚別意？」對於故事既說且解，
以求合情合理之現實要求，呈現出與唐傳奇全然不同之敘事風貌。

　　此一現象之形成，主要根基於對古典小說之對立態度，既視小說為「架
空」之談，卻又期許此一文類具有風教功能〔註46〕。不同時期之小說作品正

〔註46〕吉川幸次郎著，鄭清茂譯，〈中國小說論〉，其言云：「近世的中國小說大都成

反映此二者之衝突與協調，唐傳奇與話本小說即使同具某類風教意識，然二者之表現風格未必相同，唐傳奇於恍惚淒清之中反思其間之教化意義，或言對奇異故事所作之詮釋。而話本小說則於題材之擇取上有所變化，落實於既有之世態人情，且藉由題材之真切有據，令其教化理念得以傳播與彰顯。此一風格特徵之演變實與修辭之異同有關，由韻文之安排措置亦可發現，不同作者因不同理念所致，寫作動機與技巧擇取之異同。

　　唐傳奇之好奇，主要在備考察，資見聞，不離實用觀點之講求，而後世話本小說之嬗變者，其於奇異事件之陳述，除致用理念外亦多娛樂考量，故於修辭描述上多所增飾，以收娛樂之效，二者寫作態度之差異形成敘事技巧之演進。以本文所舉之作品以觀，唐傳奇與話本小說作者之關注點不同，讀者層次亦有差距，前者寫作重文采與意想，主要為文人之自我抒發，而話本小說則因改編原有故事之故，相關之創作發揮有限，作者於其間之發揮往往為遙體人情，懸想事勢，設想事件陳述之忽略處，或者踵事增華，以文運事，針對某一關鍵加以充分發揮，力求故事之情節發展合於情理，加之讀者層面廣泛，因而形成作品中說明與論證之特徵。〔註47〕

　　唐傳奇與話本小說之故事題材除有相承關連外，亦往往以另一形式相互滲透，此亦顯示二者寫作思維與方式不盡相同，亦可見話本小說中之論證特色。如唐傳奇〈韋固〉為《西湖二集・月下老錯配本屬前緣》之入話，又如唐傳奇〈步飛煙〉成話本小說〈刎頸鴛鴦會〉之入話，其間之詩歌有所出入，唐傳奇中「一睹傾城貌，塵心只自猜。不隨蕭史去，擬學阿蘭來。」及「綠慘雙娥不自持，只緣幽恨在新詩。郎心應似琴心怨，脈脈春情更泥誰。」二詩不復存於話本小說中，改以「綠暗紅稀起暝煙，獨將幽恨小庭前。沉沉良夜與誰語？星隔銀河月半天。」及「畫簷春燕須知宿，蘭浦雙鴛肯獨飛？長恨桃源諸女伴，等閒花裏送郎歸。」二詩，可見話本小說作者雖吸收傳奇故事，然對於其間枝節與詩歌之安排，卻自創新意。

　　另一現象則為話本小說對於唐傳奇故事之分析或反思，如《二刻・莽兒

立在矛盾的興味之上。這種興味的特徵，是把偶然論證成必然，也就是使偶然與必然同時成立，換句話說，就是將兩種難於同時並存的東西，使其能夠同時並存。這種興味的發生是基於人們對架空之談的兩種相反的認識——他們覺得小說裏的謊話並非現實，但謊話卻要以現實為主——而在這兩種不同性質的對立上，就產生了所謂矛盾的統一。」（頁396）

〔註47〕陳大康，《通俗小說的歷史軌跡》（長沙：湖南師大出版社，1993年），頁27。

郎驚散新鶯燕，諛梅香認合玉蟾蜍》以「世間好事必多磨，緣未來時可奈何。直至到頭終正果，不知底事欲蹉跎。」及「不是一番寒徹骨，怎得梅花撲鼻香？」二詩對〈無雙傳〉故事作一批評與反省。以為「早知到底是夫妻，何故又要經過這許多磨折，真不知天公主的是何意見？可又有一說，不遇艱難，不顯好處」。唐傳奇記事之目的為好奇，旨在凸顯其中之離奇，至擬話本則於好奇外另增娛樂性質與通俗價值，所謂「只如偷情一件，一偷便著，卻不早完了事？然沒一些光景了。畢竟歷過多少間阻，無限風波，後來到手，方為希罕。所以在行的道：『偷得著不如偷不著。』真有深趣之言也。」對於故事本身之詮釋已有不同之觀點取向，形成與唐傳奇迥異之作品風貌。又如《初刻·程元玉店肆代償錢，十一娘雲崗縱譚俠》之入話，其中亦針對以往故事作一分析與評述，其言云：

> 紅線下世，毒哉僂僂。隱娘出沒，跨黑白衛。香丸裊裊，游刃香煙。

> 崔妾白練，夜半忽失。俠嫗條裂，宅眾神耳。賈妻斷嬰，離恨以豁。

> 解洵娶婦，川陸畢具。三鬟攜珠，塔戶嚴扃。車中飛度，尺餘一孔。

分別以唐傳奇或志怪等故事為一論述素材，顯現話本小說作者對於前此之作品所具之評價與心得，並藉此以敘述故事正文。另《二刻·疊居奇程客得助，三救厄海神顯靈》中亦對於〈周秦行紀〉、〈后土夫人傳〉等作品之實虛亦有所論斷，以為此類作品主要在譏諷特定人物，而所述之事並無事實根據，另一方面亦深信異事之實有，以為「窈渺神奇事，文人多寓言。其間應有實，豈必盡虛玄。」以為「不知天下的事，纔有假，便有真。那神仙鬼怪，固然有假托的，也原自有真實的，未可執了一個見識，道總是虛妄的事。只看《太平廣記》以後許多記載之書，中間儘多遇神遇鬼的，說得的的確確，難道盡是假托出來不成？」由話本小說藉韻文形式對書寫同一故事之唐傳奇轉換可見，其對於韻文之運用實趨於多元與豐富，既以韻文增飾情節，亦以為分析評論之用，實顯見話本小說作者對唐傳奇之吸收與修正。

第四節　現象呈現與分析

中國傳統之價值判斷方式往往將審視對象納入人生系統以把握，是以文學作品之價值非由其本身而顯現，而是由作品所發揮之現實功能而判斷，此一觀點亦影響小說之創作與批評觀點。

一、凸顯史筆成分

　　中國傳統對於以文字載錄之史冊有其崇拜，以爲「善惡書於史策，毀譽流於千載」，是以凡被視爲史筆之作，亦即被肯定有其價值〔註48〕。中國敘事文學中，「史」之色彩一向濃重，事實上，史傳即爲敘事文學之一，無論題材或形式，敘事文學與史傳皆有某種程度之相關。

　　一般而言，重眞實、重思想及認識功能乃作者傳統之嚴肅態度與文學責任感，因而令中國文學有其高度道德風尚。中國敘事文學「史」之質素與色彩極爲強烈，對史筆形式之刻意學習，無非爲求有益於世，六朝志怪或志人之小說亦僅爲史之變異與旁支，因其固具文學性，然尚未脫離記載、筆錄性質，藝術創作之成分並不強烈，寫作目的亦多屬冀補史闕之層次，尚未具有明顯之修辭意識與技巧，所謂「發明神道之不誣」，無非亦爲「不乖風教」。唐傳奇之寫作方式不出史遷筆法，當時實亦以史筆標準衡量相關著述，如李肇《唐國史補》云：「沈旣濟撰〈枕中記〉，莊生寓言之類；韓愈撰〈毛穎傳〉，其文尤高，不下史遷」〔註49〕，以史傳爲評量敘事文學之標準，此爲中國歷代寫作之原則與理念。就唐傳奇與話本小說之形式表現以觀，其中作者之寫作意識或結構形式皆已顯現某一程度之史筆影響，然若就其中之韻文運用而言，由於各時代之寫作理念與藝術技巧各有不同認知，對於史傳形式之模擬或轉變亦有所不同，由此差距現象實可探究各層次之內在意義。

　　古典小說中往往包含歷史及文學意識，前者主要爲實錄及嚴肅爲文之態度，後者則爲虛構及修飾之修辭意識，一爲史學之典重規範；一爲文學之靈活變化〔註50〕。古典小說即使以眞實生活與人物作爲描摹基礎，然其間亦不免具有奇特之想像或變化。即使正統之史傳文字，所記述亦未必皆爲作者之耳聞親見，爲求史實之敘述合乎現實情理，亦不免運用一定程度之想像虛構，而小說作者爲完成作品中超越眞實生活之「第二自然」，更須強調其中之想像與虛構，作者對於文字之組織與安排自更顯明確〔註51〕。唐傳奇以記實爲前提，故其引用韻文多藉以說明其中人物之言行或心思，所呈現爲記錄或引述性質，而話本小說除於人物場景等方面多所描繪外，並藉韻文之運用以提升

〔註48〕董乃斌，《中國小說文體的獨立》，頁92。
〔註49〕李肇，《國史補》卷下，《四庫全書》子部冊三四一小說家類。
〔註50〕劉上生，《中國古代小說藝術史》，頁26、28。
〔註51〕董乃斌，《中國古典小說文體的獨立》（北京：中國社會科學出版社，1994年），頁51。

作品之真實性，或規勸力量。此實與唐傳奇與話本小說二者之寫作風格有關，唐傳奇既以記史之態度為文，故作者往往以嚴肅態度為之，並常於文末註明出處或寫作動機，而話本小說有其特有之娛樂特性，加之固有之傳統制約，故於形式之變化中往往刻意包裝與安排，以尋求敘述事件合情合理，故對真實性之強調常於故事之發展中顯現，此與唐傳奇之表現不同。〔註52〕

二、展現虛實概念

　　古典小說由於形成背景之複雜與特殊，因而具有綜合與混雜特質，為包容特徵明顯之文類，寫作上亦因而具有明顯「敘」、「議」等雙重特徵。受限於既有實用與史傳觀點，唐傳奇與話本小說對於此類修辭各有不同表現。唐傳奇之作者多視所記之事為真實，故以「實」為「實」，以為其中之記錄即為事實，本即具教化作用，自無說明之必要，而其中之論證多集中於事件結束之文末。相較之下，話本小說顯然具有較大程度之說理論證特徵，並自由介入於不同之情節陳述中，明顯呈現話本小說於寫作修辭上之演述特徵。即強調情節進展之說明，而重論述，所求亦僅為一真實或可信度，此亦為固有實用觀點之影響。二者之不同與作者之寫作意識有關，若認定所記之事為真，但僅直述即可，無需多作說明，況唐傳奇作者多以為其之寫作乃史傳之延長，而非小說，自無再作說明之必要。話本小說則不同，其對事件本身之虛實有所反省，然即使非現實經驗，話本小說亦往往以慎重之寫作方式加以描寫，而以虛作實，主要為教化作用之強調。作者雖亦有教化觀點之講求，然卻未必認定其中所言必為真實，然又限於固有之「不虛為文」觀點，對小說之地位與作用予以提昇，為求真實與權威，對於其中之事件往往予以合情合理之說明，說書人或說話人成為一教導與陳述之角色，與唐傳奇作者自期為記錄者之意識顯然有別，而作品之虛實亦形成古典小說特有之修辭風貌。

　　唐傳奇與話本小說均雜有史筆痕跡，然以個別文學背景及因之而起之修辭表現而觀，實各有異同。以作者寫作意識之角度而言，唐傳奇與話本小說固皆為有益於世及旌善抑惡之目的，表現形式卻有所不同。唐傳奇是否因溫

〔註52〕至話本小說，作品中之情節發展愈趨合理化之強調，如馮夢龍《警世通言·序》云：「事真而理不贗，即事贗而理亦真，不害於風化，不謬於聖賢，不戾於詩書經史，若此者其可廢乎？」所陳述之故事未必皆為真實人事，然卻必要使事件發生之始末皆有其根據與因果關連，以證小說並非無根不經之言，此又與既有對小說之觀點相關。

卷風氣而盛行，尚有質疑〔註 53〕，然其包含史才、詩筆及議論等特色卻無庸置疑，且詩才與史筆往往有相關，如前所述，唐傳奇對詩賦之運用，往往有模仿史傳移錄之傾向，對詩賦之徵引，無非爲求記事眞實之目的，而非審美效果之講究。而話本小說雖不免刻意襲用類似之史傳筆法，然終究不離其供談資助消閒之特性，與唐傳奇相較，話本小說由於產生背景之故，對於小說固有之小技地位向有較明顯之體認，就唐傳奇作者之寫作意識以觀，其人自始即無單純創作以娛樂之理念，多強調載錄見聞而非創作，寫作方式亦不出史遷之筆法，對修辭之關注則爲求感人化人之要求，亦不免有實用目的。

　　藉由唐傳奇與話本小說之對照可見，二者實皆具有某一程度之虛實因素，作品之描摹固須落實於現實經驗之基礎，然亦須具有特殊之想像及變化，於審美特徵上，作品之虛構須把握藝術虛構及眞實性之內在統一，藝術之「實」超越現實生活之「實」，而所謂「虛」，則落實於實際經驗加以虛構創作。作品固有求奇求新之趨向，然亦須受制於文理之規範，情節縱求曲折，然亦須兼顧生活上之眞實與邏輯〔註 54〕。是以作品中所謂「實」，並非現實生活之實際活動，往往是對作品內在情理一致之強調，無論其中記述是否眞有其人其事，若於敘事中得以掌握情理發展之合情合理，即有其藝術價值，而話本小說於作品之實際表現中所呈現者，正在於此。

　　整體而言，唐傳奇與宋元話本間有其差異，作者層次方面，唐傳奇爲文人創作，且多爲進士或仕宦者，而宋元話本則多爲說書講唱之藝人，爲一般市民或落第書生。貴族文人與市井小民因生活背景之不同，對於事物之相關理念自亦有所差距，亦因而影響其人對故事之處理及安排。又因寫作前提不同，形諸於作品之修辭表現之亦因而有所分歧。唐傳奇作者或爲記史期許或爲好奇傾向，皆得以發揮其才情，無所拘限，而話本小說固有其活潑通俗之寫作自由度，然亦不免面對藝術或其他外圍因素之干預與影響，亦不免影響作品之風貌。唐傳奇及話本小說系統之發展同時並存，以表達之媒介、作者

〔註 53〕 一般言及唐傳奇興起之時，往往引用趙彥衛《雲麓漫鈔》「唐之舉人，先藉當世顯人，以姓名達之主司，然後以所業投獻；踰數日，又投，謂之溫卷，……蓋此等文備眾體，可以見史才、詩筆、議論。」之語，然亦有學者對此說有所保留。如馮承基，〈論雲麓漫鈔所述傳奇與行卷之關係〉《大陸雜誌》三十五卷八期，1967 年）即對此有所質疑。

〔註 54〕 謝昕、羊列容、周啓志，《中國通俗小說理論綱要》（台北：文津出版社，1992年），頁 194、181。

不同身份及讀者相對程度言，於某一時期或有不同屬性之文學存在，一為向聽眾講述之口傳文學；以文化水平較高之讀者為對象之正統文學，以及以一般大眾廣泛且普遍興趣為考量之白話文學等〔註55〕。大致而言，唐傳奇之寫作主要為文人自我意識之創造與自覺，而話本小說則落實於人生現實經驗，所關注者為對人心世情之教導，一為自我完成或反省，一為以大眾之接受與認同為核心，自無法表現個人之思考或理念。

話本小說之產生與興盛乃植基於大眾之娛樂需求，有其經濟及商業考量，而如唐傳奇之性質則多為嚴肅與求所性，並往往具有較話本小說鮮明之使命感，以此形成其獨特之寫作動機，與話本小說應大眾娛樂不同。固有性質既以形成，則對傳統文學形式之借鏡與運用亦因而各有取捨，此為唐傳奇與話本小說傳承史傳形式之最大相異處。

三、反映修辭意識

各式文類既各有發展演進系統，然彼此亦相互影響及滲透，各文類之特徵亦得以進展與擴充。古典小說此一論證特徵來自正統經籍書寫模式，具有增補史闕及有益風教之期許，其相關論點自對所謂「真實」之講求，歷來學者多以「事信而不誕」作為衡量評斷史學文學之重要標準，以為小說當應「皆有所據」，「言非無根」，講究「實錄」，「尚真」，是以唐傳奇多交代事件出處或來源，實為此一理念之表現，話本小說於此亦多有承襲，二者並藉由華美文辭以達致此一徵實目的。強調真實之同時則是注重作品之教化與道德之實用功能，唐傳奇講求言有所據之實錄，往往以作者之陳述與移載韻文作品加以展現，而話本小說除於序跋或評論陳述其寫作用意外，對於事件真實度與實用性則多以韻文形式穿插表現於散文之敘述主體中。所謂「以意度之，則俗文之興，當由二端，一為娛心，一為勸善，而尤以勸善為大宗。」〔註56〕可見話本小說於教化功能上之刻意強調。

唐傳奇作者於寫作之時即傾向於記實態度，以為寫作即為實錄而非創作，然話本小說之作者固亦意識到小說對實用功能之講求，但對於作品形式結構與刻劃多所關注，此均與時代因素與文學背景相關，而形諸於作品之形式中，則呈現對史筆模式不同之吸收與模擬。話本小說以其獨特之背景

〔註55〕Patrick Hanan, "The Early Chinese Short Story: A Critical Theory in Outline", *HJAS* 27 (1967), p.170.

〔註56〕魯迅，《魯迅小說史論文集——中國小說史略及其他》，頁93。

與審美態度，以爲小說實屬遭輕視或排斥之體裁，爲突破既有概念，故刻意凸顯其雖小道卻可觀之實用功能〔註57〕，此一意識影響作者之寫作及期許。〔註58〕

　　所謂小說「言其上世之賢者可爲師，排其近世之愚者可爲戒。言非無根，聽之有益」（小說引子）之教化思想實爲一既定概念，甚而故事發展、情節安排等皆歸結至實用功能之範疇下，其中韻文之引用往往亦負有指導勸戒等意識。由於特有之大眾參與性，話本小說之教訓與論評往往較易獲得大眾之認同，所引用或表現者多爲普遍眞理，且此一公理亦必符合既有之傳統思維。唐傳奇藉說明事件來源與敘述之詳盡以表現事件眞實度，而用意則不外褒貶，多屬個人理念之闡發與自我抒發，而話本小說則大量引用詩詞等韻文以求眞實，除有審美之考量外，亦往往有提升作品地位之目的，而此一目的亦爲作品之教化功能奠基。實際上，所謂褒貶風教皆涵蓋於史傳範疇之中，由此可見二者受史傳影響之跡。

　　討論古典小說敘事形式形成之相關著作大致皆以子、史爲小說題材形式之兩大源流。以文學史流變角度言，小說既發展於後，自以先前之文章體例作爲其寫作原則與標準，此乃受文學環境與背景之影響，其間模擬學習之表現未必皆有自覺，亦可能於既有之文學背景下之自然表現。另一方面，歷來視小說均不出小語、小道與或供補遺等觀點，是以古典小說之作者於寫作之際，亦不免對所謂外在形式與實用目的有所標榜講究，其中所強調之功能未必實有，卻影響小說修辭之特徵。

　　古典小說爲求作品之藝術效果，於修辭上自多所增飾。就唐傳奇與話本小說對寫作體裁之認知與取捨以觀，二者實各具有作者之自覺及反省，而當時之文學背景與環境亦爲一重大影響因素。就敘事文學之典式而言，史傳無疑爲傳統且權威之書寫形式，無論小說作者之寫作意識爲何，其寫作動機與對作品之期許皆不出史傳之價值觀，由此一基點出發而形諸於各時代之文學

〔註57〕于興漢，〈傳統教化思想與古代小說藝術的矛盾〉，《山西師大學報》（社科版）十九卷一期，1992年1月。

〔註58〕陳謙豫，《中國小說理論批評史》（上海：華東師範大學出版社，1989年），〈先秦兩漢時期小說概念〉引《莊子·外物》云：「飾小說以干縣令，其於大道亦遠矣。」所謂「說」，乃指能譬喻某種道理之寓言或故事等叢談瑣話。戰國時說客爲求其人主張能成一家之言，「動人主之心」，是以務必搜集大量之史料、寓言、民間諺語等，以加強之說服能力，頁1〜2。

體式,亦有不同面貌。以唐傳奇及話本小說運用韻文之現象以觀,二者雖皆用以求其真,於實際表現上卻有異同。唐傳奇中之論證成分主要在於文末之作者評述,基本上與情節未有相連,其所承襲者主要為史筆中之論贊形式;多以詩賦表現情節之生動與臨近感。至於話本小說,則將論證部分與情節發展相結合,話本小說另以詩賦以證事件之真,形成敘事之特殊風貌,此一現象亦受有某種層次之史傳影響。無論是講求實錄之寫作期許,或提昇作品之目的,往往亦同時顯現小說架空之說之色彩,且二者對於傳統規範同樣關注。

古典小說風格之形成,自有其內在根據,與作者之心理質素、文化修養與個人經歷相關,而整個社會環境之形成亦有其內在因果聯繫,作者寫作風格往往即特定時代或整體文化環境之審美呈現〔註 59〕。是以當時作者間特殊之寫作概念或形式往往相互影響,甚而成為固定之寫作習慣〔註 60〕。唐傳奇透過調整敘事角度和其他藝術技巧之創新,令詩情、史筆及議論相互融合滲透,形成明顯之文體自覺意識,並往往因而表現出作者個人之特有自我概念或審美態度,不似話本小說對一般讀者有所關注,且因而形成特具集體創作特色之風貌。話本小說作者於寫作之際,往往將個人之審美理想付諸於固有形式中,由於形式之前有所承,自可獲得讀者認同及接受之保證〔註 61〕。無論新變與否,對於傳統形式之講求與強調意識實仍存在,二者若取得一致,方有發展及創新之可能。

〔註59〕 張毅,《文學文體概說》(北京:中國人民大學出版社,1993 年),頁 266。
〔註60〕 如《醉翁談錄》中〈小說引子〉及〈小說開闢〉二則於探討當時說話活動之各類情況後,分別引詩以作結,如以「破盡詩書泣鬼神,發揚義士顯忠臣。試開嘎玉敲金口,說與東西南北人。」及「春濃花豔佳人膽,月黑風寒壯士心。講論只憑三寸舌,秤評天下淺和深。」說明說話活動之內容與表演技巧,又以「小說紛紛皆有之,須憑實學是根基。開天闢地通經史,博古明今歷傳奇。藏蘊滿懷風與月,吐談萬卷曲和詩。辨論妖怪精靈話,分別神仙達士機。涉案槍刀并鐵騎。閨情雲雨共偷期。世間多少無窮事,歷歷從頭說細微。」為一總結。可見以詩歌形式作為陳述之輔助實乃當時習有之寫作模式。又如南宋之話本往往是說話人或書會先生之集體合作,至明代擬話本,則成為專供閱讀之擬作,作者或編者成為個人,藝術成就亦有相當之演進。
〔註61〕 羅立群,〈中國小說雅俗論〉,《社會科學戰線》1993 年四期。

第七章　由韻文現象探討文類混合

　　各種文類表現形式與特質乃當時作者於所處特定背景下所反映之思維及反省，就中國文學傳統而言，各式文類之修辭特徵往往與既有文學觀念相涉，多不離實用或政教等觀點之考量範疇〔註1〕。而各文類間彼此固有差異性，然若於某一特定文類中同時呈現其他文類，則其間之修辭或技巧之運作亦往往可趨於和諧一致，並形成特定文類之深層與多重意義內在，此類現象反映各式文學作品發展之延續及動力，尤其具有關作者對選取文類之寫作思考、讀者對某一文類之閱讀期待等，更爲文類風格或修辭形式不斷新變之主要促進力量。

第一節　各式文類之特有屬性

　　文類各項屬性之產生並非偶然，而各文類之屬性亦互有差異，其間均存有對當時文學環境或背景之省察，由此而衍生各種文類之表現特徵及評價期許。若又於特定文類之作品中以不同文類之修辭風格彼此相涉相融，則作品之意義層次則更趨多元。本節擬以傳統文學之實用與風教觀點爲基礎，對各式文類之修辭形式與內在意義加以探討，以爲探討古典小說文類綜合現象之前提。

一、文類形成之背景與意義

　　文類皆有特定寫作風格或典範，乃至修辭習慣等。就文類本身言，其中

〔註1〕中國文學中各式文類之特質形式與價值判斷與文學觀點之關涉，可參閱劉若愚，《中國文學理論》（台北：聯經出版事業公司，1991年），對此有詳細論述，本文則主以實用觀點之角度加以探討。

所構成之諸項因素或條件自爲一有機結構，彼此之運作有其內部一致性。對文類之關注可包含兩層面：一爲對文類之結構作客觀之詮釋與解析，另外則爲對文類進行審美及意義上之判斷及評價，藉此一前提予以比照，則各文類彼此相融後所形成之意義自更趨多元及豐富。〔註2〕

不同文類之所以有所區別，即在於某類修辭特徵之有無或彼此之差異，且各文類所獨具之特質有其相對恆定性，形成所謂固定「類型」，如一般以爲詩歌即主爲抒情，古文主重記事等固定概念。中國向有「類」之觀念，如《易》乾卦之「本乎天者親上，本乎地者親下，則各從其類也。」及〈繫辭〉上之「方以類聚，物以群分」，此所謂「類」，即指彼此間皆具有相同質素。而對事物、典籍乃至文學作品作分類亦早已有之，並分別以類、目、部或體言之。所謂「類型」（genre），實爲外來語，其實際內涵眾說紛紜，各有說法，然若將「類型」界定爲一系列隨時代變化而變化，且爲作家讀者所共同遵循之藝術成規，應無異議〔註3〕。就文類而言，彼此之不同形式與風格無疑爲明顯之差距質素。而其間風格之區別往往與人之思維相關，藉此所展現之思維內在，實亦與當時之文化或文學背景相關，即當時對某一型式或類型之自覺與定義。

文類之形成與演化乃植基於人類生存環境及精神需求，其中具有豐富人文內涵與價值意義，與固有之文化環境或價值觀密切相關，故文類之產生既表現文化，同時亦受文化制約。創作者對特定文類之意識，乃其人於長期文化薰陶中所形成對於相關文類所應有之認知。文類常爲某種慣例或格式，爲相對穩定之語言形式，並獲當時作者及讀者之認同，文類中之特殊文體風格往往源於某些特定或無名之作家，並有後繼者自覺或不自覺之模仿而形成，進而成爲一傳統或慣例，且此種傳統漸內化爲某一文類之特定文體意識，爲同處相同文化背景之作者與讀者所尊重與依循。

文學作品由語言文字所組成，不同於日常用語，各文類之組構方式與呈現面貌亦有其審美之考量與安排。不同文類有不同之組構要求及規律，皆因與普通語言之使用有所隔閡，而此一區隔即爲文學之審美距離，讀者於感

〔註2〕 本文所採之文章體性及風格觀念乃據曹明海，《文體鑒賞藝術論》（濟南：山東文藝出版社，1992年），頁1～2而來，並藉此一基點進行中國古典短篇小說之體式探討。

〔註3〕 所謂「類型」，乃「genre」之意譯，並另據陳平原，《小說史：理論與實踐》（北京：北京大學出版社，1993年），頁140～141之說明而定。

知之過程中所獲得者爲豐富之審美體驗，並於特定之語言境況中產生不同於一般日常用語之全新體悟，因而有精神上之自由與愉悅，且有超越現實目的之欣然。文類依特定之美學目的，轉換原有語言系統之運作模式，強調某些可激發讀者特殊感知之語言成分，因而重新構成具有整體命意之語言單位。〔註4〕

　　個別文類有其獨特涵義，既包含對特定時代人生觀之反映，亦能包含理想與意境之創造，有嚴肅具教化之價值評述，亦有幽默而意味深長之內在表現，形成文類多重複合結構之內在。而某一文類之文體特徵一旦形成，文類期待亦因而產生。讀者習於某一慣例化之釋意功能，其期待亦屬慣例化，此乃由某一文類之固有文體規範內化而成，故論者常依循傳統文體規範加以閱讀批判與闡釋，且作者與讀者亦皆遵守其中之成規或特性，對特定文體有其目的或藝術上之要求與期待。而中國傳統對不同文類之文體規範，往往皆與既有之文學觀念相關，其中與實用功能之理念最爲密切，此爲固有文學創作及批評之前提，對於各式文類特性之形成，亦有所影響。

二、傳統文學之實用價值觀

　　中國文學傳統對各文類之期許往往不離實用功能之範疇，並藉以界定文類之高下價值，及其於文學史上之地位。此與中國固有之嚴肅文學觀念相關，並因此形成各式文類於寫作上之獨特形式與內在，以及特殊之評價觀點與審美要求。

　　傳統經史著述對文學之功能多所強調，往往與政教相關涉，而非純文學之批評角度，例如《尙書・堯典》云：「詩言志，歌永言，聲依永，律和聲，八音克諧，無相奪倫，神以人和。」又如《莊子・天下》所云之「詩以言志」及《荀子・儒效》之「詩言是其志也。」均爲類似理念之發揮陳述。至漢世，「詩言志」之精神與標準即存在於士人之文學觀念與實際創作中，文學著作與政教人倫密切相關，此一理念於時代遞換中一脈相承，成爲文學固有之言志傳統。如《詩・大序》云：「詩者，志之所之也。在心爲志，發言爲詩，情動於中而形於言。」其間雖思及文學作品在於表現作者個人情志，然亦體認到個人情志及文學呈現皆有其產生背景，如鄭玄云：「詩者弦歌諷喻之聲也。自書契之興，朴略尙質。面稱不爲諂；目諫不爲謗。君臣之接如朋友然，在

〔註4〕張毅，《文學文體概說》（北京：中國人民大學出版社，1993年），頁21。

於懇誠而已。斯道稍衰，姦僞以生，上下相犯。及其制禮，尊君卑臣，君道剛嚴，臣道柔順。於是箴諫者希，情志不通。故作詩者以誦其美而譏其過。」〈大序〉並指出詩與風教倫理之相關和作用，所謂「治世之音安以樂，其政和；亂世之音怨以怒，其政乖；亡國之音哀以思，其民困。」以及「正得失，動天地，感鬼神，莫近於詩。先王以是經夫婦，成孝敬，厚人倫，美教化，移風俗。」既體認詩歌得展現個人情志與內在情思，更強調詩之實用功能，實爲文學之表現理論與儒家實用理念之發揚〔註5〕。類似理念皆顯現文學往往與政教相關，此一理念於王充《論衡‧對作》中充分發揮，其言云：「故夫賢聖之興文也，起事不空爲，因因不妄作，作有益化，化有補於正。」以爲文學應具有明顯之理想教化功能方有存在必要與寫作價值。

中國傳統對詩歌之批評既以「情志說」爲主流，是以作者之情感表現與抒發內容往往爲表現主體。詩歌所呈現者，乃主體情感因客觀物體而觸發之反省與觀點，爲客觀現實經情緒化、理想化及心靈化後之藝術反映，亦爲主觀客觀、理性情感、內容形式之和諧一致〔註6〕。由此亦可見，詩歌所表現之情志往往與當時政教背景相關，文學上之表現理論亦與實用觀點相互融合。另一方面，由於詩歌乃表現詩人審美理想與情感之藝術形式，故有其抒情特徵〔註7〕。然而對其他文類之固有評價標準亦不出表現理論或實用功能之期許中。如楚騷漢賦之作，其評價標準亦承繼詩言志之固有文學觀點中，如《史

〔註 5〕 所謂表現理論或實用理論之意義與彼此之關連，主要依據劉若愚著，杜國清譯《中國文學理論》（臺北：聯經出版事業公司，1991 年）一書。至於相關之言論，如《論語‧爲政》云：「詩三百，一言以蔽之，曰：『思無邪』」，又〈泰伯〉中亦云：「興於詩，立於禮，成於樂。」〈子路〉云：「誦詩三百，授之以政，不達，使於四方，不能專對，雖多，亦奚以爲？」及〈陽貨〉云：「小子何莫學乎詩？詩可以興，可以觀，可以怨；邇之事父，遠之事君；多識鳥獸草木之名。」所強調者均爲實用層面，而非審美考量。文學之情感效果與審美特質於此往往次於文學之道德及社會功用。

〔註 6〕 曹明海，《文體鑒賞藝術論》（濟南：山東文藝出版社，1992 年），頁 322～323。

〔註 7〕 如摯虞《文章流別志論》亦以爲詩應「以情志爲本」。至六朝劉勰於《文心雕龍‧明詩》云：「在心爲志，發言爲詩，舒文載實，其在於茲乎？詩者，持人情性，三百之蔽，義歸無邪，持之爲訓，有符焉爾。」其贊則云：「民生而志，詠歌所含。」劉勰對詩歌之評價，在於關注詩之思想及美刺，且亦不忘緣情與文采之要求，爲詩言志及諷諭等觀念之沿續。其〈樂府〉云：「八音摛文，樹辭爲體。謳吟泂野，金石雲陛。詔響難追，鄭聲易啓。豈惟觀樂，於焉識禮。」亦表現有關政教風化之實用觀點。

記‧屈原賈生列傳》云：「余讀離騷、天問、招魂、哀郢，悲其志。」而於〈司馬相如傳〉贊云：「相如雖多虛辭濫說，然其要歸，引之於節儉，此與詩之風諫何異？」視賦之諷喻功能等同於詩歌，主要由個人情志展現轉而對風教之期許，至於賦體所應具之修辭形式或特質則反無所論及，對於辭賦此一文類，自非以遣興娛心角度視之。班固對於辭賦之認識雖與史遷無異，然對於司馬相如之作，卻有不同看法，《漢書‧藝文志》云：

> 大儒孫卿及楚臣屈原，離讒憂國，皆作賦以風，或有惻隱古詩之義。
>
> 其後宋玉、唐勒，漢興，枚乘、司馬相如，下及揚子雲，競為侈麗
> 閎衍之詞，沒其風諭之義，是以揚子悔之。

與《司馬相如傳贊》顯有不同看法。然二者實皆以辭賦之諷諭觀點加以品評，而歸結於辭賦之最終精神並非堆砌物類，而是個人之抒情寫志，且此一情志表現亦有其實用目的，而非純粹抒懷。至六朝之文學批評，仍不離風教或情志之準則，如《文心雕龍‧詮賦》對賦之批評，亦為實用觀之體現，其言云：

> 賦者，鋪也；鋪采摛文，體物寫志也。」情以物興，故義必明雅，
> 物以情觀，故詞必巧麗。麗詞雅義，符采相勝，如組織之品朱紫，
> 畫繪之著玄黃，文雖新而有質，色雖糅而有本，此立賦之大體也。
> 然逐末之儔，蔑棄其本，雖讀千賦，愈惑體要；遂使繁華損枝，膏
> 腴害骨，無貴風軌，莫益勸戒。

劉勰以為賦亦應以情志為主，藉由體物以抒寫情志，達至「麗詞雅義」之要，可見劉勰固體認到賦體刻劃描繪之特性，然寫作辭賦之最終目的卻並非僅在於此，體物僅為方法，僅為一媒介，旨在抒發情志，而所謂抒情，實亦如對詩歌之觀念，由表現情志進而形成實用教化目的之表現。至劉熙載《藝概‧文概》對揚雄《法言‧吾子》中有關辭賦批評作闡發，其言云：

> 文麗用寡，揚雄以之稱相如，然不可以之稱屈原，蓋屈原之辭，能
> 使讀者興起盡忠疾邪之意，便是用不寡也。〔註8〕

正可為揚雄之評論作注解〔註9〕。即賦亦須具有社教功能，方有其文類優勢與

〔註8〕劉熙載，《藝概》（臺北：金楓出版社，1989年），頁23。

〔註9〕揚雄《法言‧吾子》云：「或問：『景差、唐勒、宋玉、枚乘之賦也益乎？』曰：『必也淫。淫則奈何？』曰：『詩人之賦麗以則，辭人之賦麗以淫。如孔氏之門用賦也，則賈誼升堂，相如入室也。如其不用何？』」所謂淫與則，涉及不同之表現風格，而劃分之標準，實與賦本身所具之社會功能相關。

存在價值，此說忽略文學本身之發展與特性。而於強調孔門文質相濟之文學觀時，並未全然否定賦體本身所具之藝術性，且將「麗」與「則」二者合一。對於辭賦之修辭形式與題材表現之配合，摯虞《文章流別志論》中有所論及，其言云：「古之作詩者，發乎情，止乎禮義。情之發，因辭以形之，禮義之怡，須事以明之，故有賦焉，所以假象盡辭，敷陳其志。」又云：「夫假象過大，則與類相遠，逸辭過壯，則與事相違，辯言過理，則與義相失，麗靡過美，則與情相悖。此四過者，所以背大體而害政教。」皆肯定賦體有獨特且合乎原則之語言形式，並要求作品本身亦應負有諷諭等實用功能，然所謂「與類相違」、「與事相違」，強調作品功能之同時，對於辭賦之修辭表現反有所忽略。

辭賦與詩歌皆因獨具之諷諭教化等功能而樹立起正統文學之形象與文類期許，形成中國文學之傳統及主流，除影響歷代對文學之批評論點外，並成為受歷代尊崇之正統文類，相對而言，古典小說則不出小道小技之面貌，於寫作策略上，對主流文學類型亦多所借用徵引，藉以獲得作品價值之提升與認同，其間實反映文學發展中正統文類之廣泛影響。

三、各式文類不同修辭特徵

就文類彼此間之修辭特性言〔註 10〕，不同文類之形成與區別，往往因其源流不同而風格自異，並因此而產生獨特之性質與風格。文類彼此間之差異因此而生，修辭及藝術效果亦因此而有區隔，讀者對各文類應有之特定文體之期許亦有同異〔註 11〕。就表現形式言，詩多委婉含蓄，文則直接明朗，詩主言情抒情，而文則敘事說理，故一多比興隱喻，一則為平易淺近，各有不同之修辭要求，如吳喬《圍爐詩話》卷一云：

> 文之詞達，詩之詞婉；書以道政事，故宜詞達；詩以道性情，故宜詞婉。意喻之米，飯與酒所同出，文喻之炊而為飯，詩喻之釀而為酒。文之措詞，必副乎意，猶飯之不變米形，啖之則飽也；詩之措

〔註 10〕 對於各式文類間之差異，歷來不乏討論者，且此一論題亦非本文範圍所能涵蓋，故暫以修辭上之特徵加以分別之。

〔註 11〕 如柳宗元於〈大理評事楊君文集後序〉云：「著述者流，蓋出於書之謨訓，易之象辭，春秋之筆削，其要在高壯廣厚，詞正而理備，謂宜藏於簡冊也。比興者流，蓋出於虞夏之詠歌，殷周之風雅，其要在麗則清越，言暢而意美，謂宜流於謠誦也。茲二者，考其旨意，乖離不合。」比興者流為詩，而著述者流為文，二者源流不同，風格亦各異。

詞，不必副乎意，猶酒之變盡米形，飲之則醉也。〔註12〕
針對各文類之內容與表現特性作一分析，以為各文類之表達方式有所區別，在於作者加工轉換之用心，故即使同為某種情緒表現，亦往往因不同之表現形式而有不同之藝術效果。此正為各文類間特質差異所在，就散文言，為一直接陳述之表現，至於詩歌，則其形式已有曲折變化作者之安排與匠心各有偏重。

詩境往往是縹渺、靈動之抽象概念，著重於虛境之藝術創造，具有虛構特性。所追求者為言不盡意之空靈美，於藝術表現上，重概括、凝鍊煉及跳躍，與現實似離非離，如織絲縷為錦繡，鑿頑石為雕刻，非全是空中樓閣，亦非全是依樣畫葫蘆。詩與實際之人生世相之關係，妙處惟在不即不離。而文境則相對趨於實境，為具體真實之客觀景象描繪〔註13〕。所謂不即不離，即在於形式之變化，同一事件經由不同陳述形式，不同之藝術效果因而呈現，以文類言，不同修辭方式彼此間亦有不同之審美效果表現。散文往往較切近所描述之事實，此正為其敘述目的，而詩歌所表現者，則為對事件本身之反省與思考，其形式亦刻意與一般陳述語句有所差別，藉差異性以引起相關注意，二者表現重點不同，各有其寫作目的及屬性，然卻皆附屬於實用或表現之文學觀念中。

某一新創之特殊形式，常源於轉換改造原有之藝術風格，寫作中對既有規範之承襲或新變，其間並無明顯界限，而是相互關涉。變易之常見方式為兩種或兩種以上不同文類間之交叉、滲透，並進而產生一新文類〔註14〕。以古典小說之體制表現言，其以散文為敘述主體，間雜各式韻文文類，而各式文類之並呈中各自存有特定文體特徵，且相互融合，形成有機整體，因而有其意義存在。而古典小說由於既有之小道地位，加之固有之文學價值觀與嚴肅為文之限制，對於其他正統文類往往多所吸收，自亦深受其他文類之特徵影響，形成古典小說中對眾多文類徵引且各種文類相雜之現象。〔註15〕

〔註12〕吳喬，《圍爐詩話》，郭紹虞編，《清詩話續編》（台北：木鐸出版社，1983年）上冊卷一，頁479。
〔註13〕見朱光潛《朱光潛美學論文集》第二卷及曹明海，《文體鑑賞藝術論》（濟南：山東文藝出版社，1992年），頁119。
〔註14〕馬振方，《小說藝術論稿》（北京：北大出版社，1991年），頁7～9。
〔註15〕文學發展中各文類間若有所模仿吸收，則彼此之界限亦因而模糊，而究之於某一文類對其其他文類之模仿動機而言，主要應為較低層次之文類為求展現其亦可負擔正統文類之類似功能，故有模仿或吸收之現象產生。可見Henry Y.

第二節　唐傳奇與話本小說之文類相雜

　　文學實用觀點與傳統史筆特質有所關涉，其基點皆以「不虛為文」為前提，卻有不同之發展，一強調真實與教化，一則形成文類地位之推崇。此一融合實為多種結構規範間之對話與交流，以及相互吸收調適，如中國古典小說之所以融合散文、史傳、詩詞與軼聞、謎語等各式文類，固有其文學史之傳承因素〔註16〕，然以眾多文類相互結合加以演述之現象以觀，實亦有其不同層次之意義存在。

　　就文字運用言，唐傳奇與話本小說一為文言，一為白話，於修辭審美上有其基本差異，由於傳統對小說此一文類之界定並無特殊限制與要求，故各式題材內容均可涵蓋，無所妨礙其形式，亦因此形成古典小說形式內容之多元與豐富性，以及融合各項文類之特殊表現方式。就歷來有關小說目錄之著述以觀，古典小說之寫作模式並無特殊規範，然以另一角度言，紛然雜陳之寫作體例正為其特質所在。亦由此發現古典小說其體例之包容性，可包含多種題材與文學類型，形成特殊之面貌〔註17〕。以修辭形式言，古典小說風格之產生與轉變，始終與敘事史傳及抒情詩歌等文類相關。史傳以記實為形象思維之重心，為敘事之主要形式，詩歌則將情景、自我融而為一，有其審美效果。史傳之敘事文體影響小說作者對生活形象之概括與陳述有所自覺，而詩學之意境審美化則令古典小說之創作者具有抒發主體情感理想之意識，此兩種主要文類形成古典小說中散文相雜韻文之特殊體制表現。

　　自魏晉以來，若干小說作品已有穿插詩歌之情形，如六朝志怪張敏〈神女傳〉與曹毗〈杜蘭香傳〉皆有詩歌與散文穿插之例。至唐傳奇尤為明顯，且穿插之詩歌成為作品結構之有機部分，往往與性格描寫或情節發展相關，對體制風格之吸收融合更加成熟，修辭之審美效果亦更趨明顯。前人所謂「傳奇體」，乃指講究辭章、文采華麗之作品，以廣義角度而觀，「用對語說時景」可擴而充之，可視為唐傳奇詩化之特徵，行文表現出詩韻風貌〔註18〕。此一

H. Zhao, "Cultural Paradigms for Vernacular Fiction", *The Uneasy Narrator*, London: Oxford U. Press, 1995。

〔註16〕如一般學者皆以為，唐傳奇與話本小說之表現形式往往民間俗講或說話活動相關，此為一現象傳承，然就文體之徵引而言，實另有其他層面之意義。

〔註17〕陳平原，《小說史：理論與實踐》（北京：北京大學出版社，1993年），頁166，另頁167對於小說分類有所例證。

〔註18〕程毅中，〈文備眾體的唐傳奇〉，收於程毅中編，《中國古代小說流派漫話》（北

說明就韻文表現以觀，實更爲明顯。

一、唐傳奇之風格各具

　　古典小說韻散相雜之敘述方式至少可溯自唐之變文或俗講，由於變文與俗講之特殊表演性質，其中韻文多因音樂表現而生，於講述中擔負陳述或說明等功能，此一韻散交雜現象於唐傳奇中漸趨明顯，唐傳奇中已將史筆、議論與詩才等文章特質展現於小說中，因而開拓既有格局，且將各式文類與相關表現特徵予以融合。

　　唐傳奇中之韻文文類以詩歌爲主，篇幅不一，然皆影響唐傳奇之敘事氛圍或情節安排，並因此形成作品特殊之文體風格。唐傳奇作者往往將小說與詩歌兩種藝術形式相互結合，並以各自之修辭特性相互補足，促進技巧之豐富多變。因此，唐傳奇亦分別反映出詩歌與小說兩種文類之優點及侷限，散文之敘述中亦常因此混有韻文之詩意或哲理。其間所使用之駢儷文字即可視爲「詩化的語言」，因此強化唐傳奇之詩化色彩及情調，形成唐傳奇之藝術特色。

（一）民間之通俗面貌

　　唐傳奇之〈遊仙窟〉，實以故事人物相互吟詠詩歌爲主要情節結構，詩歌於其間成爲作者主要之展現形式，〈遊仙窟〉大量採用詩歌、辭賦及對句等韻文形式，除相互吟詠抒懷外，尚包含詠物及徵引《詩經》篇章等現象，使敘事文與抒情文相互結合，而人物之對話亦往往雜有駢儷風格〔註19〕，使作品具有美文傾向。〈遊仙窟〉中所徵引之詩歌，就其內容與風格言，實乃樂府與詩歌之結合，而其敘事文與抒情代言之表現模式，六朝小賦中亦有類似現象。〔註20〕

　　同時，其中詩歌多用諧音雙關等頗類〈子夜歌〉之寫作技巧，如五嫂所云：「但問意如何，相知不在棗（早）」及十娘所說「兒今正意密，不忍即分

　　　京：中共中央黨校出版社，1993 年），頁 75～76。

〔註19〕如女子對「余」之回答：「博陵王之苗裔，清河公之舊族。容貌似舅，潘安仁之外甥：氣調如兄，崔季珪之小妹。華容婀娜，天上無儔：玉體逶迤，人間少匹。輝輝面子，荏苒畏彈穿，細細腰支，參差疑勒斷。韓娥宋玉，見則愁生，絳樹青琴，對之羞死。千嬌百媚，造次無可比方。弱體輕身，談之不能備盡。」人物對白甚具駢文華麗風貌，至於其間所徵引之詩歌則更見華豔。

〔註20〕程毅中編，《神怪情俠的藝術世界：中國古代小說流派漫話》，頁 69～72。

梨（離）」等，描繪出淺白直接之情境，文人筆調與通俗風格兼而有之，可見唐傳奇與民間或俗文學之形式有某一程度之關涉。〈遊仙窟〉之行文充滿耽情享樂之氣息，由彼此之唱和調笑中可見一斑，雖名為遇仙之事，然就「余」之自稱「前被賓貢，已入甲科，後屬搜揚，又蒙高第」，及十娘雖自稱望族遺孀，卻又言「此間疏簡，未免風塵」，可見此乃進士與娼妓故事之仙化，亦由於仙化，致情欲之抒寫描繪恣肆直接，由其中之詩歌表現可見，文中詩歌多淺白直接，另有各自詠物而皆語帶雙關者，如十娘詠破銅熨斗云：「舊來心肚熱，無端強熨他。即今形勢冷，誰肯重相磨。」而文中之「余」則答曰：「若冷頭面在，生平不熨空。即今雖冷惡，人自覓殘銅。」雖名為詠物，實為語帶雙關，相互調情，實亦具民間文學淺白直接之修辭習慣。〈遊仙窟〉全篇皆呈類似風格，文中大量之詩歌亦有敘述作用，或交流思想，或顯示才華以言志等，成為文章整體之有機部分與主要結構。尤其文章最後未以一般之議論或說明文字作結，反以抒情之賦體文字為結束〔註21〕，是其特殊處，可見唐傳奇所謂「文備眾體」之處。值得注意的是，由於口語、諧音或雙關語等特徵之運用，致唐傳奇以原有之文人屬性而加入民間文學活潑特性，形成唐傳奇風格之多樣變化。

（二）特殊之區域情調

　　唐傳奇作者多元詩才往往形成故事特有之文學情調，如沈亞之〈湘中怨解〉中氾人之詞作，即表現出獨特之楚辭情調，其〈風光詞〉云：

> 隆佳秀兮昭盛時，播薰綠兮淑華歸。顧室薆與處蒡兮，潛重房以飾姿。見稚態之韶羞兮，蒙長靄以為帷。醉融光兮渺瀰。迷千里兮涵洇湄。晨陶陶兮暮熙熙。舞婀娜之穠條兮，騁盈盈以披遲。酏遊顏兮倡蔓卉，縠流舊電兮石髮旖旎。

此詞之作，主要在輔助說明氾人之文才，及散文部分所謂「能誦楚人〈九歌〉、〈招魂〉、〈九辯〉之書，常擬其調，賦為怨句，其詞麗絕，世莫有屬者。」〈風光詞〉之徵引，有實際說明氾人才情之作用，而說明形容氾人之特質，當亦對文中所言不虛之強調。而由詩歌之表現亦可明顯發現其中之楚地情調，與一般穿插於唐傳奇中之詩歌不同，正與其標題中之「湘」呼應，從中亦可見

〔註21〕其文最末以「余」之賦「望神仙兮不可見，普天地兮知余心。思神仙兮不可得，覓十娘兮斷知聞。欲聞此兮腸亦亂，更見此兮惱余心」作結，與一般之議論或說明有別，可視為唐傳奇中所謂具創作意識者。

作者之匠心，即使有炫才目的，亦能與事件本身儘量配合，可見唐傳奇之運用詩歌，除一般詩律及民間俗語俗賦外，亦有類似楚騷風格之表現。所呈現者爲類乎〈湘君〉、〈湘夫人〉之夢幻情境與淒清幽怨，相關之詩歌表現如〈柳毅〉中洞庭君、錢塘君及柳毅等於宴飲場面之唱和，三人之吟詠除配合飲宴情境外，亦藉由詩歌再次重述故事之主要情節，並描繪出三人不同之立場與心境。而就整個事件發展過程以觀，飲宴場面中三人相互吟詠贈答，形成情節之停頓，主要著力於場面之刻劃上。又就詩歌本身之文字表現而言，「兮」字之運用亦表現出特殊之辭賦風貌，正與所謂洞庭、錢塘二君之身份相映襯，且與洞庭錢塘等地區相互關照呼應〔註22〕。除楚騷風格外，其他特有之區域文學情調亦有所運用，如〈圓觀〉中所引之〈竹枝詞〉，亦屬民間文學，正與故事發生地蜀州三峽等地有所相關，達成一致。此詩之徵引除有徵信功能外，實亦表現出體例之多樣格調。可見唐傳奇使用多元的韻文文類，使作品情調之豐富。

（三）內在之文人屬性

就詩歌之運用與唐傳奇本身之屬性言，詩歌之使用除與故事主體相互交融，形成風格一致外，亦成爲唐傳奇所具文人性質之內在延續，如范攄《雲谿友議》中之篇章多爲文人吟詠之記錄，其中對詩歌之運用或用以傳情達意；或藉以諷諭；或單純對以往之文人詩詠作一追記等，基本上皆得以符合當時之寫作習慣及作品之文人風格。又此類作品之主要情節即爲相互吟詠唱和，其中詩作雖亦多爲言志詠嘆，然終歸諸故事主要情節之發展趨向，而藉詩歌之流通吟詠以呈現人物活動，作者亦往往於敘事中達成表現才情之目的。如牛肅於〈牛應貞〉中徵引〈魍魎問答賦〉，其中之問答形式實爲辭賦傳統表現方式之一，亦爲作者個人才情之發揮，而非奇特事件之凸顯。

又如李復言〈楊恭政〉中恭政與信眞、湛眞、修眞及守眞四女仙之唱和；韋瓘〈周秦行紀〉中牛秀才與薄后、王嬙、戚夫人及綠珠等人之「賦詩言志」，

〔註22〕如洞庭君云：「大天蒼蒼兮，大地茫茫。人各有志兮，何可思量。狐神鼠聖兮，薄社依牆。雷霆一發兮，其孰敢當。荷眞人兮信義長，令骨肉兮還故鄉。齊言慚愧兮何時忘！」錢塘君亦云：「上天配合兮，生死有途。此不當婦兮，彼不當夫。腹心辛苦兮，涇水之隅。風霜滿鬢兮，雨雪羅襦。賴明公兮引素書，令骨肉兮家如初。永言珍重兮無時無。」柳毅則詠曰：「碧雲悠悠兮，涇水東流。傷美人兮，雨泣花愁。尺書遠達兮，以解君憂。哀冤果雪兮，還處其休。荷和雅兮感甘羞。山家寂莫兮難久留。欲將辭去兮悲綢繆。」

其唱和內容實為文章之主要結構，又沈亞之〈異夢錄〉及〈秦夢記〉中亦以文人之詩歌為主要陳述重點，所謂「應教而作」及「詞進，甚嘉之」等，所展現者實為文人之才情，而非故事之奇特動人〔註23〕。又如薛用弱〈王渙之〉一文，亦以詩歌為主要敘述重點，分別記錄王昌齡、高適與王渙之等人之詩作，且藉由徵引詩歌之先後與多寡構成情節起伏，藉由詩歌之詠嘆而鋪陳故事，整體詩風與人物特質達成一致，因而深化故事之內在。且其間之吟詠未必皆莊重嚴肅，而多有詼諧活潑之表現，甚而如〈元無有〉及〈東陽夜怪錄〉等以詩歌為遊戲之現象，亦呈現文人屬性之另一層面。大致而言，唐傳奇之「文備眾體」現象反映多數作者有創作自覺，使唐傳奇於記錄事實之基礎上有所新變，將古典小說與詩賦駢文加以結合，各文類得以協調融合，唐傳奇之文人屬性更得以彰顯。

　　以唐傳奇而言，其體制固具史傳之形式與性質，然史筆畢竟非為唐傳奇之全部，若全為史筆，則為史而非文，是以唐傳奇之寫作中，仍不免呈現華麗詞章與詩韻風貌，由於詩風特盛，唐傳奇亦不免有詩歌之滲透，並於其間影響作品之敘事氛圍或情節安排，而此一修辭表現無疑為唐傳奇之藝術成就，其中之韻文形式多為詩歌，篇幅長短不一，於故事之敘述上各有作用。前人所謂「傳奇體」，或即指作品之類似表現技巧較一般古文講究辭章及華麗文采，此一現象以唐傳奇中之韻文表現而觀，實更為明顯。唐傳奇作者往往將散文與詩賦等不同之文學藝術形式相互結合，於修辭技巧上相互發揮獨有之藝術特徵。亦因此，唐傳奇往反映出各種文類之特點，於作品中常雜有詩意與哲理。於散文中雜有之駢儷文字即可視為詩化語言，因此作品之詩化色彩及情調，往往形成唐傳奇之特色，而此正因各式文類相組合之效果。

二、話本小說之多音呈現

　　由話本小說對韻文之運用情形言，其與唐傳奇之最大不同處在於形成敷

〔註23〕　如〈異夢錄〉引姚合之言，「吾友王炎者，元和初，夕夢遊吳，侍吳王久。聞宮中出輦，鳴笳簫擊鼓，言葬西施。王悲悼不止，立詔詞客作挽歌。炎遂應教，詩曰：『西望吳王國，雲書鳳字牌。連江起珠帳，擇水葬金釵。滿地紅心草，三層碧玉階。春風無處所，悽恨不勝懷。』詞進，王甚嘉之。」又〈秦夢記〉中云，「復一年春，秦公之始平，公主忽無疾卒。公追傷不已。將葬咸陽原，公命亞之作挽歌，應教而作曰：『泣葬一枝紅，生同死不同。金鈿隳芳草，香繡滿春風。舊日聞簫處，高樓當月中。梨花寒食夜，深閉翠微宮。』進公，公讀詞，善之。」等，主要為文人詩才之展現。

演風格，作者或說敘述者刻意鋪陳故事之講述特徵明顯，與唐傳奇中詩賦與散文往往融爲一體之表現不同。此與二者之基本考量有關，唐傳奇作者有其寫作之嚴肅目的，而話本小說雖亦不免有實用功能之講究，然畢竟不離娛樂之商業因素，是以由韻文之引用而亦形成刻意演述之特徵，與唐傳奇純粹以記錄爲務之前提不同，形成之風格自亦各異。

（一）詩詞之多樣羅列

話本小說中韻文之引用往往形成情節延宕及鋪排之面貌，同一事件或同一韻文文類往往重複出現，表現不同才情或思想。如「入話」部分往往即爲作者之有意鋪排處，如《醒世恆言・十五貫戲言成巧禍》於文章其始即分別引用三闋詞及七首詩描述春景，而如此鋪排僅爲「說話的，因甚說這〈春歸詞〉」作呼應，分別以孟春、仲春及季春之順序呈現，並又以何物斷送春歸爲論點，徵引七首詩，且詩詞之呈現，亦皆以「原不如〈仲春詞〉作得好」或「不是東風斷送春歸去，是春雨斷送春歸去」等比較語氣引導，形成作品明顯之複疊現象，其他篇章於入話部分亦多所敷演，如《古今小說・張古老種瓜娶文女》之入話，對雪刻意描述，並分別舉蘇軾、謝道蘊、黃魯直及晁叔用等人之相關作品加以陳述，《二刻・襄敏公元宵失子，十三郎五歲朝天》引宋詞人康伯可之〈瑞鶴仙〉，並說明詞作產生之源由及寫作內容，亦爲類似之效果〔註24〕。而大量詩詞出現後方進入敘述主體，與故事本身之雖有某種程度之結合，但並未是密不可分，亦非眞正相容。

至於情節中刻意重複情況如《警世通言・陳可常端陽仙化》中以詞牌〈菩薩蠻〉寫作，共出現四次，藉以抒發故事中人物之心志，且此一篇章於《京

〔註24〕大量詩詞之刻意引用以《警世通言・一窟鬼癩道人除怪》之入話最爲明顯，其中引沈文述「杏花過雨，漸殘紅，零落臙脂顏色。流水飄香，人漸遠，難托春心脈脈。恨別王孫，牆陰自斷，誰把青梅摘？金鞍何處？綠楊依舊南陌。消散雲語須臾，多情因甚有輕離輕拆。燕語千般，爭解說些子伊家消息。厚約深盟，除非重見，見了方端的。而今無奈，寸腸千恨堆積。」一詞，實乃分別集陳先〈謁金門〉（〈寒食詞〉）、李清照〈品令〉（〈暮春詞〉）、李氏〈浣溪沙〉（〈春雨詞〉）、寶月禪師〈柳梢青〉（〈春詞〉）、歐陽修〈一斛珠〉（〈清明詞〉）及〈蝶戀花〉、晁補之〈清商怨〉（〈春詞〉）、柳永〈清平樂〉（〈春詞〉）、晏幾道〈虞美人〉（〈春詞〉）、魏夫人〈捲珠簾〉（〈春詞〉）、康與之〈減字木蘭花〉（〈春詞〉）、秦觀〈夜遊宮〉、黃庭堅〈搗練子〉（〈春詞〉）、周邦彥〈滴滴金〉（〈春詞〉）等，而此一大段說明徵引卻僅因此爲沈文述所集，而沈文述之所以與故事本文相關，亦僅爲「話說沈文述是一個士人，自家今日也說一個士人」，相關性微乎其微，主要展現作者之敷演與鋪排技巧。

本通俗小說》中即以「菩薩蠻」爲題，其中之刻意用心明顯可辨，又《警世通言·拗相公飲恨半山堂》）則以分散於各處之六首詩對王安石之爲人施政作一評述，除推動情節之發展外，亦形成一致及可預期性，並顯現特殊之鋪陳面貌，《古今小說·張舜美燈宵得麗女》中亦有類似表現，張舜美與劉素香分別以四闋〈如夢令〉傳情達意，亦有重複鋪排效果。又如《醒世恆言·隋煬帝逸遊遭譴》因東湖而製之〈湖上曲·望江南〉八闋，分別對湖上之月、柳、雪、草、花、女、酒及水作一陳述，實亦意在增飾，而非敘述。作品中對韻文之引用形成作品之重複風格，敷演之跡明顯。

除前述「入話」部分常引用前人作品外，情節推進所引用之韻文，亦不乏襲用前人作品，介紹複述之風格明顯，如演述柳永與歌妓之故事〈柳耆卿詩酒翫江樓〉中之〈虞美人〉，又如〈西湖三塔記〉中引蘇軾詩（「湖光瀲灩晴偏好」），又〈洛陽三怪記〉中引蘇軾之詞（昨日出東城，試探春），而〈戒指兒記〉中引杜牧之〈赤壁〉詩（「折戟沉沙鐵半消」）又〈漢李廣世號飛將軍〉最末引胡曾之詩（「原頭日落雪邊雲」）〈張生彩鸞燈傳〉引〈生查子〉及柳耆卿之〈望海潮〉，又《二刻拍案驚奇·權學士權認遠鄉姑，白孺人白嫁親生女》引宋人汪彥章〈秋閨詞〉，並作修改，另以〈點絳唇〉寫作，其間之文字及作者常有出入，或可視爲作者之誤記或版本出入所致。〔註25〕

話本小說作者使用前人作品所形成的意義，除作者賣弄其學問才情外，亦可能藉引用原詩以證明其所述事物之眞實性與可信度，如所謂「單道杭州

〔註25〕話本小說於引用前人作品時，往往有文字或作者之錯誤，如〈柳耆卿詩酒翫江樓〉中之〈虞美人〉，即被誤爲柳永所作，實應爲李煜之作，因李後主詞作未有定本，故文字上亦有出入，或因同音之誤：或因小說作者刪改或誤記，至於誤記原作者，應亦爲小說作者之失誤。又如〈西湖三塔記〉中引蘇軾詩：「湖光瀲灩晴偏好，山色溟濛雨亦奇。若把西湖比西子，淡妝濃抹也相宜。」其詩之作者雖未誤植他人，然其間文字仍有出入，如「湖光」應爲「水光」，「偏好」應爲「方好」，然其間文字仍有出入，如「湖光」應爲「水光」，「偏好」應爲「方好」，「溟濛」應爲「空濛」，「也相宜」則應爲「總相宜」。又〈洛陽三怪記〉中引蘇軾之詞（昨日出東城，試探春），小說中名此詞牌爲〈柳梢青〉，實爲〈浪淘沙令〉，此爲詞牌之誤。而〈戒指兒記〉中引杜牧之〈赤壁〉詩，「折戟沉沙鐵半消，自將磨洗認前朝。東風不與周郎便，銅雀春深鎖二喬。」但小說中僅引此詩，未明言作者與詩題，又〈漢李廣世號飛將軍〉最末引胡曾之詩「原頭日落雪邊雲，猶放韓盧逐兔群。況是西方無事日，灞陵誰識舊將軍？」小說中將胡曾誤爲胡會，或因字形相近而傳抄訛誤。又〈張生彩鸞燈傳〉引〈生查子〉，小說中言此詞作乃秦少游所作，但亦有認爲歐陽修或朱淑眞之作，除作者認定上之誤差外，文字上則未見出入。

好處」或「單表上元勝景」等，若以故事本身之陳述言，此類詩詞引用與否，並不影響故事之完整性，但藉由詩詞之多樣呈現，作品多元風格於焉形成。話本小說既屬通俗文學，引用之詩詞往往為淺顯或為大眾所熟悉。另一方面，由引用前人詩句亦可見，話本小說作者並無意於韻文創作，對於韻文，全然以形式之援用為考量，關注焦點在於敘述模式之承襲及演述特徵。

（二）狀物之細膩具體

又就話本小說刻劃物類而言，亦往往產生鋪敘敷演之傾向，如《醒世恆言‧杜子春三入長安》中對老者之描繪，其言云：

> 童顏鶴髮，碧眼龐眉。聲似銅鐘，鬚如銀線。戴一頂青藍唐巾，披一領茶褐道袍，腰繫絲條，腳穿麻履。若非得道仙翁，定是修行長者。

與唐傳奇〈杜子春〉相較，其中對老者並無特別描述，僅云「有一老人策杖於前」，二者之差異相當明顯，並顯見話本小說因韻文之加入而形成踵事增華之面貌，又如《京本通俗小說‧碾玉觀音》中對火之描繪：

> 初如螢火，次如燈火。千條蠟燭燄難當，萬座糁盆敵不住。六丁神推倒寶天爐，八力士放起焚山火。驪山會上，料應褒姒逞嬌容，赤壁磯頭，想是周郎施妙策。五通神攛住火葫蘆，宋無忌趕番赤騾子。
> 又不曾瀉燭澆油，直恁的煙飛火猛！

全篇辭賦引用大量典故與誇張修辭，可見刻劃之用心，而此種對物類之刻劃實基於作者「單道」某一品物之匠心，即集中焦點於某一事物，著意描繪，亦往往因此促進夸飾效果之形成，尤其對人物與場景之描繪上更見此一趨勢。辭賦不僅試圖將對客觀事物之描繪刻劃納入敘事架構中，且此一描繪刻劃本身亦趨向豐富及精細化，此亦為其與話本小說此一文類相關涉之層面。以敘事寫人為寫作主要目標，其中固藉詩歌發揮比興抒情之層面，然其間之寫景寫人技巧亦有賴辭賦加以完成。辭賦文類之出現使小說本身之敘述焦點與筆觸轉移至情節進行以外之層面，作品因而容納更多之具體描寫與刻劃，提高其客觀性。此乃作者於處理主客體之關係上超越既有抒情傳統而傾向小說敘事思維與表達方式之表現。〔註26〕

較之唐傳奇，話本小說中各式文類相雜之現象則更趨明顯且多元化，其

〔註26〕董乃斌，《中國古典小說的文體獨立》（北京：中國社會科學出版社，1994年），頁131～132。

中韻散交雜之敘述形式亦成為話本小說之特殊形貌。直至明清話本小說依然沿用，且韻文於講述層面上之功能愈趨豐富重要，除〈快嘴李翠蓮〉、〈張子房慕道記〉乃至後出之〈蘇小妹三難新郎〉、〈解學士詩〉等主要展現文人或藝人才情與機智外，話本小說中之韻文於敘述結構上實居舉足輕重之地位。話本小說刻意藉各式韻文表現不同之敘述功能，不同描述事物往往以不同文類加以表現，反映當時作者對某一文類應有何種風格之態度與理念，較之唐傳奇，話本小說實更具運用不同韻文之意識與自覺。而此一現象實與正統文類之尊崇地位相關，以話本小說之性質言，其為通俗文學形式，對於正統文類加以吸收運用，實有益於其作品本身風格之提升與轉換，至少當時之小說作者有此自覺，而此一自覺亦非憑空而來，實有其文化或文學依據，即前述對各種文學觀點與各文類之認知所致。

就話本小說因韻文之加入而形成之敘述形式言，韻文可加強某一事物之描繪或說明，亦可構成獨立故事本身之外之議論或評述因素，藉由韻文之使用，得以於故事中同時呈現不同人物之觀點或思想，乃至作者本人介入故事情節之意見。詩詞曲賦等文類之呈現除與散文之敘述形成強烈對比外，亦反映各自獨有之修辭風格，致小說本身具有豐富技巧表現外，亦藉由不同文類之並呈，故事人物或作者之各種意見得以表現，並與故事情節相結合，作品面貌亦因而時有所變動且參差。

三、二者文類融合之異同

唐傳奇與話本小說各有寫作方向與藝術價值，然值得注意的是，無論唐傳奇或話本小說，其作者均不免具有不同程度之文史詩詞賦等基本素養，即使話本小說亦有若干文人性質〔註27〕。然二者對韻文文類所呈現之現象並非一致，唐傳奇對文類之運用有其內在化，即與故事本身達成一致，而話本小說則多為外延性，即往往出入情節之進展，或融合或獨立，此為唐傳奇與話本小說於寫作本質上之差異。

就唐傳奇與話本小說所運用之文類而言，一記述，一鋪述，以同為抒情言志之詩歌文類之表現言，二者對詩歌之固有修辭傳統實皆有所變換，唐傳奇中之詩歌多具抒情本色，以顯文人之特性；話本小說中之詩歌除呈現作者

〔註27〕陳炳熙，《古典短篇小說藝術新探》（上海：華東師範大學出版社，1991年）〈文人性〉，頁1～2。

之批評意見外，亦多用於人物對白，主要並非抒情，而是敘述性質，藉以表達各人之不同觀點。對詩歌運用言，或爲獨立於事件之評述，或人物之言志抒懷，大致仍保留有詩歌之既有文類特性。然就話本小說之運用詩歌以觀，多爲外在表現，如刻意沿用前人詩句等，與唐傳奇之引用有不同之認知與期許，形成明顯之說唱痕跡，刻意對詩歌之鋪排或用以對話則形成話本小說之獨特文體風格。以辭賦之運用而言，話本小說中多趨於狀物體類之性質，而非唐傳奇之多用楚辭賦，藉以抒情，尤其如〈牛應貞〉中以問答體之辭賦〈魍魎問影賦〉併入小說之敘事形式，形成以議論與論辯爲作品形式之結構中心〔註28〕。二者雖皆有文類相雜之質素，卻形成各異之特有風格。如話本小說多以辭賦形容人物或描繪場景；而非如唐傳奇以楚賦抒情，無論形式或內容上均有所不同。二者對辭賦各有不同方向之取捨，或抒情或刻劃，然未忽略辭賦所應有之諷諭特性。

　　文學作品之表現形式一般可分爲兩類：一爲敘事體，敘述重點以陳述完整之故事爲主，且藉此展開作品之全部內容，注重敘述而非著墨情懷，如小說等；一爲抒情體，主要透過語言之審美化組構，表達某一思想或情緒，爲眞實事件所凝煉之思想或情感，如詩歌。二者所營造之情緒氛圍、文化意義等不盡相同。詩歌並非以情節取勝，亦不著重人物遭遇或內心世界之實際記錄，是以其所呈現者往往爲非現實性，而有某一超越意義，有形而上與抽象意涵。然而，各式文類固各具不同修辭特性與寫作目的，於實際表現中未必涇渭分明，截然劃分，個別文類中亦往往互有性質混雜，而不同文類間彼此相互交融，則更具多元意義，古典小說將各式類型與特性並呈，且相互交叉，形成創新並具獨特審美特徵。

第三節　內在意涵之詮釋

　　古典小說對於史傳及詩騷多所吸收運用，除模仿既有之寫作體例外，亦

〔註28〕章學誠《文史通義・詩教》（台北：鼎文書局，1977 年）上及《校讎通義・漢志詩賦第十五》云：「古之賦家者流，原本《詩》、《騷》，出入戰國諸子。假設問對，《莊》、《列》寓言之遺也，恢廓聲勢，蘇張縱橫之體，排比諧隱，韓非〈儲說〉之屬也，微材聚事，《呂覽》類輯之義也。」賦之淵源有詩及楚辭，並有假託及問答，如司馬相如之《子虛賦》，一如《莊子》。另有誇張聲勢之筆法，以及堆砌物類，後二者多爲白話小說所運用。前者及楚辭賦則多出現於傳奇作品。

顯現古典小說對其他正統文類之認同與推崇。古典小說以其特殊包容特性，對其他文類多所借鏡吸收，其間對各文類之特性之承襲借用或有偏重，且不同性質之小說作品亦有不同之寫作態度，並因而形成各異之文學表現及生命。

一、文類特性之發展

中國敘事文學之傳統重視歷史之縱向聯繫，此為固有之文化心理；另一層面則為文學上之趨時與從眾心理，身處某一背景或環境中，人多有趨同傾向，以求認同，之後則為求異，此主為個人或時代風尚之演進，兩種意識相互累積與補充，形成創新之風氣或成規。古典小說作者對於傳統所能學習模擬者，除史傳外固亦有寓言或雜記等，然史傳有其固有之尊崇特質，對於古典小說之體例發展自亦多所影響。而古典小說於追求學習傳統體例之同時，亦由傳統意識中加以轉換與調整，於「古」中求「變」，於既有規範準則中尋求變化或超越，即唐傳奇於辭采上藻繪之成就，而所謂「入乎俗而後能出乎俗」實為既定發展原則，於整體形式上固為史傳之因襲，然於敘事及辭采上卻有長足進步，形成特有之華美文風，其為承襲與演進之過程。

唐傳奇作者以審美角度重新整理建構既往或創新題材時，駢麗與詩意之文風因而得以顯現。金聖嘆〈讀第五才子書法〉之「因文運事」與「因文生事」之別，以及胡應麟所言之「作意」與「幻設」，實皆可用以說明唐傳奇於史傳影響下對文辭描繪之新創與自覺。謝肇淛於《五雜俎》卷十三亦云：

> 晉之《世說》，唐之《酉陽》，卓然為諸家之冠，其敘事文采，足見
> 一代典型，非徒備遺忘而已也。……故讀書者，不博覽稗官諸家，
> 如噉梁肉而棄海錯，坐堂皇而廢臺沼也。〔註29〕

其中意識到古典小說之敘事技巧並非既有寫作模式所能涵蓋，實已獨具一格，且有其藝術價值，堪與其他文類之著作抗衡，故類似之記述文字不應偏廢。以體制角度言，志怪與稗史筆記等同類，大抵以單純記錄為主，強調其取材之可靠與根據，並闡明作者某一觀點，文字多簡省，不事藻繪，然其間亦有例外，如干寶《搜神記》、王嘉《拾遺記》、劉義慶《幽明錄》若干篇章亦有詩歌穿插，或暗示賦詩者之身分，或渲染情節氛圍〔註30〕，但當時尚未

〔註29〕謝肇淛，卷十三，《筆記小說大觀·八編》冊七，頁4227～4228。

〔註30〕見葉慶炳，〈中國早期小說中的詩歌〉，《中華文化復興月刊》十卷三期，1967年，頁57～58。

構成普遍之寫作意識，至唐人作品則對此加以擴大，唐傳奇明顯已有作者之想像虛構成分，加之多以駢儷文字出之，令唐傳奇有其審美特性，而其韻文之穿插尤易凸顯作者之修辭意識。

　　古典小說之體式有其自身之文學演變。然由於先天文化素質之限制，故於發展過程中仍須於史傳或其他正統文類中吸收藝術質素。唐傳奇於史筆之傳統基礎上融合詩藝意境，爲抒情敘事兩大傳統文類特徵之融合。話本小說源於「話」，「話」於題材及敘述方式亦不免承襲史筆，然畢竟與實錄記事之藝術特徵有所差別。其想像虛構之特徵更加體現古典小說之文體與本質，更加著重藝術技巧之演進。「話」於繼承史傳傳統之基礎上加以發展，並突破史筆之傳統而得自修辭技巧之多元，此爲古典小說藝術發展之因素，反映當時作者讀者對創新既有文化與文學形式之要求，使古典小說之面貌得以豐富。

　　中國傳統所謂史才，往往指敘事能力，而非實錄或史識。自司馬遷創紀傳體，進一步發展歷史散文敘事之藝術手法；史筆因而提供古典小說敘事模式之範本。以古典小說比附史書，或引「史傳」入古典小說，皆有助於提高小說之地位。而歷代論者、作者乃至讀者亦皆以史傳筆法與讀法衡量古典小說。除史筆之影響外，強大之詩騷傳統往往亦影響古典小說形式之發展，藉由詩騷之抒情特徵，以求讀者之認同與接受〔註31〕，文人創作與民間藝人之說書皆有類似之借鑒，其間穿插之韻文除受說唱文學影響外，其實亦受有文學傳統之影響。

　　目錄學中的小說觀念向爲模糊與開放，致使小說與其他文類易於相融綜合，因此形成小說文體規範之擴大〔註32〕。各式文類不同程度之加入，使小說體例有所變化，敘述重心移至人物內心感受，塑造作品之情韻意致，而不僅僅是人物外在活動或故事情節。又因小說基本特質除敘述事件外，亦著重於刻劃人物，展示環境，表述事件的發展過程，或描述種種豐富生活圖景，故其中語言爲綜合的，融各種語言運用於特定作品中。由於敘述層面之多樣化，各式文類正可根據敘述需要嵌入各種文學與非文學之文字形式，使其化爲古典小說本身之有機組成部分。古典小說此一特性給予作者極大之書寫方

〔註31〕陳平原，《中國小說敘事模式的轉變》（台北：久大文化出版公司，1990 年），頁 226～227。

〔註32〕陶東風，《文體演變及其文化意味》（昆明：雲南人民出版社，1994 年），頁 78～79。

便及自由，同時也要求作者熟悉多種文類特性及寫作體例，既長於敘述事件之進展，亦善於描繪特定事物，既善用人物對白，亦善用敘述人語言，以形成古典小說多樣且豐富之寫作面貌。〔註33〕

至於如何取捨，則與古典小說本身之屬性與作者本身之意識相關，唐傳奇本質上為敘事散文，故可充分利用傳統散文發展所累積之語言材料技巧，其中之敘事作品如寓言及史傳散文皆可資借鑒，然文言之根本弱點為「隔」，即距離感，脫離現實生活，如馮夢龍於《古今小說・序》云：「唐人選言，入於文心，宋人通俗，諧於俚耳，天下之文心少而俚耳多，則小說之資於選言者少而資於通俗者多。」可見文言與白話不同性質與興盛之因。白話文之特點為「不隔」，即具臨近感，與現實生活接近，可不斷吸收生動活潑之語言加以改造，話本小說內容因而得以豐富與發展〔註34〕。此為唐傳奇與話本小說之基本差異，亦為二者不同修辭表現與發展之基礎。

二、修辭目的之異同

中國正統文學實亦不乏有韻散相雜之現象，如《孟子・公孫丑》云：「齊人有言：『雖有智慧，不如乘勢；雖有鎡基，不如待時。』」〈離婁〉云：「滄浪之水清兮，可以濯我纓；滄浪之水濁兮，可以濯我足。」《荀子・大略》亦云：「欲富乎？忍恥矣，傾絕矣，絕故舊矣，與義分背矣。」又《左傳》於記事中大量引詩亦為一例，然其之所以引用《詩經》篇章主要在於說明或建議，抑或強調所言之真實度，故應予以肯定，除引詩外，《左傳》亦大量引用卜筮之韻語，如僖五年中云：「狐裘龍茸，一國三公，吾誰適從？」又如僖二十八年中云：「輔車相依，唇亡齒寒」等，大致而言，韻文主要為論斷上之輔助地位，此一運用現象基本上亦為「藉古語以為重」之寫作觀念，藉以達致說服目的。而其他各家子書或正統史書亦多少有時諺或成語之穿插運用，如《尚書・無逸》云：「俚語曰諺」，《說文解字》云：「諺，傳言也。從言，彥聲，謂傳世常言也。」《漢書・五行志》亦云：「諺，俗所傳言也。」而韋昭《國語・越語注》云：「諺，俗之善謠也。」《禮記・緇衣》云：「子曰：『南人有言，人而無恆，不可以為卜筮。』」又如《論語・子路》中亦云：「子曰：『南人有言曰：人而無恆，不可以作巫醫。』」或《史記・李將軍列傳》中之「桃

〔註33〕 徐岱，頁22～33。

〔註34〕 劉上生，《中國古代小說藝術史》（長沙：湖南師範大學出版社，1993年），頁370。

李不言，下自成蹊」等，又如《吳志》記太傅諸葛恪引里語曰：「明鏡所以照形，古事所以知今」〔註35〕或楊瑩《臨海異物志》引諺「楊桃無鬚，一歲二熟」〔註36〕等之類，皆為文中引韻文俗諺之例。而史傳中亦不乏徵引童謠以預言政治得失或人物之命運，如《晉書》卷二十八〈五行志〉中云：「海西公太和中，百姓歌曰：『青青御路楊，白馬紫遊韁。汝非皇太子，安得甘露漿。』識者曰：『白者，金，行馬者，國族。紫為奪正之色，明以紫間朱也。』海西公尋廢，其三子並非海西公之子，縊以馬韁，死之。明日南方獻甘露焉。」吳均《續齊諧記》所引「芒頭菌，繩縛腹。車無軸，倚孤木」之小兒歌等亦然〔註37〕，而謠諺之引用亦為歷代所習，如葛洪《抱朴子》引「書三寫，魚成魯，帝成虎」及《晉書》述習鑿齒親遇隆密所引之語「徒三十年看儒書，不如一詣習主簿」等皆是。此類多為零落之片語，主要為來自實際生活經驗之格言或諺語。

　　一般而言，諺語與通俗特性息息相關，亦有其悠久歷史。由於源自民間，固有世俗淺顯特質，如《文心雕龍・諧讔》云：「蠶蟹鄙諺，貍首淫哇，苟可箴戒，載於禮典。固知諧辭讔言，亦無棄矣。諧之言皆也。辭淺會俗，皆悅笑也。……意在微諷，有足觀者。……是以子長編史，列傳滑稽，以其辭雖傾回，意歸義正也。……但本體不雅，其流易弊。」提及類似俗諺成語雖固具教化作用，卻不離通俗性質，然其乃民間智慧結晶，故亦有傳世價值。如《文心雕龍・書記》云：「諺者，直語也。喪言亦不及文，故弔亦稱諺，廛路淺言，有實無華，鄭穆公云：『囊滿儲中』，皆其類也。牧誓云：『古人有言，牝雞無晨』，大雅云：『人亦有言，惟憂用老』，並上古遺諺，詩書所引者也。至於陳琳諫辭，稱「掩目捕雀」，潘岳哀辭，稱「掌珠伉儷」，並引俗說而為文辭者也。夫文辭鄙俚，莫過於諺，而聖賢詩書，採以為談，況踰於此，豈可忽哉？」可見即使嚴肅文學或正統典籍中亦不免採用相關俚諺〔註38〕，取

〔註35〕《三國志・吳書》卷十九〈孫奮傳〉，孫奮引諸葛恪之言云。

〔註36〕據〈隋志〉所載，《臨海異物志》為楊瑩所撰，此據逯欽立《先秦漢魏晉南北朝詩》所引。

〔註37〕《續齊諧記》云，桓玄篡位後，朱雀門中忽見兩小兒，通身如墨。相和作籠歌云云，路邊小兒從而和之者數十人。聲甚哀楚，日既夕，二小兒入建康縣，至閣下，遂成雙漆鼓槌。明年春而桓敗，車無軸，倚孤木，桓字也，荊州送玄首，用敗籠茵包之，又芒繩束縛其屍，沉諸江中，悉如所歌焉。

〔註38〕清馮鎮巒曾對韻散文體相雜之現象作一說明，其《讀聊齋雜說》云：「《聊齋》於粗服亂頭中，略入一二古句，略裝一二古字，如《史記》諸傳中偶引古諺

其實用或合理性，此類書寫習慣至古典小說更加明顯，唐傳奇除詩歌之運用外，亦有文字之拆合或謎語之呈現，而話本小說則更加發揮謠諺之通俗與教化特質。二者對於謠諺之使用多不出通俗之滑稽特性，古典小說題材與讀者多具大眾性，而諺語、成語及俗語等雖爲日常生活用語，而非作者加工之文學語言而是經長時間眾人之累積改造，包含大眾之生活智慧與價值觀，運用於古典小說中更顯其深意〔註 39〕。以滑稽有趣之韻文穿插其中，更能凸顯故事之通俗面貌。

　　經史典籍中所引用之韻文或對句實居小部分，敘述文字仍爲散文，且不妨其正統文學地位。值得注意的是，此類韻文之引用實有「芻蕘狂議」之用意，以爲民間之智慧仍有可取價值，而非對此類謠諺高度尊崇或認同，此與後世小說之引用韻文態度不同。然證之實際表現，古典小說中韻散交雜現象所蘊含之意義如公議力量或普遍眞理實與正統著述之表現相類，藉由韻文之特殊體制加以凸顯，運用之目的亦得以完成。

三、風格之豐富多元

　　古典小說特殊模式之形成，常有賴於較早之各型文類提供養分。藉由綜合歷來各類文學形式，形成獨特之敘事體裁。古典小說之散文爲廣義性，即因其主要以自由之散文語言爲書寫工具，有其獨特之審美價值。另外又根據需要嵌入各種文學及非文學之文字語言體式，形成本身之有機部分，形成能包容各種詩文文類之敘事文體。古典小說既可包含詩賦等不同文類，亦可保存這些文類之特性，充分顯現古典小說藝術特質之廣泛性與自由度，此一特點予創作者極大之發揮空間與書寫自由，然亦因須同時熟悉多種文類技巧與體式，於作品中敘述與描寫兼重，令各式描繪或講述得致恰當之表現。〔註 40〕

　　古典小說之包容特性來自於其中所包含的各文類各自保有文類應有之特質，雖或有轉換調整，卻皆得以與小說本身之結構達成一致。個別文類歷經時代之發展變遷往往得以演進更新，然變化中仍不免維持既有之某項特質或特色。且因某一文類之書寫形式固定，往往亦因而促成作者之寫作及讀者之閱讀期待，且此一期待成爲書寫規範之內化形態，即作者讀者常循此一原則

時語，及秦漢以前故書。」其中即意識到雅俗二層面間之互用互動。
〔註 39〕賈文昭、徐召勛，《中國古典小說藝術欣賞》（台北：里仁出版社，1983 年），頁 61。
〔註 40〕馬振方，《小說藝術論稿》（北京：北京大學出版社，1991 年），頁 22～23。

進行創作或閱讀，此一特徵於話本小說中尤爲顯見，如「有詩爲證」等套語或穿插詩詞等現象即爲當時讀者所認同與熟悉，亦爲各時期作者所遵循。

　　任何文體信息系統之形成，皆以語言爲基本單位。不同文類各有其特殊之符號系統，亦各有其語言之特定組合方式，而有不同之意義及作用〔註41〕，各自構成一完整自足之審美世界，而小說中韻文文類所呈現之信息符號或形式則以特定之象徵形式及規律，發揮文字於敘事層次外之藝術效果與表現，藉以凸顯小說文體結構中之多義與多元性。

　　作品之特定形式特徵之形成，亦自有其內在根據。其中與創作者之心理質素、文化修養與個人經歷相關，而其形成與整個社會環境亦有內在因果聯繫〔註42〕，創作者之寫作風格乃是對特定時代整體文化環境思考後之審美呈現，又關涉到當時寫作風氣與作者彼此間之趨同模擬，甚至反省，以獲得當時讀者之認同或某類閱讀期許。以古典小說而言，其中章法之講究與文字之典雅固足以顯示作者之學問才情，而一般故實見聞、諧語雙關與及詩詞謎語，乃至燈謎酒令等，亦皆爲創作者個人才華之顯現，而此實與當時既有之文化或文學背景相關，形成特定表現模式。可知於創作本身言，個人才情及對傳統之吸收實皆爲主要關鍵，既需於文體之擇取上獲得普遍認同；亦需於固定之模式中極力發揮個人才情，此一傾向除提供古典小說之豐富題材外，對於其形式特徵之演變亦有促進，敘述技巧亦得致擴展與演進，實爲古典小說文體發展之重要因素之一。

　　就閱讀角度言，各類文學作品除陳述或實錄某一生存現實提供經驗之表述外，實亦於合理且有序之虛構活動中完成一系列價值之闡說與判斷，最終目的在於精神上之超越〔註43〕，於閱讀活動中，獲知事件之始末並非主要或僅有之目的，其中尚冀於閱讀中獲致某類情志或想像之經驗，而古典小說較之正史記載或一般古文，其寫作模式無疑呈現此一特質，既講究故事之呈現介紹，亦著力於其他敘事結構之推展擴充，由此正可見古典小說作者於寫作之自覺及用意。古典小說以其特定之語言規則加以表現，觀照大眾深刻豐富之心靈感受與價值取向，且運用藝術技巧加以表現。作者以其取捨與反省，

〔註41〕如王國維《人間詞話》云：「詞之爲體，要眇宜修，能言詩之不能言，而不能盡言詩之所能言，詩之境闊，詞之言長。」文顯而詞隱，文直而詩婉，文質言而詩多比興，文敷暢而詩貴蘊藉。

〔註42〕張毅，《文學文體概說》，頁266。

〔註43〕張毅，《文學文體概說》，頁22～23。

藉由組織情節敘述、場景描寫、人物對話等，將文學中涵義與境界加以延伸推衍，而此一目的，則藉由各種藝術表現層次不一之文類加以達致。

縱雖包容眾多不同文類，古典小說之獨特處，即其中之敘事性。古典小說是以散文爲主要陳述媒介之敘事文學〔註44〕。而敘事既爲古典小說之主要特徵，是以具有展示人生種種經驗之客觀性，使古典小說不同於抒情或寫景之詩歌或散文，亦不同於各種書寫人物活動之抒情文學〔註45〕。古典小說雖異於其他文類，但就因其文類具有特殊之包容性質，使其面貌較其他文類多元且豐富。就古典小說之特殊修辭風貌言，主要在於韻散相雜及各文類間彼此之協調互補，如唐傳奇之所以引用詩賦，往往爲抒情或記實之目的，或藉以呈現文人氣息與特殊情調，而話本小說中則分別藉不同文類之特質而作不同之修辭安排，所呈現之效果實皆反映作者對當時各文類之省察與調整，如詩歌與散文之區別不僅在於形式差異或是否用韻，更有其內蘊上之差異，古典小說將二者不同之藝術特徵予以結合，因而完成其作品本身風格之多樣化。

各文類於古典小說中之發揮亦各自展現應有特徵，如描述人物形象上，以辭賦體繪人物之形，雖亦多運用重複文字，然反而可令讀者作直接之聯想與反應，然此類聯想多因韻文文字之重複與類似而多爲抽象，與敘述主體之散文性質有所不同。又如辭賦之描繪場景上，往往以情景交融、神與物遊之虛實相間筆法加以展現，致古典小說之敘述文字於單純表述外，亦存有抒情或寫物之層次。古典小說中之描繪文字雖多爲重複套語，但往往即因其有固定模式而得以形成某種意象並茂，情景融一之美感境界，且於濃重詩情中予以讀者豐贍的生活實感與韻味〔註46〕。同時亦寫出讀者情感幻覺中之生活實景，虛擬之生活場景有濃有淡，時略時詳，使古典小說中之生活場景具有空間美及詩意美〔註47〕。古典小說中之環境描繪可隨意融化於情節之敘述及人物之刻劃中，並可以間接、零碎及動態等多種方式予以表現，此類環境之描寫往往予以讀者廣大之想像空間，擴充更大之藝術層次。而藉由環境之描繪，亦時能展現人物之生活經歷、性格等，某一場景、氣氛、細節乃至器物等，皆有其歷史來歷與根源，與廣大之文化背景息息相關，形成古典小說內在世

〔註44〕徐岱，頁9。

〔註45〕馬振方，《小說藝術論稿》，頁7。

〔註46〕吳士餘，《中國小說思維的文化機制》（上海：華東師範大學出版社，1990年），頁158。

〔註47〕吳士餘，《中國小說思維的文化機制》，頁142。

界之一致性。

　　至於以詩言志抒懷，以對句或俗諺表達人生智慧或哲理等，亦為古典小說中韻文文類之多樣表現。詩歌直抒胸臆之狀物抒情，以及憑藉意境創造抒發自我情感之方式，抒情文類如詩歌散文等，其語境往往具有某種審美意味，其內涵豐富，情意深長，令讀者有豐富之聯想與感受，並易於轉化成極具美感意義之人生體驗。以詩歌及散文兩種不同文類所塑造之意境特徵言，古典小說中所運用之詩歌，其表現傾向多有其虛靈性，往往以意勝，而散文則求實，有其實際感，主以質實勝。詩文二者之性質亦有相反處，文境能具體解析所呈現之客觀實境，讀者有立即之客觀現實感。而詩境則注重聯想與想象，偏重於對虛境分析〔註48〕。詩中所展現之情感往往蘊含人之普遍情緒，為群體深層心理之表現，往往超越時空階級，而獲致共鳴，詩學文化之意境使審美意識與對象達至同一與和諧〔註49〕。此一思維強化古典小說文類之思維悟性，而不僅限於單純敘述，是以擴大體現古典小說情感之思維張力，將現實之情感昇華至審美意志，亦使古典小說敘述達至審美主體客體合一之境〔註50〕，並因而形成以敘述為主體之作品有不同層次之意涵。

　　敘事文類中之小說或戲劇，其語境多蘊含某種與作品總體思想一致之內涵，且不同語境之串聯與有機之結合，形成作品完整之想像世界，其間充滿多元之思想與情感〔註51〕。小說往往具有史傳之敘述模式，有關人之思想感情目的動機，不僅是一般陳述，亦有深層描繪刻劃。各時期作品皆有虛實互補之敘事思維，其敘事層次既注重形象情感世界逐次漸進之細緻刻劃，亦強調抒情不應脫離生活現實與環境，使形象構成完成於詩與歷史間，較之以往之靜態陳述活潑生動。同時，小說中各具特徵之文類相互運用，亦形成敘事與抒情層次之錯落，並延伸內在意涵之廣度與深度。古典小說中所包含之各文類不只獨具文類特質，亦因而各司其敘述功能，形成作品多元且一致之風貌，且每一體裁與類型均與傳統有某種關涉，即在傳統背景中另有新變，文學之活力與生命因此而生。

〔註48〕曹明海，《文體鑒賞藝術論》，頁121。

〔註49〕詩語言所包容之信息並非直接呈現於外在辭彙，而是蘊藏於語詞之深層結構中。故詩有表層及深層語義二層面，表層語義及語言符號為一對應關係，明瞭確定，而深層語義則是潛在且不定的，可隨語境、情感氛圍及文化結構之變化而改變。

〔註50〕吳士余，《中國小說思維的文化機制》，頁155。

〔註51〕吳士余，《中國小說思維的文化機制》，頁145。

第八章　由韻文現象探討詼諧屬性

　　古典小說之作者於寫作之際除刻意模仿史筆形式書寫外，亦不免對教化功能有所注意與講求。其中借用其他文學類型，則形成古典小說之獨特敘事特質。是以，古典小說之形成，無論其內在外在之特質，實皆受既有文學觀之影響。然就另一角度言，小說畢竟僅爲小說，即使向史傳或詩騷傳統學習，然實際上卻不離娛樂消閑之性質；而此一性質往往成爲古典小說尤其話本小說之明顯特徵〔註1〕。本章則以唐傳奇與話本小說中之相關韻文爲考察對象，以固有之文學傳統價值觀爲比照基礎，藉由作品中若干通俗韻文以探討其中所具之通俗詼諧氣息，並由此一現象探討古典小說對於既有傳統價值觀與寫作態度之反省，以及其於文學史上可能之模擬或創新意義。

第一節　嚴肅之傳統文學觀

　　中國傳統對於「文學」往往秉持尊崇重視之態度，既對文字所形成之書面作品具有莫大期許；對於寫作活動，亦謹愼從事，往往以嚴肅態度爲文，而非輕易操觚。由此一基礎發展，對於作品功能與寫作態度自皆有所強調及要求。

一、文學之崇隆地位

　　中國傳統對於「文」或「文學」一向有其重視程度。首先爲對「文」與「文學」等同於自然宇宙，並爲人文化成之修爲或文明之成就，如《易傳・賁卦・象傳》中云：「觀乎天文，以察時變；觀乎人文，以化成天下。」以爲

────────────

〔註 1〕如第三章所述有關話本小說中韻文詼諧表現之分析。

「文」爲一至高無上之標準，往往等同於自然宇宙之原理，即所謂「道」，甚而超越宇宙天地等自然萬物，形成萬物美善來源之基礎。〈繫辭〉中亦以爲《易經》之出現在於「易與天地準，故能彌綸天地之道。仰以觀於天文，俯以察於地理，是故知幽明之故。」此一說明除極力推崇「文」或「文字」本之尊隆甚或神聖之地位外，亦提及文字記錄之作用與功能，其後如《文心雕龍‧原道》及據此加以發揮，其言云：

> 文之爲德也大矣，與天地並生者何哉？夫玄黃色雜，方圓體分：日
> 月疊璧，以垂麗天之象；山川煥綺，以鋪理地之形。此蓋道之文
> 也。……惟人參之，性靈所鍾，是謂三才，爲五行之秀，實天地之
> 心。心生而言立，言立而文明，自然之道也。

此類觀點，實已超越純文學之視野，並利用「文」之多義性，包含圖樣或文飾等，以至於語言、文章或文學，形成多重之相應理念。並將自然原理與人文化成予以融合，所謂「道沿聖以垂文，聖因文而明道」，「文」之神秘性與尊崇性亦因而得以呈現。亦反映其中之修辭意識與實用功能、人倫修身相關，文字之講求無非爲求眞理之明確傳達，明道與垂文二者相互發明，而不僅是純文學關注。反而多賦予人文精神，例如《文心雕龍‧宗經》以爲，文學所遵循之最終標準，乃傳統典籍，而非其他文學作品，其言云：

> 經也者，恆久之至道，不刊之鴻教也。……皇世三墳，帝代五典，
> 重以八索，申以九丘，歲歷綿曖，條流紛糅。自夫子刪述，而大寶
> 咸耀，於是易張十翼，書標七觀，詩列四始，禮正五經，春秋五例，
> 義極乎性情，辭亦匠於文理，故能開學養正，昭明有融。

是以文學得涵蓋一切終極眞理，其中有人文化成之重要因素，故作者之性情心靈亦爲文章寫作之主要關鍵，而所謂性靈之講求，主要亦爲人格之陶冶與塑造，而非後世之娛心遣興。而文學內外在之同一和諧，無疑亦爲道德而非純粹藝術之目的所致。其中又云，「夫文以行立，行以文傳，四教所先，符采相濟，勵德樹聲，莫不師聖，而建言修辭，鮮克宗經。」實以經書爲文章創作、批評及文體淵源之主要依據，對於文學之觀點與態度可見一斑。由於意識到人文及情性修爲對寫作之重要影響，故對於文章之修辭與造作亦有所認識，以爲文章之良窳實皆爲人格修養之反映。如〈徵聖〉則云：

> 夫作者曰聖，述者曰明，陶鑄性情，功在上哲，夫子文章，可得而
> 聞，則聖人之情，見乎文辭矣。先王聖化，布在方冊，夫子風采，

溢於格言。是以遠稱唐世，則煥乎爲盛；近褒周代，則郁哉可從。
此政化貴文之徵也。鄭伯入陳，以文辭爲功；宋置折俎，以多文舉
禮，此事蹟貴文之徵也。褒美子產，則云『言以足志，文以足言』；
泛論君子，則云『情欲信，辭欲巧』。此修身貴文之徵也。

以爲文章表現則與思想內容一致。此一說法則顯然與性情相關，形諸於作品，
則爲言志風教之表現。對「文」或「文學」之高度推崇，亦因而影響其後對
文學實用觀點及審美態度之發展。傳統對文學之觀念或因時代不同而各有注
重或理念，然於各時代之反覆討論或思辨中，對於文學作品中之質實往往具
有某一程度之著重，反映傳統對於文學之基本態度，並因獲致儒家批評之認
同，而具有最大之影響，其中雖不免提及修辭之必要，大致仍不離實用之基
本見解。〔註2〕

　　孔門所謂文學除學識之外，亦有「文化」或「文雅」之義，而非一般所
謂「文學」，主要爲尙用觀點，如《論語・陽貨》中孔子論詩之用，其言云：
「小子何莫學夫詩，詩可以興、可以觀、可以群、可以怨，邇之事父，遠之
事君，多識於鳥獸草木之名。」〈子路〉亦云：「誦詩三百，授之以政，不達；
使於四方，不能專對，雖多，亦奚以爲？」〈八佾〉亦云：「關雎樂而不淫，
哀而不傷」，所強調者爲中庸和平，對詩歌等文學作品之析賞態度顯然不離政
教應用與人格修養之強調。

　　此一理論觀點實與倫理教化相關，所謂中庸和平，既包含倫理之善，亦
包含藝術之美。即使後世已具有「文學」之概念，對於文學之功能仍有所關
注，如漢代王充《論衡》卷二十云：「然則文人之筆勸善懲惡也。」至南朝《文
心雕龍・序志》亦云：「唯文章之用，實經典枝條：五禮資之以成，六典因之
致用。君臣所以炳煥，軍國所以昭明。」亦爲明顯之實用概念，至於唐之韓
愈所謂「文以載道」，則更爲實用觀點之表現。此一傳統由先秦以降，向爲主
要之文學觀，傳統對文學之特殊尊崇，亦因而促成對文學之高度期許，且歸
結至人倫教化之實用考量範疇下，成爲文學之價值判斷標準，亦因而影響歷
代文學形式及作品特質之形成。對於文學之理念與期許，往往與人倫教化等
實用觀點有關，而寫作態度亦以有益風教爲前提，此一實用觀亦形成中國傳

〔註2〕中國傳統之文學修辭觀包含層面廣泛，本文無法一一列舉並加以討論，僅以
　　　其中之文質論點與相關之理論加以分析，此類觀點與傳統小說形式或內容之
　　　形成具有較大之關聯。

統文學之批評原則，或因各時代有不同觀點或要求，然始終爲傳統之評價基準，甚而影響對文學作品審美修辭之關注態度。

中國傳統之文學修辭態度與文學實用觀點密切相關，對於其中文字之修辭主要爲實用而表現。所謂「辭，達而已矣。」(《論語・衛靈公》) 或「志有之，言以足志；不言，誰知其志？言之無文，行而不遠。」(《左傳・襄公二十五年》) 等，以至於「文質彬彬，然後君子」(《論語・雍也》) 等，「君子進德修業。忠信，所以進德也；修辭立其誠，所以居業也。」此時之修辭理念多不出實用範圍，甚而與倫理道德修爲相關。其後則多以「文」、「質」二者爲審美修辭之討論中心。

兩漢學者即以既有之「文」、「質」基礎上加以發展，如董仲舒《春秋繁露・玉杯第二》云：「志爲質，物爲文，文著於質。質不居文，文安施質。質文兩備，然後其禮成；文質偏行，不得有我爾之名。俱不能備而偏行之，寧有質而無文。」又揚雄《法言・先知》中亦云：「聖人，文質者也。」王符《潛夫論・交際》中云：「士貴有辭，亦憎多口。故曰：『文質彬彬，然後君子。』與其不忠，剛毅木納 (應爲訥)，尙近於仁。」而文章之美善與否，則實爲個人道德修養之呈現，而非單純修辭技巧所能達至，如王充《論衡・超奇》云：

> 有根株於下，有榮葉於上，有實核於內，有皮殼於外。文墨辭說，
> 士之榮葉皮殼也。實誠在胸臆，文墨著竹帛，外內表裏，自相副稱。
> 意奮而筆縱，故文見而實露。

所謂「有實核於內」，無非是修身利行，品德高尙，方能爲有用之文。至此，修辭與道德修養亦有所關聯，亦可見對於先秦之文質觀念更進一步之發揮。

至魏晉南北朝由於純文學觀念之發達，對於「文」、「質」二者之偏重與以往有所不同者，此乃因當時特有之文學觀點所致，主要集中於對文字或文學本身之修辭自覺，如蕭統《文選・序》云：「若夫椎輪爲大輅之始，大輅寧有椎輪之質？增冰爲積水所成，積水曾微增冰之凜。何哉？蓋踵其事而增華，變其本而加厲。物既有之，文亦宜然。」主要爲肯定文字修飾之必要，於「文」、「質」二者中凸顯「文」之重要性。此時對於所謂文學之要求與理念雖較以往進步，然對於既有之文學文質論，亦有有所承襲，如顏之推《顏氏家訓・文章》中以爲「宜以古之製裁爲，今之辭調爲末，並須兩存，不可偏棄也。」此說仍不離文質彬彬之強調，一如前述文質修辭觀，《文心雕龍・徵聖》亦云：

故知正言所以立辯，體要所以成辭；辭成無好異之尤，辯立者有斷
辭之義。雖精義曲隱，無傷其正言，微辭婉晦，不害其體要。體要
與微辭偕通，正言共精義並用；聖人之文章，亦可見也。……然則
聖文之雅麗，固銜華而佩實者也。

以爲文章有修辭之必要，然修辭之前提爲內在之充實與正統，實以內在價值
爲主要考量依據，文辭之美既因內容充實而有其意義，故其修辭目的亦旨著
眼於實用功能之增進。實際批評中往往「文」、「質」兼而言之，且偏於質之
講求。如《文心雕龍・情采》即云：

聖賢書辭，總稱文章，非采而何！夫水性虛而淪漪結，木體實而花
萼振：文附質也。虎豹無文，則鞹同犬羊；犀兕有皮，而色質丹漆：
質待文也。……故情者，文之經，辭者，理之緯，經正而後緯成，
理定而後辭暢，此立文之本源也。……夫能設謨以位理，擬地以置
心，心定而後結音，理正而後摛藻，使文不滅質，博不溺心，正采
耀乎朱藍，間色屏於紅紫，乃可謂雕琢其章，彬彬君子矣。

其間意識到文章中文、質彼此間之相涉互補處，且二者缺一不可，各有其重
要性，然其中亦透露，辭章修飾須促進作品內容與作者性情之純正，方有其
修辭之必要與意義。

　　及至唐代，仍存有「文」、「質」二者之思考，並於偏重「質」之同時，
亦不廢「文」之價值。韓愈〈答尉遲生書〉云：「根之茂者其實遂，膏之沃者
其光煜，仁義之人其言藹如也。」爲文立言當以品德修養爲前提，柳宗元〈答
韋中立論師道書〉亦云：「文者以明道，是固不苟爲炳炳烺烺，務彩色誇聲音
而以爲能也。」對文學樸質之追求無疑有實用及抒發情性之目的。又柳宗元
《楊評事文集・後序》云：「文之用，辭令褒貶，導揚諷諭而已。雖其言鄙野，
足以備於用，然而闕其文采，固不足以竦動時聽，誇示後學，立言不朽，君
子不由也。」與韓愈〈進撰平淮西碑文表〉之「辭事相稱，善並美具」及「辭
事俱亡，善惡惟一」同屬主文質彬彬一類。除廣泛之修辭討論外，對於個別
之文學作品如詩歌等多有細部具體之討論，此乃因文學發展之故。至宋以降，
則多爲詩歌辭賦或古文等修辭技巧之個別探討。其中雖對純文學形式與表現
技巧有所注意與強調，然亦不免雜有傳統觀點之成分，如王安石〈上人書〉
中云：「且所謂文者，務爲有補於世而已矣；所謂辭者，猶器之有刻鏤繪畫也。
誠使巧且華，不必適用；誠使適用，亦不必巧且華。要之，以適用爲本，以

刻鏤繪畫爲之容而已。」朱熹〈答汪耕叔〉中云：「至於文詞，一小技耳！以言乎邇，則不足以治己；以言乎遠，則無以治人。」其中對於修辭之評斷實以實用觀點加以衡量。歷代對「質」與「文」之不同分辨與偏重，往往皆以二者能達致中和平衡之狀態方爲修辭之最高標準，「質」、「文」二者中對「質」之偏重乃至於融合，此一修辭觀念主要反映傳統之文學實用觀點，不免具有道德意味，修辭上所謂文質彬彬，無非爲求二者之平衡，二者之偏重若有輕重之別，則皆爲缺失，亦爲主流文學寫作之基本要求，此一原則並爲後世學者所遵循或檢討。〔註3〕

　　至明清學者之觀點，於論古文中雖亦多主實用之文，然對於各類文學作品如詩詞歌賦等細節且具體之修辭探討則明顯增加，主要爲對於文字運用或技巧安排之有意講求，此類說明自不似前此泛論文學觀點之嚴肅或典重，然於其中亦可見對於寫作仍具有慎重從事之傾向，文學本身或書寫創作基本上仍屬一高尚活動，且對於其中之藝術審美關注明顯多於單純遣興娛樂。值得注意的是，唐宋以迄明清藉由對詩詞散文之種種討論，顯現傳統之文學價值觀點而此一表現實亦受制於固有嚴肅文學觀之影響。即使「文學」之觀念於不同時代各有不同內涵，修辭觀點亦因而有所轉換，然歷代對於文學之理念亦多與既有典重觀點相關，其中雖亦存有類似遊戲文墨之言論，然絕非強調或關注之重點。

二、批評之優劣依據

　　傳統之文學觀點主要由形上基礎發展成實用功能及審美理論，並因之形成審慎之寫作態度與期許。此實用標準亦爲分判作品正統與否即高雅與否之依據。雅俗之分別，主以文學功能之有無爲考量，而非落實於文學創作中藝術成就或審美效果之追求上，此實爲正統文學與一般通俗文類之最大差異處。所謂「雅」，往往與文學主流作品相關，並受限於某類寫作期許，修辭特徵又多不出人倫日用之教化功能等範圍；雅俗文學實亦以文明進展程度爲考量準則，往往不離政教考量。如《論語‧述而》云：「子所雅言，《詩》、《書》、

〔註 3〕如荀子即承襲「文質彬彬」之理念，所謂「凡人莫不好言其所善，而君子爲甚。……鄙夫反是，好其實，不恤其文，是以終身不免埤汙傭俗。」而墨子則於《墨子‧修身》云：「言無務爲多而務爲智，無務爲文而務爲察。」明顯爲「尚質」一派。至於老莊，則因基本理念所致，對於外在之修辭或巧飾，自是予以否定。先秦以降，各時代之論點亦多以此一基本理念加以發揮。

執禮，皆雅言也」。雅言即正音，與方音相對而殊異，此一雅字實同於《荀子・榮辱》云：「越人安越，楚人安楚，君子安雅」中之雅。雅即夏之義，雅音為夏音，即中原正聲。所謂雅言，實具文化意味，而所謂雅言以外，則並非夷狄之語，乃魯地方言，為一般大眾所用之方言俗語，亦相對於政治教化中心之邊緣，至於「俗」之文類，其表現技巧固亦有所關注強調，然基本上並未受制於傳統要求，未必刻意強調是否具有社教功能，亦因之有更大之表現空間。

雅俗之別在於典正與日常二義，二者雖同屬文化之列，亦即教化中，然其間存有高下之價值判斷〔註4〕。雅之特性往往因人文教化達至某一程度後而產生，而俗雖有傳統所強調之質樸，卻不免亦有粗鄙之失，雅俗之分際一如強調文質並重之批評觀點，且於其間凸顯修辭表現之必要，即藉此以顯文化教養之優劣，而有雅俗之分。如蕭統《文選》所云：「夫文典則累雅，麗則傷浮，能麗而不浮，典而不野，文質彬彬，有君子之美。」又《文心雕龍・體性》云：「才有庸儁，氣有剛柔，學有淺深，習有雅正，並情性所鑠，陶染所凝。」文章為情性之體現，所謂涵養與風格，往往與當時環境與個人理念等相關〔註5〕。雅俗與文質觀念令藝術之美與道德之善有所交集，亦因而影響文學批評之內涵。

就作品本身之功能言，雅俗文學或皆強調教化功能，二者亦有審美態度上之偏重，然通俗文學卻另強調娛樂功能之表現，與傳統嚴肅文學觀有所不同。書寫技巧上，二者亦有所不同，高雅文學著重作品本身之抒情、議論或教化作用，通俗文學則尤其注重事件情節發展或感染效果，表現各有偏重，不同特徵之產生又與讀者層次不同相涉。由於閱讀層次各有異同，雅俗文學所使用之語言亦有所不同，主要為「文言」與「白話」之別〔註6〕。就表現形式言，詩歌與小說之語言運用固有不同，此與各文類間之特徵有關，而小說本身之語言亦不免有所出入，所謂「唐人選言，入於文心；宋人通俗，諧於俚耳。」或「修詞或傷於藻繪，則不足以觸里耳而振恆心。」主要與閱讀對象層次有關。

〔註4〕高大威，〈試析傳統文學批評的雅俗觀念〉，淡江大學中文系編，《文學與美學研討會論文集》（台北：文史哲出版社，1990年），頁278。

〔註5〕高大威，〈試析傳統文學批評的雅俗觀念〉，頁280。

〔註6〕相對而言，如白話源自現實生活，有其生動活潑之特性；至於文言，則較白話精鍊含蓄，形諸於相同文類，其表現之特性亦有不同。

　　一般對於文學本身之態度多不免以雅正爲準〔註7〕。文學主流如詩歌散文雖有其文學史上崇隆地位，卻亦不免雜有若干民間或通俗因素，而通俗作品如戲曲小說則往往刻意向正統文學吸收學習，文學作品中所謂雅俗之區分界限實難有定論。中國傳統小說之表現形式則無疑凸顯此一雅俗混合之特徵：既吸收詩、賦等正統文學形式，然於接受或學習中卻未必完全依循模擬，反而以傳統小說之娛樂詼諧等特性對其他文類加以改造加工，既凸顯小說獨有之體性，亦呈現文學發展上另一層面之意義。

　　所謂雅俗，往往爲一相對觀念，且常因不同時代背景與認知而變動不居，而非恆常準則，雅傾向於「文」，因雅必存乎較高之人文層次；俗雖有質，然鄙野無文，仍與人文相悖，而取材不避俗語俗事，實亦意識所謂不廢蒭議，有益風教之功，即所謂「俗」雖得存在於文學環境，然往往亦爲「雅」所吸收。而作品中所謂「雅」之特徵或現象一旦成爲成規，則無新鮮感，作者與讀者亦因而有所寫作閱讀上之期待與習慣，往往易形成既定俗套。而俗之表現則往往於吸收其他文學形式或特質後，於文學價值觀或批評認知演變後，其內在價值有所轉變，而有進至「雅」層次之可能，二者相互變動，而非固定不變，文學發展之生命動力亦因而生成。

三、文類之雅俗特性

　　以詩而言，《詩經》固爲中國最早之詩歌總集，亦爲正統文學之代表，然究之作品篇章之組成結構，實與民間作品相關〔註8〕，如《詩經》中之「風」、

〔註7〕　各類文學作品中往往皆有雅俗之分，如詩歌固有雅正之作品，然其中民歌則不屬同類。本文主要以文學實用觀點加以區別雅俗之分，若文學作品本身有益風教，則往歸爲雅正之列；而一般娛樂或遊戲文章雖亦受容於整個文學環境中，然終不免獨立於正統文學之外。傳統小說被視爲小道小技，亦在於內容之支離瑣碎，難以提供有系統或廣泛之教化功能，而歸爲俗文學一類，終非主流文學。

〔註8〕　經史有關采詩之說始於漢代，如《禮記‧王制》云：「天子五年一巡守，歲二月，東巡守，至于岱宗。……命大師陳詩以觀民風。」鄭注云：「陳詩，謂采其詩而觀之。」孔穎達《正義》云：「乃命其方諸侯大師，各陳其國風之詩，以觀其政令之善惡。」《孔叢子‧巡狩》篇云：「古者天子命史采詩謠，以觀民風。」上述皆以爲古有采詩之事，執行者爲大師或史官，采詩旨在觀政教風俗之得失。而何休、班固等人亦據此說加以推衍，《漢書》卷二十四上〈食貨志〉云：「男女有不得其所者，因相與歌詠，各言其傷。孟春之月，群居者將散，行人振木鐸徇於路以采詩，獻之大師，比其音律，以聞于天子。故曰：『王者不窺牖戶而知天下。』」據班固所云，則采詩目的同於《禮記》所記載，

「雅」實已具雅俗之區分，風爲地方民歌，雅則爲中原正聲，與《荀子・王制》云：「使夷俗邪言，不敢亂雅言。」及前述「子所雅言」相同，其中實具政教及人文層次高下之比較。又以歷代對采詩刪詩等相關說法爲例，可見民間歌謠實爲《詩經》重要來源，是以正統文類中實不免具有民間文學之成分與屬性。所謂「雅」，往往亦具有「俗」之成分，且已加以吸收轉換。〔註9〕

辭賦之發展亦有類似現象，以楚辭爲例，其以特有之區域寫作情調爲作品主要特質，本身即表現與中原雅正相對之楚地風貌，若據前述之雅俗標準以觀，則楚地辭賦無疑屬俗之特性，而非中原雅正文類。然就楚辭本身內容而言，由於作者之道德情操與作品本身啓發後世文學乃抒情言志之理念而獲致認同，得以進升正統文學之列〔註10〕。另以楚辭之作品結構言，則其間對民俗歌謠等成分亦多所吸收改造，如漢王逸《九歌・序》云：

> 九歌者，屈原之所作也，昔楚國南郢之邑，沅湘之間，其俗信鬼而好祠。其祠必作歌樂鼓舞以樂諸神。屈原放逐，竄伏其域，懷憂苦毒，愁思沸鬱，出見俗人祭祀之禮，歌舞之樂，其詞鄙陋，因爲作九歌之曲。上陳事神之敬，下見己之冤結，託之以風諫，故其文意不同，章句雜錯，而廣異義焉。

可見〈九歌〉系列作品之形成，乃屈原因見俗人祭禮鄙陋而加以創作或改寫，並於其中寓一己之志，是作品亦不離民間風俗特性，又〈天問〉之形成，亦爲類似因素所促成〔註11〕。《詩經》與《楚辭》二者對民間文學之取材實有一

並說明詩之產生乃男女有所怨而發。何休《公羊傳注》云：五穀畢入，人民皆居宅，男女同巷，相從夜績。從十月盡正月止，男女有所怨恨，相從而歌，飢者歌其食，勞者歌其事。男年六十，女年五十無子者，官衣食之，使之民間求詩，鄉移於邑，邑移於國，國以聞于天子。可見至何休時，詩歌所產生之背景、時間甚而內容，皆有具體說明。有關采詩之說，聚訟紛紜，未有定論。然詩歌中雜有民間文學與風俗成分，則可斷定。而究其實際作品以觀，如《邶風・新臺》、《魏風・碩鼠》及《陳風・衡門》等皆有民間文學之特質，甚至大小雅中亦不乏相似之例，如《大雅・桑柔》、《小雅・正月》等篇章中亦可見民間特性之滲透，其中雅俗之別實不明顯。

〔註9〕如國風中某些作品本爲各區域之民歌，於《詩經》結集之前，或僅屬一般民歌，即爲相對於政教中心之區域俗文學，然及至《詩經》成爲文學之主流代表，收於其中之民謠亦得以歸入雅文學之列，是以所謂雅俗之別未必分明，而雅之範圍亦容有俗之成分存在。

〔註10〕此地所言之正統文類，主要以各類文學史著作之觀點爲依據，一般於《詩經》之後往往即介紹《楚辭》，而分別爲北方南方文學之代表與起源。

〔註11〕如王逸序〈天問〉云：「屈原放逐，憂心愁悴，徬徨山澤，經歷陵陸，嗟號旻

致與相類處，對於民間風俗或歌謠，則往往以優越角度加以吸收〔註 12〕，而為其文學功能服務，故雖具通俗成分，卻不妨其雅正屬性。

至於漢賦，則亦因作品所具之諷諭功能而得致認同，以為正統文學之屬，就其修辭技巧以觀，實亦顯現口傳特性，如《漢書・藝文志》云：「《傳》曰：『不歌而誦謂之賦，登高能賦可以為大夫』」，故賦雖非口傳文學，卻以口誦方式加以表演。賦雖以文字書寫，卻以聽覺加以領略。為加強口誦之音樂效果，故大量使用雙聲疊韻之聯綿詞，為使口語傳誦生動，亦刻意提煉口語中傳神之聲貌形容詞，而類似此類語彙，平時騰之於口舌，自然生動，然寫成書面，原無定字，往往各憑其聲，或假借或造新字，形成瑰文瑋字，為其口語文學之特色〔註 13〕。而修辭上亦另具夸飾特質，由於其形成之興盛之特有背景，故有鋪張揚厲之描述，如王充《論衡・藝增》對此曾云：「俗人好奇，不奇，言不用也。故譽人不增其美，則聞者不快其意，毀人不益其惡，則聽者不惬於心。」而《文心雕龍・夸飾》云：「自天地以降，豫入聲貌，文辭所被，夸飾恆存」〔註 14〕。其中承認夸飾之效果與必要性，而所以運用夸飾，則以世俗好惡為考量，所謂好奇，實屬大眾之閱讀趨向，具有普遍通俗之特性。

正統文學中之雅俗成分各具，而通俗文學則更加強調其中的通俗特質〔註 15〕。俗文學有其大眾特質，其發源於民間，並於民間發展，自須迎合一般大眾之所喜所好。其題材亦為大眾所認同寄託，歷代多有類似作品，甚而遊戲

昊，仰天嘆息。見楚有先王之廟及公卿祠堂，圖畫天地山川神靈，琦瑋譎詭，及古賢聖怪物行事。周流罷倦，休息其下，仰見圖畫，因書其壁，呵而問之，以渫憤懣，舒瀉愁思。」所謂古聖怪物行事，實包含若干口傳之故事或歷史，民間之性質亦不免觸及。

〔註12〕詩為行人采詩，為主政者所為，而楚辭則以文人價值觀點對民間文學作判斷，二者之取材皆與風教有關。

〔註13〕簡宗梧，《漢賦源流與價值之商榷》（台北：文史哲出版社，1980年），頁 55。

〔註14〕簡宗梧，〈從專業賦家的興衰看漢賦特性與演化〉，《漢代文學與思想學術研討會論文集》，頁 10～12。

〔註15〕古典小說中之通俗特徵明顯可辨，其中包含文人或民間作品，如洪邁《夷堅志》丁志第十七卷分別引詩言三鵶鎮之貧瘠及平江府羊肉昂貴，其詩云：「二年憔悴在三鵶，無米無錢怎養家？每日兩餐唯是藕，看看口裏出蓮花。」及「平江九百一斤羊，俸薄如何敢買嘗？只把魚蝦充兩膳，肚皮今作小池塘。」詩歌本為正統文類，然運用於古典小說之中，則形式雖未有改變，內容及其典重特性實以改觀，為古典小說之通俗特性所轉化，其中主要為民間文學之影響。

之作，以賦體而言，如漢代王褒之〈僮約〉、唐代之〈燕子賦〉、〈茶酒論〉等
〔註16〕。除此而外，亦往往有無名氏之集體創作，經歷無數之修正或補充，
實爲累積傳述之結果。此類通俗詩賦之創作，主要仍以正統文類爲寫作準則，
而於其中自創新意。其中亦具口傳特性，於寫定之前，往往經歷口頭流傳之
歷程，由累積傳述進至文字寫定，作品呈現新鮮且粗陋之特徵，而由於未經
正統觀念之束縛與制約，寫作形式之想像力與生命力較奔放，其中故事或題
材往往相互滲透模擬，亦由於其寫作之自由，故不避引用其他新興文類或質
素，而具有多元豐富之創作面貌〔註17〕。縱雖如此，此類作品卻仍不免帶有
根深柢固之世俗價值觀，甚而往往刻意講求。

　　雅正與通俗文學間彼此並非涇渭分明，而是相互影響滲透，互有變動，
就文學內部發展以觀，任何文類之特徵發展往往有由俗入雅之趨勢，如詩先
有流傳於民間之歌謠，此屬於「俗」之層面，後經學者收集改造，方具「雅」
之面貌，而所謂「俗」之作品，則依然有其存在範圍，形成二者並列之現象
〔註18〕，亦爲文學作品之多元題材與豐富面貌。古典小說尤其強調此一特質，
於有益風教之意識與承襲史筆之模式中仍不離特有之通俗諧趣特質，形成小
說獨特之風格表現。

第二節　古典小說之詼諧特性

　　小說由於固有特質，即使刻意向傳統文類模擬及吸收，亦不免有諧趣通
俗之特徵，而此正爲其所以爲小說之主要特性〔註19〕。以穿插其間之詩賦韻

〔註16〕如〈燕子賦〉云：「父子數人，共相敲擊，燕子被打，傷毛墮翮，起上不能，
　　　命垂朝夕。起伏檢驗，見有青赤，不勝冤屈，請王科責。鳳凰云：『燕子下牒，
　　　辭理懇切，崔兒豪橫，不可稱說。終須兩家，對面分雪，但知撼否，然可斷
　　　決。』專差鴝鵒往捉。」其間不僅以賦體作爲書寫形式，並於其間增添風趣
　　　幽默乃至諷諭之鋪排，顯爲遊戲筆墨，而所謂雅俗之別，於此類作品中亦未
　　　見明顯區別。
〔註17〕鄭振鐸，《中國俗文學史》（台北：臺灣商務書局，1994年），頁3～5。
〔註18〕周啓志，羊列容，謝昕，《中國通俗小說理論綱要》（台北：文津出版社，1992
　　　年），頁162。
〔註19〕如胡士瑩《話本小說概論》（台北：木鐸出版社，1977年），頁2～3，言俳優
　　　侏儒之出現，表示當時已有以娛樂爲目的、職業化說故事之人，其中特點如
　　　職業化、來自民間，和唐、宋說話有一定繼承關係，其他如稗官及方士亦皆
　　　與說故事有關，然而稗官旨在匯報；方士則爲宣傳，僅爲職業之一部分，而
　　　非娛樂性。是以與後世說話相關者，主要在於俳優侏儒。其間亦因而有其活

文而言，尤能顯現作者對於傳統觀念或標準之反省及改造，得以表現其中引用之各文類固有之修辭特性外之另一側面，並展現其間之活潑動力與文學史上之意義。

一、古典小說之特殊風格

　　小說體式之形成，常有賴於各式文類提供養分。藉由綜合集中先秦以來各類作品中諸項敘述因素，因而形成獨特之敘事體裁。以文字敘述模式而言，小說之敘述體式固具史傳之形式與性質，然史筆畢竟非小說之全部，若全為史筆，則為史而非文，是以小說之寫作，仍不免呈現華麗詞章與詩韻風貌等修辭意識，以表現小說作者為文之用心。又因小說之小技小道之活潑自由性質，故亦衍生其他特質。如羅浮居士於《蜃樓志·序》云：「小說者何？別乎大言言之也。一言乎『小』，則凡天經地義，治國化民，與夫漢儒之羽翼經傳，宋儒之正誠心意，概勿講焉。一言乎『說』，則凡遷、固之瑰瑋博麗，子雲、相如之異曲同工，與夫豔富、辨裁、清婉之殊科，宗經、原道、辨騷之異制，概勿道焉。」為對古代小說觀念之界說與總結，亦為對小說之所以為小說之說明〔註 20〕。古典小說之寫作固多受制於正統經典或嚴肅作品之影響，然畢竟不離其小家珍說之性格，而有不同於傳統典雅文風之展現。

　　因此，雖借鑑於固有之詩歌抒情與史傳記實之傳統，古典小說於寫作之上，則亦不免有所區分，而各自成其應有之形式或特徵，謝肇淛於《五雜俎》卷十五即提及文史二類體裁於創作上之分別，其言云：

　　　　凡為小說及雜劇戲文，須是虛實相半，方為遊戲三昧之筆。亦要情
　　　　景造極而止，不必問其有無也。……近來作小說，稍涉怪誕，人便
　　　　笑其不經，而新出雜劇，若《浣紗》、《青衫》、《義乳》、《孤兒》等
　　　　作，必事事考之正史，年月不合，姓字不同，不敢作也。如此則看
　　　　史傳足矣，何名為戲？〔註 21〕

說明小說與史傳之形式似同而實異，史傳固須強調史實，然小說之寫作卻容有虛實之運用，亦因而形成小說與史傳於寫作上之分別，否則閱史即足矣，

　　　　潑詼諧之特徵。
〔註 20〕引黃霖、韓同文選注，《中國歷代小說論著選》上冊，江西人民出版社，1982
　　　　年，頁 525。
〔註 21〕謝肇淛，《五雜俎》卷十五，收錄於《筆記小說大觀·八編》冊七，頁 4427
　　　　～4428。

何必觀戲，可見對小說與正統經典有所分判，且對小說之形式技巧等具有不同之期望與認知，實已意識到小說亦有辭章表現或加工之層次，此說已超越以往僅強調道德教化等實用功能之範圍。此一現象之形成，主要根基於對古典小說之對立評價，既視小說爲「架空」之談，卻又對此一文類期許風教之功能〔註22〕。不同時期之小說作品正反映此二者之衝突與協調，是以唐傳奇與話本小說即使同具某類風教意識，然二者之表現風格未必相同，唐傳奇於詩韻之中反思其間之教化意義，或實爲作者對奇異故事所作之詮釋。而話本小說則落實於人生既有之世態人情，且藉由題材之眞切有據，令其教化理念獲致傳播與彰顯之便利。此一風格特徵之演變實與修辭之異同有關，其間對韻文之安排措置亦可發現，不同作者因不同理念所形成之寫作動機技巧與擇取。胡應麟《少室山房筆叢・九流緒論》下亦云：

> 子之爲類，略有十家，昔人所取凡九，而其一小說無與焉。然古今
> 著述，小說家特盛，而古今書籍，小說獨傳，何以故哉？怪力亂神，
> 俗流喜道而博物亦珍也；玄虛廣莫，好事偏功，而亦洽聞所眃也。

以爲小說雖不爲學者所重視，卻得以普遍流傳，乃因世人好奇好事，而小說題材又具有怪力亂神之性質，因而得以吸引讀者，可見胡氏對小說之認知，仍爲小道小技，但亦承認小說乃因此類好奇通俗特性而得以盛行，爲大眾所喜。胡氏並言及其處於經史附庸之地位與角色：

> 小說，子書流也。然談說理道，或近於經，又有類注疏者，紀述事
> 跡，或通於史，又有類志傳者。……鄭氏謂古今書家所不能分有九，
> 而不知最易混淆者小說也。必備見簡編，窮究底裏，庶幾得之。而
> 冗碎迂誕，讀者往往涉獵，優伶遇之，故不能精。

小說類似經史之特質，然亦僅類似，而非等同。又因小說之性質、形式乃至題材關涉多方，故亦難以歸類。而讀者亦不免視其爲小道及消遣性質，終無法提升其至眞正主流地位。然就另一角度言，小說此一難臻大雅之堂之特性實提供其於寫作上之方便，對各式文類特徵進行吸收轉換。

〔註22〕吉川幸次郎著，鄭清茂譯，〈中國小說論〉，其言云：「近世的中國小說大都成立在矛盾的興味之上。這種興味的特徵，是把偶然論證成必然，也就是使偶然與必然同時成立，換句話說，就是將兩種難於同時並存的東西，使其能夠同時並存。這種興味的發生是基於人們對架空之談的兩種相反的認識──他們覺得小說裏的謊話並非現實，但謊話卻要以現實爲主──而在這兩種不同性質的對立上，就產生了所謂矛盾的統一。」（頁396）

二、唐傳奇之取材通俗

直至唐傳奇，雖寫作與修辭技巧大幅進步，但仍有類似史筆寫作之關注，亦為對所謂小說之期許要求，小說所應有之娛樂審美作用亦往往設限於設喻教化目的之內，且此一性質為小說得以存留之基本價值，寫作策略上多強調篇章實具備裨益世俗、堪補史闕之目的。然唐傳奇畢竟為小說，即使有意模擬史傳，於辭章修飾上不免有其特殊格調，以與其他正統典籍區分。據胡應麟於《少室山房筆叢》卷十三〈九流緒論〉下云：

> 小說，唐人以前，紀述多虛，而藻繪可觀；宋人以後，論次多實，而彩豔殊乏，蓋唐以前出文人才士之手，而宋以後率俚儒野老之談故也。

分別對唐、宋小說之內容性質、修辭方式及作者背景作一比較，其中唐傳奇之「藻繪可觀」，乃敘事自覺與敘事技巧之提升，為其較以往六朝志怪等作品進步之處。其他學者之論點或更可說明唐傳奇於寫作意識與技巧之演進，如宋之洪邁《容齋隨筆》云：

> 唐人小說，小小情事，淒惋欲絕，洵有神遇而不自知者，與詩律可稱一代之奇。〔註23〕

所謂「小小情事，淒惋欲絕」，實為踵事增華之功，亦即文學敘述技巧之進步現，若視唐傳奇具有意創作意識，當由此一角度考量。元代虞集《道園學古錄》卷三十八〈寫韻軒記〉亦言：

> 唐之才人，於經藝道學有見者少，徒知好為文辭，閒暇無可用心，輒想像幽怪遇合、才情恍惚之事，作為詩章答問之意，傅會以為說，盍簪之次，各出行卷，以相娛玩，非必真有是事，謂之傳奇。〔註24〕

說明唐傳奇作者寫作之背景與實際表現，所謂「無可用心」、「才情恍惚」，實正可說明若干唐傳奇作者擺脫既有之史傳寫作使命感，而能於情節虛實與辭章文采間追求藝術表現，此正為創作意識之展現，為唐傳奇於史筆現象外之其他特性。又前引胡氏於《少室山房筆叢・二酉綴遺》之觀點亦然，其所認同之〈毛穎傳〉與〈南柯太守〉二篇實亦皆具有作者特有之寄託或觀點

〔註23〕侯忠義，《中國文言小說資料匯編》（北京：北京大學出版社，1985年），引《唐人說薈》凡例引。

〔註24〕虞集，《道園學古錄》（台灣中華書局四部備要本，1971年）卷三十八〈寫韻軒記〉。

〔註25〕，至於〈元無有〉等具有文人遊戲筆墨性質之作品反不爲其所肯定，可見胡氏取捨之依據仍在於主旨之有無，而純粹遊戲文章如〈元無有〉實更具創作意識，然卻僅被輕視爲「文氣卑下」、「可付之一笑」，胡氏對唐傳奇之體認可見大略，即未必果視唐傳奇爲純文學形式。然以另一角度言，所謂空虛無實，可付之一笑之文，其形式與內容之配合往往與傳統範例相違背，其間正可視爲作者對固有傳統之反省與變化。

　　唐傳奇大量引用詩賦，其中固不乏吸收取材詩賦特有之雅正性質，然其中亦有通俗傾向，如〈遊仙窟〉若干吟詠詩歌，雖爲詠物詩歌，卻獨具雙關之通俗特質，如五嫂詠箏云：「天生素面能留客，發意關情併在渠，莫怪向者頻聲戰，良由得伴乍心虛。」及「余」與十娘相互詠棋局：「眼似星初轉，眉如月欲消，先須捺後腳，然後勒前腰」及「勒腰與巧快，捺腳更風流，但令細眼合，人自分輸籌。」等，雖爲詩之體式，卻與正統詩歌所應具之特質不同，又如〈元無有〉，其題即顯現子虛烏有之幻想，表現出文人遊戲筆墨之意味，其中之詩句多所暗喻，類似題材曾出現於漢魏六朝志怪小說中，如《列異傳》之〈細腰〉故事，其中所謂高冠黃衣、高冠青衣、高冠白衣三者實分別爲金、銅和銀錢，而〈元無有〉則分別藉詩歌以描繪雜物，如衣冠長人云：「齊紈魯縞如霜雪，寥亮高聲予所發。」實即故杵，又黑衣冠短陋人云：「嘉賓良會清夜時，煌煌燈燭我能持。」則爲燈臺，故弊黃衣冠人云：「清泠之泉候朝汲，桑綆相牽常出入。」所指乃水桶，而故黑衣冠人云：「爨薪貯泉相煎

〔註25〕以〈毛穎傳〉爲例，不以爲然者如《舊唐書》卷一六〇〈韓愈傳〉即云：「時有恃才肆意，亦有戛孔、孟之旨。若南人妄以柳宗元爲羅池神，而愈撰碑以實之。……又爲〈毛穎傳〉，譏戲不近人情，此文章之甚紕繆者。」《舊唐書》謂韓愈所作之〈毛穎傳〉乃譏戲之文，爲文之甚紕繆者，可見其立論標準乃是一傳統文學觀念，以爲文當有所本，言當有所物，對於形式與題材皆屬創新之〈毛穎傳〉，自是無法接受。然而肯定者如同時之柳宗元〈讀韓愈所著毛穎傳後題〉所云：「世人笑之也，不以其俳乎？而俳又非聖人之所棄者。詩曰：『善戲謔兮，不爲虐兮。』太史公書有〈滑稽列傳〉。」柳宗元亦以〈毛穎傳〉爲一遊戲之作，然卻也以爲俳非聖人所不屑，並以《詩經》及《史記》之作加以維護。就〈毛穎傳〉本文觀之作，此文實可視爲模擬之作。在形式上模仿《史記》之體例，內容則是爲毛筆立傳之創作。韓愈之文奇特者並非少數，然如〈進學解〉或〈送窮文〉乃至〈祭鱷魚文〉等，此類文章雖於形式或題材上有其特殊性，然本文之形式與內容大抵得以配合。然反觀〈毛穎傳〉之篇，此文在形式上是嚴肅的文學體例，內容卻是詼諧創新，二者的不協調與衝突性使〈毛穎傳〉一文除了有創新風貌外，更顯出其在韓愈之文學觀及創作方面的的新意。

熬，充他口腹我爲勞。」則爲破鐺。其表現有若字謎詩之表現，爲一文才賣弄，純粹遊戲之筆，未有其他實際功能。又〈東城夜怪錄〉亦有類似之表現，分別有橐駝、烏驢、老雞、駁貓、破瓠、破笠、刺蝟及異犬等物之相互吟詠，此類吟詠實與〈遊仙窟〉之詠物詩不同，而後者之吟詠則亦與正統之詠物詩有所差距，可見唐傳奇對既有模式不同程度之吸收調整。

　　類似隱語於〈謝小娥傳〉中亦曾出現，即所謂「車中猴，門東草」及「禾中走，一日夫」等，此類謎隱並非唐傳奇所獨創，歷來正統作品不乏有此類謎語或隱語記載或表現，如《齊東野語》卷二十云：「古之所謂庾，即今之隱語，而俗所謂謎。〈玉篇〉對「謎」字釋云：『隱也。』人皆知其始於黃絹幼婦，而不知自漢伍舉、曼倩時已有之矣。」如伍舉大鴻之比喻即是〔註26〕。值得注意的是，以往之謎隱多具勸諫開導之功能，如《文心雕龍‧諧隱》「讔者，隱也。遁辭以隱意，譎譬以指事也。……隱語之用，被於紀傳。大者興治濟身，其次弼違曉惑。蓋意生於權譎，而事出於機急，與夫諧辭，可相表裏者也。……至東方曼倩，尤巧辭述。但謬辭詆戲，無益規補。自魏代以來，頗非俳優，而君子嘲隱，化爲謎語。謎也者，迴互其辭，使昏迷也。或體目文字，或圖象品物，纖巧以弄思，淺察以衒辭，義欲婉而正，辭欲隱而顯。……然文辭之有諧讔，譬九流之有小說，蓋稗官所采，以廣視聽。……古之嘲隱，振危釋憊。雖有絲麻，無棄菅蒯。會義適時，頗益諷誡。空戲滑稽，德音大壞。」可見謎隱亦因其具實用功能而有存在價值，然歷來文人多少以此純粹娛樂〔註27〕，已涉文字遊戲，如孔融〈離合詩〉：「漁父屈節，水潛匿芳；與時進止，出奪弛張。呂公磯釣，闔口謂旁；女固子臧，海外有截，隼逝鷹揚。六翮不奮，羽儀未彰，龍蛇之蟄，俾它可忘，玫璇隱曜，美玉韜光。無名無譽，放言深藏。按轡按行，誰謂路長？」又如薛綜〈嘲蜀使張奉〉詩云：「有犬爲獨，無犬爲蜀。橫目苟（句）身，蟲入其腹。」〔註28〕即明顯爲文字之

<hr>

〔註26〕司馬遷《史記‧楚世家》云：「莊王即位三年，不出號令，日夜爲樂，令國中曰：『敢諫者死。』伍舉入諫，曰：『願有進隱，曰有鳥在於阜，三年不飛不鳴，是何鳥也？』莊王曰：『三南不飛，飛將沖天，三年不鳴，鳴將驚人。舉退之矣，吾知之矣。』」

〔註27〕楊慎《升庵外集》卷十云：「東漢之末，文人好作隱語，〈黃絹碑〉其著者也。孔融以『漁父屈節，潛水匿方』云云，隱其姓名於離合詩，魏伯陽以『委時去害，與鬼爲鄰』云云，隱其姓名於《參同契》。」

〔註28〕見逯欽立編，《先秦漢魏晉南北朝詩》（台北：木鐸出版社，1988年）上冊所引，頁534。

遊戲詩，又如所謂「無口爲天，有口爲吳。君臨萬邦，天子之都。」〔註29〕
亦然。

　　此類純粹遊戲娛樂作品反映唐傳奇之另一層面，元和以降，志怪述異反
成爲唐傳奇大宗，如《玄怪錄》及《續玄怪錄》，承襲六朝志怪緒餘，篇章多
充滿恍惚迷離之神秘玄奇，其間並含文人涉筆成趣及別具機巧之跡，於志怪
風格中尙保留若干傳奇神韻。而唐傳奇此類篇章除承續志怪之好奇述異特質
外，反呈現出其眞正刻意爲文之寫作意識及娛樂需求，實已超越道德教化等
實用功能之限制，而對詩歌特質作一改造加工亦與一般單純吸收正統詩歌之
現象不同。詩之語言特徵，即引起讀者非邏輯之聯想，且此一聯想不應過於
切近字面意義。史傳或小說中滑稽之例，實爲雅正觀念之反動，小說即針對
此一方向加以發揮雖吸收正統文類，卻予以改造，往往發揮文類中另一層面
之風格，加以嘲諷模擬，具有模擬之另外意義。〔註30〕

三、話本小說之諧擬雅正

　　唐傳奇對正統文類之改造多不出文人特性；而話本小說則具明顯之世俗
風貌，其韻文往往較通俗淺白，甚而已經作者之刻意轉換及諧擬〔註31〕。於
此，韻文的運用除了是遵循某種陳述故事之既有模式外，小說作者亦於其中
另加入一己創作意識。此類韻文多擇取現有之集體創作，未必作者自創，故
屢見重複使用現象。此一寫作現象構成詼諧或活潑之韻文風格，往往與正統
文學之嚴肅或抒情特徵相背。如〈簡貼和尙〉之入話中有〈望江南〉之詞，
其中文字多以複姓構成：

> 公孫恨，端木筆俱收。枉念歌館經數載，尋思徒記萬餘秋，拓拔淚
> 交流。村僕固，悶獨駕孤舟。不望手勾龍虎榜，慕容顔老一齊休，
> 甘分守閭丘。

入話中之王氏作詞陳述其夫屢試不中，其命意如此，然卻以公孫、端木、思
（司）徒、拓拔、慕容、閭丘等複姓作爲詞之文字結構，有其巧思與詼諧效

〔註29〕逯欽立，《先秦漢魏南北朝詩》（上冊），頁534。
〔註30〕高大威，〈試析傳統文學批評的雅俗觀念〉，頁289。
〔註31〕本文所謂「諧擬」，主要依據 "Parody" 所譯，話本小說中對於詩詞韻文固多
　　　有吸收，然藉由詩詞形式而另以詼諧俚俗文字加以書寫之現象，實亦有某一
　　　程度之比例。此以模擬並非對正統文類之單純承襲，其中具有話本小說作者
　　　對於傳統之反省與改變。

果。形式雖為詞體，而內容與意象卻大相逕庭，亦可視為對正統詩歌之轉變加工，從中亦可見作者之巧思，而此類加工技巧實來自民間集體之智慧累積，即使正統文學之發展中，亦不乏有此類現象，前述孔融離合詩外，又如王融之〈藥名〉詩：「重臺信嚴敞，陵澤乃開荒。石蠶終未繭，垣衣不可裳。秦芎留近詠，楚蘅擷遠翔。韓原結神草，隨庭銜夜光。」〔註32〕與上引之姓氏詞實有異曲同工之處。胡仔《苕溪漁隱》前集云：「〈禽言詩〉當如〈藥名詩〉，用其名字隱入詩句中，造語穩貼，無異尋常詩，乃為造微入妙，如〈藥名詩〉云：『四海無遠志，一溪甘遂心。』遠志、甘遂，二藥名也。〈禽言詩〉云：「喚起窗全曙，催歸日未西。」喚起，催歸，二禽名也。」獨具作者對傳統典式之反省與修正，而表現除遊戲筆墨之風格。如以民間所熟知之藥材或姓氏等共通質素加以入詩，促成文學中雅俗成分之融合，而話本小說中亦見數字構成詩歌形式，且為歷代作品所借用，如〈陰騭積善〉言天色將晚：

> 十色俄分黑霧，九天雲裏星移。八方滴旅，歸店解卸行李；北斗七星，隱隱遮歸天外。六海釣叟，繫船在紅蓼灘頭；五戶山邊，盡總牽牛羊入圈。四邊明月，照耀三清。邊廷兩塞動寒更，萬里長天如一色。

通篇形容薄暮之韻文以十至一之數字鋪排而成，其中所描述之文字，亦均為黃昏時之景況，由數字組成，具有巧思與逸趣，整篇韻文仍有完整文意，但於形式與內容上則因二者不相容而形成特殊逸趣。又如《西湖二集·吹鳳簫女誘東牆》中分別以骨牌及中藥名稱以描述潘用中及杏春之相思病，其言云：

> 當日「觀燈十五」，看遍了「寒雀爭梅」，幸遇「一枝花」的小姐，可惜隔這「巫山十二峰」。紗窗內隱隱露出「梅梢月」，懊恨這「格子眼」遮著「錦屏風」。終日相對似「桃紅柳綠」，羅帕上詩句傳情；竟如「二士人入桃源」，漸漸「櫻桃九熟」。怎生得「踏梯望月」，做個「紫燕穿簾」，遇了這「金菊對芙蓉」。輕輕的除下「八珠環」，解去「錦裙欄」，一時間「五嶽朝天」，合著「油瓶蓋」，放著這「賓鴻中彈」，少不得要「劈破蓮蓬」。不住的「雙蝶戲梅」，好一似「魚游春水」，「鰍入菱窠」，緊急處活像「火煉丹」，但願「春分晝夜停」，軟欹欹「楚漢爭鋒」。畢竟到「落花紅滿地」，作個「鍾馗抹額」，好

〔註32〕逯欽立編，《先秦漢魏南北朝詩》（中冊），頁1453。

道也勝如「將軍掛印」。怎當得不湊趣的「天地人和」，捱過了幾個「天念三」，只是恨「點不到」，枉負了這小姐「一點孤紅」。苦得我「斷么絕六」，到如今弄做了「一錠墨」，竟化作「雪消春水」；陡然間「蘇秦背劍」而回，抱著這一團「二十四氣」，單單的剩得「霞天一隻雁」；這兩日心頭直似「火燒梅」，夜間做了個「禿爪龍」。不覺揉碎「梅花紙帳」，難道直待「臨老入花叢」？少不得要斷送「五星三命」，這真是「貪花不滿三十」。

言杏春之相思病亦如是，以中藥名稱而加以鋪寫，其云：

這小姐生得面如「紅花」，眉如「青黛」，並不用「皂角」擦洗、「天花粉」傅面，黑簇簇的雲鬢「何首烏」，狹窄窄的金蓮「香白芷」，輕盈盈的一捻「三稜」腰。頭上戴幾朵顫巍巍的「金銀花」，衣上繫一條「大黃」「紫苑」的鴛鴦條。「滑石」作肌，「沉香」作體，還有那「荳蔻」含胎，「硃砂表色」，正是十七歲「當歸」之年。怎奈得這一位「使君子」，聰明的「遠志」，隔窗詩句酬和，撥動了一點「桃仁」之念，禁不住「羌活」起來。只恐怕「知母」防閑，特央請吳二娘這枝「甘草」，做個「木通」，說與這花「木瓜」。怎知這秀才心性「芡實」，便就一味「麥門冬」，急切裏做了「王不留行」，過了「百部」。懊恨得胸中懷著「酸棗仁」，口裏吃著「黃連」，喉嚨頭塞著「桔梗」。看了那寫詩句的「藁本」，心心念念的「相思子」，好一似「蒺藜」刺體，「全蝎」鉤身。漸漸的病得「川芎」，只得「貝」著「母」親，暗地裏吞「烏藥」丸子。總之，醫相思「沒藥」，誰人肯傳與「檳榔」，做得個「大茴香」，挽回著「車前子」，駕了「連翹」，瞞了「防風」，鴛鴦被底，漫漫「肉蓯蓉」，揣摩那一對小「乳香」，漸漸做了「蟾酥」，真個是一腔「仙靈牌」。

有別於一般對事件之陳述方式，通俗特徵及賣弄才情之跡顯然可見，藉其中骨牌或中藥名稱之諧音雙關隱喻或字義等各種內涵加以聯綴詞意，敘述方式既有所特殊，對於作品之整體風貌亦有所豐富。又如《古今小說・宋四公大鬧禁魂張》對張富吝嗇之描寫：「這員外有件毛病，要去那：虱子背上抽筋，鷺鷥腿上割股，古佛臉上剝金，黑豆皮上刮漆，痰唾留著點燈，捋松將來炒菜」，並描寫其四大願，「一願衣裳不破，二願吃食不消，三願拾得物事，四

願夜夢鬼交」，藉由淺俗文字作誇張比喻〔註33〕。話本小說之語言不僅準確精煉，且生動富於形象，寫人狀物，皆能生動逼真。

古典小說中夾敘韻文之基本運用觀點本亦借重詩詞之抒情或言志性質，藉以提高古典小說之評價，然另一方面，其中某些引用之詩文卻非純然抒情，可見古典小說作者除轉換既有文類之特徵外，亦大量採取來自大眾之審美取向，藉此將古典小說所具有之通俗特質反映於此類韻文中。唐傳奇固有意模擬正統著作之書寫方式，然若干作品亦可見，於雅馴之敘事文言中亦有所其詼諧或遊戲筆墨；話本小說之通俗語言亦使作品更具感染力，其中徵引多元之韻文類型與風格，則更具修辭之表現性，而此類修辭上之輕鬆或詼諧並不符於既有傳統對寫作之重視與規範，當視為古典小說獨具之特質。如幽默之特性即往往與古典小說藝術相關，因其自始即有滿足凡人俗子娛樂需求之特徵。而詩賦等正統文類則大多體現文人作者主觀之抒情言志，至於古典小說之俗狀則反映於其情節結構之奇詭曲折及故事內容之滑稽幽默，此向為正統文類所忽略〔註34〕。古典小說本身特性對正統文類予以變換，使作品本身更具通俗幽默等詼諧風格。

此外，民間之俗語謠諺，乃至詩歌中之某一聯文字，話本小說對此亦多有吸收引用，且往往以對句形式出之，此乃與唐傳奇之最大不同處，其中如形容是非終於辯明之「雪隱鷺鷥飛始見，柳藏鸚鵡語方知」；又形容威脅獲得解除之「從空伸出拿雲手，救起天羅地網人」或「從空伸出拿雲手，提起天羅地網人」；勸人為善莫作惡之「喫食少添鹽醋，不是去處休去。要人知重勤學，怕人知事莫做」或「要人知重勤學，怕人知事莫做」；形容千慮難免一失之「會思天上計，難免目下災」或「會思天上無窮計，難免今朝目下災」；形容面臨危機之「豬羊奔屠宰之家，一步步來尋死路」或「豬羊送屠戶之家，一腳腳來尋死路」；形容真假難辨之「鹿迷鄭相應難辨，蝶夢周公未可知」，又如形容驚嚇之「分開八片頂陽骨，傾下半桶冰雪來」；勸人當雪中送炭而非錦上添花之「求人須求大丈夫，濟人須濟急時無」或「求人須求大丈夫，濟

〔註33〕相關通俗表現如《警世通言・呂大郎還金完骨肉》之入話云：「有一富翁，姓金名鍾，家財萬貫，世代都稱員外。性至慳吝。平生有五恨，那五恨？一恨天，二恨地，三恨自家，四恨爹娘，五恨皇帝。……不止五恨，還有四願，願得四般物事，那四般物事？一願得鄧家銅山，二願得郭家金穴，三願得石崇的聚寶盆，四願得呂純陽祖師點石為金這個手指頭。」

〔註34〕徐岱，《小說敘事學》（中國社科院出版社，1992年），頁337。

人須濟急時無。渴時一點如甘露，醉後添盃不若無」、「貪癡無底蛇吞象，禍福難明螳捕蟬」、「化爲陰府驚心鬼，失卻陽間打鐵人」及「路上有花並有酒，一程分作兩程行。」及「老龜烹不爛，移禍在枯桑。」或「一聲雞叫西江月，五更鐘撞滿天星。」等，此類對句或俗諺皆淺顯易懂，其中文字與道理多具民間屬性。其中所蘊含之智慧或理念實來自大眾現實生活體驗所得，易獲一般大眾之認同與接受。

　　話本小說作者於敘述故事情節至某一段落時往往穿插對句，唐傳奇則較無此類書寫特徵。對句之文字未必符合當時情節，不同故事中對於人物與場景之形容上，亦多有固定或雷同文字，甚而千篇一律，其中充斥著刻板慣見之辭藻，及稍見誇張之比喻等，凡此皆未能顯示真正人物面目或景觀特色。此類對句之使用已流於寫作小說之固定形式或習慣。此類對句中之諺語多爲結構定型、約定俗成之口頭格言，往往具有鮮明之區域生活特性，且多經大眾口耳相傳，極具民間智慧，亦包含某一程度之哲理，爲豐富語言生活及知識之結合〔註 35〕。其中文字固有俚俗特性，然藉由對句形式加以表現，無非亦藉其權威或教訓之語氣以顯現所謂雅正之效果。而實際運用於小說中往往出現重複引用之現象，則已形成固定之套語格式。

　　就另一層面言，古典小說之描述表現常是虛化或簡化生活場景之外觀，而藉此來強化與實化人物命運之情節敘述〔註 36〕，韻文之重複文字常形成某些一定意象，某類文字形容某些形象或情況，似乎已成爲作者與讀者間之共同意識，其間具有一定之空泛性和寓寄某種象徵喻意之暗示性。作品之敷演風貌因而形成，亦因此成爲話本小說引用韻文之固定格式，且因而與唐傳奇之寫作方式有所不同。〔註 37〕

　　無論唐傳奇或話本小說，二者對於韻文之運用，彼此不免有互動趨勢，於韻文之安排上亦互有異同，如唐傳奇中亦有類似通俗謠諺之取材，〈東城老

〔註35〕侯忠義，《漢魏小說史》（遼寧：春風文藝出版社，1989 年），頁 41。
〔註36〕吳士余，《中國小說思維的文化機制》（上海：華東師範大學出版社，1990年），頁 142。
〔註37〕意境之領略與對文本之認知同時進行。而何種意向之認知則與文本本身審美價值相關，讀者不僅接受作品外在形式，而是領會文字形成之意境，並且是儘可能地使自己之認識合於作品所暗示或指示。作品因此得以具體化，讀者之聯想組織能力則有賴於其以往之經驗與相關背景，藉以尋求作品展現之意義或形成之世界，意境因讀者多重的方向予以重構，而更顯具體化與鮮明性。

父傳〉中引用時人之語云「生兒不用識文字，鬥雞走馬勝讀書。賈家小兒年十三，富貴榮華代不如。能令金距期勝負，白羅繡衫隨軟輦。父死長安千里外，差夫持道輓喪車。」其間除具民間特性外，類似引用實與史傳中徵引童謠以見民心之現象並無二致。而話本小說中亦有諧擬辭賦之形式，如《五色石・虎豹變　撰哀文神醫善用藥，設大誓敗子猛回頭》中冉化之所作之〈哀角文〉；《八洞天・匡新喪逆子生逆兒，懲失配賢舅擇賢婿》中〈哀梅賦〉及〈薄粥賦〉等，實對正統賦體之轉換諧擬；又如《醒世恆言・獨孤生歸途鬧夢》中云：

> 吁嗟蜀道，古以為難：蠶叢開國，山川鬱盤；秦置金牛，道路始刊。
> 天梯石棧，勾接危巒。仰薄青霄，俯掛飛湍。猿猱之捷，尚莫能干。
> 使人對此，寧不悲嘆！自我韋公，建節當關。蕩平西寇，降服南蠻。
> 風煙寧息，民物殷繁。四方商賈，爭出其間。匪無跋涉，豈乏躋攀，
> 若在衽席，既坦而安。蹲鴟療饑，筒布御寒。是稱天府，為利多端。
> 寄言客子，可以開顏。錦城甚樂，何必思還！

既對賦體形式作一承襲，而內容上則顯然為李白〈蜀道難〉之對應，可見傳統文學中固是雅俗兼容，而至通俗文學之小說，其間對於文言與白話之運用亦見融和與一致，唐傳奇以文言為敘述主體，對於通俗淺顯之詩歌亦不排斥；話本小說以通俗白話敘事，對於文言寫作之文類亦多所運用。是以所謂雅俗實難分判，且傳統中亦有所新變，所謂變化之結果亦往往形成另一傳統；即所謂正統，亦常為新變所修正與增進，形成傳統之創新內在意義。

第三節　模擬與創新之詮釋

　　古典小說於文學分類上自屬俗文學之列，然就作品本身使用語言以觀，其間亦有文言及白話等雅俗之別，唐傳奇及話本小說因其語言上之差異而有不同之修辭表現與意義，而二者對於韻文之吸收與變換亦有所異同，亦因此形成作品多元風格與相關意義。

一、文言與白話系統之互動

　　古典小說由敘述語言塑造其形象系統，而其中文本意義亦藉語言得以傳達。然中國卻存在分別與口語有不同相關之兩種書面體，即文言與白話，並先後成為古典小說創作之語言形式及重要之表現特徵，且皆需藉由視覺與聽

覺加以理解〔註38〕。文言與白話不僅形成敘述語調之時空距離，亦造成讀者
閱讀接受之心理距離。讀者必需藉由思維不同層次之翻譯轉換，方能理解文
字所傳遞之意象或信息。

　　文言因有「隔」之特質，既脫離現實之口頭語言，而因此於寫作表現與
閱讀認知上有層次差異之距離。白話則有「不隔」之特點，與口頭語言及現
實生活接近一致，故得以不斷吸收生動且富有變化性之語言材料，於書寫上
進行改造，其適合一般大眾俗情俚耳之描寫，此為與文言最大差異處。文言
寫作多為文字已經提鍊之表現，與白話直接表現之層次有所不同。然文言語
體並非為封閉之語言系統，其中亦具變化動力；不僅以傳統深厚文化為基礎，
亦具某一開放受容性質與適應語言發展之空間。白話雖植基於現實生活，然
因缺乏既有傳統文化根基而較顯粗糙，甚而早期話本由於史傳及若干唐傳奇
之影響，其間亦雜有不調和之文言成分。口語之特點為「活而文」，具有生命
力及藝術性，而文言之雜，則為對各語體之吸收，其始終與口語保持某一程
度之分離。而白話之自由變化，則源於其與口語之密切相關，以及其廣泛吸
收借鏡，其中如土語方言及詩詞韻文等皆有所吸收，其發展亦具有豐富多元
之特性〔註39〕，尤具通俗活潑等唐傳奇未必具有之特性。由於所使用之語言
不同，對韻文之運用加工亦各有取捨與表現，形成各種不同之特色與形象，
其中意義層次自有不同。

　　古典小說所用之語言無論文言或白話，其基本功能皆為人事之描述。以
唐傳奇言，其語言屬於史家敘事語言之基礎上所形成之穩定語態，敘事為其
表現之基本形式。任何敘述或描摹文字皆有其特定歷史時空之意義，敘述上
多以某類固定或特有之辭彙語法構成故事，以閱讀為主，而非藉由口語表意。
描摹方面則因其簡省文字之故，於具體之刻劃方面有所限制，往往僅能凸顯
事物特徵，至於其中之細節面貌有賴讀者之聯想補充，寫意傳神為其基本功
能特徵〔註40〕。於唐傳奇中，人物對話及場景刻劃具有描摹功能，因對話善

〔註38〕劉上生，《中國古代小說藝術史》（長沙：湖南師範大學出版社，1993年），頁
　　　　366～367。
〔註39〕劉上生，《中國古代小說藝術史》，頁370、372～373。
〔註40〕據劉上生，《中國古代小說藝術史》，頁368～369。文言語體另一項功能特徵
　　　　為表現文心雅韻，其語言句式虛詞往往具有士大夫審美情趣之意味，排斥方
　　　　言土語，卻融入大量具有歷史文化內涵之典故語詞及意象符號，形成雅潔之
　　　　風格，並於其語詞之多義與模糊性中表現語言不同層次意涵之張力。

於吸收口語成分，章學誠《文史通義‧古文十弊》云：「記言之文，則非作者之文也，爲文爲質，期於適如其人之言，非作者所能自主也。」若文言語體所吸收之口語成分多，則所具之描繪功能愈強，且更能彌補寫意之不足。除口語外，唐傳奇亦吸收韻語、駢語等其他語言成分，是以顯得駁雜而不具約束，有其受容性，而形成「雜而文」之語體特色。

話本小說之語言特徵則是敘述語言與人物語言皆以白話爲主，與文言語體及講史語體之作品形成明顯界限，其中描述人物語言之性格化及口語化，則更爲藝術成就，並因而形成不同之語體風格〔註 41〕。所謂「俗文之興，當由二端，一爲娛心，一爲勸善，而尤以勸善爲大宗。」通俗小說所具有之娛樂目的，爲其特徵，然通俗小說仍不免需借助教化功能之強調以提升價值。據傳統觀點，具有教化方能「正」，而「正」方能「雅」，以之以證唐傳奇與話本小說，前者於審美功能中融入相當之「理」之成分，所追求者爲「理趣」，而後者雖亦有勸懲功能，然主要仍以娛樂爲主。無論唐傳奇或話本小說，二者雖不免對既有傳統或典範有所堅持或模擬，然亦皆多少保有個別文體風格之特徵。

二、作者讀者之反省期待

古典小說吸收韻文或駢文等形式進行通俗表現之創作，主要在表現文學語言及技巧，並體現文人之傳統語言審美趣味，亦使古典小說發展趨向於串連各類散文或韻文之綴合。白話文適於一般世俗讀者之理解與領會，由於不具文人之語言審美感受力及意識，於閱讀中並未注意文字本身，而是關注由文字所轉換之意義，即所謂「通者會通其義而不以辭害意」，通與俗因而有其因果性。而寫作上，白話文更能準確細微地表現現實生活之貌，並使讀者順利進入情節中。

於博采交融基礎上所形成之唐傳奇文言語體，爲以史傳語體爲基礎且富受容性之敘事語體，其吸收靈活之口語及民間語言，及典雅華美之書面語，形成唐傳奇「雜而文」之語言特點。「雜」，即包含以散文爲主之各項語體成分，具有以敘事爲主之多重語言功能，既不同於一般史傳語言，亦有別於一般古文文字，而有其獨特語體風格與特徵〔註 42〕。由於寫作方式與使用語言

〔註41〕劉上生，《中國古代小說藝術史》，頁 397。
〔註42〕劉上生，頁 378。

之故，唐傳奇往往與讀者閱讀形成一定之距離，而話本小說則以俗語白話創作，主要著眼於與讀者直接溝通之考量。所謂「通」，在於作品讀者間語言障礙之消除。不似唐傳奇等不限於「通」，甚而有意形成距離效果，以增加審美感。話本小說運用文字以求與讀者之會通，實亦具藝術上之考量，除追求「通俗易懂」外，亦求「通」與「文」之統一〔註 43〕。其中往往即藉由詩詞歌賦等韻文之運用加以達致。通俗小說由基本特徵出發，使語言不致與現實生活完全脫離，且使書面語及日常用語間保持一致。唐傳奇於作品中取材民間文學成分或特徵，其中之變換主要據文言之角度而發展，故不免保有與讀者之距離，而話本小說則就固有之通俗特性加以發揮，於韻文之修正轉換中更加凸顯作品之活潑與淺白，與大眾之距離更加趨近。

　　以作品藝術屬性言，自羅燁開始，即多以為通俗小說乃對古典史籍之淺顯闡釋，藉以傳播歷史知識。如蔣大器〈三國誌通俗演義序〉云：「史之文，理微義奧，不如此，烏可以昭後世？」張尚德〈三國誌通俗演義引〉云：「史氏所誌，事詳而文古，義微而旨深」，此自不易為一般讀者所接受或理解。故「以俗近語，櫽括成編，欲天下之人，入耳而通其事，因事而悟其義」，雖將古典小說等同歷史，然其間亦涉及對古典小說語言通俗性之關注。而話本小說對通俗技巧之展現實源自作者構思與讀者閱讀傾向之累積與改造。話本小說為說話人用以表演之底本，除繼承以往已流傳之舊作外，亦由於「說話」之興盛，話本需求量大，故有編輯新作之需求，而有編寫話本之文人與行會組織，即書會之產生。如〈楊溫攔路虎傳〉中所謂「才人有詩說得好」，可見南宋已有才人之稱。有其文化修養及藝術水平，其人以其文字表現能力、社會經驗與藝人合作，整理或撰寫說話底本。又據《夢梁錄》卷二十〈小說講經史〉云：「說話者謂之舌辯」，其行會稱雄辯社，為說話人相互切磋表演技巧之職業團體。書會才人之參與話本屬於主動性質，將說話由口頭傳唱過渡至書面形式，但本質上則未能提高審美層次。如〈楊溫攔路虎傳〉中云：「才人有詩說得好：『求人須求大丈夫，濟人須濟急時無，渴時一點如甘露，醉後添盃不如無』」，此種世俗所謂詩，與瓦舍技藝同屬一審美層次。而類似作品或技巧之呈現則多不出此一範疇，因而形成話本小說特有之通俗平易特性。其間所具對正統文類之模擬或轉換，主要來自民間之作者與讀者之需要與認知，與唐傳奇單一文人屬性明顯不同，是以唐傳奇與話本小說所形成之面貌

〔註43〕周啓志，羊列容，謝昕，《中國通俗小說理論綱要》，頁 163。

自亦有所區別。

　　韻文散文之交錯向爲古典小說顯著之敍事特徵，將詩詞等韻文融入小說形式中，爲一重大創造，可因而發揮單一文類難以完成之作用，可調節敍事節奏與聲情，以吸引讀者，且醒目悅耳，可強調相關情節，中斷敍事時間順序，引發讀者之思考或聯想，並加以闡發格言箴語，宣講世俗哲理。話本小說中韻散交雜之形式與其之娛樂性或勸懲性之敍事意向相關涉，而唐傳奇則因文人之參與多屬深刻之內在發掘上，爲一自我反省。至於話本小說，由於其特殊之發展背景，演說過程中往往需強調表演強度，以聲情助其舌辯。故於瓦舍場合中，各類藝術相互滲透，相互借用，話本小說之表現特徵因而較唐傳奇豐富，並與其他詩賦等文類亦有明顯區別，卻亦有所相涉。

　　唐傳奇與話本小說之敍述媒介不同，效果亦有所差異。古典小說除借助道德名義及依附史傳等以提高小說之價值外，本身之內在特徵亦有不同發展。以讀者角度言，魏晉以來筆記小說至唐傳奇，其讀者基本上皆屬文人階層。而宋元以來之通俗小說則多以市井小民爲對象，直至後代方擴及其他階層。馮夢龍《古今小說・序》云：「大抵唐人選言，入於文心；宋人通俗，諧於里耳。天下之文心少而里耳多，則小說之資於選言者少，而資於通俗者多。」對象既不同，則作者亦不免依循此一要求寫作，使古典小說分別具有文人性及普遍性﹝註44﹞。可見不同之表現形式分別有其取捨，其間實與作者與讀者之反省或興趣相關，尤其話本小說發展至明清，已有文人參與編輯創作，其間對於作品之通俗面貌已多所增刪修正，文人與民間藝人寫作特性之界限因而模糊，且藉由個人思考或彼此交流，於個別之基礎上形成不同之轉換與改造，而予文學形式更多之內在與意義。

三、諧擬現象之內在意義

　　通俗小說之產生和成熟與大眾之娛樂需求及商業活動有關，故以讀者之需要程度息息相關，亦因此容易與一般大眾達成默契與溝通。而古典小說由於二者之創作意旨及讀者層次不同，亦各有其發展取向。魯迅以爲，通俗小說之興，乃因二端，一爲娛心，一爲勸善，而尤以勸善爲大宗，中國傳統文化重視「寓教於樂」，潛移默化，此固爲前述傳統文學實用觀之影響，然小說畢竟唯小說，無論使用文言或白話，其間之新奇或通俗皆爲一般大眾所喜聞樂見。

﹝註44﹞周啓志，羊列容，謝昕，頁 140～141。

　　由於寫作前提不同，話本小說與唐傳奇於創作之情感意向審美態度及文本特徵等皆有其相異處，而文化功能及讀者層次亦有不同。話本小說之文本特點與文化功能促成通俗小說之作者既遵循傳統之審美心理結構，並儘量縮短作品與讀者之距離，而能彼此交流，吸引更多讀者。唐傳奇之文本特徵與文化功能與話本小說相反，具有嚴肅，獨創及反省等性質。話本小說之文體特徵決定其藝術模式之穩定與傳統性。此一形式既有中國傳統文化之審美情緒，並接受一般讀者之相應與接受，可謂與讀者共同完成此一形式，作者於固有敘事之技巧中另加入一己之意識與創意，既承襲固有之藝術基礎，亦尋求創新與應用。唐傳奇與話本小說各有其藝術定位，亦各有相應利弊。〔註45〕

　　敘述行為本有傳達訊息之目的，亦為其最基本之目標。然而，敘述方式如何運用、如何安排之構思卻已涉及其他理念層面。語言系統於使用上亦有其原則或規律，並因此衍生其意義。是以於閱讀中若面對陌生語詞，往往亦能由上下語境中揣測新詞之可能意義。語言文字既有其延續關聯之意義，故理解過程中往往由就語詞孤立之意義理解後，進而成為更複雜之語義單元，由更高級之句法功能中衍生更豐富多元之意義，此一層面已非孤立意義能涵蓋。

　　語詞之意義結構中，有概念亦有意象，然於語言發展之歷史中，語言之形象或音聲等思維或溝通方式逐漸形成抽象化、概念化及規則化，而為一傳達客觀訊息之符號與代碼（code）。文學語言所具有之特定指涉，相關意義，須與既有之文化或文學背景中方能傳遞，與其民族之心境思考息息相關，文學語言之生命亦因此而來〔註46〕，古典小說中之通俗與娛樂效果亦往往藉此而得以完成。當敘述之價值與意義被消解時，則僅有敘述語言本身，而敘述為全部目的，則此時之講述有其「遊戲」活動目的〔註47〕。二者共同點在於注重審美之基本前提下，發揮各自之特點。古典小說除接受詩歌之抒情特徵外，亦改造此一正統形式，形成通俗趣味性。〔註48〕

　　古典小說之發展主要以唐傳奇與話本小說兩大系統相互交流所形成。除

〔註45〕羅立群，〈中國小說雅俗論〉，《社會科學戰線‧文藝理論》1993 年四期，頁253～256。

〔註46〕繆開和，〈結構於多維網絡──文學語言深表結構的動態探因〉，《雲南師範大學學報》1993 年第五期，頁 66、68。

〔註47〕李晶，《歷史與文本的超越──小說價值學導論》（上海：上海社會科學院出版社，1992 年），頁 181～182。

〔註48〕周啓志，羊列容，謝昕，頁 164～165。

單純吸收固有之正統文類外,亦有其創新表現。從唐傳奇至話本小說,其間已有變化,如單純記述與說話演述之不同,創作主體上士族文人與民間說話人之差異,而語言風格則有文言白話之別等。又就古典小說之傳播效應方面,則唐傳奇多僅供文人之案頭閱讀,而話本小說則藉由說話之形式,吸引市井小民與俚儒野老等大眾,擴大一般傳播層次與範疇〔註49〕。就模擬行為言,唐傳奇或話本小說之寫作皆基於對大傳統之認同並加以學習之結果,大原則雖同,然唐傳奇與話本小說之實際模擬表現卻各有不同意義,原因即在於對傳統之思考角度不同所致,一為全然肯定與模擬,一為有所反思並略加轉換,而非全然仿傚,正反兩方之模仿行為各有意義,對傳統力量之注入亦同具貢獻。

模擬行為固是對傳統有所認知、有所接收後加以學習之活動,然就模擬本身言,其間實具不同之意義層次。一般模擬行為多正面仿傚,前提為基於對大傳統之肯定與認同,並了解傳統之主流特性與強勢力量,並藉傳統之優勢以求模擬行為亦能獲得認可,是以積極向主流靠攏為必然趨勢,對既有傳統自亦無甚質疑。然而,同為模擬行為,同樣以對傳統認可及學習為前提,其間卻可能形成另一種模擬表現與呈現另一層意義層次,即對傳統之不同思考。既是反向,獲得認同已非此類模仿行為之目的,此種模擬形式所呈現者乃對傳統認知後所作之反思或質疑,而非全然之肯定或依附。

改造傳統之意義更加複雜且多端,雖亦意識到傳統之主導力量與強勢特質,然卻未必完全臣服於此種主流趨勢,而是對此一主導系統作另一種角度之思考與判斷,而反思結果即反映對傳統之轉換,此一現象往往與大傳統形成突兀或互不相容之現象,藉以吸引大眾之注意,因表現出之結果並不符傳統下之可能模式,自易引起大眾對此種形式表現之留意。而此種反思表現者,乃是對傳統之另種思考與批判,甚至嘲諷,對傳統既已有所反省與質疑,自不企求藉傳統之強勢以獲認同。

此種特殊模擬表現主要來自與傳統相對之邊陲力量,以其位居邊緣之立場,非主流之文類對居於主流地位之傳統自有其獨特思考與理念,其模擬傳統之最初目的無非亦在爭取認同或重視,然而因其形式或背景之限制,或出於擬作者之理念,是以由其邊陲之形式特質加以模擬,因而形成與主流不相容之衝突,其間嘲諷反省乃至嬉笑怒罵亦因此而生,此與單純地對傳統作正

〔註49〕黃清泉、蔣松源、譚邦和,《明清小說的藝術世界》(武昌:華中師範大學出版社,1992年),〈明清小說:在民族歷史文化的搖籃裏〉,頁9～10。

面仿傚有所不同。模仿爲達至和諧一致之途徑，即對傳統予以體認、學習而後認同並加以模擬。

所謂傳統，乃是文化歷史之習慣或觀點，而中國敘事文學之傳統，無非是地位一向崇高之正史記載，其無論內容或寫作形式，歷來皆有某一程度之認同與推崇。而對既有背景之認同、模擬或加工，乃自然天性與期許，即重視歷史之縱向聯繫，此爲固有之文化心理；另一層面之影響則爲文學上之趨時與從眾心理，任何理解需先由某一意向開始，進而有衍生之認知行爲。即讀者須先具備某種認知前提或文化背景，進而對古典小說中之正統或諧擬之表現加以審視，從而領略古典小說中所顯現之故作愼重或活潑效果。而閱讀方式因心理活動進行方式不同而有區別，可分爲消極與積極閱讀兩種。消極閱讀爲單向吸收，多半因讀者理解個別句子時遭受限制所導致，而未能綜合融通整體意義表現；積極閱讀則爲一主動創造、參與之閱讀態度，有其既有文化認知爲基礎，方能體驗作品之諸項表現。

作品包含多重層次，可藉由不同審美價值加以表現，而客觀化之終點常是不停地轉化，轉化往往重新實現意義，作品本身因此得到不同層次之新屬性，如變化正統文類之特質即爲此一現象之例。是以讀者於閱讀中必須完成綜合之客觀化，將個別句子之各種細節予以融合，配合既有之傳統概念，成爲認知印象。〔註50〕

〔註50〕 以心理學觀點言，語詞之運用可視爲作者心理之投射，故可以此作系聯以求認知。是以爲求理解，當由了解其心理內容著手，此種理論遭到現象學之反省，以爲兩人若以共同語言交談，只要雙方對所說之內容或指涉能有共通之理解，即達成溝通，而無需藉助對對方心理之瞭解。現象學者以爲，心理學之錯誤認知乃植基於對語詞構成有錯誤認識。其實，依現象學者言，任何語詞之意義實由群體所形成所創造，而非孤立之個人反應，語詞有其社會性，亦因此而令讀者得以由既有之認知中加以系聯系列句子。讀者理解古典小說中之韻文時，無論爲單純之引用或詼諧之模擬，讀者之理解有其取捨意向，且爲一接續系聯之過程，直至與文字所呈現之意向等同時，方爲理解過程之完成。亦即讀者於接受過程中，將新經驗與以往之認知予以融合、補充或修飾。唯有成功地將文字所提供之所有語詞要素加以認識系聯，並使所組織構成之意向能與本文配合時，則理解方能建立。讀者綜合客觀化之程度乃取決於讀者之能力，另外亦取決於文本意向層次之結構。文學作品中常有作者未提及或未言盡之不定點，爲創作中所必有之忽略，如古典小說鐘爲通俗成分之引用、或諧擬正統詩文所形成之效果等，此皆需有讀者之補充，而讀者之領略往往亦來自於對既有詩文等文體傳統有所認知，以及其後之轉化，以期得致與語義層次上之協調一致，作者與讀者間之傳達方得以完成。

　　作者與讀者身處某一背景或環境中，不免有趨同傾向，以求認同，之後則爲求異，此主爲個人或時代風尚之演進，此二種意識相互累積與補充，形成創新之風氣或習慣。古典小說作者所能學習模擬者，亦唯有史傳，而追求學習之同時，亦對傳統意識加以反省與調整，於「古」中求「變」，即於既有規範準則中尋求變化或超越，而所謂「入乎俗而後能出乎俗」實爲既定發展原則，唐傳奇與話本小說於整體形式上固爲史傳之因襲，然於敘事及辭采上卻各有新意，並形成特有風格，此爲二者承襲與演進之表現。其中不同層次與意義之模擬行爲，顯現對傳統或主流有其認同與反省，並希冀以內容或形式之相類或衝突以求大眾之認可或關注，此爲趨同及求變之表現，且經由對傳統之不斷學習模仿，使既有背景益形狀大豐富，主流特質更形明顯，亦因而促使更多之模擬行爲，新舊彼此間相輔相生，而蔚爲更堅實之傳統。

第九章　結　論——歸納與延續

　　古典小說一向被視爲小技、小道，難登文學之正統殿堂，此一觀點對後世古典小說之創作與批評亦皆有所深遠影響。歷代學者、批評者或創作者於序跋中對小說之評價或有高下之別，然無論關注或輕視，往往亦皆由小道之觀點加以引申評價，輕視者固不足論，即使是加以提昇或重視者，亦多以「雖小道，必有可觀者焉」之角度出之。歷代小說亦多以此一基點發展，對於正統文類之特點亦多所吸收運用，其中韻散相雜之書寫模式爲古典小說形式之重要特徵，並因此形成特有之藝術風格。由另一角度言，藉由向被視爲不入流之古典小說之表現形式，加以檢視其間所吸收與轉化之文學特徵，其中往往包含對正統詩文之認識與理解，及文學史之流變趨勢。

第一節　韻散相雜之書寫特徵與意義

　　如前文各章節所述，韻散相雜爲中國古典小說既有之書寫現象與習慣，亦爲正統典籍時有表現方式之一。經、史及子部等著作對韻文之引用或爲教育、警示等目的；或有政治、外交等考量〔註1〕，究之所以引用之目的與因而形成之書寫特性，實冀藉由詩賦歌謠固有之形式特質加以展現，以期於一般敘事或記錄散文中提昇文字修辭與內在意義等層面之深度〔註2〕。此與後世古典小說

〔註1〕 如《老子》中云：「道可道，非常道，名可名，非常名。有名，無物之始，無名，萬物之始。」又《荀子・大略》亦云：「欲富乎？忍恥矣，傾絕矣，絕故舊矣，與義分背矣。」
〔註2〕 除文學發展之因素外，亦有其他之社會原因，如《左傳》中引詩賦詩之風氣，有其實用性，亦具有樂於接受之審美心態。

對詩歌等韻文加以運用之考量相類，小說韻散相雜之書寫形式固有傳承講唱文學等因素，然亦因不同文類彼此之異同形成特有之書寫特質，對韻文之運用則更見豐富與多元〔註3〕。作者以其對詩詞歌賦等固有文類之認知與反省，施之於小說創作中，是以小說文本中之詩詞歌賦等皆具有描述或刻劃等不同於散文之敘述功能，各文類彼此之體裁特徵與差異更見彰顯，作品之敘述表現亦更見豐富。而古典小說之所以形成特殊之書寫模式，往往亦與中國固有之文學傳統與價值觀點相關，由其修辭形式實可見其所據以發展之既有背景與思考。

　　古典小說之特殊書寫習慣彰顯出各文類間不同之藝術風格，所謂風格，即不同文類間彼此具有某一相對穩定之獨特表現傾向，而為文類本身之某種規定性，並因之形成各文類之基本差異。對於文類之體制或特性，亦為中國傳統文學批評中重要之美學問題，且往往為作者創作之關懷〔註4〕。傳統上各文類間亦有不同之風格〔註5〕。若干文學批評亦曾直接間接提及各文類之修辭藝術特徵，從而影響後人之風格觀念。而所謂文類之藝術特徵，即當時甚而後世廣為大眾所認同之某一傳統或現象，如《毛詩・序》言，「主文而譎諫，言之者無罪，聞之者足以戒，故曰風。」又如《左傳》宣公二年，「孔

〔註3〕以韻文在古典小說中之修辭特徵言，唐傳奇中韻文之表現特徵傾向於正統典籍中之韻文表現，而話本小說則較傾向於說唱文學之表現。

〔註4〕如《文鏡秘府・論題》云：「詞人之作也，先看文之大體，隨而用心，遵其所宜，防其所失。」

〔註5〕古人詩文之分，不僅於詩文外在形式之差異上，且其表現內容、手法以及總體風格均有不同。詩文之表現對象亦有所不同，散文主要是實用文類，而詩適合抒發情感。如元好問《遺山先生文集》卷三十六，〈楊叔能小亨集引〉中云：「詩與文，特語言之別稱耳，有所記述之謂文，吟詠情性之謂詩，其為言語則一也。」文用於敘事，詩用於抒情，敘事要準確，抒情要文采。其次，詩文之表現風格亦不同，如胡應麟《詩藪》外編卷一：「詩與文體迥異，文尚典實，詩貴清空，詩主風神，文先道理。」另有以詩貴含蓄加以分別者，然此亦僅為約略言之，不可拘泥，詩固貴含蓄，然其中分類頗多，其中之古詩與歌行相較，則以鋪陳取勝，而非含蓄。而詞作為一文類，或可視為廣義之詩類，與詩關係密切，然終究非詩，而獨具其藝術特性。對於詞之藝術特徵，宋代沈祥龍《論詞隨筆》云：「含蓄無窮，詞之妙訣。含蓄者，意不淺露，詞不窮盡，句中有餘味，篇中有餘意，其妙不外寄言而已。」詩詞同重含蓄，然詞之含蓄以婉約為主，即婉轉曲折，如劉熙載《詞曲概》所云：「一轉一深，一深一妙，此騷人三昧，倚聲家得之，便自超出常境。」同樣表達感情，詞更為細緻入微，曲折幽深。沈氏亦云：「詩有賦比興，而詞則比興多於賦」，詞能言詩所不能言，而不能言詩之所能言。固然，其間之界限未必如此分明，然詩詞表現方式實有差異。

子曰：『董狐，古之良史也。書法不隱。』」此類觀念皆影響後世創作法則，其中又具有創作者於固有傳統中所作之新變與創造。文學藝術爲反映客觀事物及表現主觀情性之特殊方式，需有個性與獨創，及自由之想像虛構。另一方面，藝術傳統，時代風氣或文學積習對作者之影響甚大，就作者之意識與自覺言，對於某一種文學形式皆有其特定意識，或模糊或明確，皆爲長期於文化薰習中得以形成。因而令作者於潛移默化中接受某一審美理想，甚而修正個人之風格或特性，或加以新變，創新與變化應可視爲文學發展趨勢之必然。〔註6〕

　　文類之風格特性往往是慣例或規範化，爲一相對穩定之語言寫作模式，其間經由眾多創作者與讀者之參與或模仿，乃至形成寫作及閱讀期許，從而形成某一程度之權威及特殊性，並得以形成特定文類之傳統或慣例，進而逐漸內化爲文類意識〔註7〕。作者藉此意識寫作，讀者亦於此一規範加以取捨或評斷，就古典小說中運用韻文現象以觀，本身之修辭表現已屬特殊，其間對各類正統韻文之運用情況實亦顯現文學史上轉換或修正之軌跡。而此一現象實包含對立之價值標準，藉由正反之對照，高下之分固然明顯，然彼此轉化之趨勢亦往往因而得以強調。古典小說之文類形式中亦顯示，所謂標準或軌範，往往形成某一終極理想，然於準則之下卻不免有所差異或旁支發展，其間異同亦有存在之必然趨勢，二者實相互影響。

　　古典小說即藉由與其他文類之交叉而得致其書寫風格之轉化。創作者對各式文類不僅皆有所認識並加以運用，也因而影響作品之敘述功能與藝術風格〔註

〔註6〕如曹丕《典論・論文》云：「夫文本同而末異，蓋奏議宜雅，書論宜理，銘誄尚實，詩賦欲麗，此四科不同，故能之者偏也，唯通才能備其體。」所謂本同，指一切創作之共同特徵與要求，即各種文體皆需作者之天賦稟性，而末異則爲各文類間表現之特殊性，而此一特殊性主要表現在不同之文體風格上。西晉之陸機文賦則爲求指導創作而論文體風格：「體有萬殊，物無一量。紛紜揮霍，形難爲狀。……詩緣情而綺靡，賦體物而瀏亮。碑披文以相質，誄纏綿而悽愴。……」文體之多樣，客觀對象之紛紜及創作個性之差異，爲文章風格變化無窮之主因。

〔註7〕陶東風，《文體演變及其文化意味》（昆明：雲南人民出版社，1994年），頁99。

〔註8〕古典小說作者之創作目的，並不等同於詩詞之創作，其中多具有呈現之期許，以求獲得大眾之認可，不似詩詞多爲自我遣興抒懷之創作目的。古典小說之接受者層次及範圍因而擴大，其中之敘述或修飾文字亦不免因此而趨於通俗淺近，其中韻文亦脫離既有之凝鍊或含蓄之特性，而轉而爲故事情節

8〕。古典小說之書寫與其他文類之融合，並由於創作者植基於既有傳統之反省與創造，加之古典小說本有之詼諧特性，往往亦促成其中所運用之文類間彼此瓦解與新變〔註 9〕。古典小說本為敘事文類，然其中因詩賦等韻文之加入，作品之抒情或刻劃成分增加，情節安排往往因而得以凸顯或延宕，至此，古典小說未必專注於簡單敘事，對於場景之描繪或議論之發揮亦有較積極表現，從而形成作品之多元層次展現，而運用韻文之修辭表現往往亦有共通原則，即藉以強調作品之真實，以期感染或說服力之加強。而古典小說對於真實性之明顯意識與堅持，則源自對史筆之推崇，亦可謂史筆對小說之滲透。詩騷傳統於文學史上向有其主流地位，古典小說對此自亦有所吸收，亦因此而得具有抒情特徵，

服務。

〔註 9〕 所謂風格之正變，一般多以為受限於時代風氣之轉移，故有文風之轉換。如劉若愚將中國古代之時代風格理論視為決定論，古代之文學時代風格理論認為社會現實決定文學藝術之變化發展。文學風格之演變並非以人之意志而轉移，作者之創作皆無法脫離社會環境之影響。施之文學批評，則注重知人論世，以及作品形成之歷史背景之考察。《禮記》以為詩樂是由人心感於外物所生，其本源在於人心之感於物，而不同之外物外境即引起不同之感情，不同之感情外現即形成作品不同風格。所處環境不同，心境不同，作品風貌自有很大差異。〈詩大序〉亦持類似說法，此為儒家傳統詩學觀念。《文心雕龍·時序》列舉不同時代之詩歌說明盛世與衰世之文學風格差異。變風變雅之說是古代時代風格理論中之重要部分，此一詩歌之正變理論顯現社會政治對詩歌內容風格之影響，由審美及認識角度以觀，亂世之音與治世之音同具價值，如《詩經》中保存大量之變風變雅即為一例。然就文學角度言，正變之間並無審美價值高下之分，如清代黃宗羲以為，正變云者，亦言其時耳，初不關於作者之有優劣也。是以正變於審美價值上並無高下之分，然小說對於眾多文類之吸收借鑒，則不同於世風之影響，主要為對文學內部之發展所作之一系統之反省。二者之轉變現象實有類似之思維過程。主要為一認知與創造活動。據王金凌，《中國文學理論史·六朝篇》（台北：華正書局，1988 年），頁130～131，認識須透過感官，但不僅止於感官，尚有待於組織。所謂「遵四時以嘆逝，瞻萬物而思紛，悲落葉於勁秋，喜柔條於芳春。」藉由感官，所以能瞻萬物，不止於感官，所以有悲有喜。感官之所觸均歸於思考和情感之官能，即心。心之作用為思，思之含意隨心轉，可指想像，思考，亦可指情感方面之感物活動。心、思、物分別為認識之三要素，意則生於心物相遭相融之際，物固引心，心亦化物，心若無物之引發，則空茫，物若無心之轉化，則寂然。二者皆不能成就文學，是以陸機之心思意皆含雙重意義，此與文學之思維及媒介有關。文學思維中，意義使情感成為特定情境下之情感，而情感使意義成為特定情感下之意義，二者相互限定襯映。然陸機卻有意不稱物之憾，即心不稱物，心不稱物，則思不能發揮作用，思不能發揮作用，則意不生。故意不稱物指文思蹇礙。而欲文思通流則應從學養、感性、信念、想像及思考著眼。

意境韻致等亦成為考量因素，古典小說因而由故事結構之關注擴充至人物內在感受與意境情致。此一演變其始實在於對史筆之寫作期許，並藉由詩賦之引用完成此一期許模擬，進而形成文學修辭之多元延伸。

　　至唐傳奇開始，古典小說之文類包容眾多其他文學樣式，是以形成各種風格之多樣與多變化，所謂通變，主要為兩大關注焦點，一為對照小說之敘述特性，詩賦等文類各自風格及藝術特徵之表述將更為準確。另外則為對文類之風格規範較為通達，亦較能包容突破之表現，所謂「雖離方而遁圓，期窮形而盡相」，文章雖各有法度，然有時為求窮形盡相，準確表達，不妨離方遁圓，超越規則〔註10〕。對於文類之特徵固須詳切辨明，然具體使用則不妨靈活機動，融合貫通，不過分拘泥成規。辨體不受拘束，破體不失本色，為創作之高妙境界。承認文之「大體」，亦須容忍別體與變體，亦須認識大體基礎上風格之多樣化。如《文心雕龍・通變》中云：「夫設文之體有常，變文之數無方，何以明其然耶？凡詩、賦、書、記，名理相因，此有常之體也；文辭氣力，通變則久，此無方之數也。」又如〈風骨〉云：「洞曉情變，曲昭文體，然後能孚甲新意，雕畫奇辭。昭體故意新而不見，曉變故辭奇而不黷。」「昭體」及「曉變」相互結合，即為文類運用之通變關係。如詩歌與散文等不同文類之正變高下差異較不明顯；散文實用性較強，多適用於敘述、說理、議論，範圍較廣，而詩歌則偏重抒情，多為性情表現。是以所謂以文為詩，即以古文章法、句法入詩，以議論入詩，擴展詩歌之表現手法及範圍。以史為詩則一如以文為詩，皆改變並豐富詩的風格。以文為詩或以詩為文，實為

〔註10〕魏晉南北朝以為各文有體，每一文類皆有其獨特之審美特性與表現手法，於創作上須依循此一藝術規律，然亦有創作上不合文類特徵之現象，如劉孝綽《昭明太子集序》云：「孟堅之頌，尚有似贊之譏，士衡之碑，猶聞類賦之貶。」張融以為，「文豈有常體，但以有體為常。」以為創作雖表現作家風格，然每一文體不必有一定之風格限制。然於六朝時，有乖文體之現象尚少。至宋代以降，文學批評和創作中明顯存有辨體與破體之對立傾向。前者堅持文各有體之傳統，主張辨明及嚴守各種文類之限制，後者則突破各種文類之界限，使各種文類相互融合。一強調本同，一強調末異。藝術創作講求本色，然而有時之突破本色依然予人新鮮美感。破體，往往是一種創造或改造，不同文類之融合，常可給文類帶來創新生命力。有關辨體與破體間之調和，如顧爾行序徐師曾《文體明辨序說》云：「文有體，亦有用。體欲其辨，師心而匠意，則逸轡之御也。用欲其神，拘攣而執泥，則膠柱之瑟也。《易》曰：『擬議以成其變化』，得其變化，將神而明之，會而通之，體不詭用，用不離體。」徐借用之體用為哲學中之體用範疇，體為實體，本性，為內在與根本的，用則為具體表現和運用。

不同文類間對於獨有風格之融合，而不僅僅是語言之流暢與精細之分。某一文類於形成及發展過程中對於其他文類皆不免有所交叉與滲透。〔註11〕

　　不同文類各有其特徵，既有區別卻又相互凸顯，進而交叉滲透形成綜合結構〔註12〕。不同文類中，詩、詞、文中，典雅勝俚俗，含蓄勝刻露，質樸勝纖巧，此為普遍之價值觀。古典小說既刻意學習模擬史筆，因史筆為一終極理想，然其間亦不免保留古典小說固有之通俗娛樂基調，發展多元風格，莊重與輕鬆，典雅與詼諧，種種不協調所形成之特有效果與意義全然為古典小說所吸收。

　　古典小說之所以呈現如此文類現象與特徵，自有其複雜之社會文化乃至文學環境因素，就文學之固有傳統言，詩歌及史傳之傳統實為古典小說寫作之主要考量與目標，對史傳之固有尊崇而影響寫作之期許與準則，古典小說所記所述無論實虛，作者之寫作意圖無論有否自覺，往往強調典重雅正，此多與對史筆之期許與推崇相關。唐傳奇對史筆之承襲自不待言，話本小說之敘事則更加強調其中事件情節發展之合情合理與相關背景。據若干唐傳奇文末之作者自陳，其人對於所記述之人事多以為真實有據，故錄以傳世；而話本小說則有意以鄭重其事之形式對一般瑣事或異聞奇事予以合理與現實化。而對所謂真實或合理之有意講求，無非亦為史鑑觀念之衍續，由於所述之人事為真，故有警戒勸喻之作用，唐傳奇對此往往明顯道出，因當時未必有古典小說與史傳截然劃分之觀念〔註13〕，是以對所謂古典小說自較無提昇或反省之要求；而話本小說則由小道觀點出發，對古典小說之概念與提昇因而有所變換，其於作品中刻意講求教化，而此一實用目的往往被視為小說「雖小道仍有可觀」之主要因素，亦為提昇古典小說位階之有利證明〔註14〕。由於

〔註11〕《文心雕龍·定勢》即依照不同之內容（情）以決定文體，根據文體之要求形成風格，此為寫作上之自然趨勢。其中所謂「雖復契會相參，節文互染，譬五色之錦，各以本采為地矣。」指出各文體可以互相融合，互相吸收。然由於特殊之用途與應用場合，令此類文體須「準的乎典雅」此一主導傾向。是以既承認文體之相參，又強調文體之本色，以處理文體風格之多樣化與統一性。

〔註12〕如《昭明文選》選錄自先秦至梁之詩文辭賦，不選經書子書，對於史書，亦僅擇「綜輯辭采」「錯比文華」之論贊，可見已初步體認文學與其他類型作品之區分。蕭統以為不同文體有不同之藝術特徵，然各具其獨特之審美價值。

〔註13〕如唐傳奇之標題多以人名或「傳」、「記」等名之；又若干作品之文末多陳述其勸戒之寫作動機，顯見當時對史傳之認識與寫作之期許。

〔註14〕簡言之，歷代多視小說為小道，然各時代之對此觀點之反省與適應各有不同，如唐傳奇所反映者為小說固小道，然其人所創作者，未必即小說，而為史筆

對史鑑形式與作用之講求，陳述往往力求眞實有據，是以往往利用可資輔證或強調權威之詩賦等具有文學正統性質之文類，藉其典重及正統之固有形式特徵，以強調所言所述皆屬眞實不虛。而講求眞實有據，無非爲求擺脫小說固有之「謬悠」特性，此又與固有之文學價值觀相關。另一方面，古典小說亦於其間呈現有關虛實理念，文學自有其虛構性，即使史傳，其中敘事未必皆得親聞，亦不免有想像推測之處〔註 15〕，古典小說之文體特性即是其構造一個具有獨特文化涵義之世界，且與現實生活有所出入，其中不僅眞實記錄或標榜所記爲眞，亦是以語言文字組織虛構一個特定且自足之世界；而古典小說固有求奇之必要，然亦需兼顧文理，情節固需曲折，以合於現實世界之眞實、邏輯性，以及普遍合理性、共通情感、道德觀及價值觀等。

　　至於有關眞實之強調，無非爲求教化功能之凸顯，因眞實性實爲風教功能之基本要求，而功能之強調則又與傳統價值相關。傳統文學觀念主要爲實用與教化之要求，孔子所謂「有德者必有言，有言者不必有德。」其中之「言」，並非文學，多指充滿智慧辯才有有文采之言語。先秦時代藝術批評所運用之語言表達方式實亦反映出思維方式與審美理想。一種句式是聯結一對性質上相反相承之語詞，如《尚書・堯典》所云：「直而溫，寬而栗，剛而無虐，簡而無傲。」此類句式亦廣泛運用於經典及藝術之批評，如《易》繫辭下所云：「其言曲而中，其事肆而隱」，《左傳》成公十四年云：「《春秋》之稱微而顯，志而晦，婉而成章，盡而不污，懲惡而勸善。」反映當時人們對事物意義與藝術之美感觀念，已能由表層進至深層多重之把握，強調對立雙方之相互滲透與協調。另一種則爲「樂而不淫，哀而不傷」之句式，如《左傳》襄公二十九年：「至矣哉！直而不倨，曲而不屈，邇而不逼，遠而不攜」等，此一句式亦體現古代中和之哲學及美學觀念，重視事物發展之界限與事物之把握〔註 16〕。古典小說之作者雖或刻意與史傳相比擬，然小說畢竟爲小說，

之一，至話本小說之時代，因小說爲小道，故刻意由形式技巧等層面之講究以求轉換固有之角色，由於不同之理念與期許，致不同時代之小說作品亦呈現不同之形式技巧與藝術特徵。

〔註 15〕歷史與小說雖同爲敘事文體，一重實錄，一增想像，然史亦有詩心之表現，如錢鍾書，《管錐編》，其中以爲，史家追敘眞人實事，每須遙體人情，懸想事勢，設身局中，潛心腔內，忖之度之，以揣以摹，庶幾入情合理（北京：中華書局，1984 年，冊一）。可見即使是記史述事之作，亦不能忽略想像虛構之必要，固然，史傳與小說二者之虛實成分必有一定比例。

〔註 16〕吳承學，《中國古典文學風格學》，頁 242〜243。

亦有其娛樂及興趣之要求。文學特質之一即在於其虛構性,是以其間情節安排與修辭技巧較之一般經史著述,必有新奇與吸引之處,而此亦正爲小說文類之所以保存與普遍流傳之故。其寫作前提雖不免受制於詩、史等正統觀念,然其後發展並非單純之一脈相承,古典小說以其特有之通俗詼諧基調,對於其他文類特徵之修辭往往傾向通俗淺顯化,因而扭轉詩詞文類本有之修辭特徵,形成另一種發展方向,此一現象除可視爲文學發展之另一側面外,作者轉化某一文類風格之意識亦顯現各時代之新變活力。〔註17〕

　　較之其他文類,古典小說對於傳統觀念或思維具有較大之包容與吸收力。於學習及發展過程中,此一文類亦較其他文類靈活多變,除正面之模擬外,亦不排除反面或詼諧之模仿,因而形成古典小說於故作莊重、強調論證之外另一種生動活潑之風格,而此正爲古典小說獨特性質。於此通俗基調下,詩賦等正統文類除一般之運用外,亦不乏有詼諧趣味之表現,而全然改換本有之莊重特徵。於古典小說之特殊多元之書寫表現中,各式文類之作用得以相融或相輔;而彼此之修辭特徵則亦相互替換,既形成如嚴肅形式與詼諧內容相互衝突之不協調效果,凸顯小說獨特之風貌,亦提供文學類型發展流變之另一思考方向。

第二節　韻文敘述功能與異同之分析

　　古典小說於散文中加入韻文之敘事形式,主要借鑒固有之典籍與民間說唱文學系統而來,其中自亦加入作者之反省與修正,然由小說之形式發展可見,某一眞實或虛構事件往往可曲折細膩之多方描述刻劃,而未必如史傳之直述或條列式之筆記,其中亦顯現對事件之陳述技巧、結構組織等匠心。藉由韻文散文之相輔相佐,敘事模式得以發展,古典小說之藝術效果與說服感染力因而得以增進。如第二、三及四章所述,唐傳奇與話本小說中韻文之敘述功能各有表現,唐傳奇中之韻文以詩賦爲主,其運用範圍多爲抒情言志、實錄記載或遊戲筆墨等,究之實際表現,其中之韻文多保有詩歌固有之文體風格,與唐傳奇本身之寫作風格達成一致。話本小說除運用詩賦外,亦有詞

〔註17〕詩詞原有之高尚典雅轉爲俗化,二者形式未變,然特性及功能均有所不同,詩詞本應以凝鍊含蓄之特性感染讀者,於此,則演化爲輔助小說情節之功能。

曲之加入，其中之敘述功能亦較唐傳奇多元豐富，多運用於描繪人物、刻劃場景、敘述情節、傳情達意或作者之評論批判等，形成話本小說中敘述層次與意境各有深淺之不同展現，整體之風格亦因而錯落多樣，與唐傳奇之文人屬性全然不同。

唐傳奇與話本小說雖均運用詩賦等韻文以輔助敘述，顯示對敘事修辭之積極認知與參與，然二者之現象與意義各有不同。此一差距主要在於二者之基本定位有別，唐傳奇與話本小說雖皆爲小說，然其間又有雅俗之分，且話本小說中又有早期話本與擬話本之別，是以各有側重，對所運用之韻文亦各有不同層次之期許與認識。唐傳奇敘述之主要特徵在於建立小說獨立之敘述體式，其與志怪相較，其間鋪敘刻劃等技巧明顯增進，尤其有意爲文之寫作意圖更超越六朝志怪之信筆記述。然而，唐傳奇之寫作意識卻仍不免與史鑒相關，往往著重於實錄，取材於眞實人事固不待言，即使採自傳聞者，亦多標榜來源有據可信，而對韻文之運用亦不離史傳之色彩，主要亦爲徵實或引證之考量，以求見信於讀者。究之作者寫作態度，多以爲其乃記錄，而非創作，主要仍爲記史期許與風教目的，故未必即視作品具有娛樂遣興之作用，而藉由韻文徵引，亦旨在強調作品之典雅與莊重。

於敘述功能之輔助上，唐傳奇中之韻文具有表明人物身分、顯示關鍵情節及藉以逞才言志、傳情達意或渲染氛圍等作用，而其中自亦有若干遊戲筆墨。就作者之意識而言，唐傳奇之於史傳，應爲理念與模式之相承，性質相類，二者主要爲沿襲而非刻意模仿之表現。由韻文之引用以觀，其中已顯示修辭之自覺意識，相較於史傳實錄，唐傳奇已具有虛構特質，韻文之運用與整體之作品風格往往一致，而其中韻文之特徵表現亦多不離正統之概念，如作品中強調眞實切近之敘述效果、統合區域文學情調等，由此而呈現文人之屬性。其中含有作者益以新意之創造自覺，而個人言志或傳情達意等表現則展現文人特性，是以作品中韻文散文等文類間各層次中較無明顯之對立，而多保持既有之文類特性，相較於話本小說之通俗及活潑風格，唐傳奇所展現者主要爲雅正嚴肅之寫作展現。

對於正統典籍，唐傳奇主要爲延續，而話本小說則有意模擬。話本小說中所謂模擬，又可判而言之，除對既有傳統之學習外，話本小說內部亦有形式之模擬與演變，即擬話本對話本形式之學習，話本小說之韻文表現主要承繼正統典籍與民間文學之修辭形式，與唐傳奇之最大差異在於通俗風貌之增

加。藉由對詩賦韻文之自由運用轉化，韻文之敘述功能明顯擴大，無論作者評述、情節總述、場景描繪、人物刻劃，甚而構成敘述之主體等，皆較唐傳奇之運用韻文層面豐富多變，尤其文字遊戲之表現，對詩賦作詼諧淺俚之變換，實為話本小說之最大特點之一。

話本小說刻意模擬之跡顯然，以求與史筆等正統典冊類似，此與唐傳奇作者寫作意識有所差異。話本小說對韻文之運用現象與功能較唐傳奇明顯且多元，唐傳奇中之詩賦多屬作者本人或其他文人之創作，至於話本小說，則多引用前人作品，是以亦形成相似韻文屢用之現象，即不同作品中可出現相同或相似之韻文以刻劃人物或描繪場景。此一情形顯示話本小說對於韻文之運用，實僅為一固定書寫形式之認知，亦即以為所謂小說當須有此寫作成分或特徵，至於詩賦之優劣或是否適用於描述功能，則非其關注重點。加之話本小說刻意模仿之故，是以往往利用韻文之形式以表現鋪敘敷演之風格，且常於其中表現作者之才情或知識，而藉由韻文以賣弄才識或嘲諷世情，則更為話本小說之修辭重點，亦為主要風格之一。同時，由於話本小說有早期與擬作之別，對韻文之運用亦可見各有不同層次之關注，早期話本用以嘲弄之韻文多為口頭表現，亦即多以諧音等為表現焦點，至後期擬作，則另增文字形體之拆合，主要為字面閱讀效果之講求，亦可見話本由說唱進至閱讀之跡，其中閱聽效果之轉移，實即為話本由口頭表演進至案頭閱讀之例，亦為二者修辭差異之一端。

唐傳奇所呈現者主要為文人性質，對文學之態度實為尊崇與嚴肅，對傳統之模仿承襲，甚而作者亦未有書寫小說或另闢一端之意圖，純然為對固有傳統之接受。話本小說則於接受傳統之外亦另有轉換與變化，對韻文之使用更為複雜，其間蘊含更多特性與意涵。整體而言，唐傳奇與話本小說之寫作背景與意識不同，而其中之語言文字與基本風格亦有所差異。至於其他異同，唐傳奇與話本小說中所運用之韻文類型與功能有繁簡之差別，唐傳奇主要運用為詩歌辭賦，而話本小說則另有詞曲等加入，此自為文學先後發展所致，亦由於話本小說中之韻文類型多樣化，是以功能與風貌亦有所不同。簡而言之，唐傳奇所展現者為文人屬性，而話本小說則趨向民間趣味。而話本小說此一活潑表現亦有前後時期之差異，其內部發展流變為由口述聽聞進至書寫閱讀，修辭特徵亦因而有所轉移變化，亦即話本小說內部之發展亦可見從通俗至文人性之轉變，而唐傳奇與話本、早期話本與擬作相較，則其間之發展趨勢可謂由雅至俗，進而再以俗至雅，其中文人之因素實為關鍵，亦可由此

而見，文人意識與思考卻屬靈活自由，諸項變化與新創往往因此而生。

　　散文中雜有韻文之敘事模式向爲古典小說主要藝術特徵之一，由於不同文類之加入，其中敘述層次因而豐富多變，古典小說之敘事技巧亦因此有所發展。由於各文類之藝術特質不同，意境層面與表現重點各有差異，致古典小說之風格呈現參差錯落之轉換，亦因而脫離前此小說之筆記式記錄，而得以獨立，具有獨特風貌。古典小說本爲敘事文學，又因娛樂效果之講求，對事件之陳述自非單純之平鋪直述，韻文之作用正可輔助小說於敘事上之技巧需求。藉由韻文之運用，作品之整體層次有所跳躍與變動，說話人之陳述層次與敘事框架得以凸顯，亦可由韻文之介入而參與故事人物之活動，人物之情思或情節之曲折據以深刻展現，或作者超越情節之進行而作評斷，以形成故事與讀者之距離，同時，由於敘事層次之分明，陳述故事與批評議論二者並行，藉此正可表現古典小說之勸戒等風教作用。

　　傳統對小說之批評雖不免有教化或倫理要求，然實際之小說作品表現卻未必有此特性，小說畢竟爲小說，即使所謂實錄，亦未必即是作者親身經歷或目擊，其中具有明顯之敘事意識，想像與虛構自爲必要因素，而有其特殊風格與價值。是以雖對各式正統文類加以模擬吸收，然亦多以小說特有之基調加以融合與轉變，唐傳奇之整體風格表現固較話本小說雅正，然其間亦有文人遊戲與取材通俗之例；而話本小說則充分發揮小說詼諧輕鬆之特質，往往藉韻文之典重形式加以諧擬雅正，形成衝突之趣味與效果。從唐傳奇之由雅取俗及話本小說之由俗擬雅可見：正統與通俗間之差距並非絕對，往往相互補充與影響，而促進彼此之發展，其間之動力則有待作者與讀者之反省與需求，成爲傳統發展延續之主要關鍵。

第三節　韻文承襲新變之詮釋

　　中國文學中文類繁富，修辭特徵又有正變、雅俗、高下之分，文類之地位決定於其產生之年代與特有文類之藝術特徵〔註 18〕。文學風格正變之形成除有外在環境所決定之可能外〔註 19〕，文學內部之演變亦值得探討，以古典

〔註18〕關於文體之正變，如明吳訥於《文章辨體・凡例》中曾言：「四六爲古文之變，賦律爲古賦之變，律詩雜體爲古詩之變，詞曲爲古樂府之變。」
〔註19〕如劉若愚，《中國文學理論》（台北：聯經出版事業公司，1991 年）之決定理論。

小說之發展而言，由於學者文人與民間藝人兩大系統之交流互動，加之彼此之認知與反省，對於各文類之性質或特徵往往得以相互吸收，形式或性質亦往往突破界限，得以交流。相較於正統之嚴肅文學，古典小說或可視爲文學史上之「變」，而絕非「正」，一般大眾對古典小說自是欣賞與認同，然古典小說之讀者卻未必僅限於大眾，若干文人亦往往留意此類作品。其人對此類作品之創作閱讀多受制於傳統觀念之影響，或直接視小說爲史傳之旁枝側出，即使視其具娛樂遣興之作用，亦不免於其中強調托寓教化，此一現象實受傳統文學觀影響所致。

正、變之辨向爲中國傳統文學批評之關注點，「雅」自古即爲言行風範禮樂等之批評表準，所代表之純正亦因而成爲普遍接受及認同之典範，因正而美，善亦即美，此乃傳統觀念之發展模式〔註20〕。「雅」之所以成爲審美標準，又不免與倫理教化等有所相關〔註21〕。所謂正變、雅俗並不僅限於唐傳奇與話本小說之區別，正統文類間亦有類似之區隔與辨別，鄭玄之「正風」、「正雅」與「變風」、「變雅」自不待言，其他之詩詞古文亦有類似之區分，其間亦隱約顯露文類高下之價值判斷。事實上，文學之正變觀念顯現傳統文化所累積與醞釀之審美理想，即推崇正宗、古典、樸素等藝術形式。至於突破某文類固有之修辭特性，往往亦可發現創新亦爲一種發展，其初雖爲傳統之背離，然累積至某種程度，將亦形成一新傳統〔註22〕。究之古典小說中對各式文類之運用與吸收，主要亦爲承襲與損益等相對層面，即對正統之寫作期許價值觀之遵循或背離兩大趨勢：既承接正統文類之固有典範，亦於其間另增創意加以求變，其始之表現

〔註20〕 鄧牛頓，〈藝術創作中雅與俗的辨證法〉，《湖南師範大學社會科學學報》第二十四卷，1995 年第一期，頁88。

〔註21〕 如《論語・述而》篇所云：「子所雅言，詩書執禮，皆雅言也。」而《毛詩・序》亦云：「雅者，正也。」所謂雅或正，皆爲一崇高期許與目標。

〔註22〕 以詞之風格發展爲例，如蘇軾以詩爲詞，遭致某些批評，以爲此非本色，然蘇軾之改造，將抒情言志予以結合，提高詞之體格與表現範圍，其後甚至亦形成詞中某一流派，又如姜夔以詩法爲詞，以其熟悉之江西詩派夾健風格及技巧入於詞，改造晚唐以來之婉媚詞風，形成詞之清空騷雅意境，終亦形成日後詞體發展之另一傳統。又如正統與通俗文學之間，實亦未有明顯之界限，如通俗文學固有其生動活潑之特質，然未必皆能保有一貫之特徵，如詩經、樂府、詞、曲等，多爲民間文學所蛻化，其始固有其活潑之生命力，然一旦進至正統文學之列，則藝術形式不免趨於固定，以往之活潑往往爲典重所取代，而形成一新傳統與軌範，並與其他之通俗文學形成對立之系統，此爲文學發展中之普遍規律。

或為文學發展之變化，然此一模式一旦確立且獲致認同，亦形成其後之寫作規範與原則，原有之「變」再度形成「正」，而有其正統性。

從文化史之角度言，各種意識型態之間聲氣相通，相互影響〔註23〕。中國文學批評對於各式文類風格嬗變之詮釋，其中之思考基礎為辨證法之變易、反復之思想。中國傳統一向認為變化為宇宙間之普遍法則，萬事萬物無不處於變化不居之狀態中。所謂「易窮則變，變則通，通則久」，然變化中又有常則，轉化為普遍之現象。體式風格轉變有其內在客觀性，每一文類皆有其侷限性與內在缺陷，而其間風格又包含承襲傳統與二者相互對立之對傾向。藝術風格間彼此互補互救，相蕩相生正是整個藝術生命所以生生不息之內在動力之一。新舊為辨證之統一，創新文類相襲日久，亦成為濫調，而既有文類廢置既久，亦能轉為新聲〔註24〕。

古典小說因韻文之使用而對既有文類之改造亦反映出此一通變現象，以詩歌而言，其始固有「詩言志」之期許，然其間亦不免有「詩緣情」之變化，此種自我抒情之超越實屬詩歌特徵轉化之一〔註25〕。然就詩歌內部之發展言，無論「言志」或「緣情」，皆為詩學傳統。另一方面，民間文學系統中亦不乏敘事之詩歌類型，所謂「飢者歌其食，勞者歌其事」，則此一詩歌特殊表現亦非「言志」與「緣情」二者所能規範。由此亦可見，民間文學統之「詩三百」正是正統文學《詩經》之變化，其中十五國風或小雅之部分作品實來自民間之創作。而所謂正統與民間並非截然二分，然藉由民間敘事詩歌之加入文學傳統，無疑令固有之詩學抒情傳統增添敘事之再現成份，二者相互影響滲透〔註26〕。正統文類之內部發展如是，而其他文類之吸收運用則更見多元。古典小說固因詩歌

〔註23〕 如吳承學於《中國古典文學風格學》（廣東：花城出版社，1993 年），頁 59 指出哲學上之思想往往亦反映至文學理想與文學創作中，先秦諸子百家、兩漢經學、魏晉玄學、隋唐佛學、宋明理學之盛行多少均於當時之文學觀念中存有痕跡或影響。

〔註24〕 吳承學於其《中國古典文學風格學》，頁 78 指出，一個時代之新文風，往往是於克服以往時代文風弊病之過程中產生。而一新風格對舊風格之矯正、否定，一方面是對流弊之揚棄，另一方面也難以保持舊風格固有之美，其中所謂進步實可視為變化發展。

〔註25〕 「詩言志」為先秦儒家之藝術觀點，所謂表達情志，常與美刺相關，往往不離倫理與道德之規範。而從屈原即有之「發憤以抒情」，則明顯為另一詩學系統，即使是《詩經》，其間若干篇章亦未受「言志」觀念之侷限，而是表現主觀情志與事物之融合統一，此已略具「緣情」之趨勢。

〔註26〕 張碧波，《中國文學史論》（黑龍江：黑龍江教育出版社，1993 年），頁 71。

具有此一正統特質加以運用，然其間之運用未必僅吸收詩歌之典雅、抒情或敘事之特徵。古典小說往往予以轉化，以強調詩歌中之通俗與變化等層面，藉以呈現其通俗詼諧之面貌。此一取捨運用更顯古典小說對正統文類之吸收與轉化。於吸收承繼上，古典小說主要借用詩歌形式之典雅莊重，以及其間所謂抒發人情或裨補時政之特質，亦不出「言志」與「抒情」傳統；而轉換變化上，則以詩歌之形式作一文字遊戲之鋪陳，形式與內容往往難以協調，因而形成古典小說敘事風格上之獨特與詼諧。又以賦為例，其體制如劉勰所言，「賦者，鋪也，鋪采摛文，體物寫志也。」誇張繁縟，閎侈鉅衍為漢賦之大體風格，然大體上亦有其他面貌之表現〔註27〕，古典小說亦常藉由賦之體式以刻劃景緻與人物等，其間雖吸取賦體之夸飾與華麗特徵，然究諸內容，則未必呈現正統辭賦之特徵。此一發展現象一如〈詮賦〉所云之漢賦十家，既不失大體風格，亦兼有個別之面貌，同一文類由於題材內容與創作者個性之不同，便可產生不同之風格特質，從而形成小說作品之多元面貌。古典小說藉由對各式文類之運用，令作品本身超越單純敘事記事之目的，對於作品之行文修飾情節鋪敘，乃至整體風貌均有所豐富及發展。

　本論文以古典短篇小說之韻文散文相雜為探討中心，其中各章節雖分別就韻文於古典小說中之運用現象與相關意義兩大層面加以研究，然各章節實有關涉。藉由詩賦等正統文類之運用，小說作品之敘述層次顯然有所參差錯落，故事之呈現因而曲折繁複，講述與評論亦得以完成，而有關古典小說之小道或不經批評亦得以彌補，整體風格得以提升，至少為形式上之提升。此一期許又與史筆傳統相關，所強調者無非作品之所言有據且亦有益。又就文類之風格而言，眾多文類之相雜，其間或具各自之特定藝術特徵，或經由古典小說通俗基調得以轉化，由彼此參差運用之現象亦彰顯各文類之特性及凸顯彼此之差異性。小說亦因或敘事或抒情之文字組織，形成作品內在意義之深化與外延，同時，小說於多方吸收之外亦保有固有之詼諧活潑，於模擬中往往予以詼諧轉化，形成對立之娛樂效果。凡此皆與文學之承襲與演變原則相關，由此亦可見，古典小說之韻文散文相雜現象雖為一普遍之寫作特徵，

〔註27〕僅以賦體內部之流變而言，唐代已見以賦體所作之文字遊戲，如〈大言〉、〈小言〉、〈燕子賦〉及〈茶酒論〉等，其形式雖故作莊雅，然整體風格卻已屬通俗淺顯，亦顯現文體經由不同時代而形成之變化。據鄭振鐸，《中國俗文學史》上冊（台北：臺灣商務，1994年），第五章〈唐代的民間歌賦〉，頁159～196。

然其間實包含眾多層次不一之意義,自亦有其理解之必要與價值。

第四節 相關論題之後續展望

本論文之撰寫,主要為整理與分析之過程。文學之所以為文學,必有其特殊之表現或特徵〔註28〕,故藉由對古典短篇小說書寫形式所具有之特殊現象加以探討其間之異同與意義,以求其實質。前此之研究雖不乏對唐傳奇或話本小說之藝術形式作整理,然多僅限於某一範圍之探討。本論文則嘗試將兩大小說系統合而觀,除分別整理各自之韻散相雜之書寫現象外,亦一併考察二者間之流變差異,並論及因韻文現象所衍生有關文學觀點或形式風格等論題。

經由此一綜合整理與思考,對固有之古典小說表現形式有所反省。一般研究多僅視小說中韻散相雜之現象乃受說唱文學之影響,而未有深入之探討,甚或以為此類韻文實屬多餘,往往阻礙故事之順利進行。然藉由上文之整理與分析,可知古典小說中所加入之韻文雖不免有多餘筆墨而影響情節之進行,然其中大部份之詩賦實具有敘述上之積極輔助作用,而此往往為相關研究著作所忽略。對古典小說此一形式之深度認識將有利於對中國古典小說之重新且較具體之理解,本論文雖僅以古典短篇小說為研究範圍,然其中現象與意義或可視為一基本原則,其他長篇章回小說中對韻文之運用現象亦大致類似,由短篇作品之整理作為基礎,亦有助於對長篇小說之認識與分析。而古典小說中韻文所顯現之各項特質與意義實可歸納為承襲及新變之原則或規律,擴而充之,亦可作為文學史上相關問題之思考,由此新變規律以觀,各類文學型式之發展不僅僅是由盛而衰之必然趨勢,而是有其重生與回復之可能,固然,此一因革損益之趨勢必為漸進而非驟至,其間需有長期之醞釀與新創之過程。然所謂新變之發展規律或可提供文學批評或文學流變之研究另一思考角度,藉由分析小說所呈現之各種文學現象,可見小說於藝術成就發展過程中所顯現之特徵,或可為中國文學發展之規律與小說研究之方向提供思考依據。

〔註28〕如潘重規〈中國文學〉(《吳稚暉先生九秩榮慶祝賀論文集‧中國文化論集第一集》,1953 年)云:「同是記事,記的事情價值相等,記事技巧又有優劣,說的理儘管相等,說巧記理的技巧又有優劣;寫的情感相同,而抒情的技巧又有優劣,這便是文學的實質,文章成分不外是內涵之意與外表之詞。」(頁124)

參考書目

一、專書及基本材料（依姓名筆劃順序排列）

1. 莊周：《莊子》，臺北：木鐸出版社，1983 年。
2. 司馬遷：《史記》，二十五史本，台北：藝文印書館。
3. 班固：《漢書》，二十五史本，台北：藝文印書館。
4. 五色石主人：《八洞天》，上海：江蘇古籍書版社，1993 年。
5. 王夢鷗：《唐人小說校釋》，台北：正中書局，1985 年。
6. 天然癡叟：《石點頭》，台北：河洛圖書出版社，1980 年。
7. 古墨浪子：《西湖佳話》，上海：江蘇古籍書版社，1992 年。
8. 石成金：《雨花香》，上海：江蘇古籍書版社，1987 年。
9. 石成金：《通天樂》，上海：江蘇古籍書版社，1987 年。
10. 西湖漁隱主人：《歡喜冤家》，台北：漢源文化事業公司，1993 年。
11. 艾衲居士：《豆棚閒話》，上海：江蘇古籍書版社，1992 年。
12. 李昉：《太平廣記》，台北：文史哲出版社，1987 年。
13. 李漁：《覺世名言——十二樓》（附《連城璧》），上海：江蘇古籍出版社，1987 年。
14. 李肇：《唐國史補》，台北：世界書局，1968 年。
15. 汪辟疆：《唐人傳奇小說》，台北：文史哲出版社，1988 年。
16. 赤心子：《繡谷春容》，上海：江蘇古籍書版社，1993 年。
17. 東魯古狂生：《醉醒石》，台北：河洛圖書出版社，1980 年。
18. 周楫：《西湖二集》，上海：江蘇古籍書版社，1992 年。
19. 洪楩：《清平山堂話本》，上海：江蘇古籍出版社，1989 年。
20. 省三子：《躋春臺》，上海：江蘇古籍書版社，1993 年。

21. 草亭老人編：《娛目醒心編》，江蘇：上海古籍出版社，1993 年。

22. 凌濛初：《二刻拍案驚奇》，台北：世界書局，1960 年。

23. 凌濛初：《初刻拍案驚奇》，台北：世界書局，1960 年。

24. 酌玄亭主人：《照世杯》，上海：江蘇古籍書版社，1992 年。

25. 梅庵道人：《四巧說》，上海：江蘇古籍書版社，1987 年。

26. 陸人龍：《型世言》，北京：中華書局，1993 年。

27. 陸雲龍：《清夜鐘》，上海：江蘇古籍書版社，1989 年。

28. 無名氏：〈張子房歸山詩選〉，上海：江蘇古籍書版社，1985 年。

29. 無名氏：〈項橐小兒論〉，上海：江蘇古籍書版社，1985 年。

30. 無名氏：〈解學士詩〉，上海：江蘇古籍書版社，1985 年。

31. 筆煉閣主人：《五色石》，上海：江蘇古籍書版社，1993 年。

32. 馮夢龍：《古今小說》，台北：里仁書局，1991 年。

33. 馮夢龍：《醒世恆言》，台北：里仁書局，1991 年。

34. 馮夢龍：《警世通言》，台北：里仁書局，1991 年。

35. 馮夢龍：《古今小說》，台北：世界書局，1958 年。

36. 馮夢龍：《警世通言》，台北：鼎文書局，1980 年。

37. 熊龍峰：《熊龍峰刊行小說四種》，上海：江蘇古籍書版社，1987 年。

38. 裴鉶：《傳奇》，台北：世界書局，1968 年。

39. 覺世稗官：《無聲戲》，台北：雙笛國際事務有限公司，1995 年。

二、類書、工具書及論文集

1. 《筆記小說大觀》，台北：新興書局，1975 年。

2. 王重民等：《敦煌變文論輯》，台北：石門圖書公司，1981 年。

3. 王秋桂編：《中國文學論著譯叢》，台北：學生書局，1985 年。

4. 孔另境：《中國小說史料》，台北：中華書局，1976 年。

5. 辛文房：《唐才子傳》，台北：藝文印書館，1966 年。

6. 吳自牧：《夢梁錄》，台北：文海書局，知不足齋叢書

7. 李漁：《閒情偶寄》，台北：長安出版社，1979 年。

8. 武文：《歷代作家論民間文學》，甘肅民間文藝研究會。

9. 林聰明：《敦煌俗文學研究》，台北：東吳大學中國學術著作獎助委員會出版，1984 年。

10. 孟元老：《東京夢華錄》，台北：臺灣商務印書館，1971 年。

11. 洪邁：《夷堅志》，台北：藝文印書館，1966 年。

12. 段成式：《酉陽雜俎》，台北：藝文印書館，1965 年。

13. 范攄：《雲谿友議》，台北：世界書局，1968 年。

14. 侯忠義：《中國文言小說參考資料》，北京：北京大學出版社，1985 年。

15. 風月主人：《綠窗新話》，台北：世界書局，1975 年。

16. 陶宗儀：《輟耕錄》，臺北：世界書局，1963 年。

17. 章學誠：《實齋遺書》外編，台北：漢聲出版社，1973 年。

18. 章學誠：《文史通義》，台北：臺灣商務印書館，1973 年。

19. 馮承基：《小說卮言》，台北：長安出版社，1975 年。

20. 華諾編譯組：《文學理論資料匯編》，台北：丹青出版社，1985 年。

21. 趙璘：《因話錄》，台北：世界書局，1968 年。

22. 逯欽立：《先秦漢魏晉南北朝詩》，台北：木鐸出版社，1988 年。

23. 鄭樹森：《中西比較文學論集》，台北：時報文化出版公司，1986 年。

24. 劉熙載：《藝概》，台北：華正書局，1985 年。

25. 蕭統：《文選》，台北：正中書局，1976 年。

26. 蕭登福：《敦煌俗文學論叢》，臺北：臺灣商務印書館，1988 年。

27. 薛用弱：《集異記》，台北：世界書局，1968 年。

28. 謝肇淛：《五雜俎》，台北：新興書局，1971 年。

29. 譚正璧：《三言兩拍資料匯編》，台北：里仁書局，1981 年。

30. 羅燁：《醉翁談錄》，台北：世界書局，1975 年。

31. 龔鵬程、張火慶：《中國小說史論叢》，台北：學生書局，1984 年。

三、文學史、文學批評及理論

1. Christopher Norris 著，劉自荃譯：《解構批評理論與應用》，台北：駱駝出版社，1995 年。

2. Edo Pivceic 著，廖仁義譯《胡賽爾與現象學》，台北：桂冠圖書公司，1991 年。

3. Ingarden Roman 著，陳燕谷譯：《對文學的藝術作品的認識》，台北：商鼎文化出版社，1991 年。

4. Richard E.Palmer 著，嚴平譯，《詮釋學》，台北：桂冠圖書公司，1992 年。

5. Robert C.Holub 著，董之林譯：《接受美學理論》，台北：駱駝出版社，1994 年。

6. William K. Wimsalt, Jr. Cleanth Brooks，顏元叔譯，《西洋文學批評史》，台北：志文出版社，1987 年。

7. 王金凌：《中國文學理論批評史》，台北：華正書局，1988 年。

8. 王夢鷗：《中國文學理論與實踐》，台北：時報文化出版公司，1995 年。

9. 何鎮邦：《文體的自覺與抉擇》，北京：人民文學出版社，1995 年。

10. 吳承學：《中國古典文學風格學》，廣東：花城出版社，1993 年。

11. 吳禮權：《中國修辭哲學史》，台北：臺灣商務印書館，1995 年。

12. 胡亞敏：《敘事學》，湖北：華中師範大學出版社，1994 年。

13. 倪豪士（Ninehauser William H.）：《傳記與小說：唐代文學比較論集》，台北：南天書局，1995 年。

14. 高辛勇：《形名學與敘事理論》，台北：聯經出版事業公司，1987 年。

15. 張毅：《文學文體概說》，北京：中國人民大學出版社，1993 年。

16. 張碧波：《中國文學史論》，黑龍江：黑龍江教育出版社，1993 年。

17. 曹明海：《文體鑒賞藝術論》，濟南：山東文藝出版社，1992 年。

18. 郭紹虞：《中國文學批評史》，台北：明倫出版社，1974 年。

19. 陳晉：《文學的批評世界》，上海：上海文藝出版社，1994 年。

20. 陶東風：《文體演變及其文化意味》，昆明：雲南人民出版社，1990 年。

21. 華萊士‧馬丁：《當代敘事學》，北京：北京大學出版社，1990 年。

22. 楊蔭深：《中國俗文學概論》，台北：世界書局，1992 年。

23. 葉慶炳：《中國文學史》，台北：學生書局，1987 年。

24. 劉大杰：《中國文學發展史》，台北：漢京出版社，1992 年。

25. 劉康：《對話的喧聲——巴赫金的文化轉型理論》，北京：中國人民大學出版社，1995 年。

26. 劉勰：《文心雕龍》，台北：里仁書局，1994 年。

27. 劉介民：《比較文學方法論》，台北：時報文化出版公司，1990 年。

28. 劉若愚：《中國文學理論》，台北：聯經出版事業公司，1991 年。

29. 劉昌元：《西方美學導論》，台北：聯經出版事業公司，1994 年。

30. 鄭振鐸：《中國俗文學史》，台北：臺灣商務書局，1994 年。

31. 鄭樹森：《現象學與文學批評》，台北：東大圖書公司，1984 年。

32. 魯樞元：《超越語言——文學言語學芻議》，北京：中國社科出版社，1990 年。

33. 羅鋼：《敘事學導論》，昆明：雲南人民出版社，1994 年。

四、小說史、技巧及批評

1. C. Booth 著，華明、胡蘇曉、周憲譯：《小說修辭學》，北京：北京大學出版社，1985 年。

2. Patricia Waugh 著，錢競、劉雁濱譯：《後設小說——自我意識小說的理論與實踐》，台北：駱駝出版社，1995 年。

3. 王枝忠：《古典小說考論》，寧夏：寧夏人民出版社，1992 年。

4. 王國良，《六朝志怪小說考論》，台北：文史哲出版社，1988 年。

5. 石昌渝：《中國小說源流論》，北京：三聯書店，1994 年。

6. 吳士余：《中國小說思維的文化機制》，上海：華東師範大學出版社，1990 年。

7. 李晶：《歷史與文本的超越——小說價值學導論》，上海：上海社會科學院出版社，1992 年。

8. 林辰，《中國小說的發展源流》，瀋陽：遼寧教育出版社，1992 年。

9. 林辰，《古代小說與詩詞》，瀋陽：遼寧教育出版社，1993 年。

10. 周啓志、羊列容、謝昕：《中國通俗小說理論綱要》，台北：文津出版社，1992 年。

11. 阿英：《小說閒談‧二談‧三談》，上海：上海古籍出版社，1979 年。

12. 孟瑤：《中國小說史》，台北：傳記文學雜誌社，1986 年。

13. 侯忠義：《漢魏六朝小說史》，遼寧：春風文藝出版社，1989 年。

14. 胡士瑩：《話本小說概論》，台北：木鐸出版社，1977 年。

15. 胡尹強：《小說藝術：品性和歷史》，上海：上海文藝出版社，1976 年。

16. 胡萬川：《話本與才子佳人小說之研究》，台北：大安出版社，1994 年。

17. 孫楷第：《俗講、說話與白話小說》，台北：河洛圖書公司，1978 年。

18. 孫綠怡：《左傳與中國古典小說》，北京：北京大學出版社，1992 年。

19. 徐岱：《小說型態學》，杭州：杭州大學出版社，1992 年。

20. 徐岱：《小說敘事學》，北京：中國社科院出版社，1992 年。

21. 馬幼垣：《中國小說史集稿》，台北：時報，1980 年。

22. 馬振方：《小說藝術論稿》，北京：北京大學出版社，1991 年。

23. 莊因：《話本楔子彙說》，台北：聯經出版事業公司，1978 年。

24. 郭箴一：《中國小說史》，台北：臺灣商務印書館，1981 年。

25. 陳大康：《通俗小說的歷史軌跡》，長沙：湖南出版社，1993 年。

26. 陳文新：《中國文言小說流派研究》，武漢：武漢大學出版社，1993 年。

27. 陳平原：《小說史：理論與實踐》，北京：北京大學出版社，1993 年。

28. 陳平原：《中國小說敘事模式的轉變》，台北：久大文化出版公司，1990 年。

29. 陳炳熙：《古典短篇小說藝術新探》，上海：華東師範大學出版社，1991 年。

30. 陳謙豫：《中國小說理論批評史》，上海：華東師範大學出版社，1989年。

31. 張兵：《話本小說史話》，瀋陽：遼寧教育出版社，1993年。

32. 葉德均：《戲曲小說叢考》，台北：文史哲出版社，1989年。

33. 程毅中：《中國古代小說流派漫話》，北京：中共中央黨校出版社，1993年。

34. 程毅中：《古代小說史料漫話》，瀋陽：遼寧教育出版社，1992年。

35. 黃清泉、蔣松源、譚邦和：《明清小說的藝術世界》，武昌：華中師範大學出版社，1992年。

36. 楊義：《中國歷朝小說與文化》，台北：業強出版社，1993年。

37. 董乃斌：《中國古典小說的文體獨立》，北京：中國社會科學出版社，1994年。

38. 賈文昭、徐召勛：《中國古典小說藝術欣賞》，台北：里仁書局，1983年。

39. 蕭相愷：《宋元小說簡史》，瀋陽：遼寧教育出版社，1992年。

40. 劉上生：《中國古代小說藝術史》，長沙：湖南師範大學出版社，1993年。

41. 樂蘅軍：《宋代話本研究》，台北：臺大文學院出版，1969年。

42. 歐陽代發：《話本小說史》，湖北：武漢出版社，1994年。

43. 潘壽康：《話本與小說》，台北：黎明出版社，1973年。

44. 鄭振鐸：《中國文學中的小說傳統》，台北：木鐸出版社，1985年。

45. 魯迅：《魯迅小說史論文集》，台北：里仁書局，1992年。

46. 韓南：《韓南中國古典小說論集》，台北：聯經出版事業公司，1979年。

47. 繆禾：《馮夢龍及三言》，台北：萬卷樓出版公司，1993年。

48. 譚正璧：《中國小說發達史》，台北：啟業書局，1978年。

49. 譚達先：《中國評書（評話）研究》，台北：木鐸出版社，1983年。

50. 譚達先：《講唱文學、元雜劇、民間文學》，台北：貫雅文化公司，1993年。

51. 釋永祥：《佛教文學對中國小說的影響》，高雄：佛光出版社，1990年。

五、期刊論文

（一）中文部分

1. Prusek 著，陳修和譯，〈中國中世紀小說裡寫實與抒情的成份〉，《中國古典小說研究專集》第三冊，台北：聯經出版事業公司，1979年。

2. W. L. Idema 著，山農譯：〈寫實主義與中國小說〉，《中國古典小說研究專集》（一）台北：聯經出版事業公司，1979 年。

3. 于興漢：〈傳統教化思想與古代小說藝術的矛盾〉，《山西師大學報》（社科版）十九卷一期，1992 年。

4. 王平：〈論中國傳統思維模式對古代小說的影響〉，《東岳論叢》1994 年第五期。

5. 王平：〈漢魏六朝小說的文化心理特徵及影響〉，《文史哲》1992 年第一期。

6. 王秀惠：〈從京本通俗小說看古典小說中的詩詞諺語〉，《中華文化復興月刊》第八卷第八期，1965 年。

7. 王國健：〈略論「實錄」理論對古代小說創作和小說批評的影響〉，收於《中國古代、近代文學研究》1994 年。

8. 王開富：〈古代的小說觀念及通俗小說的起源〉，《明清小說研究》1988 年第三期，1988 年 7 月。

9. 毛志成：〈中國文學中的思維模式和實化色彩〉，《上海師範大學學報》1993 年第一期。

10. 列維·道勒著，陸曉光譯：〈中國古典詩歌中的敘事因素〉，《文藝理論研究》1993 年第一期。

11. 竹田晃著，孫歌譯：〈以中國小說史的眼光讀漢賦〉，《文學遺產》1995 年第四期。

12. 余國藩著，李奭學譯：〈源流、版本、史詩及寓言〉，《余國藩論西遊記論文集》，台北：聯經出版事業公司，1989 年。

13. 余國藩著，李奭學譯：〈歷史、虛構與中國敘事文學之閱讀〉，《余國藩論西遊記論文集》，台北：聯經出版事業公司，1989 年。

14. 吳師宏一：〈唐傳奇〈孫恪〉故事背景探微〉，《中國文哲所集刊》第二期，1994 年。

15. 吳師宏一：〈六朝鬼神小說與時代背景的關係〉，《現代文學》四十四期。

16. 吳功正：〈古代小說觀念和美學關係探索〉，《明清小說研究》1986 年第三輯，1986 年 4 月。

17. 李家紅：〈全知視點與明清小說的藝術世界〉，《明清小說研究》1990 年第一期，1990 年 1 月。

18. 杜貴晨：〈「傳奇」名義及文言小說分類〉，《明清小說研究》1994 年第二期。

19. 段啓明：〈試說古代小說的概念與實績〉，《明清小說研究》1993 年四期。

20. 胡日佳：〈中西歷史小説觀念比較——試論中國歷史小説的敘事走向〉，《貴州大學學報》（社科版）1992 年第三期。

21. 范寧：《古小説簡目·前言》，北京：中華書局，1981 年。

22. 侯健：〈有詩爲證、白秀英和水滸傳〉，《中國小説比較研究》，台北：東大圖書公司，1983 年。

23. 侯忠義：〈起步與開拓——由《古代小説評介叢書》的出版談及中國文言小説發展的軌跡〉，《明清小説研究》1993 年第四期，1993 年。

24. 孫一珍：〈明代小説的藝術觀照〉，《明清小説研究》1992 年第一期。

25. 徐志平：〈從比較觀點看李復言小説之寫作技巧〉，《中外文學》十四卷五期，1985 年。

26. 馬幼垣、劉紹銘：〈筆記、傳奇、變文、話本、公案——綜論中國傳統短篇小説的形式〉，《中國古典小説研究專集》（一）台北：聯經出版事業公司，1979 年。

27. 高大威：〈試析傳統文學批評的雅俗觀念〉，收於淡江大學中文系編，《文學與美學研討會論文集》，台北：文史哲出版社，1990 年。

28. 高友工：〈中國語言文字對詩歌的影響〉，《中外文學》十八卷五期，1989 年。

29. 高桂惠：〈唐人小説中的辭賦風貌——以〈牛肅女〉及〈遊仙窟〉爲中心的討論〉，《唐代文化研討會論文集》，台北：文史哲出版社，1991 年。

30. 高國藩：〈論敦煌民間文學與明清小説〉，《明清小説研究》1989 年第三期，1989 年 7 月。

31. 徐成焱：〈嚴肅文學與通俗文學的最後分界〉，《社會科學》1995 年第一期。

32. 章滄授：〈漢賦與山水文學〉，《中國古代、近代文學研究》1991 年 12 月。

33. 張師靜二：〈從文化接觸看變文對中國小説發展的影響〉，《中外文學》二十三卷四期，1994 年。

34. 張火慶：〈中國傳統短篇小説的特色〉，《文訊月刊》第三六期，1989 年。

35. 張虹：〈中國古典通俗小説與商品經濟〉，《明清小説研究》1994 年第二期，1994 年 6 月。

36. 張瑞芬：〈宋元平話及話本中所反映之民間文學特質〉，《興大中文學報》第四期，1991 年。

37. 郭英德：〈敘事性：古代小説與戲曲的雙向滲透〉，《文學遺產》1995 年第四期。

38. 陳其泰：〈左傳爲古代史學樹立的範例〉，《浙江學刊》1995 年第三期。

39. 陳炳良：〈話本套語的藝術〉，《小說戲曲研究》第一集，台北：聯經出版事業公司，1988 年。

40. 陳美林：〈試論古代通俗小說的歷史地位和社會作用——讀「稗」斷想之一〉，《明清小說研究》1993 年第二期，1993 年 12 月。

41. 陳伯海：〈宋明文學的雅俗分流及其文化意義〉，《社會科學》1995 年第二期。

42. 程國賦：〈唐代小說嬗變的成因探討〉，《社會科學研究》1995 年第一期。

43. 程國賦：〈從唐代傳奇到話本小說之嬗變研究〉，《江蘇社會科學》1995 年第一期。

44. 游友基：〈「寓教於樂」的小說模式——談儒家思想對《三言》藝術的制約〉，《山西師大學報》（社科版）1990 年第四期。

45. 游志誠：〈中國古典文論中文類批評的方法〉，《中外文學》二十卷七期，1991 年。

46. 馮承基：〈論雲麓漫鈔所述傳奇與行卷之關係〉，《大陸雜誌》三十五卷八期，1967 年。

47. 楊劫：〈論小說的內部研究：文體和邏輯〉，《中州學刊》1993 年第二期。

48. 楊義：〈文人與話本敘事典範化〉，《天津社會科學》1993 年三期。

49. 楊日出：〈試探唐傳奇小說中的詩歌〉，《嘉義師院學報》第六期，1992 年 11 月。

50. 楊洪承：〈中國古典人情世態小說的文體建構與宗教意象〉，《貴州社會科學》1995 年第一期。

51. 葉師慶炳：〈中國早期小說中的詩歌〉，《中華文化復興月刊》十卷三期，1967 年。

52. 葉師慶炳：〈從我國古代小說觀念的演變談到古代小說的歸類問題〉，《臺大圖書館學刊》第三期，1967 年。

53. 葉師慶炳：〈短篇話本常用佈局〉，《古典短篇小說論評》，臺北：幼獅出版社，1985 年。

54. 葉師慶炳：〈六朝至唐代的他界結構小說〉，《臺大中文學報》第三期，1989 年。

55. 蒲安迪著，沈亨壽譯：〈文人小說的歷史背景〉，《明代小說四大奇書》，北京：中國和平出版社，1986 年。

56. 趙永年：〈明清小說的特點〉，《中國古代、近代文學研究》1991 年 11 月。

57. 潘銘燊：〈從比較角度看唐代小說特色——太平廣記及三言〉，收於《唐代文學討論會》，台北：文史哲出版社，1987 年。

58. 劉若緹：〈從目錄書中看小說觀念的轉變〉，《聯合學報》第八期，1991年。

59. 劉書成：〈古代小說理論批評史上「紀實」觀的兩次回溯──兼論社會環境對小說觀念演進的影響〉，《西北師大學報》（社科版）三十一卷六期，1994年11月。

60. 鄧仕樑：〈唐人傳奇的駢文成分〉，《古典文學》，台北：學生書局，1986年。

61. 樂蘅軍：〈唐人傳奇的意志世界〉，《臺靜農先生八十壽慶論文集》，台北：聯經出版事業公司，1981年。

62. 蔣星煜：〈古典志怪小說的界定與價值〉，《上海社會科學院學術季刊》1993年第四期。

63. 蕭欣橋：〈關於「話本」定義的思考──評增田涉〈論「話本」的定義〉〉，《明清小說研究》1990年第三、四期合定本。

64. 諾斯羅普・弗賴伊著，侯國良譯：〈修辭批評：類型理論〉，《文藝理論研究》1993年第二期。

65. 盧興基：〈白話小說系統中的話本和擬話本〉，《陰山學刊》（社科版）1993年1月。

66. 繆開和：〈結構於多維網絡──文學語言深表結構的動態探因〉，《雲南師範大學學報》1993年第五期。

67. 謝桃坊：〈中國白話小說的發展與市民文學的關係〉，《明清小說研究》1988年第三期，1988年7月。

68. 謝桃坊：〈中國市民文學受眾心理分析〉，《江海學刊》1995年第一期。

69. 簡宗梧：〈從「鋪張揚厲」到「據事類義」──賦體語言藝術的歷史考察〉，《東方雜誌》二十三卷二期，1990年。

70. 簡宗梧：〈從專業賦家的興衰看漢賦特性與演化〉，政大中文系所編，《漢代文學與思想學術研討會論文集》，台北：文史哲出版社，1991年。

71. 羅立群：〈中國小說雅俗論〉，《社會科學戰線》1993年四期。

72. 羅錦堂：〈中國小說觀念的轉變〉，《大陸雜誌》三十三卷四期，1966年。

73. 羅錦堂：〈對話體韻文的發展〉，《大陸雜誌》九卷九期，1960年。

74. 蘇曉：〈通俗文學閱讀過程中的受容與受阻〉，《上海師範大學學報》1993年第一期。

75. 龔鵬程：〈唐傳奇的性情與結構〉，《古典文學》台北：學生書局，1981年。

（二）西文部分

1. Andre Levy, "On the Question of Authorship in Chinese Traditional

Fiction",《漢學研究》六卷一期，1988 年。

2. Anthony. Yu, "History, Fiction, and Chinese Narrative", *CLEAR* 10 (1988).

3. Birch C., "Feng Meng-lung and the Ku-chin hsiao-shuo", *Bulletin of the school of Oriental and African Studies* XVIII (1956) pp.64~83.

4. Bishop, John L., "Some Liminations of Chinese Fiction", *Far Eastern Quarterly* XX (1956-2) pp.239~247.

5. David Teh-wei Wang, "Storytelling Context in Chinese Fiction: A Preliminary Examination of It as a Mode of Narrative Discourse, "*TAMKANG REVIEW* 15:1, Fall 1984.

6. Henry Y. H. Zhao, The Uneasy Narrator, London: Oxford U. press, 1995.

7. Hrdlickova, Vrea, "The professional training of Chinese stroytellers and the stroytellers guilds", *Ar Or* 33 (1965) pp.225~298.

8. Jaroslav Prusek, "Urban Centers: Cradle of Popular Fiction", Cyril Birch ed. *Studies in Chinese Literary genres*, U. of California Press, 1974.

9. Victor H. Mair, "The Narrative Revolution in Chinese Literature", *CLEAR* 5 (1983).

10. Wivell, Charles J., "The Chinese Oral and Pseudo-oral Narrative Tradition", *Transactions of the International Conference of Orientalists in Japan* 16 (1971).

11. Wolfgang Iser, "The reading Process: A Phenomenological Approach", David, Robert Con ed. *Contemporary Literary Criticism*, NY: Longman, 1985.

六、學位論文

1. 丁肇琴：《唐傳奇的寫作技巧》，臺灣大學中文所碩士論文，1987 年。

2. 何志平：《宋話本的研究》，東海大學中文所碩士論文，1973 年。

3. 吳芬燕：《李漁話本小說研究》，高雄師範大學國文所碩士論文，1986 年。

4. 李本燿：《宋元明話本研究》，師大國文所碩士論文，1974 年。

5. 柳之青：《三言人物研究》，師大國文所碩士論文，1991 年。

6. 胡萬川：《馮夢龍生平及其對小說之貢獻》，政治大學中文所碩士論文，1973 年。

7. 高桂惠：《明清小說運用辭賦的研究》政治大學中文所博士論文，1990 年。

8. 張曼娟：《唐傳奇之人物刻劃》，東吳大學中文所碩士論文，1986 年。

9. 許麗芳：《西遊記中韻文的運用》，臺灣大學中文所碩士論文，1993 年。

10. 費臻懿：《古吳墨浪子西湖佳話研究》，東海大學中文所碩士論文，1991 年。

11. 楊西華：《唐變文之原創性及其大眾需要之研究》，東海大學中文所碩士論文，1978 年。

12. 劉恆興：《話本小説敘事技巧析論》，中山大學中文所碩士論文，1994 年。

13. 鄭東蒲：《凌濛初二拍的藝術技巧》，輔仁大學中文所碩士論文，1987 年。

14. 駱吉萍：《金瓶梅詞話中韻文之研究》，中山大學中文所碩士論文，1995 年。

15. 權寧愛：《型世言研究》，東吳大學中文所博士論文，1993 年。

16. 王國良：林辰：周勛初：《唐人筆記小説考證》，江蘇：江蘇古籍出版社，1996 年。